楽しい終末

池澤夏樹

中央公論新社

目次

楽しい終末

序——あるいは、この時代の色調

自分の生きてきた時代の性格をとらえるのはむずかしい。人は時代の外にではなく、時代と共にでもなく、正に時代の中に生きる。こういう関係で相手を内側から認識するのは容易でない。ピカソの青の時代とキュビスムを比べるように、あるいは四川料理と広東料理を論ずるように、たとえば一九四五年以前とそれ以降の時代を比較し、その好悪長短を論ずることはなかなかできない。誰にとっても自分が生まれた時以降の時代が唯一無二の「時代」である。一つしかないものは、主観的な視点から記述はできても、評価はできないのだ。

それに、時代とはそこに生まれた者が育ちながら知ってゆくものである。われわれは完成された人格として今という時代の中に投げ込まれるわけではない。時代は人の鋳型であり、一時代を認識しようという知的フレーム自体がその時代の圧倒的な影響下に構築されるものだ。自分の時代を理解しようというのは、いわば脳が脳を理解できるかという設問にも似た、自らの尾を嚙む蛇ウロボロスの試みにならざるを得ない。

それでも、他の時代を生きた人々の証言を参照しながら、日々の体験を時代と世界という二つの座標システムの両方の上に一つ一つ位置づけつつ何十年かを生きてくると、やがてこの時代の性格が少しは見えてくる。

今、その時代像を改めてつぶさにながめているうちに、どうもこれはずいぶん特異な歳月だったのではないかという気がしはじめた。自分の人生を載せてきたこの数十年間、こちらにとって最も切実だったこれらの日々は、他の時代とは違う種類のものだったのではないか。われわれの世代以前の人々は自分たちの生きる時代というものをわれわれとは違う風に受け止めていたのではないか。そういう考えが何年か前のある時点で頭の中にやどった。この仮説を心の隅に置いたまま日々を重ね、何かが加えられ何かが修正される。しかし印象は変わらない。いずれはこの時代も他の時代と重ねて相対的な評価を受け、ちょっと変わったところもあるけれども、所詮は人間の作る社会、だいたい似たようなものになるのだろうと思っていたのに、特異の印象は歳月と共に増すばかりである。これはどういうことだろうか。

ぼくは一九四五年に生まれた。従って、この文章で言う「時代」とはそれ以後の約五十八年間である。さて、この時期の始点はもちろん第二次大戦の終わりによって定義される(自分が生まれた時から新しい時代がはじまったというのは、ぼくにとっては計算が楽で都合のよいことだった）。

その時、人々はまずもって戦争が終わったという解放感を味わったはずだ。それに先立つ時代は、具体的に言えば第一次大戦の開始と第二次大戦の終了によって区切られるもので、これが人類の歴史に稀な激動の時期であったことは明らかだ。それに対してその激動の時代が終わった時、つまりVデイ（第二次世界大戦の戦勝記念日）後のヨーロッパとロシアおよびV―Jデイ（対日戦勝記念日）の後のアメリカと日本を支配したのは、戦争という特別な時期が終了し、これからは平和という、人間にとって本来的な、安定した時期がはじまることへの期待であった。あるいは、なにしろこんなにひどい戦争の後なのだから、長く続くだろうという楽観的な予想。またそれは長く続いてほしいという希望、続けるべきだという決意に似た形を取ったかもしれない。とりあえず再建であり、平和である。

しかし、四、五歳になって少しはものごころついたぼくがはじめて味わった時代の雰囲気は単純な平和そのものではなかった。上京してはじめて住んだ赤羽では近くに米軍の基地があって、砲撃演習の音が聞こえた。その次に住んだ品川では、巨大な戦車を積んで国道一号線をゆくトレーラー・トラックの列を見た。時は朝鮮戦争。夜のうす暗い道を戦車は何台となく並んで轟々《ごうごう》と走った。人々は道ばたに並んで、現在ならばマラソン選手を見送る観衆のように、しかしもちろん歓声を送るではなく黙したまま、それを見ていた。小学生にもなっていなかったぼくはその戦車の威容にびっくりした。戦争という言葉は身近だったが、それはあくまで抽象的なものであった。現実にはあんなに大きなものが走りまわるのかと驚いたのを覚えている。ぼくの擬似戦争体験はそれだけで終わる。戦場に向かう戦車を見ただけである。自分の家が焼けたり、身近な誰かが死んだり、炎の中を逃げまわったり、誰かを殺したり、飢えたりという具体的な経験は幸いにしてなかった。ぼくの周囲ではたしかに戦争は終わっていた。

では平和があったのかという性急な問いには、やはり曖昧な答えしか返せない。だいたい戦争と平和が、トルストイの大作の表題のように、単純に対比できるものだろうか？戦争はなかった。日本は戦争状態ではなかった。それが、しかし、そのまま平和だったとはどうも言い切れないのだ。時代は宙に浮いていた。具体化された平和がエデンのようなものだとすれば、現実にはそれははるかに遠いところだった。

平和がまずもってスローガンであり、せいぜい努力目標でしかないことを人々は知っていた。政府や国民はしばしば貧しい平和と富める戦いの間で選択を迫られる。隣国の戦争でうるおう時、平和という言葉はまた少し歪む。誰もが少しシニカルであったかもしれない。あの頃、なにかざらっとしていて、せわしなく、現実に照明が足りなくて停電が多いという意味で暗く、そわそわと落ち着かない時代（後になってぼくは自分がよくわからないままに見聞きしていた当時の社会の雰囲気を見事に定着した小説に出会い、懐しく読んだ。子供だったぼく自身にはあの頃の印象を文にする力はない。それが可能なほど具体的に時代を見てはいなかった。だから、その小説、結城昌治著『終着駅』はありがたい本だった)。

同じようにして、最近、アジア近隣諸国の映画を見たり小説を読んだりしている時に、ああ、あの頃と同じだという既視感のような懐かしさを覚えることがある。欧米やアフリカ諸国、中南米などについてそれほどの思いをしたことはない。国の雰囲気には経済的な発展の度や他の国への依存などだけでなく、風土と文化という要素が強く働いているのだろう。

当時、誰にとっても日々はフラストレーションに満ちていた。それはつまり当時の日本はまだ貧しくて、充分にものが手に入らなかったということだが、そのことが人と人の間にも無用の摩擦を呼んだ。今のように人同士の間にものが入りこんで距離をひらくという現象は見られず、誰もが鼻と鼻をつきあわせて暮らしていたから、小さないさかいも大きくなりがちだった(テレビというのは、家族が互いの顔を直接に見ないで済ませるために発明されたのだ)。人と人はいかにも熱心に、言葉を信頼しきって、今から見ては気恥ずかしいほどに思いを込めて気負って言葉を発していた。平和や正義や独立などという抽象名詞にひどく実在感があった。手が届かないだけイメージの方は切実だった。しらける余裕は誰にもなかった。

それからまた歳月が過ぎて、経済的な状況が少しずつ改善され、人の気持ちに余裕が生じ、ものがあふれるに至った過程については証言はいくらでもある。少なくとも日本については、この戦後という時代は経済的な発展の時期であったと言っていいだろう。今、われわれは満ち足りている。だが、ぼくがこれからここでしばらく語りたいのは、この四十八年間を特徴づけるもう一つの資質のことである。

二隻の船の話。

一九五二年九月十七日、焼津の第十一明神丸というカツオ漁船が伊豆七島青ヶ島の南三十マイルで、海底火山の噴火で生じた新島を発見した。翌日、巡視船「しきね」が現地に赴いて位置を確認、発見した船にちなんでこれを明神礁と命名することが決まった。噴火活動はなおも盛んで、海面からは黒煙が吹き出し、付近の海面は黄色く変色していた。そして、同二十三日、大きな爆発で島はまた消滅してしまった。その翌日、「しきね」に代わって調査に行った海上保安庁水路部の観測船第五海洋丸が唐突に連絡を絶った。後になってこの船に属する船具などが漂流しているのが見つかり、火山に接近して調査している時にたまたま大きな爆発が起こって遭難、乗り組んだ三十一名が殉死したことが確認された。

島はこの後、面積三万平方メートル標高九十四メートルにまで成長したが、これも一年後には水没、海底の火山活動は断続的に一九七〇年まで続いて、以後は沈黙している。陸地がないのだから、国土地理院の二十万分の一地勢図にも(海面から十メートルほど頭を出している岩礁にすぎないベヨネーズ列岩は記載されているのに)明神礁は記されてない。

この事件は当時はなかなか大きなニュースで、爆発の瞬間を捕らえた写真は新聞の一面を飾ったし、第五海洋丸の名は、ようやく家庭や学校の外にも目を向けるようになった子供の記憶に残ることになった。自然が時として一種の罠《わな》のようにふるまうことをぼくはこの時に理解した。爆発を起こして人の目を引き、領土が増えるかもしれないという欲望を刺戟し、調査への意欲をそそっておいて、人間が近づいたところでもう一度タイミングよく大爆発を起こして船を沈める。今のぼくはこのような擬人法の自然観を否定するものだが、この時には自然がいかにもそうふるまったように見えた。いずれにせよ、人と自然の間にはこういう交渉が成立し得るわけで、その結果人が死ぬということもある。古来何度となく繰り返された自然災害のパターンの一つである。

それから一年半たった一九五四年三月一日、アメリカはその二年前から開発してきた水素爆弾の実験をマーシャル諸島のビキニ環礁で開始した。アメリカは自分たちが作った水爆の威力をずいぶん過小評価していたようだ。そのために、最初の実験に際して、彼らが指定した危険水域をはるかに越える広い海に放射性降下物が降った。その中には人の住むロンゲラプやエニウェトクなどの島々と六百八十三隻の日本の船舶が含まれていた。

そのうちの一隻、ビキニの東百八十キロのところで揚縄作業を行っていた焼津港の第五福竜丸の乗組員たちは全員が大量の放射線を浴びた。船は十四日焼津に帰投し、持ちかえったマグロはすべて廃棄、乗組員二十三名はすぐに入院して検査、治療を受けたが、無線長久保山愛吉は九月二十三日になって死去した。

これを機にずいぶん広範囲な原水爆禁止署名運動が起こり、二千万を越える署名をもとに国際的な核兵器禁止運動が展開されることになるわけだが、その話はひとまず措《お》こう。今ぼくの関心を引くのは、この二隻の船の受難の間に共通するものと対照的なものの構図である。

時期は五〇年代の前半、どちらもが船に乗っていた人たちを海上で襲った災難であり、どちらもがある程度は予想のついたはずの危険に接近しすぎて死を招いている。共通性はしかしここまでで、対照性の方は一方がまったくの自然現象に由来するものであるのに、もう一方が人間の知力と技術力が用意したという点だ。火山の爆発がある範囲内にいる人間を殺すことは人類の歴史の最初から知られた事実だ。天明の浅間山の噴火は直接には数十キロの範囲の人々に死を配付し、間接的には飢饉という形で数百キロ離れた人をも殺した。第五海洋丸の三十一人が死を迎えたのは、おそらく噴火地点からほんの数百メートルのあたりだっただろうし、船は一瞬にして爆風で破壊されたことだろう。

それに対して、第五福竜丸に乗っていた人々は自分たちが受ける災厄の内容をまったく知らなかった。操業中に灰のようなものが降ってきても、それが自分たちの健康に重大な影響を及ぼすものだとは気がつかなかった。それに、彼らはことの中心から百八十キロも離れた場所にいた。人の手によって起こされた破壊現象がそれほど遠くまで伝播するということ自体、それ以前にはありえないことだった。だから過小評価が問題だったというのだ。人は自分が作り出したものの真の力を知らないまま、現実への応用を具体化してしまった。あれが放火のような誰かの悪意の結果だったら、事態はずっと良かっただろう。悪意というのは人類にはなじみの深いもので、われわれはそれと何万年も付き合ってきた。悪意ならば対処する方法も少しは知っている。しかし、ここで出てきたのは、巨大な力とそれを制御する知識や知恵の不足という、実にまずい組み合わせだった。言ってみれば『魔法使いの弟子』症候群。これは人類にとってまったく新しい事態である。

今、第五海洋丸という船の名を覚えている者は少ないだろう。ぼくの記憶にこれが残ったのは、無知な子供にとって海底火山や、現地調査、研究、殉職などという言葉が印象的だったからだ。あの時ぼくが日々の情報を適当に取捨選択した上で記憶に留める大人びた年齢に達していたら、この名は多くの災害のニュースの中に紛れ込んで速やかに忘れられたことだろう。それに対して第五福竜丸の名の方は、ヒロシマ・ナガサキと同じように、現代の人間が必ず知っておくべき基礎知識の項目の一つになっている。ぼくは第五海洋丸の乗組員三十一名の名を一人も知らないが、久保山愛吉の名は忘れたことがない。

一方は人間が昔から知っていて、それなりに対処のしようも、また諦めようもある災厄であり、もう一方はまったく新しい、どう対応してよいかわからない災厄である。そして、一九五〇年代以降の時代の色調を決めたのは後者の方だった。

最初にその概念をぼくに教えたのは、ブレンダ・リーの歌だった。その年、みんながシングル盤を買いあさった彼女のヒット曲はThe End of the World、すなわち『世界の終わり』。内容は特にどうということはない失恋の歌であり、その歌詞は中学生でも理解できた――「なぜ太陽は輝きつづけているの？　なぜ海は岸辺に押し寄せるの？　彼らは知らないの、世界の終わりが来たことに？　あなたがさよならを言った時に、世界は終わったの」。

レトリックとしてはずいぶん大袈裟、自分が恋人を失うことがそのまま世界全体の終焉になるという誇張法。これが当時の他の歌、ニール・セダカやコニー・フランシス、ポール・アンカなどの歌う甘い心地よいポップスの中にあって特にこちらの語感に訴えたのは、世界と終わりという二つの言葉の組み合わせがよく言えば新鮮、悪く言えば不自然だったからだ。そして、この点をわざわざ強調するかのように、日本語のタイトルはなぜか『世界の果てに』と誤訳されていた。たぶん「世界」と「終わり」を結ぶという語法ないし概念操作はレコード会社の翻訳担当者には理解不能なことで、彼は当然endという言葉のもう一つの意味、時間的な終わりではなく空間的な「終わり」としての「果て」を訳語として選んだ。歌詞を読めばこの誤解は氷解するはずだが、なぜかそれをしなかった。昔から、歌詞の翻訳というのは実に大雑把なものだ。

だいたい「世界」と「終わり」という二つの言葉を組み合わせることが原理的に可能なのだろうか。世界というのはわれわれの存在の基盤である。通常われわれが考えている現象はこの世界の中において生起し、変化し、終焉する。舞台はついに舞台であって、人物はそこに登場し、演技し、退場するのである。そこでいかなる演技が行われようとも、それが舞台そのものの消滅を呼ぶということはないはずだ。この歌の場合、一人の若い女が恋人を失い、その喪失感ゆえに彼女の主観的世界が終わりを迎えたかのような衝撃を味わい、それを客観世界そのものの終わりとすり替えることで悲嘆を表現する。ドラマチックだが、しかし、すり替えであることも確かだ。

「世界」と「終わり」の組み合わせにまだ子供のぼくが違和感を覚えたのは、あるいはこれが日本では、日本語では、なじみの薄い語法だったからかもしれない。中世のいわゆる末法到来の時、人はこの概念を信じただろうか。一九四五年三月十日の大空襲下の東京で、あるいははじめての核攻撃によって壊滅したヒロシマとナガサキで、人は世界の終わりを思っただろうか。もしそういう言葉が浮かんだとしても、それはやはり一つの表現でしかない。圧倒的な破壊の状況を前に言葉が日常の抑制を失い、レトリックの限りを試みたとしても、その状況は（少なくともそれを生き延びた者たちにとっては）やがては収まり、事態は時の経過と共に平静に戻る。恐怖の記憶は残るけれども、世界はなおも存続する。平穏な日々が続く。

むしろぼくは例えばサイパンや沖縄のような場所で最悪の戦況に直面して集団自殺した人たちにこそ、それが本当に自殺であったと無理に仮定してみた時に、その自殺への道程を後世の者が理解するための鍵として、むしろ強引な論理の梃子《てこ》かジャッキとして、世界の終わりという言葉はあったかもしれないと、かろうじて想像する。天皇制を軸にした全体主義国家にとって敗戦はそのまま世界の終わりである(なんとなれば大日本帝国そのものを措いて日本国民には世界というものはないはずだから)という論旨は、いわばミニ敗戦としての島の陥落を前にした臣民たちに死を選ばせるに充分だったかもしれない。いや、実際にはそんなことではなく、そういう場合にも命令系統を一段ずつ降りてきて最後に効力を発揮する強制によってしか人は死ななかったのかもしれないのだが。

さて、話題はブレンダ・リーだった。いずれにしても、死んだ者たちを積み残して時代は変わり、戦争は終わり、八月十五日を生きて迎えた日本人は(天皇も含めて)別に世界全体が終わるのを目撃することもなく、そのまま毎日を忙しく生き続けた。そして、その決定的な日から一月あまり前に生まれたぼくは順調に育って、やがてはブレンダ・リーの歌に奇妙な言葉の組み合わせを見出して、不審に思ったりした。「どうして生活がそのまま続いているのか、わたしには理解できない、できない……」。

その数年後、もう少し大きくなったぼくは福永武彦の中篇小説『世界の終り』を読んだ（彼はたまたまぼくの父にあたるが、それはこの場合どうでもいい）。またも奇妙な二つの言葉の組み合わせに出会ったわけだ。主人公である女性、少し精神に異常をきたしているらしい若い人妻が夕焼けを見て、「世界の終りなのだ」と思う。「こんなに空が燃え続けて、私のまわりで私を包んでいる膜が次第にひろがって行って、そして私だけを残して時間が止ってしまっている。私だけが気がついている、時間が止って、世界が終るということを。不思議だ」。この場合は主観世界と客観世界のすり替えを行っているのは彼女の狂気である。夕焼けという日常的な自然現象に世界の終わりの兆候を読み取らせるのは、現実との通常のかかわりを失った彼女の精神だ。そして、この場合は、通俗的なブレンダ・リーの歌の時と違って、「世界の終り」は美しいのである。

その気になって見ていると、この三十年ほど、世界の終わりの概念はわれわれの精神生活の至るところに出没し、ものの考えかたを規定し、われわれのありようを制限してきた。時代相そのものは悪くなかった。われわれ自身を含む西側諸国はこの戦後の日々をほぼ順調な成長のうちに過ごした。経済も安定、餓死するものもほとんどなく、大人数の殺し合いもなかったようだ。現に日本など急勾配の経済成長が延々と続くというおめでたい歳月を重ねて、そのはしゃぎようは止まるところを知らない。今はたまたま泡沫経済の破綻で世間はしょんぼりしているが、どうせすぐに躁状態に戻るのだろう。他の国々にしても、日本ほどではないまでも、そうつらい思いでこの半世紀を過ごしてきたわけではないだろう。

その背後に生じるさまざまな問題を解決するのではなく先送りしながらの成長であり安定であったことはもちろん否定できない。文明は常にある量の否定的要素をその内部に抱え込んでいる。それだけならば、過去の小さな社会の安定期（たとえば江戸時代）と同じで、いずれはなんとかなるとタカをくくりつつその日その日を過ごしてもゆけるだろうが、しかし、この時代を律した否定的要素はそれほど軽いものではなかった。すべての問題に「世界の終わり」がついて回っていた。社会が豊かになればなるほど、その高さに見合う分だけ深い影が落ちた。それは世界が終わってしまう可能性の影であり、人は心のどこかでそれに脅えながら、そしらぬ顔で生きてきた。一つや二つではなく、いくつもの影が次々に人類の上に投げかけられたのだ。

ぼくは、人類全体が死に絶える日が来るかもしれないと言われつつ育った世代に属する。この時代が実に特異で、一見安定しているように見えてもそれ以前の時代とはまるで違う性格を持つものだというのは、つまりこのことである。ぼくが小中学生の頃、目前の脅威は全面核戦争だった。それがどこまで現実的なものだったのか、本当に直前ぎりぎりのところで回避したという事態が何度あったのか、それはわからない。世論操作によって人に危機感をつのらせるのが簡単なように、事実を糊塗してなにごともなかったかのように装うのも難しくない。一定量の脅威の雰囲気だけが事実だ。

次の段階では公害が問題になった。高校生の時、公害に当たる英語として教えられたのはポリューションではなく、公と害をそれぞれに英訳したようなパブリック・ニューサンスという表現だった。加害者と被害者の特定を避けてすべてを公の字の中に拡散させてしまうという日本的な論法が透けて見えるところをみると、この英語はたぶん日本人の造語だったのだろう。いずれにせよ、この問題は日本国内では鎮静化したかに見えるが、全地球的には悪化の一途を辿っている。

その後はもう一つや二つではない。エイズと、資源不足と、オゾン層破壊と、酸性雨と、沙漠化と、人口爆発、南北問題。すべてが互いに関連しながら人類を包囲し、ゆっくりとその環を縮めているかのようだ。新聞の紙面の半分はこういうテーマに関わる文章や写真で埋められている。それが今のわれわれの日々の生活である。

個人に死が訪れることは誰でも承知している。ただし、ぼくがここで言う死とはやりたいことをやり尽くした果ての大往生という贅沢なものではなく、常に中断としての死、事故としての死である。自然界では死の大半はこの種の、人間の尺度で言えば非業の最期だ。老衰で死ねるような幸福な個体は数少ない。高等動物でさえ大半は事故で死んだり、肉食動物に喰われたり、病気や寄生虫に生命を奪われたりする。まして下等動物では、生殖年齢まで育つ確率は何万分の一というような数字である。死の理由は無数にあり、生存の幅は極端に少ない。人は死に至る要因を数万年がかりで一つ一つ排除して、今みるような長寿社会を築きあげた。そして、それでも人は死ぬ。われわれは個体にいつかは死が訪れることを承知している。

では集団についてはどうだろうか。個体が死ぬのは、偶発的な死の要因をすべて取り除いてもまだ死に見舞われるのは、それぞれの体内にいわば時限停止装置が組み込まれているからである。その機能を止める方法をわれわれはまだ知らない。その一方で、運のいい家系は死なないこと、個体を超えて遺伝子は連綿と伝えうるものであることを人は知っている。個人の死を従容《しょうよう》として受け入れる者も血族の永遠の生命のためにはずいぶんな努力を払ったりする（今の日本はともかく、家康は本当に十五代先の子孫の繁栄まで考えてあの王朝を設計したのかもしれない）。

それでも、家族血族やもう少し規模の大きな小集団の死の例をわれわれはいくつも知っている。家系が絶えるということは実際にあるのだ。もっと大がかりな例、大量死の例も知っている。一九六五年にはインドネシアで多くの共産党員が殺された。ぼくは三十万人という数字を聞いている。七〇年代にはカンボジアで百万単位の国民が政策として殺された。第二次大戦中に強制収容所で死んだポーランド人やユダヤ人の数を合計すれば、もう一桁上の数字が得られるだろう。

別の意味の数字もある。一つの部族や氏族、種族がそっくりそのまま消滅する例だ。人数ではそんなに何百万にもならないかもしれないが、その集団にとっては致命的となる数が死んで、その集団の存続が不可能になったという場合は少なくない。弱者は歴史の表面から抹消されるのが常だから、普通に本を読んでいるかぎり見えるのは繁栄している者たちの謳歌ばかりということになるが、消えていった小社会がいくつもあったことをわれわれは知らないわけではない。またこれはアウシュヴィッツとワルシャワのゲットーと南京とシベリアのグーラグに飾られた二十世紀だけの現象でもない。フェニモア・クーパーが『モヒカン族最後の一人』という、いかにもこの場に引くのにふさわしいタイトルの小説を書いたのは一八二六年のことだった。

また、動物界で一つの種が絶滅してしまうことがあるのもわれわれは知っている。ニホンオオカミやドードー、アメリカ大陸のリョコウバトのように本当にいなくなってしまったものもいるし、鳥島のアホウドリや北海道のシマフクロウのようにその寸前というものもいる。現代はともかく長い生物の歴史から見れば、現在問題になっている前記絶滅寸前の動物や消えてしまった鳥のように他の生物（この場合は人間）によって滅ぼされる例はむしろ少数派かもしれない。環境の変化や進化の必然で消えていった種がどれだけあったか、古生物学者はいくらでも挙例してくれるだろう。かろうじて残ったのが今われわれが見る種と言った方が正しいのである。

では、この二つのケースを組み合わせてみよう。絶滅した人間の小集団がいた。種全体が絶滅した動物がいた。次に来る疑問は、当然、人間が種として絶滅するという事態である。第二次大戦終結以降の半世紀、われわれがずっと論じてきたのは、あるいはそれと知りながら無視して落ち着かない日々を送ってきたのは、この問題、ホモ・サピエンスが地上から消える日が来るのか否かという問題であった。すべての繁栄の背後に見えていた影、もともとが楽天的な人の精神の隙間からしばしば顔を出してはわれわれを脅かした言葉――「世界の終わり」。

ことが地球規模になっていることは誰もが知っている。かつて世界という概念は茫洋と広かった。人は自分の知識に収められた生活空間の外に別の地域や空間が広がっていることをうすうす知っていた。もう一人のコロンブスがもう一つの新大陸を発見する見込みは常にあった。ヨーロッパ人たちが世界周航を完了して地球の大きさを確定するまで、最後に発見された大陸オーストラリアのサイズが計られてそれ以外には大きな陸地はないとわかるまで、世界の果ては遥か遠くでおぼろに霞んでいた。

十七世紀以降、世界は限定されてしまった。今住む土地が駄目ならば別の土地があるという考えには枷《かせ》がかけられたが、それでも今世紀に至るまで、世界は普通の人々にとっては充分に広かったと言っていい。世界全体を見尽くすこと、すべてを使い尽くすことは誰にとっても不可能で、逆に言えばそんな事態を予想してあらかじめ心配する必要はなかった。しかし、一九四〇年代の後半に至って、世界を消尽してしまうことが急に現実味を帯びた。地球が小さくなったという表現を人間は交通機関や通信技術の発達の指標として得意になって言い触らしてきたが、実は世界の縮小はもっとずっと深刻な意味を持っていたのだ。

核の脅威がいかにグローバルであるかを最も明快に教えたのは、たぶん一九五九年に公開されたスタンリー・クレイマー監督の映画『渚にて』（およびそれに先立つネヴィル・シュートの原作）である。核戦争が北半球で勃発する。だがその影響は決して北半球にとどまるものではなく、赤道を越えてゆっくりと南半球にも広がる。先にぼくは最後に発見された大陸としてオーストラリアの名を挙げた。そこがこの小説の舞台である。人々が息をひそめて聞き耳をたてているうちに、ヨーロッパ、アジア、北米、アフリカの諸都市の放送局が次々に沈黙してゆく。そして、放射性物質を多量に含んだ大気が大循環の流れに乗って赤道の南に拡散する。残された半年をどう生きるか、人類の最後の一人として登場人物たちはどういう気持ちで終焉を迎えるか。なるべく明るく愉快に半年という与えられた日々を生き、その果てに、決意と共に愛犬を毒物で殺し、自分たちの赤ん坊を注射で殺し、ベッドに横たわってその時のために用意された安楽死の薬を服用する。

あの映画に登場する人々はあまりに理性的で、実際にはもっと大規模な混乱があるに違いないとは思ったが、終焉という言葉はそういう議論のすべてを中和してしまう。じたばたもがいて無様《ぶざま》に死のうが、従容としてそれぞれの美学にのっとって死のうが、誰もいなくなることに変わりはない。記憶が曖昧なのだが、最後のショットは人のいない街路で風に吹かれる横断幕、「兄弟よ、まだ遅くはない」と書かれた横断幕ではなかっただろうか。そう、核戦争に対して地球は、われわれの世界は、充分に大きくはないのである。

二十年ほど前、MIT（マサチューセッツ工科大学）の学生たちがおかしな装置を作った。見たところはビジネス・マンが持つような黒い四角い鞄。把手のすぐ隣にスイッチが一つ付いている。そのスイッチをオンの側に倒すと内側でモーターが始動する音がし、ゆっくりと蓋が開いて、中から一本の腕が出てくる。そしてその腕は鞄の外まで延びて、今入れられたスイッチをオフにし、また中へ引っ込む。蓋が閉じてモーターの音も止まる。それだけのパフォーマンス。見事なアンチ・クライマックス。

この装置に込められた少しだけ病的な、すねたようなユーモアにぼくは笑った。これは先天性自閉症にかかった機械なのだ。しかし、本当の話、どこがおかしいのか。一般にわれわれは現象というものについて、一旦それが始まれば他の現象を次々に連鎖的に引き起こして大きく展開し、最初は予想もしなかったような事態になることを期待する。近代人の経済活動は、パチンコも、新技術の開発も、ドミノ倒しも、株も、新しい小説の発売も、すべてはこの種の雪崩現象の快感を頭に描きながらはじめられる（それに欠けるところが共産主義経済の最大の問題だった。彼らはあまりに禁欲的で、人間の内にひそむ欲望を計算に入れなかった）。だから、このMITマシンはそういう人間の連鎖反応期待感に冷水をぶっかけるから、おかしかったのだろう。

そう考える一方で、雪崩現象や連鎖反応に対するこれほどの期待感の方もまたどこか少し病的なのではないかと気付いて、ぼくは何かひやりとするものを感じた。成長があたりまえとなっている社会というのは、言ってみればネズミ講のようなもので、最終的には帳尻が合わない日が来るのではないか。そういう気持ちで見ると、MITマシンは今度は今の社会のありよう、ないし人類という種の存在様式そのものの象徴のようにも見える。三百万年前、ホモ・サピエンスの祖型が地上に生まれた。つまり、その時に、生物界はこの新しい種という鞄の外に付いたスイッチをオンにした。鞄は開き、中の腕が延びる。人間は火を使うようになり、やがてピラミッドを築く。腕はもっと延びる。産業革命が始まる。腕は更に延びて、その先の固い模造の指がスイッチに触れる。人は核エネルギーを手中に収める。そして、鞄の中に仕掛けられたモーターが指先に力を込め、スイッチが切られる。核戦争がホモ・サピエンスのスイッチをオフにする。おしまい。

このMITの装置だけが時代の意識を象徴しているわけではない。われわれは実に多様な終末論にかこまれ、それを呼吸し、はっきり言ってしまえばそれを楽しんでいる。この数十年間、世界を導いてきた最も大きな、包括的な思潮は、実存主義でも構造主義でもポスト・モダンでも脱構築でもなく、さまざまな装いを凝らした終末論だったのではないか。それは決して建設的な形を取らず、技術の進歩や社会の変化の後をひたすら息を切らして追っていただけかもしれない。理論はいくら走っても現実に追いつかない。各論ばかりでどうしてもそれを総論にまとめることができない。ぼくも自分にそれができるとはもちろん思っていない。それを認めた上で、そういう事態にいっそ寄り添って、その各論の一つ一つを逍遥してみよう。「世界の終わり」のヴァラエティーを並べた遊園地の乗り物のいくつかに乗ってみよう。これは、そういう不真面目な、興味本位の、非預言者的な、思索である。

核と暮らす日々

ぼくが生まれたのは一九四五年七月のある土曜日だった。第二次大戦は最終段階に入っていた。ドイツは二か月前に降伏していたし、日本の敗北も時間の問題だった。東京をはじめ日本の各都市は相当にひどい状態になっていたことだろう。一九九〇年代という現在の時点からふりかえってみると、第二次大戦の末期は二十世紀のちょうど折り返し点にあたる。時間の遠近法のせいだろうか、自分が知らない前半の四十五年はおそろしく長く、知っている後半の四十五年はひどく短く思われる。その前半には大きな戦争が二つあり、後半の方には小さな戦争がいくつもあった。そういう言いかた自体が十九世紀にはないものだったかもしれない。今世紀に入ってようやく普通の人の視野は世界全体に広がったのだから。

さて、特記すべきぼくの生誕の日の九日後、ニュー・メキシコ州の沙漠で世界最初の核兵器の実験がおこなわれた。開発にあたったロスアラモス研究所の学者たちは事前にその威力を予想しあった。まず彼らは新兵器の威力を同等の破壊の実現に要するＴＮＴ火薬の量で表すことにした。公式予想値は五千トンだったが、最高責任者のオッペンハイマーは三百トンとごく控え目な数字を出した。その他の人々も勝手にさまざまな数値を予想し、中にはゼロ、つまり完全に失敗という者もいた。実験がうまくゆくかどうか、本当のところは誰にもわからなかった。原理的にはもっとずっと強い爆発力が得られるはずなのだが、核物質の大半は連鎖反応に参加する前に四散してしまう。最初期の爆発力をしっかりと閉じ込めてたくさんの核物質を有効に使うようにするのが設計の要点だが、それが実際にどれだけの効果を発揮するか、予想は困難だった。マンハッタン計画は二十億ドルという厖《ぼう》大《だい》な予算と大量の優秀な人材を投入していかにも戦時中らしい強引さで進められてきた。それゆえに最終的な結果についてはいろいろと不確定要素が多かった。信頼性の低い部品の山を前にして、ロスアラモスの科学者たちは自嘲ぎみに次のような歌をうたった——

ボロ実験室がオシャカを生むと
首に落ちるはトルーマンの斧
見よ、立って戦う学者の勇姿
聞け、世界に轟《とどろ》く不発弾

しかし、実際には、トリニティーと名付けられた実験場の高さ三十メートルの鉄塔の上に据えられたその爆弾は見事に爆発したのだ。威力はTNT換算で二万トン。公式の数値の四倍、オッペンハイマーが出した数字の七十倍。人間は核兵器の破壊力を最初から過小評価していたのであり、逆に核兵器は生まれると同時に自分の威力を人間に見せつけたのだ。もう一つ踏み込んで考えれば、オッペンハイマーは心のどこかで、せめて三百トンくらいの威力であってくれればいいがと願っていたのかもしれない。彼は精力的にこの計画を推進したけれども、自分たちが作っているものの価値と意義をすっかり信じるという工学的な楽観主義の信奉者ではなかった。同じことはこの仕事に参加した多くの科学者について言えるだろう。迷いながらも二万トンの爆弾を作ってしまうのが現代の科学者であり、二十世紀の科学である。

ふりかえって見ると、核兵器の開発に従事する人々はいつも自分たちが作ったものの威力を少なめに評価してきたように思われる。わざわざ誇張しなくても、核兵器は財務担当者に充分な予算を出させるだけの性能を有していた。通常兵器との力の違いがあまりに大きかったので、抽象的な数字と図表だけで開発は推進できた。そして成果については、彼らは沙漠や遠洋の実験場で得られる数字だけを信用した。人間の住む都市に対して用いられた時の効果を具体的に想像することを自分に対して禁じた。あるいは無感覚になろうと試みた。少なくとも、トリニティーの実験報告書を読んだ上でヒロシマ・ナガサキへの投下を決めた人々はそういう姿勢で判断を下したはずである。

威力の予想ができなかったわけではない。核時代がはじまるずっと以前の一九一七年、ノヴァスコシアのハリファックス湾で弾薬を積んだ船が事故を起こしたことがあった。五千トンのTNT火薬が一時に爆発して、小さなハリファックスの町は完全に破壊され、四千人が死んだ。一九四五年二月十三日ドイツの町ドレスデンは連合軍による絨毯《じゅうたん》爆撃を受け、十三万五千人が死んだ（この数字は作家カート・ヴォネガットによる。彼はこの時、捕虜としてドレスデンにいた）。一九四五年三月九日東京はほぼ同じ種類の人為的な災厄に見舞われ、千六百六十五トンの焼夷弾によって十万人が死んだ。すなわち軍人たちは二万トンのTNT火薬がどういう破壊をするか知らないわけではなかった。また、科学者たちも都市に対する使用の結果を想像しようとしてできなかったはずはない。少なくとも加害者の側がそういう事態に慣れていたことは否定できない。その規模の大量死を招来することを承知の上で、爆撃は実行に移されたわけである。

それでも、核兵器に対して、いや核エネルギー全般に対して、人がいつも後手《ごて》に回ってきたことは認めるべきだ。その意味では核開発は一歩ずつが予想不能な新しい事態への突入だった。戦争のあの段階で敢えて使用に踏み切ったアメリカ政府の判断を問題にすべきなのはもちろんだが、爆発の破壊力はともかく放射線と放射性物質がヒロシマ・ナガサキの生存者に及ぼす長期的な効果については彼らもまた無知だったのではないか。同じことはそれ以降何度となく行われた核実験についても言える。ニュー・メキシコでもネヴァダでもビキニでもエニウェトクでも、彼らは不用意に兵員を爆心地に近い位置に置いて、後になって放射線障害をひきおこしている。

あるいは、電磁パルスの一件。核兵器が爆発する際、ガンマ線と大気の相互作用によって強い電磁パルスが生じる。非常に強烈な電磁波が一瞬だけ空を走り抜ける。これによって電子機器や電気製品全般が障害を受ける。その効果はずいぶん遠くまで届くもので、一九六二年のジョンストン島での核実験に際しては千三百キロ離れたホノルルで街灯三十個が消え、数百の盗難警報器が鳴りひびき、電灯線のブレーカーが切れてしまった。そしてここでも問題は、人がこの時までこの現象の意味に気付いていなかったということである。核実験のたびにどこかで停電が起こっているのに、この二つの間に因果関係があるとは誰も考えなかった。今では核兵器の五つの初期破壊効果の一つに数えられる電磁パルスがトリニティー以来十数年にわたって発見さえされていなかったということは、いかにも人が自分たちの手に負えないものを作ってしまったという印象を与える。

そう、オッペンハイマーは威力が三百トン程度であることを願い、放射線障害が後に残らないことを願い、計画全体が大失敗であることを願い、この時を最後として二度と人間が同じことを試みないよう願っていたかもしれない。もともと彼は大変に優秀な理論物理学者であった。『ホーキング、宇宙を語る』という現代宇宙論の優れた啓蒙書の中に彼の名を見つけた時、ぼくは一種の感慨を覚えた——「チャンドラセカール限界よりも重い星の崩壊が排他原理でも食い止められないことは、チャンドラセカール自身が示したのであるが、このような星に何が起こるかを一般相対論にしたがって説明するという問題をはじめて解いてみせたのは若いアメリカ人研究者ロバート・オッペンハイマーで、一九三九年のことだった」。マンハッタン計画などに引っ張りこまれなかったならば、彼は理論物理のフィールドで相当にいい仕事をしていたはずだ。それを理由に、彼が後に馬鹿げた赤狩りの標的になったことも思い出して、この人物を同情の目で見ようというつもりはない。ただ、政治と科学と工学の間にふらふらと揺れ動く軌跡を描いた彼の人生は時代の象徴としてあまりにうまくできている。

その彼が、実験が成功裡に終わった時のことをこう書いている——「われわれは爆風が通り過ぎるのを待って退避壕の外に出た。ひどく敬虔な雰囲気だった。世界が以前とは違うものになったのをわれわれは知っていた。笑っている者がおり、泣いている者がいた。大半の人々は黙っていた。わたしはヒンドゥーの古典バガヴァド・ギーターの一節を思い出した——義務を果たすべきだとヴィシュヌが王子を説得し、多くの手を持つ形に変身した上で言うのだ『今、わたしは死となる。世界の破壊者となる』。わたしは自分たちみんながそれぞれに同じようなことを考えていただろうと思う」。世界は変わってしまい、その立役者たちは脅えている。

そもそも、今世紀半ばのあの段階の物理学と工学の能力で、なぜ核兵器が作れてしまったのか。なぜ僅か二十億ドルという支出可能な金額でそれがまかなえたのか。なぜヨーロッパの有能な学者の多くがその時アメリカにいたのか。なぜ人類はその能力を得ることになったのか？　そして、なぜそういうものを製造しないと決めるだけの政治的判断力の方は持ちえなかったのだろうか？

いずれにしても核兵器は作られただろう。科学は個人の成果をまとめあげて蓄積できるシステムであり、その時々のゆらぎはあるにしても全体として見れば自分が定めた方向に着実に進んでゆく。何が邪魔をしても科学は最後には核兵器を生むことになり、工学と巨大資本はそれを量産したことだろう。科学史を振り返っていくら詳細に調べたところで、別のもっと安全な平和的な科学へゆく分かれ道などはみつからない。あそこであれが発見されなかったら、という論法は意味をなさない。実現したことをそれと認める以外に歴史の読みかたはないのである。

かくて、少しは減少のきざしが見えているとはいえ、現在では世界中のすべての人間に対して、一人あたり四トン分の爆発力の用意がある。百グラムの粉ミルクもない最貧国の乳児でも四トンのTNT火薬だけはもらえる。海外援助の小麦粉を運搬する手段はないのに、四トンの火薬の方はいつでも正確に送ってもらえる。世界中のあらゆる場所へ注文から三十分以内に配達される巨大なシステムが完成し、それが二十四時間待機状態にある。

どんなピザ屋もかなわない。人間というのは、実に不思議なことをするものだ。

小学生の頃、周囲には核を巡る話題が山ほどあった。当時は核という言葉はまだ使われず、たいていは原爆と水爆だった。言葉の響きからすれば、どことなく抽象的であっさりした核よりも卑俗で耳ざわりなゲンバクの方が実態を正確に表している。発電などの原子力の平和利用はまだまだ先の話で、聞こえてくるのは原水爆の実験のことばかりだった。テレビの普及以前だから、よく学校から映画に行った。映画教室という特別な催しを子供たちはずいぶん楽しみにしていた。講堂のある学校は少なかったが、映画館ならば私鉄の駅ごとにあった。午前中そこを借り切って映画会をするというので、みんなでわいわい喋りながら歩いて出かけた。そういう機会の一つにヒロシマ・ナガサキの記録映画を見たことがある。モノクロの、少しぼけた画面にチラチラしながら見えるのは焦土と化した町で、そこをカメラはゆっくりとパンしてゆく。徳川夢声の淡々としたナレーションが、スクリーンという大きな窓の向こうに見える遠い世界の不思議な光景について説明する。いくつの実験を撮ったのか、キノコ雲が空を押し上げるように伸びてゆくのが映り、次に大きなガラス容器の中の奇形児たちが次々に映る。その一つ一つについて放射線の推定被曝量がマイクロマイクロキューリーという耳なれない単位をつけて読み上げられた。夢声の、本当に夢の中のようなものうい声。

しかし、そういう画像と声はぼくたちの普段の生活からはひどく遠いもので、それを見たところで人間が自分たちを地表からすっかり抹消できる技術と装置を所有しているということは理解できなかった。映画館を出た瞬間にも頭上にキノコ雲を見るかもしれないとは思わなかった。過去を語る話法と現在を論ずる言葉は違う。ミサイルや爆撃機はいつもあまりに遠くから飛来する。ヒロシマ・ナガサキの被災は無縁な者には遠い話だったし、縁のあるものには実に語りにくい、小声でいわなければならない特別の話題だったのではないだろうか（井伏鱒二の『黒い雨』を参考文献に挙げておこう）。ピカドンという隠語めいた言いかたには日常の知恵で扱えないものをとりあえず括弧に入れるような効果がある。まるで猥褻《わいせつ》なものでも扱うかのよう。

世界は冷戦と呼ばれる状態にあった。いつミサイルが降ってきてもおかしくないことを人々は知っていた。しかし、理解してはいなかった。二つの大国が小国を統合してグループを作った上で睨《にら》み合っていて、自分たちが住んでいるこの国にも基地がいたるところにあるとは知っていても、それは抽象的な知識でしかない。自分たちが毎日見ている都会の風景があのヒロシマ・ナガサキのようになる日というのはとても想像できるものではなかった。核に対して、言葉はつくづく虚ろである。

ある時にある場所で十万人が死んだという事実があったとして、それを知識として伝えることはできる。より細かな説明を試みて、それが爆風による衝撃や、強い熱線による火傷、放射線、等々の理由によるものだったと言うこともできる。しかし、そんなことをしたところで、十万人が死ぬというのがどういうことか、彼らを容れた都市の全体が崩壊し炎上するというのがその十万人の人々にとってどういう現実であったのか、その周辺の数十万人の人々にとってはどういうことだったのか、それをすっかり想像することは困難だ。その時にその場で死ななかった者の耳に聞こえるのは、数字だけを無感動に伝える「……マイクロマイクロキュリー」というナレーションだけなのだ。そして、ガラス容器の中に浮いている奇形児たちの姿。生まれてくることもなかった我が同朋。十万人の死者たち一人一人の人生と死を検証することは誰にも、どんな想像力の持ち主にもできない。

別の言いかたをすれば、それをしなくてもすむのが近代兵器の原理かもしれない。人には自我の拡大のための攻撃性と、それに対する抑制という二重の心理的装置がある。エゴイズムと隣人愛や友愛が平衡している。この二つのバランスが、各人のエゴを伸ばしつつ種全体の繁栄をもはからせてきた。普通の人間には普通の状況で人を殺すほどの攻撃性を発揮することはむずかしい。だから、抑制をおさえて攻撃性だけを助長するには特殊な小集団の中で特殊な精神を育てなくてはならない。騎士道や武士道、オスマン・トルコのマムルーク制度などの戦闘的小集団はそのためのものである。彼ら戦士は普通の人間とまるで違う生活を送り、階級と思想においても別の人間であることを常に意識するように条件づけられた。個人的な恨みなどに支援されない冷静な殺人の実行は特別な心理的技術を要する。だからこそ職業ともなりえたのだ。

しかし、近代のテクノロジーはもっと簡単な散文的な方法で抑制の働きを止め、攻撃性だけを強化する。方法は簡単、殺人実行の現場と死の現場を分離すればいいのだ。目の前にいる者を殺すには相当な量の攻撃性が必要だが、見えない者を殺すのならば抑制機構は働かない。鉄砲が伝来した当初、これは卑怯な武器だという論が行われたのは、一方的に勝負が決まるという格段の威力のせいだけではなかった。戦闘要員として育てられた者は目の前の相手を冷酷に機械的に殺害できるというその一点によって戦士の矜持《きょうじ》を維持していたのに、鉄砲はそれを不要にし、彼らの存在理由を奪ってしまった。戦争は他の分野に先駆けてこの時に大衆化したのである。この大きな変化に比べれば、通常火薬と核兵器の間の違いは決定的なものとは言いがたいかもしれない。はるか昔、弓矢が発明されて遠方から猛獣の獲物や敵を殺すことが可能になった時、人は自分と殺害の現場の間に距離をおくというずるい方法を手中にして、自分たちを同族殺しに仕立てる道を歩きはじめたのだ。

　実際の話、核兵器の価値は破壊力の規模よりもコストと効率にあった。少なくともドレスデンと東京に見るように一夜に十万人を殺す技術と思想はすでに確立されていた。次の問題はいかに安く、効率よく、遠方から、それを実行するかだ。社会のサイズが拡大し、数億の人間を国民として擁する大国が生まれ、かつて村と村が水を争って川原で石合戦をしたのと同じ戦闘性をもって戦おうとした時、特別に大きな石としての核兵器が為政者の手にそっと差し出されたのである。

しかし、毎日を平穏に送っている子供にはそういうことはわからなかった。ここでも問題は想像力だ。いつの場合にも人間の目の前にあるのは災難そのものではなく、その可能性である。小さなつつましいマッチ箱それ自体は火事の恐ろしさを表現していない。自分の住んでいる家が燃えはじめて、毎日使ってきた道具や家具が炎に包まれ、畳がいぶりだし、それを茫然と見ながら火を消す手段が何一つないと知る時の恐怖や絶望感や無力感はマッチ箱だけをただ見ていてもわからない。それを知るには想像力を使わなくてはならない。核兵器の場合はマッチ箱とはちがってそれ自体が普通の暮らしをしている人々の目の前にはなかった。ずっと遠いところにひっそりと貯蔵され、出動する事態を待っていた。それがどこかにあって、いつ頭上に飛来するかわからないまま、われわれは四十数年間を平然と過ごした。それはむずかしいことではなかった。

遠方に貯蔵されたものはもちろん、目の前にある爆弾でさえ普段は脅威ではない。それを扱う専門家たちは通常兵器との間に特に違いがあるとは感じないだろう。それは要するに鋼鉄製の容器に収められた一つの装置であり、まわりの人間に嚙みつくわけではないし、接近を許さないほどの放射線を出してもいない（触れてみれば崩壊熱ですこしは暖かいのだろうか?)。ともかくそれを何時間見ていても何もわかりはしない。それが一つの都市を破壊できると言葉で言うことはできるが、その具体的な威力は爆弾そのものを見ていても理解できないし、またTNT火薬に換算して何百キロトンとか何メガトンとかいう数字を聞いたところでやはり理解できるわけではない。それがひきおこす事態を知るには想像力を発動して、精一杯考えなければならないわけだが、たいていの人はそういうことをしないだろう。爆弾が目の前にあれば、むしろ人はそれを落とす側、飛行機にそれを搭載して、飛んでいって、投下する人々の側に身をおいてしまうのではないか。下の側にいる者、一方的な被害者、ぼろぼろの身体をひきずって、体内の無数の苦痛に耐えながら、廃墟と化した町をうろつく自分を想像するのは大変にむずかしい。戦時下の都市に住んでいたところで、自分たちの生活を外側からしっかりと支えている制度の安定性を疑うのは容易ではない。想像力というのはいわば親告罪のようなもので、外からその作動を強制するわけにはいかないのだ。そして爆撃手と眼下の都市の間の距離もまた想像力では埋めえない。だからこそ為政者は両者の間に距離をおくことにしたのだ。かくてほぼ半世紀にわたって爆弾は存在し、われわれはそれに背を向けてきた。キューブリック風に言えばわれわれは「爆弾を恐れるのをやめて、それを愛するようになった」のである。

それでは、人間に核兵器を作らせた最も根本的な動機は何だったのか。原理的に作れるという見通しが立った時、マンハッタン計画を立案して、国中の優秀な物理学者を一堂に集め、ちょっとした都会の二つ三つ分の電力を消費する工場を建て、そのものが実在する方向へと大きな動きを押し進めた本当の動機は何だったのだろう。物理学がある原理を発見してしまうことを止める方法はない。どんな場合でも科学的な真理は自然の中に身を隠して発見を待っている。比較的早く見つかる場合もあるし、運悪く遅れることもあるが、科学者という鬼は最後には隠れた子供を全部見つけるのだ。一歩離れて見れば、科学が一つまた一つと有機的に構造化された真理の体系を構築していることがわかるだろう（だから科学者は偉いというわけではなくて、これは科学という特殊な文化装置の性質の問題である）。

その一つのステップとして原子核の存在が知れ、それが分裂ないし融合する可能性が問われ、素材を選んで量を按配してその他ちょっとしたからくりを付加すれば連鎖反応として爆発にまで至ることを今世紀前半の科学者たちが発見してしまったことを咎《とが》めるわけにはいかない。しかし、発見することと、その原理に沿って実際に他人の頭の上で爆発させることのできる爆弾を作り出すのは別のことである。科学には自立性はないし、人は科学にそれを求めてもいない。だが実際に爆弾を作ったのは科学ではなく工学、つまり計画性と方向づけられた努力による意図的な過程である。マンハッタン計画は偶然ではなく意図の産物である。

ナチスに対抗するためとか、日本本土上陸作戦におけるアメリカ側将兵の人的被害を最小限にとどめるためとか、各論としての理屈はいろいろある。それでも、本当のところ、爆弾が覇権主義の欲望から生まれたことは誰にも否定できない。核兵器はまずもって他人の上に自分の意思を強制する手段の一つである。人は他人を制覇し征服しておのれの意思を行うことが好きな動物なのだ。そうやってことの最も深い理由を人間自身の性格の中に求めてゆくと、工学の意図性などというものはごく表面的な条件でしかなかったという気がしてくる。われわれはこの事態の根をもっとずっと深いところに求めるべきではないのか。

人は結局のところ自分を育てた社会に逆らって生きることはできない。権力指向や覇権主義は農耕がはじまって以来、人間の性格の中にはじめから組み込まれた機能である。個々の場合はともかく、全体として持って生まれた以上の倫理性を人に求めること、人間の根拠についていないものねだりをすることは許されない。人の倫理的能力を実際以上に高く評価した上で、現実の人間がそれに従わないと言って非難してはいけない。その資格があるのは天使だけだ。だとすると、科学がいずれは核の秘密を発見し、倫理がそれを爆弾に仕立てることをとめ得ないのだから、ホモ・サピエンスは核兵器を作るべく最初から条件づけられて世に生まれたということになる。この決定論のどこが誤っているのだろう。爆弾との共存という馬鹿げた事態は歴史的な必然だったのか。それならば、人は滅びるほかない。

核兵器のシステムにある程度の信頼性を与えることは可能だし、半世紀にわたって爆発事故も誤用もなかった事実も認めよう。しかし、そのことは来年も無事故が保証されるという意味では決してない。過去は過去、未来は未来、どんなシステムになっていようと、今日までと明日からはまったく別の意味を持つ日なのだ。大国がシステムをより進んだものにする一方で、核は拡散し、粗雑な、安い、大雑把な核装置が各所で造られるようになる。南アフリカ共和国が核兵器を持っているのではないかという疑惑は事実だった。では、それらをすべて破棄したという彼らの主張は事実だろうか？　もうしばらくすれば核は必ずしも国家にばかり属するものではなくなるだろう。核というものの脅威の総量は少しも減ってはいない。

先日、ちょっとした好奇心から原子力施設を見学に行った。動機が好奇心以上のものでないと自分で思ったのは、そこで見られるものがほとんど予想できたからである。原子力発電所で事故が起こった場合の被害の範囲とか、その後何十年間にわたって発生する遺伝的問題の実態を示すパネルが展示してあるはずはないし、案内に立ってくれた動力炉・核燃料開発事業団の実直な技術官僚たちが初対面のぼくに向かって不安を告白するとも思えない。見学に先立って自分に何か課題を与えたとすれば、実際に核分裂反応によってエネルギーを発生させている炉の前に立った時に、それを封じ込めておく何枚かの壁が消滅した場合にその場はどんな状態になるか、その図を（それこそ作家にとっては商売道具であるはずの想像力を駆使して）脳裏に描いてみるということだっただろうか。

いずれにしても発電所は静かで穏やかな場所だった。ぼくが中央制御室のパネルの前に立っている時に非常事態のサイレンが鳴りはしなかったし、所内に入るに際して身につけた線量計にも何の異常もなかった。発電所の側にすれば営業運転開始以来すでに八千七百六十日の間繰り返されたのとまったく同じ一日が過ぎてゆくだけのことだっただろう。日本で最初に発電をはじめたその炉の建屋は、外から見るかぎり東京のどこにでもある普通の工場と何ら変わるところはなかった。それは建物だけでなくそこで働く人々みんなについても言えることだ。発電所は来る日も来る日も平穏無事なのである。

本を見た方がよほどわかりやすいから、ぼくは現場ではほとんど質問もしなかったが、もしも中央制御室の誰かに向かって「これこれこういう事態になった時にはどういう処置をとることになっていますか？」と問えば、実に自信に満ちた答えがマニュアルから引用されたことだろう。電気出力百十万キロワット、炉自体の熱出力ならばその三倍を誇る東海第二発電所の沸騰水型軽水炉で、もしも圧力容器から再循環ポンプへの配管が破断して一気に冷却水が失われたらどうなるか。いくつもの警報が鳴って、あるところまでは自動的に回復のための処置が行われ、その先は人の手で適切な処置が取られて、最終的にはサプレッション・プールの水が強制的に圧力容器内に注入される。それと前後して制御棒が所定の位置へ所定の時間内に挿入される。原子炉は速やかかつ安全に停止される。マニュアルにはそう書いてあるはずだ。次からは配管はより丈夫なものが使われ、事故を回避した上で全体の信頼性は向上する。そういうシナリオが実在することを疑わせるものは、見たかぎりでは何もなかった。

発電所というのは、例えば自動車の製造工場や石油化学プラントに比較してみればわかるとおり、実に単純な施設である。一方にはエネルギー源があり、他方には発電機がある。要はそれだけのことだ。発電機は磁界の中でコイルを回す装置で、それは自転車のライトの発電機でも電力会社のそれでも変わらない。たまたまこの一か月のうちにぼくは本土から二千キロの離島にある出力三百キロワットほどのごく小規模な自家発電設備と、出力百十万キロワットという最大級の原子力発電所の両方を見たけれども、その建物の中の騒音や暑さ、また制御室のコントロール・パネルの印象などは実によく似ていた。

原理を考えるとディーゼル・エンジンで駆動される離島の発電所の方が複雑と言ってもいいくらいだ。ディーゼル・エンジンは二十四時間ずっと燃料となる重油を外から供給し続けてやらなくては動かないが、原子炉の方は年に一度の補給だけで熱を出し続けるのだ。言ってみれば、原子炉というのは下りの坂道に置かれた重い車である。必要なのはブレーキだけで、アクセルはいらない。いかにゆっくりと安定した速度で坂道を降りさせるかが問題なのであって、無限の熱源である炉の周囲にあるのはいくつものブレーキである。すべてのブレーキが壊れれば炉は暴走をはじめるだろうし、その場合に燃料を断ってそれを止めるということはできない。

制御と遮蔽が原子力産業全体の基本姿勢である。遮蔽について実に正直に語っている文書をぼくは発電所で貰った。『東海発電所／東海第二発電所のあらまし』という表題の（日本原子力発電株式会社広報部の発行になる）その文書の文体そのものが封じ込めるという姿勢、原子力に対する人間の基本姿勢、を露骨に語っていた。ぼくはそれを非常に興味深く読んだ。「安全への配慮」という項目には「放射線の封じ込め」と題して五つの壁が放射性物質の周囲にあることを強調している。そして箇条書きにして五項目からなるその、句読点まで含めて百六十字ほどの短い文章の中で、危険性は「固い」、「丈夫な」、「密封」、「がんじょうな」、「気密性の高い」、「厚い」、「しゃへい」、という言葉の羅列によって文字通り封じ込められていたのである。

これは思考の文体ではなく、説明の文でもなく、要するに広告コピーの、売り込みの文体である。具体性を欠くイメージの言葉を羅列して、読み手の心理をある方向へもってゆこうという意図だけがあからさまな文章である。論理的には何の説得性もない。例えば、箇条書きの最初の項目には「第一の壁　ウランを陶器のような固いペレットに焼き固めます」とあるが、低濃縮ウランを酸化物の形で焼成するのは、摂氏二千度にも達する核燃料を経常的に燃やし続けるという炉本来の目的を達成するためなのだから、それを安全云々を強調するために引くというのはフェアでない。金属ウランが摂氏千百三十三度で融解する以上、これ以外に方法はないのだ。それに、酸化物にして焼成したところで、融ける時には融ける。燃料全体が融けて、鋼鉄の圧力容器とその下の人工地盤といういかにも堅固そうなただのコンクリートを融かし、その下の地面を融かし、そのまま地球を貫通して反対側まで抜ける。アメリカ人はそういうブラック・ユーモアを考案して、自分たちの国の対蹠《たいせき》点が中国であることからこれを「チャイナ・シンドローム」と名付けた。日本の場合は「南大西洋シンドローム」になる。何で作ろうと無限の熱源は融ける時には融ける（SFには、すべてのものを溶かす溶媒というジョークがある。それを納める容器があるはずがないのだ）。この文書がいかにも雄弁に語っているのは、発電所が外の人々に向かってそういうアピールをしなければならないと考えているということだけではないのだろうか。スタンダールの『パルムの僧院』だったと思う、こういう言葉がある――「恋人は夫が妻を守ろうと思う以上に強く彼女に会いたいと願い、囚人は獄吏が脱獄を防ごうと思う以上に強く自由を願う。だから長い年月の果てには恋人と囚人はかならず思いを遂げるだろう」。同じ理屈から、破壊的ではなく生産的な理由から建設された上で恒常的に運転される発電所は爆弾よりもずっと始末が悪いものかもしれない。

チェルノブイリの大事故の後、各国の原子力関係者は異口同音にわれわれはあれほど愚かではない、わが国ではあんな事故は起こるはずがないと言い張った。事故に至った過程を分析して、自分たちの炉との違いを並べ、これだけ違いがあるのだからうちは安全だという論法がまかりとおった。だが、事故というものの実態は千差万別であり、そこに至る道もさまざまである。チェルノブイリと同じ道をたどらなければ事故に到達できないわけではない。日本ではチェルノブイリ型の事故は起こらないと主張するのは、日本にはゴルバチョフ型の指導者は登場しないと断言するのと同じくらい正しく、それゆえにナンセンスだ。ロシア人は生まれつき馬鹿だからあんなことになってしまったのだと言ってすませるわけにはいかない。ロシア人が馬鹿であるのなら、スリーマイル島の事故を起こしたアメリカ人も馬鹿だし、一九八一年四月に放射性物質を一般排水路に放出してしまった日本原子力発電敦賀発電所1号機の関係者も同じように馬鹿だということになる。人はおのれの愚かさに比例するサイズの事故を起こすという法則があるわけではないのだ。覚えておくべきは人はすべて愚かであるということ、少なくとも世界中で稼働中の数百基の原子力発電所を完全に無事故で何百年も運転できるほど賢くはないということだけである。そしてチェルノブイリが教えているのは、あの場合の経路を辿る形で事故が起こることがあるということと、起こった事故が大きければあのように広い範囲に深刻な影響が出るということの二つ。誰にとっても後者の方が重大な意味をもつことは歴然としている。原子炉の関係者ではない一般人にとって大事なのは、事故に至る経路ではなく事故の結果の方だ。

ロシア人やアメリカ人だけでなく日本人もなかなか馬鹿だと思わせるような事件が起こっている。その典型は、一九八九年一月六日の福島第二3号炉の再循環ポンプBの大規模破損。再循環システムは原子炉圧力容器の下の方から出ている直径五百ミリ前後の太い配管とポンプや弁によって構成されており、これだけ大口径の管の破断はすぐに冷却水の喪失につながりかねない。六日の午前四時二十分、問題のポンプが異常に振動しているという警報が鳴った。回転数を下げても振動は消えない。しかたなしに原子炉自体の出力を段階的に下げていったが、やはり事態はかわらない。最終的には翌日の午前〇時に発電を停止し、その四時間後には原子炉そのものも停めた。

実際に関係者が愕然としたのは、問題のポンプを分解して故障の原因が明らかになった時ではなかったか。遠心ポンプだからケーシングの中で羽根車が回転するだけの単純明快な構造である。その羽根車の一部、全円の四分の一にも当たる部分が欠落していて、軸受リングその他にも重大な損傷が見つかった。異常振動と言っても、これほどのこととは誰も予想していなかったはずである。

洗濯機についている脱水機に洗濯物を大雑把にほうりこんでスイッチを入れると、中の洗濯物の偏《かたよ》りで脱水槽全体がガタガタと揺れてちゃんと回らないことがある。回転体の異常振動というのは要するにああいうことだ。その警報が鳴っているのに運転関係者はそのまま二十四時間以上もそれを回しつづけた。常識的な判断を怠ったわけではないらしい。

そういう場合に即時ポンプを停め、それに応じて原子炉の出力も落とせとはマニュアルに書いてなかったというのである。回転する機械が異常振動することは珍しくはない。各部分ごとの共振周波数をずらしてなるべくそういうことにならないようにしていても、締めつけのネジが緩むだけでビビリが出ることはあるのだ。マニュアルの製作者が異常振動という言葉で想定したのはせいぜいその程度のことだっただろうが、しかしポンプは機械としてはおよそ最悪の壊れかたをしていた（だからこれは例外的なことだと関係者が考えるのが実は最も恐ろしい）。

発電所の設計思想に異常振動の問題意識が欠けているわけではない。たとえば発電機に直結している蒸気タービンの方にはほんの少しの振動でもすぐに蒸気をバイパスさせてタービンを停止するシステムが用意してあり、実際にそれが作動することは少なくない。毎分三千回転でまわっているタービンの羽根の一枚でも欠損してバランスが崩れたら、その直後にはタービン全体が分解して無数の破片が高速で周囲に飛散する。タービン・ミサイルと呼ばれるこの破片の破壊力はごく素朴な想像力の持ち主でも充分に理解できることで、だからそれに対してはタービン・トリップと呼ばれる周到な対応策が用意してある。これは火力発電所以来の設計の伝統と言ってもいい。皮肉な見かたをすれば、彼らにとっては原子炉よりもタービンの方が大事なのだ。

発電所内のすべての機器に対して同じ密度であらゆる事態を想定した対応策を用意する

ことはできない。たぶん設計者ならびにマニュアル製作者の頭の中では、再循環ポンプというのは今回のような壊れかたをするものではなかったのだろう。ちょうどチェルノブイリの設計者の頭の中であの施設があのような事故を引き起こすはずのものではなかったのと同じように。それでも、あらゆる事態に対して安全第一に徹したマニュアルを用意することが原理的に不可能だとは言い切れない。現実問題としてそれを阻んでいるのは、要するに経済性である。人が造って人が運営する施設では（社会主義であれ資本主義であれ）経済性を無視するわけにはいかない。効率は人間の経済活動のすべてについてまわる。逃れるすべはない。

原子力発電を啓蒙するためのパンフレットの類には安全性と並んで経済性が大きく謳《うた》ってある。しかし、ちょっと考えてみればこの二つの利点が相互に矛盾していることは明らかである。ほんの小さな異常でもすぐに原子炉を停めてしまうという方針で運営すれば、そこは絶対に安全な発電所ということになるだろう。しかしそれを実行していては年間の稼働率はひたすら低くなり、発電コストはいくらでも上がる。石炭火力で一キロワット時あたり十円程度、原子力で九円程度という数値のメリットを維持するためには、再循環ポンプが少々ガタついたくらいで原子炉を停めてしまうわけにはいかない、という彼らの論理の流れを外部にいるわれわれはついつい予想してしまうのだ。存在自体が矛盾を包含している。日本の原子力発電は稼働率が高くて優秀ですという自画自賛は、そのまま、何があっても停めませんにはならないか。

通商産業省資源エネルギー庁公益事業部という長い名前の官庁が編集して（財）日本原子力文化振興財団というところが発行した『'89　原子力発電—その必要性と安全性』というパンフレットには「安全確保のための対策を十分に行ってきたことを反映して、発電所一基あたりの報告件数は、昭和六十二年度で〇・五件、と少なくなってきています」というような表現がある。その一方で同じ文書の別のページには「（昭和五十六年四月の敦賀発電所1号機の）事故については、会社側から監督官庁である通商産業省に対して報告がなく——」という文もあるのだ。報告がなければ事故がないとニコニコしているほど彼らはおめでたいのだろうか。

再循環ポンプ一台の故障くらいでしつこく因縁をつけるのはやめよう。日本の原子力産業は世界で一番優秀であると言ってしまおう。故障率の低さを誇る車を安く作って世界中に売るのが得意なように、日本人は原子炉を安いコストで安定して運転するのが得意なのだろう。ひょっとしたら日本人は今の世界で原子力発電所の運営に対する適性を最も多く備えた民族かもしれない。関係者が誠心誠意の努力を毎日重ねていることも認めよう。

だが、運転技術の優秀性は事故の確率を下げはしてもそれをゼロにはしない。まして発生した事故の規模を小さく抑えるわけでもない。火力発電所がいくつ事故を起こそうと、タービン・ミサイルで周辺の住民に百人の死傷者が出ようと、社会はそれに耐えて生き延びることができる。カネミ・オイルのような食品事故でも、ミナマタのような極端な公害でも、傷を負った社会は辛い思いを重ねつつ結局はその傷から恢復する（これは傷を負った個人の一人一人が恢復するという意味ではない。彼らの受難の深さを計るメジャーは他人の心の中にはない）。しかし、原子力関係の施設の事故の傷から恢復するだけの力は普通サイズの社会にはないのだ。東海村なり福島なりで炉心溶解規模の事故が起こったら、日本の社会はあまりに重大な損傷を被る。普通規模の産業事故とは三桁も四桁も違う危険を相手にしているにしては、原子力発電所の設計と運営にあたる人々の言葉遣いは軽薄にすぎる。新しい冷蔵庫を売るのと同じ程度のコピーで数百万の人間の生死にかかわる安全を売ることはできない。彼らの言葉、彼らのロジックにはまったく説得力がない。信用しろと言う方が無理だ。

それに、これは日本が安全ならばいいという問題でもないのだ。兵器の場合と同じように、いわゆる平和利用にも危険の拡散ということがある。日本人はたしかに優秀な原子力発電所運営者だし、また今の日本には経済的余力もまだまだある。原子力発電のコストが上がってもそれを吸収することができる。しかし、そんなに運のよくない国で、いつか（たとえば独裁者の見栄から）無理をして原子力発電所を造ったとして、そういう施設が日本並みの安全性をもって運転できるかどうか。それが破綻して事故が起きたらどういうことになるのか。あれだけ離れたチェルノブイリでさえ食品その他でこの島国に影響はあったのだ。もっと近いところならどうなっているか、それを予想するのはそんなにむずかしいことではないだろう。地球の上のすべての土地は風によって、水蒸気の循環によって、食料の輸出入によって、また人間自身の広範囲な移動によって、否応なく結ばれている。風を遮る壁は造れない。

世界にはさまざまな航空会社があり、その中には事故率の低いところと高いところがある。飛行機を安全に飛ばすのにふさわしいメンタリティーを持つ国民（ないし社会の体制）とそうでない国民がいる。それでもたいていの国は自前の航空会社を持っており、飛行機を運航している。だから比較の上では危険率の高い航空会社があり、逆に確率的に安全度が高いと言える航空会社がある。しかし、絶対に事故を起こさない航空会社というものはないし、資金があって飛行機を買いたいという者が現れた時、買手の安全思想をテストした上で成績が悪ければ販売を断るという航空機製造会社もないだろう。原子力発電所についてもまったく同じことが言える。違うのは、一回の事故が与える影響の大きさだけである。

もう一度おちついて考えてみよう。問題は核が持っているエネルギーの量にあるのではない。火を利用するようになった時、家畜の力で耕作をするようになった時、あるいは蒸気機関を発明して産業革命を起こした時、そして電気の利用を実現した時、人間が使用可能なエネルギーの量は数桁ずつ延びてきた。しかし、それらの場合には増えた力の分だけそれを制御する技術の方もちゃんと向上したのだ。馬に蹴られて死んだ人もいただろうし、ボイラーが爆発したこともあっただろう。漏電が火事を起こすこともある。しかし、万一の事故が一つの地方をそっくり廃墟にしてしまい、後遺症が何世代にもわたって残るというほどの大きな危険性をはらんだエネルギー革命は今までなかった。状況はマルサス的である。パワーは幾何級数として増えるのに、それをコントロールする能力の方は算術級数としてしか増加しない。パワーは科学に由来し、科学は先人の業績をそのまま継承できるシステムである。しかし、コントロールの方は結局は人間の性格に大きく依存するものだから、それをある目的に向けてよりふさわしいように変えてゆくことはできない。だからパワーとコントロールの差は大きくなるばかりだ。爆弾の時と同じ問いをもう一度発するなら、このペシミスティックな決定論のどこに誤りがあるのだろう？

人間の性格を考えると、覇権主義という理由からにせよ、あるいはエネルギー浪費の欲望からにせよ、核の利用が可能になった時にそれを捨てて忘れてしまうということはとてもできなかった。そしてまた、科学という文化装置が、いずれは核の秘密を明かして厖大なエネルギーを人の手に渡す方向に進んできたことも事実だ。とすると、先にぼくが書いたように、ホモ・サピエンスはもともと核兵器を作るべく最初から条件づけられて世に生まれたことになる。まるで一つの種のエゴイスティックな文明のある程度以上の進歩を抑えるために、知の進化にはじめからリミッターが組み込んであったかのようだ。

トリニティーの実験とほぼ同時に生まれ、キューバ危機の間一髪を後になって聞かされた世代に属する者として改めて振り返ってみると、核兵器がはじめて作られて世界中に配備された時の予想に反して、このリミッターはずいぶん余裕をもって作動するものであった。それに、この数年にいたってようやく兵器システムの方は縮小が実現しつつある。発電の方も少なくとも建設の勢いはだいぶ低下している。事故という形で強制的に働くはずのリミッターを自分たちの判断と決定という形で人間が内に取り込んで穏やかに作用させることができるとすれば、これほど喜ばしいことはない。起こるべき災厄を予想してそれを回避するという想像力の機能が最後のぎりぎりのところで間に合ったと、何十年か後に言えるのか。あるいはやはり、今の世界の人口の何割かはいずれ燔祭《はんさい》の犠牲として捧げなくてはならないのだろうか。

と書きながら、ぼくは自分がどこに立っているのかといぶかしむ。核兵器の持込みを許容している日本の為政者たち、危なっかしく運転される発電所とそれを糊塗するための稚拙な言葉遣い、ひたすら電力消費の増加を煽る社会、そういうものに対して正面から論争を挑むのではなく、一歩離れた視点を確保した上でことの推移を、まるで部外者のように、ほとんど興味本位にながめようとしている。人間とは脅えつつも欲に駆られて核に寄ってゆく生き物だと確認して、嘆くと同時に一種納得する。自分を群れの外に出して、そこから見ようとする。この衝動は何か。

地球の外に視点を持つ者がいて、それが少しは人間に対する慈《いつく》しみの目でわれわれを見下ろしていると仮定しよう。核の危機を回避しようという動きに対して彼は安堵のため息をついてくれるはずである。だが、彼が存在しないとすれば、外の視点に立つ者がいないとなれば、われわれはひたすら自分で自分を哀れむほかない。この惑星の生物圏の成り上がり者としてほんのしばらくは栄華を楽しみはしても、それは長くは続かないように最初からリミッターが用意されていて、具体的には核がその限界を決める。リミッターを用意した者を創造主とか神とか自然とか呼ぶのはいいけれども、その性格について確実にわかっていることは一つしかなくて、それは無関心ということだ。甘える余地はない。つまり、先ほど仮定した地球外の視者の慈しみの視線はわれわれの幻想ということになる。いわば帰謬法《きびゅうほう》だ。それを承知で自分もまたその冷たい視者と肩を並べて地球を見下ろしたいという思いを、実際の話、ぼくはもてあましている。

核と暮らす日々（続き）

核はまさに戦後という時代に特有のものであって、これに似た脅威は第二次大戦の末期までなかった。その核エネルギー開発の大事業がナチズムという今世紀前半を代表する脅威に対決する姿勢から生まれたのは、ずいぶん皮肉なことである。マンハッタン計画を実行に移すに際して最も力があったのは、ナチスがこれを開発中という情報だった。亡命した多くのユダヤ系東欧系の学者がそう聞いてこの計画に参加したのだ（実際にはナチスの側の計画は遅々として進行していなかった）。ローズヴェルトを動かすべく最も説得力に富む手紙を書いたのはアインシュタインだが、彼の論法もまた核エネルギーを兵器に応用することが可能であること、ドイツがその研究をしているおそれがあることを連ねたものだった。しかしながら、第三帝国が崩壊して核兵器開発競争の必要がなくなっても、こちら側の計画を手控えようと考える者は誰もいなかった。一人だけ計画から身を引いた者がいたのだが、それについては後に述べる。

さて、このわれわれの世紀が抱え込んだ二つの大きな問題はどう似ていてどう違うのだろうか。ナチズムをはじめとするファシズム全般の政治論理を深く分析するのはこの場の仕事ではないし、またその力もぼくにはない。独善的なイデオロギーに基礎を置く政治体制、周囲の諸国と民族に対する過度の攻撃性、それを実行するための軍隊はじめさまざまな効率的システム、巧みなパブリシティーによる民衆の動員、旗色が悪くなってからの撤収のまずさ、等々、ナチズムには検討すべき面が少なくない。

それらを強引に要約してみると、中央にイデオロギーがあって、その周囲に実行のための制度があるという基礎構造が見えてくる。この二つのうち、もっぱら批判されてきたのはイデオロギーの方であった。機能の装置としての行政システムに罪の責任を負わせることはできない。つまり、アウシュヴィッツはシステムの暴走の結果ああいう悲惨な事態を引き起こしたのではなく、完璧な管理のもとに為政者の意図をまちがいなく実行して死体の山を築いたのだった。それをよく承知していたからこそアイヒマンは、自分は巨大な官僚機構の一員にすぎなかったという弁明を口にすることができた。イスラエルの法廷でそれが受け入れられなかったのはまた別の力学が働いたからで、おそらく彼自身は自ら信じてあのようなアポロギア（弁明）を主張したのだろう。

そして、そのことが戦後になってそれを知った人々に却って戦慄と人間性そのものに対する深い不信感を味わわせた。人間はこんなことまでするものかと人々は思った。だからネオ・ファシズムに対する戦いはまずもって思想の戦いとして成立しうると今でも人は信じているのだ。事故をおこしたのは車ではなく運転者であった。そして免罪とされた車の部分、つまりヒトラーの政治システムは戦後の社会でさまざまにコピーされ、改良され、利用されてきた。レニ・リーフェンシュタールやゲッベルスが開発した優れた宣伝の技術は誰にでも利用可能な形で後に残された。その成果は現代のわれわれが日々テレビその他のマス・メディアを通じてよく知っているところだ。

言い換えれば、ナチズムは倫理の問題であるとみなされてきたのである。それにいかに人が絶望しようと、またその再登場をいかに恐れようと、倫理的な問題の責任が行為者その人にあることは倫理という言葉の定義からして当然ではないか。人間の頭に発した考えの結果が人間に及ぶのならばそれなりの納得のしかたもある。人は互いに殺し合う。人は人に対して狼であると古代ローマの喜劇作家プラウトゥスは言い、オオカミはオオカミに対して狼ではないと現代の動物行動学者は言う。今から死んだヒトラーの責を問うことは現実には不可能だが、しかし、ナチズムが行ったことは人と人の間に起こりうることの一つとして理解可能である。あるいはもう少し穏当な解釈として、人に対する人の残虐性という、太古以来の理解不能ながらあきらかに実在するカテゴリーにこれを分類して一件落着とすることもできる。アウシュビッツを倫理の問題に帰するならば、いかになんでも規模が大きすぎたにせよ、これはわれわれがはるか昔から慣れてきたパターンの一つに過ぎないはずだ。言ってみれば人類はその程度の悪を内包したまま結構ずうずうしく人口を増やし、繁栄を実現して今に至ったのだ。ナチズムの深層にあったのが優秀民族という言葉を用いた収奪欲のイデオロギー化だったとすれば、それはわれわれが今まで嫌というほど見てきたはずの古い芝居のリバイバル上演にすぎない。人はおのれの欲に耐えて生きていかなければならない。あまり大掛かりになってしまったとはいえ、収奪そのものは自然が用意した個体の生存システムの延長上にある。もちろんそれを自ら規制するのが人間の理性だという理想論を否定するつもりはないが、しかし、ここで考えなければならないのは理想論ではなく人倫の最低限の方だ。

ナチズムの悪は本当にイデオロギーだけにあったのだろうか？　それを拡大実行した行政システムや宣伝機構やテクノロジーは本当に無垢だったのだろうか？　もっと長い目で見て、どちらがわれわれにとって始末の悪い敵なのか。核の開発はむしろ、テクノロジーの方がずっと力が強い、よい倫理も悪い倫理も共に核を管理することはできないと教えているように思われる。ヒトラーの正体は伝説的なアッティラ以来昔からいくらでもいた凡庸な暴君であって、問題は彼が時代に一歩先んじて巨大なテクノロジーを手にしたことにあったとは考えられないか。もちろんこれはヒトラーを免罪しようということではない。

人間に由来する不幸ならば耐えもしようが、人の世界の外から来る技術によってホモ・サピエンスという種が大きな不幸を被るのは、しかもそれが見たところは人間によって発見され、開発され、実用化されたものでもあるというのは、この幾重にも組み合わされた論理のドンデン返しは、人間たちの自律能力の欠如を証明するもの以外の何でもない。人の運命は人の手の中にはないのであって、これこそが今の終末論的雰囲気の根本にあるものである。核に関する知識と技術は本当にわれわれの内から生まれ出たものだったのか？

落ち着いて考えてみるならば、四十二年にわたって続いて終焉を迎えた冷戦の本当のピークはたぶんキューバ危機の頃だった。具体的な使用が真剣に考慮されたのはあの時が最後だった（ヴェトナムでアメリカは、アフガニスタンでソ連は、本気で核攻撃を考えたことがあったのだろうか）。キューバ危機の後、少なくとも米ソは共にお互いの核の威力を本当に恐れて、ただにらみ合いはしても実際の使用を考えはしなかった。どんな事態でも相手がその気にならなければいいと、ひたすらそれを祈っていたのではないか。単なる脅迫の道具だからこそ、MAD（相互確証破壊）のような奇妙な理論が生まれる。それによって核兵器の意義を脅迫の道具の範囲に限定しようという馴れ合いの構図が成立する。

通俗小説に登場するような好戦的な人々がクレムリンの最高会議を牛耳ることは遂になかった。今にして思えば、彼らはすべて無能であっても邪悪ではなかった。今はそう言うことができる。アメリカの側も同じことで、対ソ積極策を掲げて当選した大統領が就任するとみな一様に軟化するという現象をわれわれは何度も見てきた。実際に権力の座に就いて核戦争開始の権限を手の内に握った時には、ひるんで一歩身を引くような人物ばかりを両国は権力の座に就けた。ホメイニやカダフィやフセインのような人物を指導者に選ぶことはしなかった。これを大国なりの中庸と呼んでおこうか。

冷戦の後半、関係者一同がひたすら恐れていたのは偶発事故ないしメカニックなミスから起こる偶発戦争である。核は最初から暴発の危険をはらんでいた。すべてのシステムは暴走する。それこそが人類全体に対する核の脅威の本質ではないか。狂った指導者よりは狂った機械の方がよほど怖い。まことしやかな抑止力の理論はいろいろあったが、地球規模に展開された双方の早期警戒システムの全体から誤作動を追放する完璧なテクノロジーはなかった。そして、この場合ばかりは完璧は努力目標ではなくて絶対必須の要請である。システム全体が大きくなればなるほど故障の率は高まる。それを抑えるために各部分のリダンダンシー(冗長性)を増せば、その分だけまたシステムは大きくなる。どこか目の届かないところができてくる。スペース・シャトルが離陸後すぐに炎上する。時を待っているミサイルたちは出番に際して本当に必ず指令に従うのだろうか。

核のテクノロジーが人の手に負えないものではないかという予想は最初期からいろいろな形でほの見えていた。その最もドラマチックな例を一つ挙げておこう。一九四二年の七月、まだ核兵器が机上の計算でしかなかった頃、目前で研究が進んでいる核分裂とは別に核融合という別種の反応がありうることを理論物理学者たちは知った。太陽をはじめ無数の恒星が放出している龐大《ぼうだい》なエネルギーの源は、水素などの軽い原子核が融合してより重い原子ができる際の余剰分ではないかという説が提案され、戦時中という特殊な時期だけに応用の可能性がすぐにも検討された。これを利用すれば核分裂によるもの以上に強力でしかも核分裂と違って理論的には無制限に大きな規模の爆弾を作ることができる。当初は「スーパー」という略称で呼ばれることになったこのアイディアは戦後になって水爆として実現した。

水爆は核融合反応を生起するために非常に高い温度を必要とする。無煙火薬を確実に爆発させるためにより敏感な火薬を使った信管が必要なのと同じように、水素の核融合反応を引き起こすには、核分裂反応による高エネルギー発生装置、つまり原爆が必要になる。ここでは原爆は単なる信管として用いられるわけだ。真ん中に通常の原爆を置いてその周囲を水素（実際には陽子を余計に含む重水素や三重水素が用いられる）で囲むという簡単な仕掛けで、水素の量に比例するエネルギーが得られる。理論的には十二キログラムの重水素と一個の原爆の組み合わせはTNT火薬百万トン分の爆発力を持つ。今のわれわれはメガトンという数字にすっかり慣れてしまっているから驚きはしないが、しかし当時の人々には大型トラック十万台分の火薬というイメージは充分に衝撃的だったはずだ。原爆だけでも扱いに困るという時に、どうして水爆のようなものが踵《きびす》を接して登場したのか、これもまた皮肉な話だ。その時に紙の上のアイディアにすぎなかった水爆は戦後すぐにも実用化される。

その前に、原爆開発の具体化をさまざまな角度から検討していた物理学者たちの一人、具体的には戦後になって水爆開発の生みの親として活躍するエドワード・テラーが、中心に原爆があってその周囲を水素などの軽い元素が囲んでいるという「スーパー」の構造は、酸素と窒素から構成される大気の中で原爆を爆発させることと同じではないかということに気がついた。つまり、原爆の実験をした途端に、地球の大気全体が一個の水爆と化するのではないか。世界で最初の原爆は要するに地球の大気をそのまま厖大な量の無煙火薬として利用するための信管として機能してしまうかもしれない。酸素は原子量が大きいから核融合の候補から一応はずすとしても窒素がこれに参加する可能性は少なくない。また、大量にある海の水を構成している水素となるともっと融合をおこしやすい。大気全体が一気に融合反応を起こして地球は小さな太陽になる。あるいは海の水そのものが数百万度という温度で燃え上がる。まこと黙示録的な光景であるが、その光景を見る者はもう地球の上にはいないだろう。光球と化した地球を見て天使たちは涙を流してくれるだろうか。

このような事態に至る可能性が大きいのならば、原爆を作ったところで実験などできるはずがない。その時点で原爆の開発そのものが中止されなければならない。というわけで、何人かからなるグループによる厳密な計算の結果が出るまで、関係者一同は息を呑んで待った。そして、大気炎上の可能性はまずないという報告がなされ、マンハッタン計画はそのまま進められた。原爆が作りだす高温も大気に点火するには低すぎるという予想がほぼ確信をもって提出されたわけだが、しかし、その場合にもう一歩踏み込んで万一発火の確率はどれだけあるかと問われた物理学者たちは、小さな声で「百万分の三」と答えた。地球が小さな太陽になる可能性が百万分の三。この数字が大きいか小さいか、これはもう主観で判断する他ない。地球全部を賭けた大きな博打を百万回の小さな博打に分けて考えてみれば、そのうちの三回は死神の方が勝つ勘定になる。その賭け金として五十億の人間の魂がチップ代わりに使われるのだから、この仮想の確率論ゲームでは一万五千の魂が死神の側に渡ることになる。ヒロシマ・ナガサキはこの数字の十倍以上の被害者を出している。これらの数字と提供者それぞれの立場と意思を正しく分類して、誰が悪魔であり、誰が責任者であり、誰が勝利者であったかを明確にすることができるだろうか。

（後になってエドワード・テラーは「自分の計算に大きな狂いはなかったのにほかの者たちがあまりに性急にそれを訂正したので、大気核融合の可能性が完全に無視されることになってしまった」と言ったという。だとすれば、確率は百万分の三よりも高かった。ただし、これは計算が間違っている確率であり、大気核融合そのものが起こる確率ではない。計算が正しければ、そして現実には正しかったのだが、百万回実験を行っても大気核融合という事態は決して実現しない。）

この例に見るとおり、人間が自分たちの手に負えないものを作ってしまいそうだという予想はことの当初からあったのだ。それにもかかわらず開発が止められないこともわかっていた。たとえ戦局の変化を反映してマンハッタン計画が一度中断されたとしても、ナチスが作る前にという理由は今度はソ連が作る前にという新しい理由に置き換えられて、すぐにもまた再開されるだろう。はじめから目指す相手はソ連だったという説もあるし、軍の側の責任者グローブス将軍は実際それに近いことを公言している。それから五十年、一気に大気が炎上するという事態は幸い現実にはならなかったが、あちこちに小さな火の手があがって、それらを消すことができないという、これまたなかなかに始末の悪い状態が実現している。

核は世界最初のビッグ・サイエンスだった。世界で最大クラスの国家がこれを研究し、製造し、管理する。下請けとしての参画ならばともかく普通の企業が運営することはできない規模のものであった。しかし現代の社会ではすべてのビジネスは拡散する。核もまた国家に直結する機関から省レベルの官僚に管理される機関へ、更に大企業へと下がってくる。イデオロギーという危険で狂暴なものに動かされやすい国家よりは利潤という明快な目標だけで運営される企業の方がまだしも与《くみ》しやすい、と国民が思った結果かどうかはともかく、資本主義社会では万事は民営化される傾向にある。核もまた例外ではない。

国際的に見れば、核はまた大国から小国へと拡散してゆく。大国がすべて信用できると素朴に信じているわけではないが、少なくとも大きな国の方が多数の合意のもとに中庸に近い路線をたどるということは言えるわけで、カリスマ的な指導者を戴いた小さな国がしばしば極端な道を歩むことはいくつもの（たいていは不幸な）例がある。そういう国へも核はゆっくりとひろがってゆく。

つまり、かつては一億二億の国民の合意をまとめる大型行政府の管理下にあった核は、小国にせよ大企業にせよ、今や十万とかせいぜい百万単位の人間たちを統《す》べる組織の手に渡っている。軍用か民生用かを問わず核装置全体の数が増えてゆくのだから、その一個一個の運用に対して発言権を持つ人の数が相対的に減ってゆくのは当然で、そのために核は次第に身軽な動きを見せるようになる。現代では世界中にこれだけ多くなった原子力発電所のどこかにチェルノブイリ規模の事故を予想するのは当然のことだし、イスラエル、南アフリカ共和国、インド、パキスタン、朝鮮民主主義人民共和国、等々のサイズの国が何か有事に際して核を使用するという事態も充分に予想できる（実際、南アフリカ共和国はしばらく前まで核兵器を所有していたと告白している）。イラクの毒ガスはまさに貧民の核として、核兵器とまったく同じ抑止力を持つものとして、腕力外交の場で行使されている。

次の数十年で核はもっともっと拡散することだろう。一回かぎりの決定的な「世界終末戦争」ではなく、無数の核が「なしくずしの死」を用意することだろう。官僚たちがいかに書類を整えようと、核物質の管理のあちこちに抜け穴があって毎年相当な量が行方不明になっていることは周知の事実で、それらを用いて粗雑な核装置を造るための知識も普通の民間人の手の届くところにある。数人のグループがそれなりの決意をもって取り組めば、ある程度の威力をもつ核爆発装置は作れるし、運がよければ一人でもできるかもしれない。納屋で作った原爆というのは一昔前に娯楽小説でずいぶん流行したテーマだが、これがいつまでも小説の中にとどまっているという保証はない。

兵器の場合は最大限の効果が要求されるから設計も管理も大変だが、とりあえず爆発すればいいということならば、しかるべき量の核物質とひととおりの物理と化学の知識、それにアマチュア・レベルの工作技術があれば、通常の火薬何十トン分か何百トンというくらいの爆発力を持つ装置は作れる。その手引となる文書はいくらでも市販されている。先ほどの論法をもう一度用いれば、今の核装置が十万から百万の人間たちの合意を取りまとめる機関によって運営されているとすれば、これが千人になり、百人になり、十人になるのにさほどの時間はかからないだろう。それほどまでに核は日常化している。

そのような装置の威力が無視できる程度のものならば、つまり十人がかりで作られる核爆発装置が十人分の破壊力しか持たないのであれば、問題はない。核が普通の化学物質のように拡散の分だけ希薄になるものなら恐れる理由はないだろう。せいぜい小さなビル一つを破壊するくらいでは、相手国の報復を覚悟し、個人ならば終身刑や死刑を覚悟してそれを作ってセットするのは割に合わない話だ。企業活動と同じく、犯罪もテロも最後の歯止めは効率である。割に合わないことは誰もやらない。

しかしながら他方では、核を許容するには今の社会はあまりに脆弱《ぜいじゃく》になっている。数十トンのＴＮＴ火薬を上手に用いればずいぶん大きな効果を上げることができる。五十トンの火薬を秘密裏に運んでセットして正しいタイミングで爆発させるのは難しいが、核装置はごく普通の車のトランクに搭載できるのだ。大型トラック五台と軽四輪一台の差は大きい。仮に日本国内で言えば、国会開会中の議事堂の裏、大きなダムの下、高速道路の海底トンネル、大手都市銀行の集中計算センターの前、新幹線の線路わき、国際空港の駐車場等々、日本国の運営に多大な影響を与える目標はいくらでもある。

先日、原子力発電所の構内を見せてもらっている時、宅配便の小さな車が入ってきた。どこでも見かける、誰もが見逃す、緑色のバン。その車は原子炉建屋のすぐ裏の道をなにげなく走って、その先の建物の前に停まった。温排水を利用してウナギなどの養殖をしている施設だったかもしれない。それを見ながら、あの車は構内に入れてもらえるのだとぼくは思った。運転手は入口の守衛と顔見知りなのだろうか。この先を、冒険小説を読みすぎたファンの妄想とした上で続けてみよう。ある日、いつもの運転手が病気だと言って違う顔の誰かが来る。守衛はその言葉を信用して中に入れる。その運転手は構内を走りまわり、原子炉建屋のすぐ裏、建物の壁から二、三十メートルのところに車を止めて、制服を脱ぎ、荷台から小型オートバイを出してドアをロックし、そのまま走り去る。発電所の人々が不審な宅配車に気がつくまでには何分かかるだろうか。バッテリー駆動のパソコンを使った簡単な時限装置は何分にセットしてあるだろうか。車をゆすぶる、ドアをこじあける、レッカーで引っ張る、他の車で押そうとするなどのふるまいが信管への配線のスイッチを入れるからくりは簡単につくれる。やがてせいぜい五十キロか百キロの重さで、その千倍の重さの火薬に相当する破壊力を持つその装置は爆発し、炉の圧力容器を破壊する。放射性物質が外気の中にゆっくりとひろがって、風に乗り、漂いはじめる。この核装置の威力が限られたものでも、すぐ隣の原子炉はそれを何百倍にも拡大してくれる。この国の相当に広い範囲が何十年にもわたって居住不能になる。そういう行為を決定的に阻止しうる思想をわれわれは持っているか。繁栄とヒューマニズムはそれほど万民にとって住み心地がいいものか。

夢想と言えば夢想かもしれない。しかし、こんな話をぼくが小説として精密に書いて発表し、あわよくば直木賞でももらえないかと思っても、選考委員の大半は「陳腐」の一言でこれを却下するだろう。それほど核は日常化している。このような想定に対しては核物質の管理者と原子力発電所の経営者たちからはさまざまな反論が出るはずだ。フィクションと現実の間には幸いなことに広い隔たりがある。実際に核物質を盗むこと、あるいは強奪して逃げきることはむずかしい。それを人知れず爆発装置に組み上げるのも容易ではない。プルトニウムは核材料として危険であるばかりでなく、それ自体がごく微量でも人体に癌を発生させる強い毒性を持っている。実に扱いにくい物質なのだ。製作のための機材や工作機械を足がつかないようにこっそり買っておくのも難しいだろう。ぼくが目撃したのは例外で、普通ならば宅配車は構内には入れないのかもしれない。そう、困難ならばいくらでもある。しかし、困難とは言っても不可能という言葉は（単なる修辞としてではなく厳密かつ論理的な意味合いでは）使えない。試みる側には時間はいくらでもあるのだ。世界にはさまざまな国があることだし、原子力発電所の数もまた無数というに近い。そして、人の頭に宿る思想のヴァラエティーを考えると、そういう破壊的な思想の居場所も充分にあるように思えてくるのだ。

これほどまでの拡散の理由は一つ、核の平和利用が実現したからだ。世界中の道路を核物質を積んだトラックがひそかに、あるいは装甲車の警護のもとに堂々と、走るようになったのもすべて発電所への燃料の搬入と使用済燃料の搬出、貯蔵、再処理などのためで、これが爆弾やミサイルであれば話はすっかり違っていた。

平和利用は笑顔の核である。これは皮肉で言っているのではなく、電力会社のコマーシャルのとおりのあの笑顔なのだ。脅迫の道具としての核よりはずっと社会に浸透しやすい。今年のような暑い夏にエアコンを動かす電力が足りなくなったらどうしますと問われれば、たいていの人は「困る」としか返事のしようがない。建築から流通機構まで社会全体が夏はエアコンを使うということを前提に組み立てられているのだから、厖大な数の人々の強い不満を伴わずして三十年前の状態に戻ることはできない。とすれば、車社会が年間一万を超える犠牲者（他人の便宜のために自分の生命を捧げさせられるという言葉本来の意味での犠牲者）を出しつつも車を減らそうという運動がせいぜいスローガンの段階を越えられないように、原子力発電所を廃絶しようという動きも少なくとも今のような論法のままではこれ以上の力を持ちえないだろう。なぜそれほどの電力が必要なのか、なぜ家電機器がひたすら大型化するのか、国全体としての電力供給計画などお菓子をねだる子供を甘やかす親のようなものではないか、その中に消費の拡大以外の原理ははたして組み込まれているのか——問題をこのようなレベルで論じているかぎり、現状に変化が起こるはずはない。他の先進諸国がみな原子力に頼っているという事実は実は何の弁明にもなっていないが、しかしその程度の遁辞《とんじ》と実際に目の前に積み上げられた二十七インチのテレビや四百リットルの冷凍冷蔵庫、深夜でも明るいコンビニエンス・ストア、誰も照明用の電力料金のことなど考えもしないナイターの試合などの魅力が一緒になると、原子力発電所が周囲に放射しているはずの不安感などたちまち消えてしまう。

言ってみれば、核エネルギーは逆宝くじである。普通の宝くじは少しのお金を個人の意思で投資して万に一つの幸運を待つ。この原理によって人は毎月のまったくの浪費を許す。それに対して原子力発電は毎月少しずつの便宜を一方的に提供された上で、確率上は万に一つの巨大な不幸の実現を知らず知らずに待つ。宝くじの確率論は厳正なもので、売った枚数と当たる率、胴元の儲けなどはすべて外から見ることができる。冷静に考えれば投資は元の取れるものではないが、しかし当たるかもしれないという可能性そのものに人々は価値を見出している。電力供給の方は、たぶん当たらないだろうというお祈り以前の空疎な楽観論の彼方に原子炉建屋が透けて見える。

交通事故に見るとおり、日本社会は年間一万人までの不慮の死には平然と耐えられるらしい。しかし、その一万人は巧みに全国各地に散って単なる統計上の数字としてしか意味がないような形に偽装されている。一つの村、一つの町が消滅するわけではないし、身近な者がすべて死ぬわけでもない。それでは、まったく同じ数字をちょっと言い換えて、百年に一度の百万人の死をも容認できるのだろうか。

ペンギンが棲む海域にアザラシがやってくる。あっという間に何羽か喰われる。ペンギンたちは恐慌をきたして一斉に氷山に上がる。脅威が去るのを待つ。しかし目の前の青い海の中にまだアザラシが遊弋《ゆうよく》しているか否か、見ていただけではわからない。だんだん腹も減ってくる。ペンギンたちはいらいらしはじめる。もう大丈夫ではないかと思う。それでも、怖いことに変わりはない。南氷洋に特有のあの平たい氷山の上に犇《ひし》めいたペンギンたちはやがて仲間の一羽をよいしょと海に突き落とす。落ちた奴こそいい迷惑だが、それが無事に泳ぎまわっていれば海は安全、脅威は去ったということだから全員が飛び込んで餌を探しはじめる。もしもその一羽が喰われた時は、またみんなで戦々恐々、しばらく待って次の犠牲者を海に落とす。

これもまた、全員がさしせまった不幸をとりあえず回避するという形の、逆宝くじである。犠牲となった一羽のペンギンの死には意味がある。彼はたしかに仲間たちのために、その空腹と恐怖のバランスを取るために、死んだのだ。暴論を承知で言えば、車社会の犠牲者はこの種の指標として扱われているようだ。あまりに事故率が高いようならば本気で対策が立てられるのだろうが、それほどドラマチックなことはめったにない。年間の死者の数が一割や二割増えるくらいでは当事者に仕立てられた警察はもちろん、運輸省もメーカーも驚きはしないだろう。安い標識の数は増えても、道路の幅は一センチも増えない。ましてや、核エネルギーがひたすら蓄えているのはすべて確率的な死者にすぎない。統計は決して個人を名指しにはしない。海に落ちる瞬間までペンギンは自分が選ばれるとは思っていない。百万羽のペンギン、一千万羽のペンギンは何も知らずにエアコンで猛暑を忘れながら大型テレビでナイター中継を見ている。エアコンが戸外に運び去るべき熱量の何パーセントかはその大型テレビが放出していることなど考えもしない。

電力として各家庭に配付される核エネルギーと、爆発装置を作るノウハウとして大きな書店や図書館や公文書館で入手することのできる核についての知識は、どちらも姿を変えてわれわれの身近にやってきた「核」である。ある種の状況においてわれわれの頭の上に降ってくるはずの何メガトンかの弾頭もまた、まったく同じ「核」の別の姿にすぎない。これらすべての原型をわれわれは五十年前に差し出され、ほとんどためらうことなく受け取った。ロスアラモスの大地に立って手を伸ばし、届かないところは背伸びまでして、トリニティーの塔の上に輝いたこの贈り物を両手で受け取ったのだ。誰がそれを差し出しているのか、考えもせずに。

今さらそれを廃絶することはできない。それがどのくらいの不可能事であるか、それを考えてみよう。オッペンハイマーをはじめ、マンハッタン計画には当時として最高クラスの物理学者たちが多く参加した。ハロルド・ユーリー、アーネスト・ローレンス、ハンス・ベーテ、ジェイムズ・チャドウィック、ニールス・ボーア、エンリコ・フェルミ、等々二十世紀物理学史に輝くビッグ・ネームがいくつも並ぶのだ。アメリカの他に欧州からも能力ある者が招集されたが、その中には同盟国であるイギリスやフランスだけでなく、ドイツや中欧から連合国側へ亡命した人々も含まれていた。そして、前にも書いたことだが、彼らの参画を得るのに最も有効だったのは「ナチスも核兵器を開発している」という言葉だった。ナチス・ドイツがこの戦争に勝つようなことになったらどういう世界が出現するか、亡命した人々はみなよく知っていた。彼らはこぞって計画に加わり、ロスアラモスの不便な生活を忍んで研究にいそしんだ。

しかしながら、ドイツの敗色が濃くなり、しかも彼らがV1やV2などのミサイルには力を入れても、ほとんど核兵器開発に意を注いでいなかったことが明らかになった時にも、マンハッタン計画から離脱した者はいなかった。正確に言えば一人しかいなかったのだ。世界中の最も知的な人々を集めて遂行されていた強力な兵器開発はどこかの時点で本来の目的を失ってそれ自身を目的とするようになっていた。

このたった一人について話しておこう。彼の名はジョゼフ・ロートブラット。ポーランド生まれの物理学者で、初期の段階で核分裂が連鎖反応となることを発見し、それが兵器に応用できることに気付いた人々の中の一人である。彼が研究のためイギリスに滞在している間にヒトラーが祖国に侵入、戻ることができなくなり、そのままリバプールで研究を続けていた。核分裂を利用した兵器を作るというアイディアが最初に真剣に検討されたのはアメリカではなくイギリスだった。しかし当時のイギリスの国力ではとても無理ということでこの計画は一旦放棄され、しばらくしてからマンハッタン計画の名のもとにアメリカで実行に移された。したがって、アメリカ側がイギリス人をはじめとするヨーロッパ勢の参画を求めたのはある意味では当然のことだったし、その中にロートブラットのような亡命者が混じっていたのも無理はない。そういうわけで彼はチャドウィックの誘いで、一九四四年の一月にアメリカに向かい、ロスアラモスに入った。

もともと彼の専門分野は実験物理で、中性子の非弾性散乱の発見がポーランド時代の業績の一つに数えられている。マンハッタンでは核分裂から生じた中性子が核物質に捕捉されてガンマ線に変わってしまう現象を追っていた。大事な中性子を横取りされたのでは連鎖反応は持続しない。しかし彼は一九四四年の十月になって、ドイツが原子爆弾を製造していないことが明らかになったとチャドウィックから聞かされ、そこでマンハッタン計画からの離脱を決意した。そういうことを決めて実行したのは彼だけだった。

この決断に先立って、彼は同僚たちとこの件について議論をしている。彼自身の言葉によれば「もし、もはやドイツが持たないというのであれば、われわれは仕事を継続すべきではないのではないか。このような私の考えに対し、そうだ、それが正しい、と言う人もいました。また、ドイツが持たないのならば、この計画はやめるべきだが、計画がまだ続いている以上、個人としてこの計画から離脱するのはいやだという人もいました。主にアメリカ人たちでしたが、そうした人達は、一旦やめると後でちゃんとした就職ができなくなる心配がある、と私に言いました。職歴に悪い影響が残る、というのです」

彼が他の人々よりもやめやすい立場にあったことは疑えない。彼はアメリカ人ではなく、イギリス人でもなかった。更に彼は計画の主要人物ではなかった。計画に加わったのもずいぶん後になってからだった。反ドイツの感情は強かったかもしれないが、それがそのまま連合国に対する忠誠に変わるものでもあるまいし、ドイツが負けそうとなればもともと乗り気でなかった研究から身を引くという考えも浮かぶだろう。やめた後で彼は例のごとくソ連側のスパイではないかと疑われてずいぶんひどい目にあったらしいが、それはまた別の話だ（戦時中から冷戦が始まっていたという意味では、別の話ではないのだけれども）。彼が原爆の完成を知ったのは、ロスアラモスを出てから八か月後、ヒロシマへの投下のニュースを新聞で読んだ時であったという。

マンハッタン計画を離脱したとき、原爆が日本に投下されるという可能性を考えていたか、という質問に対して、ロートブラットはこう答える――

「いいえ、不覚ながら全然そうしたことは考えて居りませんでした。私の心はドイツのことでほぼ一杯でした。そして、計画に参加していた科学者の多くも、本当にドイツのことだけを懸念していました。

ドイツが原爆を作らない以上、もうこちらも原爆を作る必要はなくなったと、私と同じような考えをもちながら――後で彼等から聞いたことですが――、このエキサイティングな仕事を始めた以上は、本当に実現するかどうかを確かめたい、と考えた科学者もあったようです。純粋な科学的関心から、というわけです。うまくいくかどうかを確認し、作ったものをどうすればよいかを考えるのはそれからだ、と彼等は考えていました。勿論、それでは遅すぎたのです。しかし、彼等は当時、それで大丈夫だと思っていました。ですから、原爆を完成させようとした人も、それで日本が犠牲者になろうとは、全く考えていなかったのです」。

これを読んで、また当時のロスアラモスの雰囲気を想像して、ぼくはやはりロートブラットの決意に驚嘆しつつも、他の人々の判断を退けることはできないと考える。組織や社会がある雰囲気に染まってゆく時、個人の判断はそれに対抗する力をなかなか持ちえない。個人のレベルの判断に多くを期待してはいけない。ロートブラットは英雄であるが、しかし現代社会が抱えている問題の多くは英雄主義では解決のしようのないものばかりなのである。「余は如何にして基督教徒となりし乎」は内村鑑三個人の問題であり、「如何にして基督教徒とならざりし乎」は日本人全体の問題であると加藤周一はかつて言った。ここでもまったく同じことを言うことができる。如何にしてマンハッタン計画を離脱したかはロートブラット一人の伝記であり、如何にして原爆を開発し、投下し、大量に生産し配備してきたかは人類全体の歴史なのだ。

廃絶は美しい言葉である。かつてカート・ヴォネガットは逆爆撃という美しい幻想を描いてみせた。地上が大火事になって燃えさかっている上を無数の飛行機が後ろ向きに飛ぶ。それにつれて地上の炎は鉄で作られた丈夫なカプセルにすべて吸い込まれ、カプセルは空に舞い上がって後ろ向きに飛ぶ飛行機の腹に収容される。飛行機が後にする都会には火事の片鱗もない。飛行機はそのまま別の国へ戻って、逆向きに着陸する。炎を収めたカプセルはおろされて注意深く工場に運ばれ、そこで中の火薬は取り出されて無害なものに分解され、最後には山の中の鉱山の奥深く埋められる。そう、時間を逆に流せるのなら、こういうことも可能なのだ。それほどの不可能事をわれわれは論じているのである。

さて、大きな事故か何かをきっかけに世界中の世論が一致して核兵器が廃絶され、原子力発電所もすべて閉鎖されたとして、われわれは核とすっかり縁を切れるだろうか。核はそれぐらいのことでは立ち去ってくれない。人類は今後いつまでも核の知識に耐えていかなければならない。一九五九年という冷戦もさなかの時点で発表されて今も読みつがれている『黙示録三一七四年』というSFがある。作者はウォルター・ミラー、ほとんどこれ一作で名を残した人である。世界規模の核戦争が起こり、人類のほとんどと文明の大半は失われる。残った人々は極端な知識嫌悪に陥り、オブスキュランティズム（蒙昧主義）がすべての知的活動をおしつぶし、世界は中世以前の状態に戻る。しかし、その段階からまた人は少しずつ知識を集め、文明を作り、研究を進めて、かつての失われた文明を再興する。そして、結局はまた核兵器が作られ、使われる。この話はあるカトリックの修道院を舞台にして、一千年以上に亘る長い未来史を三段階に分けて書いている。つまり、何がどうなっても人は核の知識から逃れることはできないのだ。中世に戻ったところでその時点から科学は再出発し、やがてまた人は核を手中に収める。われわれが核エネルギーの利用法を知っているという事実は消しようがない。月がないふりをするのが無意味なのと同じように、核エネルギーが存在しないふりをするのもナンセンスである。

人類と核の関係は次々に違う数値を取る数列のように思える。この数列が先の方で収束しているのか発散するのか、今の段階では誰にも予測できない。ある日いきなりカタストロフィ現象が起こってすべてが終わりを迎えるかもしれない。いずれにしても核の扱いに人は今後もずっと苦しむだろうし、絶対の安定に至って数列がずっと同じ数値を繰り返すようになることはないだろう。火薬が社会史を変えたように核は人類の歴史を変えるだろうが、その変えかたは火薬の場合よりもずっとドラマチックで危ないものになりそうだ。核は今もわれわれにとって筆頭の脅威である。

ゴースト・ダンス

本当に終末が来るということが明らかになって、それが避けようもないことを納得した時、人はどうふるまうか。それを考えてみたいのだが、そもそも終末は考えうるものだろうか。まともな思考の対象となるのだろうか。考えるという動詞は当然その主語として一個の精神がそこにあることを前提としているわけだが、その精神が消滅しようとしている時になお思考は可能だろうか。終末はちょうどブラック・ホールのようにすべての意味が失われる特異点である。そこに向かって進む時、いったいどの時点で人は思考の力を失うのだろう。

世界の終わりは考えがたいかもしれないが、個人的な終末についてならば考えることもできる。個人の終わりとはすなわち死。これをめぐる論考は人間が知性を持つようになって以来無数にある。世に生まれた人の数だけあると言ってもいい。すべての人間が何らかの形で死について考え、哲学者も凡人もひとしく結論に至らないままそれぞれの死を迎える。その意味で死は一つの扉にすぎない。人に理解できるのはそこへ近づいてゆく過程と、その先が闇でしかないということ。すべての者がいずれはその扉をくぐるという経験的事実。戻ってきた者がいないという、これまた経験的な知識。だが、先の闇そのものはブラック・ホール、理解しがたいのだ。

では、死ぬことはそのまま不幸だろうか。例えば早すぎる死を不満に思うことはあるだろう。死に際して残された者が生活に困ったり、大きな仕事を半ばで放棄することになる場合の、逝く者残る者それぞれの無念は充分に理解できる。また縁者の死を見取った者が死者の現世での不運に対して同情の念を抱くということもあるだろう。死ぬということは晩年の幸運によってそれ以前の不運の埋め合わせをする機会が失われることだから。

それでも、原則として死それ自体は決して否定されるべきものではない。成熟した社会では成熟した人間の死は不幸を意味しはしない。現代のわれわれの死生観がずいぶんゆがんでいるのが問題なのであって、本来ならば人はみな従容《しょうよう》として死を迎えられるはずだ。昨今の医学関係者がいたずらに死を先延ばしする技術ばかりを身につけて商売にはげみ、世間全体に死を厭う風潮が広がっているから、人はひたすら生にしがみついて死を忌まわしいものと見る。生の内容を無視して死なないことがそのまま生きていることだとし、高度寿命成長をなにか社会的な成果のように思いなす。だが、おちついて考えて見れば、生まれた者が死ぬのは当然のことで、老齢に至っての大往生にせよ夭折にせよ、死というものが来て生命が終了することは自然の理にかなっている。自然と精神の間に乖離が生じているとすれば、それは精神の方が悪いということになりはしないか。生きることは一種の契約である。この世に生まれて楽しい日々を重ねるについては、いずれはそれに終わりが来るという条項も含まれるはずだ。すなわち死は充足であり成就である。

しかし、そういう個人の人生を束ねて滔々《とうとう》と流れてゆく人間の社会の方を見るならば、これは本来不死なるものである。それを見届けて安心できるからこそ個人は自分の死を受け入れることができる。子孫たちが生きて次の時代を作り、愉快に暮らして繁栄を喜ぶことを願うのは、これは生に関わる契約になんら反することではない。「生《う》よ繁殖《ふえ》よ地《ち》に満《み》盈《て》よ」という明快なメッセージにある社会的な成長の欲望はすべての共同体にとって存在の大前提である。終末論とはこの社会的な成長の希望の喪失、その事実上の停止と逆行と理解することができる。

ここで考えたいのは、共同体そのものの存続があやしくなった時のその構成者たる個人たちのふるまいである。全体としてどのような精神的な対応が見られるか。状況はまことにドラマチックなのだから、人はその時にこそもっとも人間の何たるかを明示するような行動を取り、記録を残すのではないだろうか。そういう証言が何か歴史の中になかったかとずっと考えているのだが、実際の話、その実例を見出すことはなかなかむずかしいのだ。圧倒的な外の力によって消滅の憂き目を見た小社会は古代より枚挙にいとまがない。それなのにそれら消えていった共同体の人々の言葉はほとんど残っていない。理由は歴史と言葉の関係にある。歴史はもっぱら抗争に生き残った社会に属する者の視点から書かれる。敗者はみな無言で舞台から去り、いわば勝利宣言として歴史が残る。

それに対して敗者とは何か、そちらを考えてみよう。すべての生物は自己の保存と種族の維持と社会の繁栄という目的のために生きている。あらゆる努力がそちらに向けられるのは生命の基本原理として当然のことで、これは単純に言えば生物が自殺をしない、他者に勝ちをゆずらないということだ。競争があり、生き残った者が次の競争に向かい、敗者は退場して忘れられる。そういう不断の運動によってその時々の状況にもっともふさわしい者が残り、生命の連鎖が維持される。

いずれにしても最終的に意味があるのは生き残った者の視点である。それを元にしての次の世代の戦略ではないか。言葉や道具を用いるという点で人間はずいぶん変わった生物であり、われわれが抱えている文明のすべての問題の基本は知性に依存する急速な擬似進化に由来しているのだが、それでも環境のゆらぎの中での適者生存という大方針の中で敗者を出しつつ勝者が残ってゆくという生命の原理そのものは人間でも変わっていない。

（その一方で、個体や共同体同士の直接の闘争が人間においては特に激しいことも考慮にいれなければならない。生物界における競争とは、決して個体と個体が対決して暴力的な方法でどちらが強いかを決めるということではなく、餌を見つける能力、異性に気に入られる魅力、逆境に耐えられる体力などを通じて結果的に機能するのであって、哺乳類でさえ直接の闘争はおおむね避けるのが常である。過剰な生存力を身につけたために相互に殺し合わないと適正人口を維持できないというのは、やはり人間が限界を超えて反自然的な生物であることの一つの証左だろう。)

そして、言葉もまた人間の生存と競争の道具の一つである以上、勝者の証言だけが残るのは当然である。負けた者は消滅する。彼にはもう言葉を使う権利はないのだ。退場に先立つ日々に彼らがどれほどの無念を感じていたか、絶望がいかに深かったか、それはめったに言葉の形では残らない。

かくて言葉はすべて勝者の言葉ということになる。発言の場そのものが敗者には与えられない。死者は語らないし、死ぬ前に語る機会が与えられることも、その言葉が記録されて後世に残されることもない。それは他の人間との闘争で負けて消えた者の場合でも自然災害で死に至った者の場合でも同じである。だから、終末を迎えた個人や集団の記録としてわれわれの手元にあるのはすべて擬似記録、勝った者の側で敗者に対して同情的な立場を取るという例外的な精神の持ち主によって作られた仮の記録、半ばは想像力によって再構成されたフィクショナルな記録にすぎない。死者の言葉を聞く方法をわれわれは持たないのだ。

具体的に見よう。こういう文章がある――

「彼らは、誰が一太刀で体を真二つに斬れるかとか、誰が一撃のもとに首を斬り落とせるかとか、内臓を破裂させることができるかとか言って賭をした。彼らは母親から乳飲み子を奪い、その子の足をつかんで岩に頭を叩きつけたりした。また、ある者たちは冷酷な笑みを浮べて、幼子を背後から川へ突き落し、水中に落ちる音を聞いて、『さあ、泳いでみな』と叫んだ。彼らはまたそのほかの幼子を母親もろとも突き殺したりした。こうして、彼らはその場に居合わせた人たち全員にそのような酷い仕打ちを加えた」（ラス・カサス『インディアスの破壊についての簡潔な報告』のうち、「エスパニョーラ島について」）

念のためもう一つ――「スペイン人たちはインディオたちを殺したり、火攻めにしたり、また、彼らに獰猛《どうもう》な犬をけしかけたりした。さらに、スペイン人たちはインディオたちを鉱山での採掘やそのほか数々の労働で酷使し、圧迫し、その哀れな罪のない人びとを全員絶滅させてしまった。両島には、かつて六十万人以上、いな、百万人を超える人が暮らしていたであろうが、今ではそれぞれ二百人ぐらいしか生き残っていない。そのほかの人びとはみな信仰の光も秘跡も授かることなく死んでしまったのである」（同じく「サン・ファン島とジャマイカ島について」）。

ぼくはここで十六世紀に新大陸に渡ったスペイン人の暴虐を訴えようとしているわけではない。彼らが他の民族に対して徹底して攻撃的な態度を取り、今の時代に住むわれわれがあまり想像したくないような方法で百万人単位の人々を殺したことを非難しようと思って、この文をここに引いたわけではない。歴史を見ればわかるとおり、そういうことをしたのはスペイン人だけではなかったし、むしろそういうことを一切しなかった人々の方を世界史の中で探す苦労を思えば、少なくともわれわれには彼らを同朋殺し《フラトリサイド》の名において弾劾する資格はない。

ここで「われわれ」という言葉の内容を問題にする人がいるならば、それぞれ勝手に好きな範囲としていただいて結構。日本人をもってわれわれの実体とするならばアイヌの人々に対する松前藩の行為、また琉球に対する薩摩藩のふるまい、一九三七年十二月に南京で行われたこと、戦前に広く朝鮮半島で行われていたこと等々を挙げればいいだろうし、もっと広く現代人とかアジア人とか先進国の住民などと言うのならばそれにふさわしい事件と被害者を選ぶこともできる。この種の話では事例に不足をきたすことはない。要するに人間は痴情などとはまったく別の、もっと冷静な、ほとんど経済学的な理由からも同朋を殺す。ホモ・サピエンスはそういう生物なのであって、それは嘆いたり悲しんだり教化を試みたりする前に、まずもって認めるべきことなのである。南京で死んだのが何万人だったかと数の取引に持ち込んだところで、本質的な解決にならないことは明らかだ。

ここでぼくが注目したいのは、この大虐殺の記録を残したのがインディオの内の生き残った誰かではなくて、スペイン人であるラス・カサスという男だったという点である。彼は十五世紀の末にセビーリャで生まれたが、その父はコロンブスの二回目の航海に同行している。それをきっかけとしてか、彼もまた聖職者として新世界に渡り、そこで先に引いたようなスペイン人たちの行為を見た。そして、これを非難する姿勢に徹して、ほぼ生涯を暴虐を記録し糾弾し、事態を改善することに費やした。彼の主張はある程度までスペイン王室の取り入れるところとなり、それによって新しい植民地法が制定されたりもした。彼が九十二歳という高齢で死んだのは一五六六年、スペインによる新世界の征服は完了して、次の植民地経営の時代になっていた。この後、先に引いた彼のパンフレットはスペイン帝国に対抗しようとするヨーロッパ各国の言葉に何度となく訳されて倫理的な攻撃材料に使われたが、全人類的な視点から見るならば、前に述べたとおりスペイン人だけを指弾することには何の意味もない。

この時期にこういう行動的な思想家が登場して、インディオたちの生きる権利を訴え、あまりに横暴なスペイン人たちの行いを指弾し、その制限を求め、それが功を奏さずにインディオたちがどんどん減ってゆくのを見てその消滅の歴史を残したことは賞賛に値するけれども、しかし彼も絶滅に追い込まれてゆくインディオたちの本当の心を伝えることはできなかった。この記録を読んで伝わってくるのは、結局は傍観している彼の無念と無力感、義憤と記録への情熱だけである。それは実に貴重な感情であるし、共感と同情と行動は美しいが、しかし、死んでゆく者の気持ちをそこに読もうとするのは無理がある。それは外側に立つ者には知りようのないこと、結局は想像するしかないことである。

同じことは江戸末期の蝦夷地で似たような暴力的支配のもとに呻吟していたアイヌたちについて記録を残した松浦武四郎についても言える。あの時期にあの人が出てくれたおかげで、われわれは自分たちの祖先の所業をかろうじて知ることができるけれども、この場合も記録を残したのはシャモ（アイヌが日本人を呼んだ名称）である松浦であって、人口の激減を身をもって体験していたアイヌの誰かではない。

ある共同体が外界の圧倒的な力によって絶滅に追いやられるとする（この場合の外力はもちろん他の種族の攻撃とはかぎらず、天災や事故でもかまわない。今の時代にグローバルな終末の原因になりそうなのは人間自身が開発したテクノロジーと自己管理能力の差、自制力の不足である）。その最後の一人がゆっくりと死んで行く仲間たちを離れ、誰もいない洞窟にこもって残り少ない食料で生命を維持しながら自分たちが絶滅に至った事情を語る。やがて何百年もたってからこの記録が発掘される。そういう記録があったらと思うのだが、小説としてならばともかく現実の史料としてはまずないだろう。後世の終末論研究者にとって都合のいいそんな事態は原理的にありえない。最後の一人はいったい誰が読むことを想定してその記録を残すのか。彼にとっては一族の終わりはそのまま世界の終わりなのだ。仮に彼が書き言葉を持つレベルの文明に属する者だったとしても、自分を最後として全員が死に絶えてしまうという状況を前にして、後の世に同じ言葉を理解できる者が登場することなど予想するはずがない。終末とはすべての希望を奪うものである。

だが、そう結論づけるためには、共同体がどれほど強く個人を縛るものか、それを再確認しておかなくてはならない。全体が滅びようとしていたところで個人として執拗に生き延びればいいではないかという意見は、人というものの本当の生きかたを知らない者の言だ。人間は共同体に依存することでようやく生きている。現代のわれわれは個人単位で生きるという幻想を持てるほどに余裕のある社会に属しているかもしれない。そういう勝手な生きかたができるのも時代が安定し、ものが豊富にあって、他人の手を借りないでも大丈夫という錯覚が許されているからだ。だがもともと人は一人で生きるものではなかった。共同体に属することは好みの問題以前に個人の生存のための必要条件であり、共同体の利益をある程度まで自分の利益と見なすことが倫理の基本であった時期は実に長い（その状態からの脱却を求めたことが近代的な個人主義の成立につながったわけで、それに成功してしまった今、われわれはこの事実をつい忘れがちだが、たとえば漱石の時代まで、あるいは中野重治まで、文学の基本テーマは共同体と個人の関係だった。これからもまたいずれそういう時代が来るかもしれない）。

ここでわれわれを日本人と限定してみた場合、共同体の終末にもっとも近い現象は第二次大戦における敗北、それも大日本帝国全体の敗北ではなくて個々の戦場における敗退や降伏や玉砕などである。そういう場所でも自分たちの状況を単に一つの戦闘に破れたと理解できるのならば、その先には捕虜となって生き延びて最後に帰還する方途もあっただろうし、何よりもそれがそのまま自分たちの所属する共同体の終焉などという大袈裟な意識を抱くことにはならなかったはずだ。しかし、全体として敗色が濃くなって、そういう状況でなおも人を戦闘に駆り立てるために共同体への帰属意識がさまざまな方法で強化され、それでも歴然と負けつづけるとなると、その極限には終末論的な雰囲気が生まれる。現代の日本人が観光旅行でサイパン島に行って、バンザイ・クリフに立った時、四十数年前にそこから飛び下りて死んだ民間の人々の心境を仮にも想像しようとしてみて、それがまったく不可能であることに驚くというのが普通の人間の反応だろう。敗戦に際して生き延びればなんとかなるという個人の視点を彼らから奪ったのは、共同体そのものの存続が不可能な事態では個人の生存はありえないという論理だった。この論理が天皇制の宣伝装置によって増幅され、激しい敵機の爆撃や艦砲射撃の中で執拗に繰り返されれば、それで人は果たして自ら死を選ぶものなのか。それをなおも自殺とか自決と強弁できるものか。現代のわれわれはそう思うけれども、やはり最後の瞬間までは想像力は届かない。残った者にわかるのは、敗戦はそのまま天皇を中心にする共同体全体の消滅であるという言葉が真っ赤な嘘だったことだけで、天皇は退位さえしなかったし、その事実がバンザイ・クリフや沖縄やその他いたるところで死んだ人々を結果的にいよいよ惨めにしたことを指摘する者もいなかった。

そして、この時も終末を越えて向こう側へ行ってしまった人々の証言はない。われわれが知りたいと思う終末の直前の状況、絶望の中から生まれてくる感情の本当の姿、それを書き残した者はいなかった（後にミシマは彼ら彼岸に渡った者の声を騙《かた》って『英霊の声』を書いたが、彼の才をもってしても想像力の腕というのはあそこまでしか伸びないのかと、落胆をもって受け止めるしかない作であった）。

近世と近代の世界全体でもっとも終末論的な過程を長く生きたのはアメリカ・インディアンである。先に引いたラス・カサスの述べるように最初にアメリカ大陸に来たスペイン人らのふるまいはあまりに粗野かつ粗暴だったかもしれない。それにくらべればその後からもっぱら北米大陸に展開されたアングロ・サクソン系の人々の戦略はもう少し穏当であり、時にはインディアンたちとの間に条約を結ぶような形式主義をとったこともあった。けれども、全体として彼らがインディアンを西へ西へと追いやったことの方がより重要な事実である。そして、その過程を通じて白人の数はひたすら増えつづけインディアンの数はひたすら減りつづけた（ここで歴史的な誤謬《ごびゅう》に満ちた「インディアン」とか「インディオ」という用語を用いるのはずいぶん気がひけることだが、少なくとも今の段階では日本語として定着した言葉が他にない。厳密に言えば「アメリカ」という名前自体が外来者の命名にかかるものであって、「インディアン」は自分たちの住んでいる大陸にあえて名を付ける必要はなかった)。

　二万年以上前にベーリング海峡を越えてアメリカ大陸に渡ったわれらモンゴロイドの祖先たちがこの広大な土地に広がってさまざまな文化を生んでゆくのと並行して、旧大陸の方でも人は文明と歴史を展開した。ヨーロッパを例に取れば、地中海世界から少しずつ文化の中心を北に移し、人口密度を高め、圧力を蓄えていった。その後の世界がすべて手本として習ったのはこの時期のヨーロッパの生きかた、高度の文明によってより多くの人を養うという方式である。これを採用した結果、彼らはおおいに栄えた。次の段階で彼らは、繁栄が必然的にひきおこした人口爆発の状況を打開すべく新天地を求めた。コロンブスの「新」大陸発見がこの時期に起きたことはヨーロッパのあぶれ者たちにとって幸運であり、インディアンたちにとってはまことに大きな不運であった。

　ここでも問題を道義の視点からとらえることはほとんど意味を持たない。スペイン人によるインディオの虐殺はある意味で一過性のものだった。それは激烈であるけれども長くはつづかない。その理由はいろいろ考えられて、カリブ海の小さな島社会などでは殺すべき相手がいないところまで速やかにことが進行してしまうという あまりと言えばあまりな事態もあったわけだが、それとは別にたとえばスペイン人たちの経済的な姿勢が金や銀を一方的に奪取するという比較的単純な形態をとったことも挙げられるだろう。ともかくも彼らは目の前に積まれた財宝の山に茫然としてしまった。それにインディオたちがいかにも穏和で、今の用語で言えばヴァルネラブルであったという事実も手を貸したかもしれない。スペイン人はインディオがすでに蓄積していた財宝を奪い、鉱山を経営してより多くを地下から掘り出そうとインディオを奴隷として酷使し(「ところがキリスト教徒たちがインディオたちに行った救済、あるいは、彼らに示した関心とは、男たちを鉱山へ送って耐え難い金採掘の労働に従事させることと、女たちを彼らが所有する農場に閉じ込め、頑強な男のするような仕事、つまり、土地の開墾や畑の耕作などに使役することであった」――これもラス・カサス)、ある意味ではディスポーザブルな労働力として使い切った。この時期のスペイン人には恒久的な植民地経営という思想はなかったのではないだろうか。奪うだけのものを奪ったらすぐにも母国へ戻るつもりだったのではないか。

これに対して、その後の段階で新大陸へ進出した北ヨーロッパ系の人々はもう少し先を見ていたように思う。もっとも手っ取り早い富としての金や銀は底をつき、次にはより手間のかかる蓄財の方法として本格的な植民を考えなければならない段階が来た。そして、新大陸へ渡る人々の方も単なる一攫千金《いっかく》ではなくて、いわば見知らぬ土地に骨を埋める覚悟をもって船に乗ったのだろう。メイフラワー号に乗っていたのは言ってみれば宗教難民であったが、数から言えば今のアメリカ大陸の住民の大半は経済難民を祖先としているはずだ。そして、彼らがそこで農業によって生活を立てようとすれば、当然それまでその地に住んでいたインディアンたちと衝突することになる。ヨーロッパ人の方は数において多く、武器において圧倒的に強く、おそらく攻撃的な性格においても相手にまさっていたのだろう。いずれにしても、ここで道義的な判断を停止し、実際に起こったのは純粋に力学的な現象であったという視点をとらなければ話は進まない。実際にその過程でどれだけの欺瞞があったか、いかに狡猾な嘘がとびかい、条約が無視され、戦士ばかりか女子供までが虐殺され、無理難題がふっかけられ、強奪が行われ、それが何百年続いたあげく今見るような社会ができあがったか、その詳細を追ってみるのは、なんとも徒労感のともなう仕事なのだ。

アメリカは未開の荒野ではなかった。そこにはすでに人が住んでおり、後から行った人々とは違う方法で生活をしていた。狩猟採集経済を基本とするこの生きかたは単位面積あたりが養う人口から言えば不経済だったかもしれないが、それをもって彼らから土地を奪う理由にはならない。いや、経済的に言えばそれは充分立派な理由になるのだろう。ことを決めるのは常に経済、つまり生物としてのダーウィン的な競争であると言明するのは果たしてペシミズムだろうか。しかし、異人種の間に永続的な真の友情が成立することは実に稀なのだ。そのような話に出会った時には、まず用心してかかった方がいい。

ポカホンタスの話というのがある。彼女は後にヴァージニアと呼ばれることになる地方に住んでいたポーハタン族の長の娘で、白人側の植民地指導者ジョン・スミスがポーハタン族に捕らえられた時に助命を提唱して白人とインディアンの融和をはかり、後に同じく白人タバコ栽培者であったジョン・ロルフと結婚した。そして一六一六年にはロンドンに渡って社交界でおおいに歓迎されたという話も伝わっている。つまり白人とインディアンが友好的に土地を分け合って暮らしてゆけるという幻想の象徴として今に至るまでいいように利用されてきたのだ。わずか二十二歳でロンドンで客死したこの若い王女を神話化する必要があったほど事態は最初から悪かったのだろう。現にジョン・スミスが捕らえられたのは彼ら植民者が銃を持ってポーハタン族が備蓄していたトウモロコシの強奪をはかったからだったし、ポカホンタスが亡くなった直後、ポーハタン族は白人に対して蜂起し、以後戦闘は二十年にわたって続いたのだ。

西部劇ではしばしば牧畜者と農民の対決というパターンが使われる。もっとも典型的な例として『シェーン』を挙げておこう。早い段階で荒野に入った者はまず牧畜という方法でその土地を利用する。広い敷地を独占し、多くの牧童をやとい、経営の規模は大きいが土地利用という点から言うとまだまだ粗放で効率が悪い。それでも経営者は自分が苦労してそこまで事業を伸ばしてきたことを誇りに思っており、別の方法が提案されても受け入れようとはしない。次の世代は牧畜ではなく農業をやろうとしている。彼らは狭く区切った土地を耕作して労働力を集約的に投入し、効率のよい土地利用を心掛ける。一つには最初から広い土地が買えるほどの資本を持っていなかったからだし、もう一つには時代が変わって人口が増え、いかに広かった西部もみんなで大規模な牧畜がやれるほどは広くないということになったからだ。牧畜業者の方は頑迷でこの時代の変化ということがよく理解できない。農民は合法的に土地を取得したのだろうが、昔から自分たちの意思こそが法であるという方法でこの地方に君臨してきた牧畜のボスたちには表面だけつくろった合法性など意味を持たない。いずれにしても法というのは（日本国憲法の現状に見るとおり）伸縮自在である。かくて彼らはさまざまな手段で農民を迫害し、この土地から追い出そうとする。最後にはジャック・パランス演じるところのプロの殺し屋を雇うという決定的なアンフェアを犯したあげく、農民側にたまたまアラン・ラッドという助っ人がいたために敗北する。

映画の筋立てとして一方の側にだけ正義を割り振る仕掛けがいろいろ用意してあるから観客は安心して農民の立場に自分を置いて楽しむことができる。しかし、この手の話の基本にあるのは土地利用形態の変化という経済史的な現象であり、その原因となるのは東部からの人口の流入である。社会が変化しようとする時、その動きの及ぶところには歪みが生じ、それはなんらかの形で解決されなくてはならない。状況はほとんど力学的である。牧場主の方がジャック・パランスを雇わなければ、話し合いと寛容で対立が解消できれば、この話はとても映画の主題にはならなかっただろう。牧場主が暴力に訴えたのは、言葉ではことが解決できないほど自分と農民たちの考えの違いが大きいと考えたからである。原作がこの話を一八八九年に設定していることを記憶しておいていただきたい。

インディアンたちと白人の間に起こったのも、結局はまったく同じ現象であった。広大なアメリカ大陸に船に乗った白人が次々に到着し、そこに住むと勝手に決め、西へ西へと進出した。インディアンと同じような狩猟採集経済に頼っていたのではとても養えないほどの人数だったし、それにヨーロッパの白人にとって狩猟採集経済は古い非効率的な方法としか思われなかった（それへの憧れはまだ持っていたし、それがフェニモア・クーパーの小説の主人公ナティ・バンポーのような辺境型の英雄像ともなったのだが）。彼らは牧場を作り、やがては農業を営むようになった。つまりインディアンが効率は悪いがエコロジーにかなった粗放な土地利用をしていたところを奪って、もっと集約的で効率のよい、つまりそれだけ反自然的な、利用を心掛けたのだ。

『シェーン』の場合と、インディアンたちと白人の間に起こった現実の歴史との違いは、第一に現実の歴史では雇われた殺し屋がジャック・パランスではなくて騎兵隊であり、雇ったのが新しい時代に属する白人の側であったことである。言ってみれば、農民の方が牧場をすべて解体して自分たちに配分せよという要求をもって牧場主のところに押し掛け、その用心棒であるアラン・ラッドが牧場の人々をどんどん殺してしまうという図。そして第二には、白人対インディアンのこの土地争いが三百年に亘って続き、インディアンの方はひたすら土地を奪われ、狭いところへ押し込められ、人口の減少と文化的な衰退に耐えながら暮らしてきたことである。白人は東から入ったから、まず東部のインディアンたちが消滅した。ワンパノーグ族、チェサピーク族、チカホミニ族、ポトマック族、そしてピクォート、モンタウク、ナンティコーク、マチャプンガ、カタウバ、チェロー、マイアミ、ヒューロン、エリー、モホーク、セネカ、モヒカン等々の諸族がいなくなった。十九世紀に至って、この流れは中西部に到達した。

白人は何度となくインディアンとの間に条約を結んだ。それが彼らの正義のイメージにかなっていたからだろう。一八三四年、大統領アンドリュー・ジャクソンの時代、議会は「インディアン部落との交易と交渉を規制し、辺境に平和を維持するための法律」を通過させた。これによればミシシッピー川よりも西の地域は（ミズーリ州、ルイジアナ州、それにアーカンソー准州を除いて）すべてインディアンの土地と決められ、白人は政府の特別の許可なくしては交易をしたり住み着いたりすることができなくなった。これに違反するものは合衆国軍隊によって逮捕されるはずだった。ミシシッピー川から西というのは今のアメリカ合衆国の面積の三分の二をはるかに超える。ずいぶん気前のいいことだと今のわれわれは思うが、その当時はそれだけの土地を必要とするほど白人は多くないと考えられたらしい。

しかし、この法律はほとんど発効と同時に時代おくれになった。西へ押しよせる白人移住者を容れる余地を作るために境界線はすみやかに三百キロほど西の西経九十五度線まで移された。この境界を守るために一連の砦《とりで》が築かれた。この境界は「永遠のインディアン国境」と呼ばれたが、これほど無意味な命名も珍しい。要するにあの広大なアメリカ大陸も白人とインディアンの両方を容れるほどには広くなかったのだ。少なくとも白人はそう考えた。一八四八年に終結した米墨戦争でアメリカはテキサスからカリフォルニアに至る広い領土を獲得し、そこを目指して多くの白人が九五度線を越えた。さらに一八四八年にはカリフォルニアで金鉱が発見されて、一山当てようという白人たち（いわゆる「フォーティナイナーズ」）数千人がどっと西に向かった。政府はこれを止めることができなかったし、そのつもりもなかった。彼らは西への領土の拡大はアメリカ合衆国の「明白な運命（マニフェスト・デスティニー）」であるという新しいイデオロギーを主張しはじめた。百年近くたってから東洋の小さな国が「満州は日本の生命線である」と言ったのと同列の身勝手で内容空疎な主張である。

やがて土地分配のルールが変わった。ほんの二十年ほどのうちにすべてが変わってしまった。以前は線を一本引いてその東を白人、西をインディアンとしていたのに、次の段階ではすべてを白人のものとした上でインディアンに割り当てる分を保留地（リザヴェイション）として別に指定するという方式が取られる。リザーヴというのは全体のうちの一部だけを取りのけておくという意味だ。次にはその保留地もさまざまな理由からけずられ、速やかに狭くなり、飢えがインディアンの日常の友となる。サウス・ダコタ州のブラック・ヒルズのように保留地内で金鉱が発見されたりすると、たちまちインディアンは追い立てをくう。力関係はいつも土地に反映される。ある意味では当然のこと、人間の歴史の基本的なパターンがここでも繰り返されただけのことであるが。

一八六〇年から一八九〇年までの三十年間は中西部に残されたインディアン諸族が次々に土地を追われ、殺され、保留地に押し込められ、そこをも奪われ、ひたすら人口を減らして衰退してゆく最後の段階であった。それぞれの部族はこの時期になかなか優秀な指導者を輩出し、彼らの知恵と勇気は同時代のどのアメリカ大統領よりもまさっていたように思われる。スー族にはクレージー・ホースとシッティング・ブルがおり、シャイアン族にはダル・ナイフがおり、カイオワ族にはキッキング・バードがいた。ナヴァホ族にはマヌエリトがおり、アパッチ族のジェロニモは一八六〇年にはまだ三十代だった。そして、ずっと西の方、ネヴァダに住むパイユート族にウォヴォカと呼ばれる四歳の少年がいた。

われわれがよく知っているインディアンは映画の中で騎兵隊と戦って結局は破れる半裸の戦士たちばかりで、そうやって「荒野」を「開拓」するのがアメリカの偉大なフロンティア・スピリットだという思想は多くの西部劇を通じてハリウッドから世界中に広められた。映画が取り上げたのはもっぱらこの最後の三十年間である。インディアン退治が最後の段階を迎えて、鉄道や駅馬車や辺境の町や孤立した牧場と農場を散発的に襲撃し、撃退される姿だけをわれわれは子供の頃から何度となく見せられてきた。そこにはエコロジカルで総合的な文化をもった種族としてのインディアンの姿はまったく見られない。つまりインディアンたちは現実の平原だけでなくメディアの中でも、いわば二重に抹殺されたのである。これをもって現在のアメリカ合衆国という国家の潜在的な攻撃性を論ずることもできるし、それはまたそれでなかなか興味深いテーマでもあるのだが、今ここで考えなければならないのは負けて消えてゆく者の心情の方だ（先ほどからぼくは何度もそう言いながら、実際には彼らの心の中へ入ってゆくことができない。周囲をうろうろまわるばかりだ）。

この時期にインディアンの諸族が次々に制圧されてゆく過程の記録は、ある意味では単調で退屈である。それはソルジェニツィンの『収容所群島』のあの単調と退屈に似ている。その中の一つの事件を取り上げてドラマチックに再現することはもちろん可能だろう。しかし、いかに劇的な事件でもそれが百回も繰り返されれば、聞く者は飽きる。われわれの心はどこかで麻痺して、正しい反応をしなくなる。精神の安全装置が働いて、それ以上の情報の流入を止めてしまう。

一つだけ例を挙げてみよう。一八六四年の十一月、シャイアン族はコロラド州サンド・クリークに野営していた。彼らの行動について許諾の権限を持っていることになっていたリヨン砦の責任者アンソニー少佐がその地域での野牛狩りを許可したからである。キャンプには六百人がおり、その大半は女と子供で、戦士はわずか三十五人、その他に老人が六十人ほどいた。酋長ブラック・ケトルのテントの上には彼が一八六三年にワシントンに行ってリンカン大統領に会見した時にもらった合衆国の旗（州の数をあらわす星はその時三十四あった）が翻っていた。それを受け取った時、この旗を掲げているかぎり合衆国の兵隊は決して発砲しないと彼は教えられた。それでなくともブラック・ケトルは大統領に会ったことを誇りにしていたし、以来その旗は彼のテントの上にいつも翩翻《へんぽん》となびいていたのだ。一族の主力をなす戦士たちは少し離れたところに狩りのための別のキャンプを構えていた。

十一月二十八日の深夜、アンソニー少佐の上官シヴィングトンをも迎えたリョン砦の兵士たち七百名が砦から出て、インディアンたちのキャンプに向かった。そして、夜明けと共に攻撃を開始した。強制的に兵士たちの案内役をやらされたロバート・ベントという白人とシャイアンの混血の農夫が後に証言している――「軍隊が発砲しはじめると、戦士は女と子どもを集め、その周囲に立って彼らを守ろうとした。五人の女が川岸に避難しているのが見えた。軍隊がそこに近づくと、彼女らは出てきて自分たちの正体をはっきり示し、兵隊に自分たちが女であることをわからせて、慈悲を求めたが、兵隊はその全員を撃ち殺した。女が一人砲弾で足に傷を負って岸に横たわっているのが見えた。すると一人の兵隊が抜身のサーベルを手にして近寄り、女が腕で身をかばおうとするところに切りつけ、その腕を切り落とした。女が倒れ、もう一方の腕を上げると、その兵隊はまたサーベルをふるってそれも切り落とすと、とどめを刺さずに立ち去った。男も女も子どもも、まったく見さかいなしに殺されているようだった。三、四十人の女が一つの穴に集まって難を避けようとしていた。彼女らは六歳ぐらいの女の子に、棒につけた白旗を持たせて送り出した。その少女は二、三歩進んだところで射殺された。その穴の中にいた全部の女はあとで殺され、穴の外にいた四、五人の男も同じ目にあった。女はまったく抵抗しなかった。私の見た死者のすべてが頭の皮をはがれていた。腹を切り裂かれ、取り出された胎児——だったと思う——と並んで死んでいる女を見た。スール大尉があとで私に語ったところでは、本当にそういうことが行われたそうである。ホワイト・アンテロープの死体も見たが、生殖器が切り取られていた。そして兵隊の一人が、それで煙草入れをつくるつもりだと話しているのを聞いた。女の生殖器を切り取られた者も見た……砂の中に隠れていた五歳ぐらいの女の子を見かけたが、二人の兵隊がその子を見つけ拳銃を抜いて射殺し、その腕をつかんで砂の中から引きずり出した。私は、大勢の幼児が母親の腕の中で、母親の手にかかって殺されるところも見た」（ディー・ブラウン『わが魂を聖地に埋めよ』）。

別に付け加えることもないが、一つだけ指摘しておけば、このリポートは先ほど引いたラス・カサスの文章に実によく似ている。こちらの方が直接の目撃者の証言である分だけ具体的で臨場感があることは否定できないけれども、それにしても五十歩百歩、悪というのはどれもこれも凡庸なものだとあらためて思う。

先にぼくは十九世紀後半のインディアンたちの偉大な酋長の名を挙げた中に、ペイユート族のウォヴォカという四歳の少年の名を忍ばせておいた。彼は一族を率いて白人と戦う戦闘的な酋長ではなく、別の種類の指導者だった。ある意味ではもう戦うリーダーの出番がないほどインディアンたちは追い詰められていた。インディアンの糧食を奪うという目的のためにバッファローを絶滅に追い込むような思想とそれを実行する能力をもつ種族を相手に戦うことはもう不可能だった。白人のハンターはただ殺すためにバッファローを撃ち、平原にはこの大きなおとなしい草食動物の腐乱死体が点々と散乱した。八時間以内に何頭を殺せるかを競う催しまで行われ、「バッファロー・ビル」ことウィリアム・コーディは六十九頭を倒して優勝した。かくて南北戦争の直後六千万頭はいたはずのバッファローが一八八九年に議会が公式に撲滅運動の終結を宣言した時には、たったの八十九頭しか残っていなかった。インディアンたちはバッファローの身に起こったことが自分たちにも迫っていることをよく理解していた。

ウォヴォカはネヴァダ州のウォーカーレイク保留地に生まれた。彼の父テヴォボが奇跡的な天変地異による白人の凋落《ちょうらく》とインディアンの復興を説く預言者だったという説もあるが、この父はウォヴォカが十四歳の時に死んでいるし、息子は父のことを「超自然的な力をもった夢想家にすぎなかった」と言っている。ウォヴォカは普通のインディアンの少年として育った。この土地ではインディアンは春から夏までは白人の牧場で賃労働をし、秋から冬にかけては狩りや魚釣り、果実類の採集をするという生活をしていた。彼はウィルソンという一家で働き、そこでジャック・ウィルソンという英語名を得ている。成人して結婚するまでは特に変わったところも見られなかったこの青年は、三十歳近くなった時にいきなり宗教家として目覚め、仲間に向かって説教をはじめた。

一八八九年、つまり『ジェーン』の物語が設定されたのと同じ年の一月一日の日蝕の時、太陽が昼間から死んでしまったために彼は眠りこけ、あの世に連れていかれた。そこは昔のインディアンの土地と同じように獲物のあふれる理想の地で、そこで彼は神に会い、互いに愛しあうこと、白人との共存を試みること、戦いの習慣を捨てて平和に暮らすこと、などを教えられた。そして神は彼にダンスを授け、戻って部族の者に教えるように命じた。五日つづけてこのダンスを踊れば人々は幸福になれるというのだ。それと共に彼は雨や雪などの自然力をもコントロールする力を与えられた。こうして、ゴースト・ダンスがはじまった。

この新しい宗教の教義の基本は、生死を問わずすべてのインディアンが再生した大地の上に集い、死や病気や貧困から解放されて原初の幸福な暮らしに返ることができるというところにある。この段階では白人との関係についてはほとんど触れられていない。だが、この教義はダンスがおおいに流行してより多くの種族がこれに参加するようになる過程で次第に増幅され、インディアンだけが救済に与《あずか》る点が強調されるようになる——「このようにしてオールドマン（神）があらわれたならば、インディアンは全員、白人のもとを去って山へと高く昇る。そのとき、白人はインディアンに対し指一本触れることはできない。次いで、インディアンが山へと高く昇っている間に、大きな洪水がまるで湖のように襲い、白人は溺れ死んでしまう。水が引いた後は、どこへ行ってもインディアン以外には誰もおらず、しかもあらゆる種類の獲物が溢れるばかりになる」（ジェイムズ・ムーニー『ゴースト・ダンス』これは同時代の記録である）。

このダンスはたちまち西部全体のインディアン保留地に広まり、人々は普段の生活を捨ててひたすら踊りまくった。子供たちは学校に行かず、交易所には人影もなく、白人の農場の手伝いをしていたインディアンたちは姿も見せなくなった。ウォヴォカ自身が指揮したペイユート族のダンスと、それが伝播した先の諸部族の踊りの間には本質的な差はなかったようだ。ペイユート族は中央で火を焚いてその周囲で踊り、スー族やカイオワ族は柱を立てたまわりで踊り、平原の諸部族は何もない広場で踊った。

一度の催しに千人以上が参加することもあった。それだけの人々が昼夜の別なく五日間にわたって踊りつづけるというのは壮観でもあり、見かたによっては悲惨でもあっただろう。踊りのさなか彼らは歌い、「救い主は来れり」と叫び、疲れはて、失神し、時には幻覚を見た。その狂乱ぶりは見ている者に脅威を与えたのだろうか。白人たち、なかんずくワシントンのインディアン総務局はこの事態を憂慮した。自分たちに理解できないことにインディアンが夢中になっているというのが不安だったのだろう。彼らはこの踊りを禁止することに決め、またも各地で衝突が起こった。最後の大酋長シッティング・ブルはこの騒乱の中で殺されている。

今から振り返ってみてわかるのは、この新しい宗教の教義の基礎が実はキリスト教に由来するものだということだ。ウォヴォカの教えは非常に平和主義的でおとなしいものであった。インディアンたちにキリスト教をひろめるについてはユタ州に住むモルモン教徒たちの寄与が大きい。彼らはインディアンは旧約聖書に言う「失われた部族」の一つであると信じて、インディアンへの伝道に特に力を入れ、自分たちのところに来るインディアンに洗礼を授けては無料で食料を与えた。モルモン教そのものにもミレニアムの思想は濃く影を落としている。

ゴースト・ダンスが白人に迫害されてあちこちで小ぜりあいが増えた時、特にスー族の間ではゴースト・シャツという衣装が流行した。これは本来ならば裏皮で作るものだが、素材が不足していたためにたいていは白い布をインディアン風に仕立てて作られた。広くゆったりとした袖をもち、首のあたりには三角形に青く彩色されて月や星や鳥などの模様がついていて、ところどころに本物の鳥の羽毛が飾られていたという証言もある。長く続くダンスでは多くの者がトランス状態に陥って、次々に気を失って地面に倒れる。このように高揚するダンスの際にはじめは一部の者が着ていたシャツがたちまち流行して、それを着ないでダンスに参加した女たちは戻るとすぐにこのシャツを作って次の機会に備えた。

このシャツの意義はこれを着ていれば白人の撃つ銃弾に傷つけられることはないというところにある。ダンスの時は外に着たが普段は他の衣装の下に下着のように身につけた。つまり、防弾チョッキであったのだ。迫害がひどくなって最後に有名なウーンデッド・ニーの虐殺が起こった時、銃弾に撃たれたある女は、治療のためにシャツを脱がせなければならないと言われた時に「ええ、脱がせてください。どんな弾丸も通さないと言われたけれど、今となってはもう、そんなことはのぞむべくもないわ」と言ったという。そして、このシャツの起源もどうやらモルモン教徒たちの衣装にあるらしいのだ。モルモン教には「天恵の衣服」というものがあって、白いモスリンで作られたこの服は新しい入信者に与えられて信仰のあかしとなった。これが身につける者を不死身にするという考えも信者の間には広く伝わっていた。

ゴースト・ダンスはインディアンたちの最後の精神的な表現、ぎりぎりのところまで追い詰められて想像力の逃げ場さえ奪われた人々の夢想の逃避先であったように思われる。にもかかわらずその教義の大半を迫害者である白人の宗教から受けたということは、もう彼らが独自の文化的な体系を維持し、そこから自分たちの次の時代のイメージを生み出す力さえ失っていたということだろうか。たしかにゴースト・ダンスをきっかけにインディアンは自分たちにふさわしいミレニアムの夢を描いた。だがそこで語られる楽園は、バッファローがたくさんいて、白人に殺された者もよみがえって、しかも白人たちはもういないという、言ってみれば現状をそのまま裏返しただけの、ある意味では貧しい内容のものである。しかもこの楽園思想は人々の激しいダンスを通じて、そのトランスの中から、ようやく現れたのであって、気弱な指導者ウォヴォカが最初に説いた教義ではほとんど姿を見せていない。彼が説いた内容はあくまでもキリスト教の平和主義の域を出ないもので目新しい面と言えばダンスそのものだけだった。そして、このダンスがようやく追い詰められた人々の自制を解き、少しだけ残っていた火種を煽いで燃え上がらせた。彼らが本来持っていた奔放な想像力や文学的な表現力、広大な世界を描く神話的な精神の力はもうこの時点では残っていなかったのだろう。

インディアンたちの精神世界の広さを示すために、彼らが自らの主人であったよき時代の彼らの詩を一つだけ紹介しておこう——

夜明けの歌

黒い七面鳥が　東の方で尾をひろげる
するとその美しい尖端が　白い夜明けになる

夜明けが送ってよこした少年たちが
走りながらやってくる
かれらが穿いているのは
日光で織った黄色い靴

かれらは日光の流れの上で踊っている

虹が送ってよこした少女たちが
踊りながらやってくる
かれらが着ているのは
日光で織った黄色いシャツ

かれら夜明けの少女たちは　おれたちのうえで踊っている

山々の横っ腹が　みどり色になる
山々のてっぺんが　黄色になる

そしていま　おれたちのうえに
美しい山々のうえに
夜明けがある。

（メスカンロ・アパッチ族、金関寿夫訳）

これほどの詩を生み出した人々がなぜゴースト・シャツなどを信じたのか。まこと終末は人の精神の能力の大半を奪うものではないだろうか。
この章でぼくはありもしないものを求めてうろついただけかもしれない。終末が美しいものであるという白鳥の歌の幻想を、滅ぼされて歴史の中に消えてしまった人々の上に投射しただけだったかもしれない。迎える当人たちにとっては終末はただみじめさと無念の思い以外の何でもないのかもしれない。
それでも、これだけ例を挙げれば、人の集団が滅びるという事態が過去には何度となくおこり、そのたびに彼らが自分たちの無力の中に坐りこんで最後を待ったことはわかるだろう。そういう場合に記録が残ることは少ない。ここに引いた文献がすべて他の人間集団との抗争に破れて抹殺された集団に関するものであったのは、前にも書いたとおり消えてゆく人々が自分では記録を残さないのが常であるからだ。そして天災で滅びる場合には被害者たち以外に当事者というものがいない以上何の記録もないことになる。

今われわれが感じているグローバルな危機感の場合は、かつてのインディオやインディアンの場合と違って、加害者と被害者はほぼ重なりあっているらしい。自分たちの今の日々を豊かにしようという活動が未来の日々を貧しいものにしてゆく。預金が取りくずされる。最後には未来というものの残高がゼロになる。「ぼくたちは、自分が作り出した仕掛けに閉じ込められて……」とイーグルスが歌ったのはもう二十年も前のことだ。こういう場合には、少しは時間と精神に余裕があって、自分たちの終末をつぶさに記録することもできるのだろうか。何万年か先に別の星から飛来する知性体のために、少しは意味のある事例を残しておけるか。自分たちが生み出した文明を自己撞着《どうちゃく》に陥ることなく自ら分析することははたして可能なのだろうか。

恐龍たちの黄昏

ここ数年間、日本の恐龍の話題はすっかり越前勝山の北谷が独占してしまった感がある。ともかく化石がよく出てくるのだ。一九九〇年八月の発掘ではイグアノドンの全身骨格が出た。五本の歯のついた上顎骨にはじまって、肩甲骨、肋骨、大腿骨、尾椎骨、趾骨《しこつ》、等々、一つの個体に属する化石が全部で十七個みつかり、これをつなげると全長三メートル強の全身像が復元できる。これだけまとまった発見は日本でも初めてというので、関係者の間ではずいぶん評判になった。中国大陸の恐龍たちとの類似性もいよいよ明らかになってきた。人間の歴史の範囲では日本は島国であって、渡るのに決意を要する幅の海によって大陸から隔離されており、それをいいことにわれわれはなにかと自分たちを特殊化して見ることが多いのだけれども、長い長い地史の視点から言えば日本はあきらかに大陸の一部である。

越前勝山は福井県もずっと東の端、県境に近いあたりだが、谷峠を一つ越えて石川県の側に入ると日本の古生物学の出発点となった白峰村桑島という場所がある。明治七年、たまたま白山登山の前にここを通ったドイツの生物学者ラインが崖の断面に植物化石を見つけ、採集してドイツの古生物学者ガイラーのもとに送った。ガイラーはこれらの化石をジュラ紀のものと同定し、このあたりの地層が少なくとも一億三、四千万年の歴史をもつことを明らかにした。日本列島の地面はところによっては相当に古いのだ(最も古い飛驒変成帯の岩石の中には先カンブリア時代に属するものもある。五億年以上前だ)。

しかしながら、この国で恐龍の化石が出はじめたのはごく最近のことである。日本で最初に見つかった恐龍の化石は一九七八年岩手県岩泉町の茂師で発掘されたモシリュウで、その後各地で続々と出るようになった。モシリュウの化石を含んだ地層は海底に堆積したものだった。死んだ恐龍はおそらく川の流れで海に運ばれ、そこで化石になった。これではどこから運ばれたかを明らかにするのは無理な話だ。桑島で見つかったカガリュウが特に重要視されたのは、ここがかつて陸地であったことがわかっていたからである。今の日本の国土を作っている地面の上で恐龍が生活していたことが確認されたのだから、その意義は大きかった。これで大きな声で日本にも恐龍がいたと言うことができるようになった。そして、桑島と隣の北谷は日本の恐龍研究の中心となり、日本の恐龍の多くはこのあたりの地名にちなむ名を持つことになった――カツヤマリュウ、フクイリュウ、エチゼンリュウ、キタダニリュウ、カガリュウ、シラミネリュウ、クワジマリュウ、等々。

一億二千万年前、白亜紀のはじめ頃、日本列島がまだフォッサ・マグナで屈曲しておらず、沿海州に添い寝するように大陸に寄っていた時代。その頃このあたりには後に地史学者によって手取湖と名付けられることになる大きな湖があった。琵琶湖の十倍というこの広い湖水の周辺に生えた豊富な植物を食べて恐龍たちは大きく育ち、当然それを捕食する肉食性の恐龍もいて、一帯はなかなか賑やかな場所だったらしい。この湖に由来する手取層という地層は石川と福井だけでなく岐阜県や富山県にも広がっており、そちらの方からも化石は出はじめている。日本の恐龍学は、欧米に百年遅れて出発したけれども、今ようやく形を整えつつある。

誰もが知っているとおり、今の日本には恐龍は住んでいない。彼らはすべて六千四百万年前に地上から姿を消してしまった。彼らの実像は学問的な研究の成果と、それをもとにしたわれわれの想像の中にしかない。化石を掘り出すまで人間は彼らがいたことを知らなかった。

彼らは大きかった。最も大きな草食性のものとして例えばディプロドクスを見てみると、これは全長二十七メートル、新幹線の車両よりも長く、現代の最も大きな動物であるシロナガスクジラとほぼ同じ(桑島から歯の化石が出たハクサンリュウはこの仲間である)。ディプロドクスはほっそりした身体付きで体重もせいぜい十トンほどだが、もう少し小型でふとったアパトサウルスとなると体重は三十トンと推定されている。

こういう連中が悠然と地面を踏んで歩きながら植物を食べ、彼らの巨体を餌とする肉食性の恐龍がその後を追う。これだけ大きく育つにはずいぶんな歳月を要するだろうし、その間にはいろいろなことがあっただろう。彼ら一頭一頭の背後に波瀾万丈の人生を考えることもできるのだ。決して軽視できる生き物ではなく、それ相応の敬意をもって扱うべき相手である。しかも彼らは長きにわたって栄えた。その時期の長さに比べれば、人間の栄華などものの数ではない。そういう彼らの時代がわれわれの祖先が二本足で立っておそるおそる地上に降りるようになるはるか以前に地上にあったということを、われわれは素直に認めた上で、彼らの生活を感動と共に想像してみることができる。地表に自分たちが今見ているのとは違う風景が見られる時期があったと学者たちが言えば、われわれはそれを信じる。人間なしで、しかも充実して完成された世界。

けれども、これは現代の人間だからこそできることであって、かつて恐龍たちは学説としてさえ存在を認められないに近かった。人間の自然観は十九世紀になってコペルニクス的な転換を体験し、その結果、ようやく恐龍たちは存在したことを公認され、絶滅によってこの世界から消えたことも認められた。ここに至ってはじめて人間の世界観の中に彼らが入る余地ができたのであって、これは科学史に言うパラダイム・シフトの典型のような例だった。

それ以前はどうだったか。骨を例に取れば、一六七六年にアシュモリアン博物館の管理者であったロバート・プロット師はその著書の中に大きな大腿骨の図を示してこれを過去の巨人のものに違いないと記している。この骨の実物は残念ながら残っていないが、図から見てこれはメガロサウルスの骨ではないかと推定されている。恐龍の概念のないところに恐龍の発見はない。人はまったく新しいものを発見するのではなく、ありそうだと予想しているところのものをいわば回帰的に再発見するにすぎない。近代になって多くの化石が発掘され、それをもとに絶滅した動物たちを体系化する試みが進行中にも、それを哲学的な理由から否定する声は高かった。古人類の骨をノアの洪水で溺死した人の骨だというような説が流布していた。もちろんこれを愚かしいと言えるほど今日のわれわれが賢いわけではない。

人間の中には明らかに二つの時間論があって、この二つの対立はたぶん人間が時間とか歴史とかを考えはじめた最初の時以来ずっと続いてきた。その一方は永遠不変の定常的な世界像であり、他方は進化あるいは変化の思想である。世界が最初から変わらなかった、創造の瞬間にもう完璧な形をとって現れ、以後はそのまま何の欠陥もないまま今に至ったという考えの魅力は、現代人の常識を一度捨ててから考えてみればすぐにもわかるだろう。世界ははじめからその価値を神によって保証されている。それが揺らぐことはない。これほど人を安心させるものはない。神は最初に動物たちの種をすべて一度にまとめて創造したのだから、そして神が造った以上それらは完璧なものだったのだから、地球の上には最初に生まれた種たちの子孫がすべて栄えているわけであって、途中で絶滅するような半端者がいたはずはない。まして新しい種が勝手に生まれることもなく、世界は原初の栄光の姿で安定している。これがキリスト教の神学が教える動物論であって、ここには絶滅した動物の化石が登場する余地はなかった。

今からではダーウィンがなぜあれほど深刻な思想的衝撃を西欧の人々に与えたのか、理解するのはむずかしいかもしれない。今もアメリカの各地で進化論を小学校で教えるべきか否かというキリスト教原理主義者たちと科学者の論争があるという事実はわれわれには奇異なものと映る。スペース・シャトルを飛ばし、ハイテク兵器でバグダッドを壊滅させる国が今もなおこういう思想上の問題を抱えているというのは、たしかに理解しがたいことだ。しかし、進化論は単に生物学の思想ではなく、人間の自己確認そのものに関わる大問題だったのである。われわれが原理的には完全な生き物であって、その時々の事情で少し蹉跌《さてつ》を生じはしても最後には神の恩寵によって確実に救われうる存在であるという見かたと、人間など積もり重なる偶然の産物に過ぎなくてたまたま今見る形でこの世にあるだけだという主張との間には、橋の掛けようもないほどの隔たりがある。この二つでは自分というものの世界内における重みがまるで違う。神はわれわれの存在を保証してくれるのか否か。進化論はそういう意味での、いわばホモ・サピエンスのアイデンティティーに関わる課題として、少しでものを考えるすべての人々を巻き込んで大議論に育っていったのだろう。そして、全体の雰囲気としては、なんとか否定されればいい・自然界における人間の尊厳を確立したい・神と縁を切ってサルと親戚づきあいをはじめるのは御免だ、というみんなの切実な思いをことごとくひっくり返して、科学的な事実の積み重ねがダーウィンを立証してしまった。十九世紀以降われわれは、偶然によって乱雑に積まれて今にも崩れそうな古生物の骨の山の上でかろうじてバランスを取っている軽業師にすぎないのだ。

人間の社会に個人や家系を単位とする栄枯盛衰があるのと同じように、種を単位とする有為転変もあるという思想は、なにかにつけて安定を求めるわれわれにとって決して受け入れやすいものではない。皇室は二千六百年に亘って万世一系ずっと日本の中心にあったとするのは願望であり、逆に「驕《おご》る平家は久しからず」というのはしぶしぶながらの事実の認知である。そして、いくら長い目で見ても、一億年という遠い過去まで遡ったところで、安定の要素は出てこない。生きることとは常に誕生と成長と老化と死であり、個体間に競争原理が働くように種の間にも適者生存の原理が働く。困った時に神が介入してことを人間に、あるいは特定の種に、有利なように運んでくれるわけではないようなのだ。

（時間というものを巡るほぼ同じような論争がここ三十年ほどにわたって天文学の分野で展開され、今の段階では進化論の側がずっと優勢であることも思い出しておこうか。つまり宇宙が時間の始原以来今見るような姿であったという定常宇宙論と、二百億年前という時期に一点から始まったとするビッグバン説の確執。今のところはビッグバン説の方が有利だが、ビッグバンそのものが実は無限に繰り返されてきたという超絶的な定常宇宙論が成立しないという保証はないし、ビッグバンの実態も当初に言われていたほど明快ではなくなってきたようだ。二項対立は今も続いていると見た方がいいような気がする。）

恐龍はドラマチックで、強く人間の関心を誘う生物である。これを感覚的に捕らえられる点で、われわれ日本人は欧米人よりもずっと有利な立場にある。つまり、今の日本語の恐龍にあたる西欧語はディノサウルスだが、そのまま語源をたどればこれは「恐ろしいトカゲ」にすぎない。イギリスの解剖学者リチャード・オーウェンが一八四一年に命名した時にはまさに超大型のトカゲであったのだろうし、今でも欧米人の感覚で彼らはトカゲなのかもしれない。しかし、幸か不幸か日本語ではもともとトカゲであったはずの σαῦρα をあえて龍すなわち δράκων であるとして訳した。そして、このおそらくは意図的な意訳がわれわれの恐龍像をずっと豊かなものにしたのだ。龍に対する畏怖の念はとてもトカゲの比ではないだろう。だから、日本人であるわれわれはここで、恐龍論議のついでという形で、人類の歴史に延々とつきまとう龍という動物のイメージについてひとしきり考えることを許される。

なぜヨーロッパと中国の両方で似たような想像上の動物が生まれたのか。彼らは共に蛇に足や髭を付け加えたような形をしており、巨大であり、畏怖の対象であり、少なからぬ敬意を受けてもいた。数多い中国系の架空動物の中でも龍は別格の存在感があって、われわれにとっては最も親しい。それを実在した巨大な古生物にあてはめることで、われわれは同じ種類の畏敬の念を彼らに対していだくことができる。せいぜいネズミくらいの小さな哺乳類にすぎなかったわれわれの遠い祖先が陸の王者であった恐龍に対してもった畏怖が記憶の遺伝として人間にまで伝えられ、それが世界各地で龍という神話的動物になった、という夢想は伝奇小説の類ではしばしば見かけるものだ。それはそれ、よく出来た冗談として笑っておいてもいいが、恐龍がかつて龍がわれわれの心の中で占めていた位置にいることは否定できない。

　中島敦が傑作『弟子』の中におもしろいエピソードを書いている――「葉公子高は龍を好むこと甚だしい。居室にも龍を雕《ほ》り繍帳《しゅうちょう》にも龍を画き、日常龍の中に起臥してゐた。之を聞いたほん物の天龍が大きに欣《よろこ》んで一日葉公の家に降《くだ》り己《おのれ》の愛好者を覗き見た。頭は牖《まど》に窺ひ尾は堂に拖《ひ》くといふ素晴らしい大きさである。葉公は之を見るや怖れわなないて逃げ去つた。其の魂魄を失ひ五色主無し、といふ意気地無さであつた」。恐龍が自分たちの目の前に実物として登場したら、こういうふるまいを見せる者は少なくないだろう。

　恐龍の存在を認めるためには、まずもってその絶滅が受け入れられなければならなかった。今の地球上で出会うことがない以上は絶滅したと考えざるを得ないし、この前提がないかぎり恐龍そのものの存在が否定されてしまう。こうして、言ってみれば恐龍は、今はいないという事実によって、われわれの世界観に後ろ向きに入ってきたのだ。

　進化論を認め、種というものが生成したり絶滅したりするものであることを認め、どんな生物にとっても時間は破滅の要素を含む恐ろしいものであることを認めれば、次には、なぜ恐龍は絶滅したのかという大きな疑問が出てくる。古生代の終わりに三葉虫が海中から消え去ったことはしかたがないとしよう。彼らはどう見ても知的な生物ではないし、さほど惜しむに値するようには見えないから。三葉虫と人間が意思の交換をはかるというのは、イセエビとわれわれという組み合わせ同様にむずかしいように思われる。

　しかし、恐龍の存在感は格段であって、この場合は、もしも同時代に生きていればの話だが、象やクジラと同じようにわれわれとの間に何らかの会話が成立し、人間は恐龍を崇拝したり、友人としての関係を結んだりできるような気がする。みんながみんな葉公子高ではあるまい。怖れつつ近づくということもある。白亜紀の暖かな日を浴びてのんびりと午後を過ごす彼らの満足をわれわれは共有できる。地球の上に生命としてあることの幸福感という点で、われわれと彼らはほとんど仲間ではないか。彼らがなぜ滅びたか、種はすべて滅びるものだとしても、彼らの場合の具体的な理由は何だったのか、新聞で他人の身に起こった不幸に興味がゆくのと同じように、われわれの関心がそこに赴かないはずはない。

最初の頃、人は恐龍というものを横目で見ていた。敬意ではなく蔑視で臨んだ。図体ばかり大きいくせに結局は滅びてしまったドジな奴というのが一般の恐龍イメージだった。身体の大きさに比べて脳が小さいから馬鹿だとか、尻尾を踏まれても頭が痛いと思うまでにずいぶん時間がかかっただろうとか、戯画的な像ばかりが流布していた。学者たちの間でさえ、滅びてしまったのだから駄目な連中だったのだろうというほとんど意味のないトートロジーが平然とまかりとおった。恐龍の絶滅を説明する学説は文字通り山ほどあった。気候の変動とか放射線の増加などというのはいい方で、中には身体が大きすぎて交尾の際に雄が雌の上に乗れなくなったなどという珍説まで提出された。

あるいは台頭してきたすばしこい哺乳類が恐龍の卵をみんな食べてしまったので滅びたという説。動物とその餌の間には微妙で密接な関係がある。どんな愚かな動物でも、どんなに貪欲な寄生動物でも、餌となる相手が絶滅してしまうような食べかたは決してしない。そんなことをすれば自らの墓穴を掘ることになる。一つの種の個体数は自然環境の中では巧みに調整されていて、多くなりすぎれば捕食者の方も増えて減ることになり、少なくなれば仲間との競合がなくなる分生き延びやすくなって個体数は増える。動きが速くて頭がいい哺乳類が恐龍の卵をすべて（絶滅に追い込むまで）食べてしまうなどということは生態学的に不可能である。そんなことをした哺乳類は次の日には何を食べればいいのだ。

このような馬鹿げた説が仮にも出てきた背景には、愚鈍な太りすぎのトカゲと機敏で賢い哺乳類の対比という、人間にとって非常に都合のいい図式が隠れていた。だから、恐龍は進化の過程で行き詰まって、それで絶滅したと考えたがった。恐龍は絶滅したけれども自分たちは違うと言いたい衝動が背後にあったことに、言った当人たちは気付いていただろうか。彼らの説によれば、恐龍はたしかに一時期は栄えたけれどもそれはたまたま運がよかっただけで、本当に優れた知的動物への道を辿っていたわけではなかった。徒花《あだばな》にすぎなかったから哺乳類に、もっと正確に言えば人間に、席を譲るために消えていった。

しかし、恐龍は一億数千万年の間ずっと地表に君臨していたのだ。たかが三百万年で成り上がったわれわれのようなヌーヴォー・リッシュとは格が違う。少々の生態学的な、あるいは遺伝学的な欠陥で滅びてしまうほど生活力のない動物であったはずがない。地史全体から考えてみても、恐龍は地球という生態系が生み出した最も優れた動物群であったかもしれない。大きくなりすぎて地面を歩けなかったとか、ずっと水の中で暮らしていたとか、関節炎に苦しんだとか、小型のトカゲのように日が翳《かげ》ると体温が下がって動けなくなったとか、そんななさけない生き物であったはずがないのだ。

恐龍学はこの二、三十年で急速に発達した。そして、化石の数が増え、その身体の構造や生態が明らかになるにつれて彼らのイメージは速やかにダイナミックで活動的なものに変わってきた。今この分野で最も革新的な説を展開しているのはアメリカのロバート・バッカーという学者だが、彼に言わせれば恐龍は定温動物であり、それだけのエネルギー消費を可能にする元気な捕食者であり、気候の変化をなんなく乗り越える強い生活者であったことになる。更に最近では恐龍が育児をしていたという説も出てきている。一言でいえば哺乳類との差は縮まる一方で（もちろん哺乳類と人間に近いからそれだけ優れた動物であったという考えかたにも問題はあるだろう。エネルギー効率から言えば、定温動物は浪費が多い。われわれが直面している資源問題は実は体温を一定にするという哺乳類の新しい戦略がはじまった時に端を発しているのだ）。いずれにしても、恐龍が一億数千万年を生き延びてあれだけの大きな身体を作りあげるについては、まずもって当初の設計思想の健全ということがなければならなかったはずだ。恐龍はどこから見ても立派な動物だったのである。

もしも六千四百万年前に彼らが地表からいきなり姿を消してしまわなければ、おそらく哺乳類は今見るような進化を遂げて君臨することはできなかっただろうし、ぼくがこうして文章を綴《つづ》って本を出すことにはなっていなかっただろう。こう言おうか——地球の上に極端に優れた知的能力を持つ動物が現れて文明を築き、相対性理論を構築したり、『ユリシーズ』を書いたり、エアバスを飛ばしたり、冥王星まで探査機を派遣したりすることになったとしても、その主体となった動物は哺乳類ではなく進化した恐龍だったかもしれない。あるいはその方がことがずっと早く進んで今から三千万年前にその知的恐龍は今われわれがようやく達成したような文明の段階に至り、今ごろは恒星世界にまで進出していたかもしれない。あるいは、もちろん、とっくの昔に「楽しい終末」を迎えていたかもしれないのだが。

恐龍の絶滅についてまず知らなければならないのは、これが実に唐突に、一気に起こったということである。六千四百万年前、白亜紀と第三紀と呼ばれる時代の境界のあたりで彼らは一斉に姿を消してしまった。この言いかたはむしろ逆で、彼らの消滅を地史学者は白亜紀の終わりという時代区分の指標としたのだ。この絶滅を説明する古生物学者たちの理論は大きく二つに分けられ、一般に激変説と斉一説と名づけられている。それぞれの内容は単純明快で、激変説の方は一度かぎりの天変地異によって、言ってみれば事故として、絶滅が起こったというものであり、斉一説とは内的必然によって恐龍は滅ぶべくして滅びたというものだ。

種そのものに寿命があるのではないかという説がある。つまり、一つの種は多くの発展の可能性を遺伝形質の中にもって生まれてくるが、やがてそれらを使い果たして終焉を迎える。気候の変化についてゆけなくなるとか、環境から取り残されるとか、他の種との競争力を失うとか、個体であればまさに寿命とか老衰と呼ぶべきことが種全体にも起こって、次第に次の世代を用意して世に送り出す力がなくなり、やがて消滅する。古生物学者は多くの種が地上に現れては消えていった過程を詳細に把握している。一つの種の寿命は百万年から長くても一千万年であると言われる。カメのようにその歩みが遅くてはるか昔と変わらぬ姿をしているものもいれば、世に出て一世を風靡《ふうび》したと思ったとたんに消えてしまう気の早い種もあった（シーラカンスのように深海に身をひそめて進化を拒否し、四億年を生きてしまうというとんでもない奴さえいる。いったい何がおもしろくてそんなに地味に長生きする道を選んだのかと聞いてみたくなる）。いずれにしても、生命の起源以来この地上に登場した種のほとんどは絶滅しているのである。

だから恐龍一族も一億数千万年という長い歳月の間に次々に新しい種を世に送り出したけれども、やがては遺伝形質をすべて使いつくし、疲弊して消えていったという説が成立するようにも思われる。しかし、これだけで恐龍の絶滅を説明することはできない。彼らの消滅は古生物学の常識を超えるほど突然だった。恐龍は一つの種ではなく、共通の資質を持ちはするが個々の性質は千差万別という一群の動物の総称であり、脱落するものの一つや二つで全体が影響を受けるほど似たもの同士ではなかったのだ。その時点で少なくとも二十五種類はいたはずの彼らのすべてが同時に終焉を迎えるというのは、あまりに偶然に頼りすぎた立論であり、説得力を欠くのだ。そこには何か共通の因子がなくてはならない。

だから、ある一回の事故で全員が死亡したというシナリオはそれなりに魅力的なのだが、しかしこの激変説の方にも問題がある。理論としてお手軽すぎるのだ。自然界に起こったある現象を、理論的な裏付けもなく、事故として処理してしまうことはできない。芝居の方ではこれはデウス・エクス・マキナという名で呼ばれて劇作家の非力の証拠として軽蔑されることになっている。科学というものは普遍的な法則を求めることを使命とするのであって、一回きりの事象ははじめから相手にしていないはずなのだ。

激変説の例を一つ挙げておけば、超新星の爆発という説があった。一定の大きさの範囲におさまる星はその寿命の最後に桁違いのエネルギーを放射して輝きわたる。太陽の百億倍の光を放つ。特に目立つ星がなかったはずの夜空の一角に急に眩しい星が登場するのだから、歴史記録に残ることが多く、紀元一八五年以来少なくとも九回の爆発が知られている。日本の記録では一〇五四年の超新星を藤原定家が『明月記』の中で書いている。最近では一九八七年二月十四日に大マゼラン雲で発生した超新星が、少なくとも専門家の間では一大センセーションをまきおこした。四百年ぶりの出現であり、観測機器が発達して電波やX線やガンマ線やニュートリノでの観測も可能になってからはじめてのものであったこともあって、このSN一九八七Aという星は網を張って待っていたところへ飛び込んだ巨大な獲物として歓迎された。

平均して百年に一個の超新星が輝くとすれば、恐龍が栄えた一億五千万年の間には百五十万個の超新星が地上で見られたはずで、その中には地球のすぐ近くで起こった爆発もあったかもしれない。もしも十光年以内でこのような爆発が起こって大量の熱線や放射線が地表に降りそそげば、生物たちへの影響は壊滅的なものになるだろう。恐龍がすべて死滅したとしても無理はない。しかし、この説は単純に統計学で否定されてしまう。百五十万個という超新星の数と一億五千万年という歳月の長さでは、十光年以内という近傍でそれが発生することは確率的に不可能なのだ。もちろん確率だから非常に稀なまぐれという言いかたはできるけれども、そういう論法には説得力はない。SN一九八七Aは十五万光年の距離のところで発生し、それでもずいぶん近い方だというので天文学者たちは雀躍《じゃくやく》したものだ。かくしてこの説は消えてしまった。

白亜紀の終わりに絶滅したのは実は恐龍たちだけではなかった。陸上の動物よりも海の中の動物の方が化石として残る率はずっと高いからそちらを基準とするのだが、この時期に海の中に住んでいた動物七百九十科のうちの一五パーセント、約百二十の科がこの時に絶滅している。この論法だと一家全員のうち一人でも生き残ったものは家族としては生き延びたと見なされるわけだから、もっと下のレベルで見ると死滅した動物の数はずっと増える。種を数え上げれば、この時には海の動物の七〇パーセントは絶滅したと言われている。一般に海の中は、もともと生命がそこで発生したことでもわかるとおり、陸上よりも生物にとってずっと暮らしやすい環境にある。従って海の中の生物まで大量に絶滅したとすれば、その原因となった事象はより過酷に陸上の生物に対して働きかけたと推測することができる。では、その事象とは何だったのか。

巨大な隕石《いんせき》の落下という説がある。相当に大きな隕石が降ってきて地表と衝突、大爆発を引き起こした。それによって大量の塵埃《じんあい》が空気中に巻きあげられ、成層圏まで昇って太陽の光を遮る。細かな塵埃はなかなか落下しないから、この薄暗い状態は何年も続き、地表の植物は充分な量の太陽光を受けられなくて枯死する。それ以前に気温が劇的に下がって地表の水は凍りつき、雪と氷河が全世界を覆い、強風が吹きつのるかもしれない。数年前に核戦争の後日談としておおいに論議された「核の冬」とそっくり同じことが巨大隕石をきっかけに起こり、多くの生物が死に絶える。

この説の場合にも欠陥は歴然としている。そういうことが起こったのかもしれないが、そういう仮定を提出することで問題が解決するわけではない。科学の基本姿勢は普遍性ということにある。ところが地史は科学であると同時に歴史であり、歴史上の事象はすべて一回しか起こらない。それを超える法則性を見出すのが歴史哲学の使命だとも言えるが、一回だけ起こったかもしれないことを可能性として提案しただけで真理が得られたとするわけにはいかないのだ。

一回しか起こらなかった事象を普遍性をもって説明する。これが地史学者たちに与えられた困難な仕事だ。そして、社会が彼らにこういう要求を出す裏には、われわれの場合はいったいどうなるのかという、表面からは巧みに隠されているけれども実は大変に切実な関心がある。巨大隕石がまた落ちることがあるのかどうか、もしもそれが一億年に一回とかそれ以下とかの率であるならば、そんなことは忘れておいてもいい。その百万倍も危険なことをわれわれは毎日平気でやっているのだから。

死が逃れ得ないものだとするのはおそらく健全な生命観だろう。死後の生命という論理の飛躍は別として、今あるままの自分で永遠に生き続けるという、言葉の厳正な意味での不老不死を信じるのは生命という現象の基本を誤るもので、仮にそれが実現した時に当人がどれほどみじめな思いで死の来ない日々を送るか、さまよえるユダヤ人、さまよえるオランダ人、ボーヴォワールの『人はすべて死す』、ボルヘスの『不死の人』等々、伝承や文学の形を取った証言は少なくない。しかし、死の実態はさまざまで、惜しまれる若い事故死もあればすべての条件を満たした大往生もある。偶然と必然は死の場においてないまぜになっている。種についても、あるいはもっと大きな動物群についても、同じことが言えるのだろうか。一回きりの恐龍の絶滅を普遍性をもって説くことは可能なのか、それは意義のあることなのか。

要は隕石説に証拠があればいいのだ。それを見事に満たしたかに見えるのがアメリカのアルヴァレス父子が提案した仮説である。たぶん隕石か何かが落ちて大量の絶滅が起こったのだろうというのでは説としてほとんど意味はないが、彼らはこの隕石落下の物証らしきものを見つけだした。最初はイタリア北部グッピオという土地。ここの地層を分析してゆくうちに彼らは白亜紀と第三紀の間の部分に異常に高い濃度でイリジウムが含まれていることに気付いた。虹に語源をもつ元素イリジウムは白金族に属し、単体で比重が二二・五もある重い金属である。地球が造られた時の素材には一定量含まれていたが、地殻が形成される前の溶融状態の段階でその重さゆえに地球の中心部に沈んでいってしまい、地表付近では大変に珍しいものになった。それが地層のある部分にまとまってあるというのは普通の地球科学では説明がつかない。まとまった量と言っても実際には一億分の一なのだが、この層をはずれるとその値は百億分の三に下がるのだから、三十倍以上という濃度はやはり異常である。しかも、その結果に触発された彼らが他の地点で同じような調査をしてみると、デンマークとニュージーランドでもほぼ同じ数値が得られた。これをどう解釈するか。彼らは、これはその地層が形成された時期に、一般の隕石と同程度の（ということはおそらく地球の素材となった微惑星とも同じ含有率の）イリジウムを含む大きな隕石が地表に落下し、爆発して粉塵となり、大気中を漂ったあげく次第に地表に降って堆積したのだと考えた。この地層に含まれるイリジウムの総量の推定から得られたその巨大隕石の直径は十キロメートル（上下四キロの誤差を含む）。これだけの物体が衝突すると、それ自身が粉砕されて飛び散るだけでなく、その総質量の六十倍に及ぶ粉塵が空気中に巻き上げられる。長い期間にわたって太陽光を遮り、光合成を阻害し、地上の生物の多くを絶滅に導くのに充分な量である。

隕石説はもともと論理の流れとしては逆の向きから生まれた。大量絶滅があったことをまず前提として認めた上で、それを実現する機序としていろいろ考えた中で最も蓋然性が高いものを残してみたら、例えば隕石という説があったという程度のものだ。地球の表面は大気の循環やプレートの動きや生物の作用などで速やかに変化しているから、隕石が落ちて大きなカルデラが形成されてもすぐに地形にまぎれこんでしまう。しかし、地史の時間感覚で見るなら惑星の上に隕石は降り続けるのであって、月のあのたくさんのクレーターは長い歳月にどれほどたくさんの隕石が月面に落下したかを物語っている。直径十キロの隕石という可能性を最初から排除することはできない。しかし、それだけで説明完了とすることもできない。イリジウムという物証はこの中途半端な状態を一気に解決する有力な学説であった。もちろんこの説を頭から認めない学者は多いし、彼らにはまた反対する理由が山ほどある。学界全体のこの多様性はおそらく学問の健全を意味しているのだろう。

偶然による一回だけの隕石落下ならば、われわれ人間は、恐龍たちに対して「それはご愁傷さまでした。本当にお気の毒でしたね」と挨拶した上で、自分たちとは関係ない、そんな数億年に一回の不運が自分たちを見舞うはずはないと思って遊び暮らすこともできる。終末はまだ遠いとタカをくくっていられる。それに、このアルヴァレス父子の提案が、よくできてはいるし物証もあるけれども、それでも激変説に属することは間違いない。一回かぎりの事象を普遍性をもって説明しきっているとは言いがたい。ところが、彼らは次により改善され、斉一説に近い改訂版をもう一度世に問うた。大絶滅は二千六百万年ごとに繰り返されたというのだ。

たしかに地史には一度ならず大規模な絶滅の例がある。例えば、今から二億二千万年前の二畳紀の終わり三畳紀のはじまりには海生生物の九六パーセントを巻き込む大絶滅が起こっている。これほどの規模ではないにしても、多くの種が同時に絶滅するという現象は地史の上でそう珍しいものではない。その周期を確定するのはなかなか困難だが、二千六百万年という数値は妥当なものと言える。ほぼ二千六百万年に一度ずつ地球の生物界に大絶滅をもたらす機構とは何か。少なくともその一回は巨大隕石であったとするならば、他も同じように隕石ということでなくてはならない。それだけの間隔をおいて隕石を地球に降らせるシステム。宇宙物理学者たちが力を貸すよう求められ、その結果、その周期で太陽の周囲をめぐる非常に細長い軌道を持つ暗い星という仮説が出てきた。その星は太陽の伴星であり、直径はせいぜい太陽の十分の一、今は二光年ほど離れたあたりにいる。この星が太陽系の外に広がるオールト星雲という微小な物質群を通過する際に、その中の微惑星の軌道を攪乱し、そのいくつかを太陽の方へ押し出す。これらの、たとえば直径十キロというような微小な天体は太陽系に乱入して、そのいくつかは惑星の表面に落ちる。実際には存在を確認されたわけでもないその太陽の伴星にはギリシア神話の復讐の女神たちにちなんで《ネメシス》という名まで付けられた。今や天文学者たちはこの暗い星を見つけようと躍起になっている。

話がうますぎるだろうか。出来すぎた説だろうか。困ったことに、ここ数十年科学界が提供する新説はどれもあまりにドラマチックで、まことしやかで、にわかには信じがたいのだ。地殻全体がいくつものプレートに分割されて生成と移動と消滅を繰り返しているというプレート・テクトニクス、宇宙全体に始まりの一瞬があって、それ以前は無だったというビッグバン説、生物というのはすべて遺伝子の乗り物にすぎないという「利己的遺伝子」説、われわれがいることがそのまま今見るような宇宙があることの理由であるという人間原理、どれもこれもかつての科学の禁欲性をすっかり脱ぎ捨てて、まるでフィクションのような奔放さを示している。これはいかなるパラダイム・シフトによるものだろう。科学は厳密なものだとはいうものの、その一方で科学は常に時代の要請にかなう、あるいはそれを先取りする、学説を提唱してきた。人と科学は手を取り合って進んできた。人間は結局はおのれの好む種類の科学しか作れないのかもしれない。

恐龍たちは滅びた。彼らが生きて楽しい日々を地上で過ごした記録は化石の中にしかない。彼らの絶滅を偶然と呼ぶか必然とするか、それを決める論拠はわれわれの内にはない。いずれ人間が絶滅し、われわれの骨の化石はおろかもっと馬鹿馬鹿しい人間の生産物の化石が山と土の中に埋まって、六千四百万年後にその時代の知的生命体がそれを発掘してあきれる日が来るとして、彼らの目にわれわれの絶滅ははたして偶然の不運と映るだろうか。

しかし、恐龍の場合を思って感傷にひたる余裕はわれわれにはないのだ。どういうわけか恐龍たちの消滅はわれわれの心を揺さぶる。他人ごとではないという気がする。あれだけ立派な動物たちがすっかりほろびてしまった。時間の作用とはそういうものだと達観できる者はいいが、凡人は逃れるすべを無意識で探しはじめる。まさかシーラカンスのように深海にもぐってじっとしているなどという敗北主義的な戦略には頼りたくない。本当の話、ホモ・サピエンスの寿命というのはどれくらいなのか。それを決める因子は何なのか。どうも恐龍の化石はそういう疑問をあおるらしいのだ。

丘浅次郎という生物学者がいた。明治元年に生まれて昭和十九年に亡くなっている（一八六八—一九四四）。まず彼は進化論の日本への紹介者として知られ、次に特異な文明批評家として知られた。生存競争の原理を少しだけ拡大解釈して、種の寿命の限界を説くという生物学的悲観論を唱えた。広く一般に知られた人で、例えば大杉栄はなかなか熱心な丘浅次郎の読者であったようだ。二十歳前後の大杉はやたらな知識欲で次々に本を読みあさりながら「本当に何にか読んだ、何にか知つた、何にか摑へたと云ふ、はつきりした自覚や可なりの満足のあつた事はなかつた」のに、丘浅次郎にゆきあたってようやくそれを得たという。「そして此の自覚と満足を始めて僕に与へてくれたのが『進化論講話』であつたのだ。四五日の間僕は、夜も昼も、殆ど夢中になつて進化論の事ばかり考へてゐた。そして、それから一ヶ月ばかりの間に更に三四度繰返して読んだ」。なかなかの熱意だ。

さて、丘浅次郎の説は生物学としては比較的単純かつ明快である——

一、いくつもの種の間には生存のための競争がある。
二、有利な資質を持ったものが競争に勝つ。
三、種間の競争に勝った種では今度は個体間の競争が激しくなる。
四、これに勝つために、個体は最初に有利な結果をもたらした資質をいよいよ進化させる。
五、それが合理性を超えて発達した時に、その資質は今度は奇形化し、生存にとって不利になる。
六、余計な荷物を負った種は環境の変化に応じきれず、やがて滅びる。

この生物学者がおもしろいのは、この理論をそのまま人間社会にも適用したところにある。しかも、そこでは個体間の競争はそのまま社会内の不平等に置き換えられている。彼は言う——「人類はその始め脳と手との力によつて他の動物に打ち勝ち、絶対に優勢な位地を占めることを得たが、その脳と手との働きの進んだ結果、今後は貧富の懸隔が甚しくなり、生活の困難が増し、身体は退化し、神経は過敏となり、不平懐疑の念が進み、私慾のみが盛になつて、協力一致の働きが出来なくなるべき運命を有するに至つたのである。人類の場合においても、初め生存競争上最も有効であつたその同じ性質が限りなく発達して、後にはかへつて禍をなして、今後は滅亡の方向に進むの外なくなつたのであるから、彼の中生代のアトラントサウルスが初め他の動物に勝つ際に有効であつた体力が過度に発達し、つひにはそのため敏捷を欠いて滅亡したのと全く同一の径路を進みつゝあると推測するの外はない。さればその終局も地質学上の各時代に一時全盛を極めてゐた他の諸動物と同じく、恐らくは次の時代までにほゞ全滅するを免れぬものとみなすが適当であらう」。『人類の将来』というこの文章を丘は明治四十二年に書いた。

ここでは軽く「貧富の懸隔が甚しくなり」と言っているが、彼の説の中では社会の不公平は人類の未来にとって最も大きなマイナス要因であったようで、他ならぬ大杉栄がこの警世的な生物学者に惹かれた理由もこのあたりにあった。現にその視点から大杉は丘の思想を論じながら「斯うみて来ると、博士の説は、大ぶ社会主義者のそれと似て来る……博士が現代社会の腐敗や、謂はゆる世道の頽廃や、人心の堕落を慨嘆して、其の根本的原因に触れない道徳、宗教、慈善、及び有らゆる部分的改良手段の無効を痛論してゐるあたりはどのペエジを開いてみても、大ぶ社会主義者の口吻に近い」と言う。その上で彼は「人間を一生物として見るのはいい。人間の社会を生物の一社会として見るのはいい。けれども人間と他の動物とを、人間の社会と他の動物の社会とを、全く同一視する傾向が博士には余りに多すぎはしなかつたか。人間と他の動物とを又人間の社会と他の動物の社会とを比較するのに、それ等の前者に余りに重きを置きすぎはしなかつたか。生物学と社会学との境界を忘れはしなかつたか」と丘を批判する（『丘博士の生物学的人生社会観を論ず』）。

この文章が書かれたのは一九一七年のことである。丘が先に引いた『人類の将来』なる文を書いたのは一九〇九年。この時すでに丘はアトラントサウルスというディプロドクス類の恐龍の名を引いて、恐龍たちの運命を人間も辿るかもしれないと警告し、それに対して大杉栄は人間と動物を同一視することはできないと書いた。今、その後の生物学の発展と人間の社会の方の変化を考えあわせてこの両者の議論を読みなおしてみると、むしろ事態が少しも変わっていないことに驚く。

丘の論理の中で追加を要する点があるとすれば、その後の八十年でわれわれは貧富の格差の他に、自分たちでも制御しきれないほど発達した技術とそれに由来する環境や資源という厄介な問題を抱えこんだことだろう。丘は核兵器も公害もオゾン層も知らずに済んだ。彼はこのままでは人類は滅亡するかもしれないと言いつつ、社会制度を改革することが急務であると説いた。この警告はまだ楽観を含んでいる。その後の歴史の中で、日本をはじめ先進国は国内の貧富の差という問題を国際化して南北問題に置き換えるという方法で究極の衝突が来る日を先送りした。根本的な解決ではないことは言うまでもない。

大杉の方はなお一層楽天的に見える。彼は丘の議論の欠陥を指摘して「博士が切《しき》りに詳説し強調する人類勃興の原因そのものが直ちに其の滅亡の原因となると云ふ謂はゆる博士独特の発見は、博士自身の暗示する他の一面即ち社会制度の改革と云ふことによつて、殆んど全く若しくは少なくとも著しく其の価値を減ぜられる。理想は、直ちに実現され得ない。しかし、直ちには又現在の人間には不可能であつても、何れは又将来の人間には実現され得るかもしれない」と言う。理想などという美しい言葉がこんな風に使われるのを読むと、とてもそんなところまでは行けなかった「将来の人間」の一人として侘しい思いを抱かざるを得ない。人類勃興の原因はいよいよ強く激しく人類を滅亡の方へ追い立てているようなのだ。

恐龍の絶滅の理由が遺伝形質の衰退などの内部的なものだったにせよ、また天から降ってきた隕石や気候の変化や地殻の大変動など外の原因に求めるにせよ、彼らには少なくとも倫理的責任はない。彼ら自身の知的判断や努力の不足や自治能力の欠如が絶滅につながったとすることはできない。これが大杉も指摘するとおり動物と人間の、あるいは自然界と人間社会との、最も大きな違いであり、本当に絶滅の日が来たとしてわれわれが実に情けない思いをしなければならない理由なのだ。人間は倫理的な動物であり、それがわれわれの最も悲しい資質であるかもしれないのである。

なぜ人間はかくも短い時間の内にこのような急速な台頭を遂げ、圧倒的に強い種になりあがったのか。丘が言う人間の有利な資質とは何だったか。普通に言えばそれは知性ということになるのだが、ここでは少し見かたを変えて、身体という制限の外で進化する能力と考えてみよう。個体の視点から見るならば、進化とは環境と状況に応じて身体の形と機能を変え、より有利な戦略で自己の生存と子孫への遺伝形質の伝達の可能性を高めることである。しかし、一方では個体は遺伝形質によって規定された身体を持つわけで、それが環境次第で変わってしまってはむしろ失うものの方が多い。身体は生物にとって存在の基盤であり、それを安易に変えることはむしろ改良のメリットより失敗のデメリットの方を増やす危ない作戦だった。だから、身体の形はめったなことでは変わらないようになっており、染色体は実に厳密なDNAのデジタル・システムで遺伝形質を正確にコピーする仕掛けになっている。

だから、自然は一個ずつの個体を変えることはせず、多数の個体の間の限定されたばらつきの中から、少しでも有利な資質を持つ個体を生き延びさせるという方法を採用した。これが適者生存ということで、そこに働く進化の力は全体としてはごく弱い。非常に長い時間と多くの世代をかけなければ身体の形は変わらないし、違う環境へ進出して別の生存戦略を展開することはできない。知的な進化、つまり本能の改善というのは一般にはありえない。新しい方法を親から学習することはあっても、それが遺伝子に組み込まれて次の世代に伝わることはない。

しかし人間は自分の身体の形を変えることなく別の環境へ進出する方策を編み出した。

それが知力であり、技術である。知力は身体の形と遺伝のシステムに縛られることがないから、つまり身体というものの外にあるから、非常に早く革新できる。寒い土地へ出てゆく場合を考えてみれば、より長い毛と厚い皮下脂肪を持つ新しい種の成立には何百世代もかかるだろうが、新しい防寒具の発明ならば数年でできてしまうことがわかる。具体的な方法は進化とは似ても似つかないが、それでも新しい生存戦略に寄与するという意味では、技術革新は体外で行われる進化と呼べるのではないか。少なくとも主体たる生物の生存率を格段に高めるという点では、人間の技術は数百世代をかけて行われる進化と同じ意義を持っている。

人間は新しいということに異常な関心を示す。今に始まったことではないが、最近これが特に著しいことも事実だ。動物であれば親と同じ生活をして死を迎えるのはまったく当然のことであり、親と同じように自分の子を世に残せることそれ自体が想像を絶するような幸運であるという場合もある（たたみいわしを食べる時、鰯の子一匹ずつの不運を考えてみるといい）。親よりもよい生活をしようと考える子は動物界では相当な野心家ということになる。しかし、われわれは新しいものが自分の生活に入ってくるということにすっかり慣れてしまっている。われわれを囲む社会が最も重要なキーワードとしているのは進歩であり、技術革新であり、構造改革であり、革命であり、モデル・チェンジであり、新製品であり、陳腐化である。つまり、すべて新しいという概念にまつわる用語だ。

どの時代のどんな動物でも、これほどの速度で進化を遂げたことはなかった。最近では変化が最も遅いはずの身体の上に社会的な変化の結果がそのまま速やかに反映して、数十年で平均身長が十センチ以上も伸びたり、顔つきが変わったり、病気に対する抵抗力がぐっと落ちたりするという現象まで見られる。そして、このようなあまりに早い変化こそがわれわれに非常に深いところからの不安感を与え、安楽な日々に居心地の悪い思いを少しずつ注ぎ込んでいる。

丘浅次郎の言うような貧富の差はそれだけでは人類を絶滅に導くことにはなりそうにない。人は技術によって無意味だが魅力的なものを次々に生み出し、それを与えることで貧民の不満をその時々発散させるという巧妙な方法を見出して、危険を未来へ先送りすることにした。この作戦が意外に効果的だったことは認めなければならない（国内の格差を海外に輸出して、社会問題を南北問題にすり替えるという方法のことは先に書いた）。技術がかくも発達して、無限であったはずの資源をすべて浪費してしまいかねないという危難はまだ丘や大杉の知らないところだった。かくて問題は分配から生産と消費そのものへとシフトした。われわれは世界を征服したあげく自分たちの貪欲と戦わなければならないという、実に反自然的な進化の頂点に立っている。

問題はなぜ恐龍が滅びたかではない。なぜ彼らが一頭もいなくなったかではない。われわれが今知りたいのは、いかにして恐龍は一億五千万年の長きにわたって地球の上に君臨できたかということの方だ。生物の進化は地史のゆっくりとした流れと見事に呼応して、今も見るような多彩な生物相を生み出した。人間はその過程を千倍の速さで走りぬけ、ブレーキが効かないまま、次にどこを目指せばよいかわからなくて途方に暮れている。ホモ・サピエンスというのは自然が試しに作ってみた無意味な玩具、最初から超高速で進化してたちまち行き詰まって消えてしまう呪われた種なのだろうか。知力というのは結局は絶滅の因子でしかないのだろうか。

時間の回廊の彼方で龍たちが舞っている。一億五千万年の歳月をかけて自分たちの遺伝システムに最初に与えられた可能性のすべてを身体の形の上に表現し、そのゲームをやりおえ、気候の変化によってゆるやかにか、隕石の落下によって派手に騒々しくかはわからないが、いずれにしてもひとしきり遊び終えたという満足感と共に退場してゆく。速すぎる進化を無理に辿らされているわれわれにはとてもできることではない。せめて、彼らの優雅な舞を見ながら、自分たちの思い上がりと不運のことを考えてみよう——「はてみ丸が島に近づくと、アレンの目には、今こそはっきりと、龍が朝風に乗って、ゆうゆうと空を舞っているのが、見えてきた。アレンの胸は喜びに高鳴った。いよいよ時が来たのだ。彼は息づまる思いだった。空飛ぶ龍の姿には、命あるものの栄光のすべてがあった。恐ろしく強い力と荒々しい野性、そして優雅な知性がその美しさをなしていた。龍は、もの言う力と古来の知恵とを備えた動物である。その飛翔の仕方にも、強力な意志を感じさせるある種の調和があった」。（アーシュラ・ル＝グウィン『ゲド戦記Ⅲ』）

レトロウイルスとの交際

今さら言うまでもないが、この本のテーマは終末論である。つまり、今の時代にわれわれの社会のさまざまな面に見られる終末論的な現象、人々のものの考えに頻繁に影を落とす終わりのイメージ、地球全体に蔓延するいくつもの具体的兆候、百年先には人類はいないのではないか、少なくとも今と同じような繁栄を享受してはいられないのではないかという漠然とした不安とその原因、あるいはそのような強迫観念を梃子《てこ》に使った改革の提案、等々について考えてみることだ。その中に、終末の一つの兆しとして、エイズを入れるべきだろうか。

後に述べるが、エイズという病気はたしかに終末論的な側面を実に多く持っている。ある意味ではあまりにうまくできている。一九八一年に急に発見されたこの病気を抑え込む決定的な方策は今のところない。ホモ・サピエンスがこれで滅びるというのは大袈裟にしても、ひょっとしたら今後五十年間に単独の病気としては異常に多くの感染者・発病者を出し、その大半が死ぬという事態になるかもしれない。スティーヴン・J・グールドはこれを核兵器と並ぶ「現代の最大の脅威」と呼び、「人類の四分の一を殺すかもしれない」と言っている。これは由々しきことだ。まさに終末論的と言っていいのだが、そこまでは認めるにしても、これを人類の今の生きかたに対する警告、悔悟の最後の機会、道義的生活への転換点として推奨する気持ちにはどうしてもなれない。終末論としてあまりに古典的すぎるような気がする。その論法ではもう駄目なのだ。今われわれが抱えている問題の多くはエイズなどよりもずっと根が深いのではないだろうか。

こんなことを言う理由の一つはぼく自身がこれを執筆している姿勢にある。終末論という話題を取上げはしたが、ぼくはなにも預言者を気取りたくてこれを書いているわけではない。そんなことをする資格が自分にあるとは思っていないし、もしも飽食と贅沢と不道徳と資源浪費と好戦性が終末の原因になるとすれば、ぼくという人間もそれらを大量に抱え込んでいるわけで、高いところから説教するという特権的な立場にないことはよく承知している（ぼく自身が今すでにエイズ・ウィルスの感染者である可能性を否定する根拠だってどこにもない）。そういうことができる者は多くはないだろう。そしてエイズの場合、病気の終末論的な性格とそれを道義に絡めて人類への警告に仕立てあげようという意図の間があまりに容易につながってしまう。個人のレベルで考えるかぎり、感染した不運な人々に対しても、まだそういう巡り合わせになっていない（今のところは）幸運な人々に対しても、言うべきことはあまりないのではないか。むしろ社会に対して、いたずらに騒がずきちんと対策を立てろと言えばそれで済むのではないか。要するに、これは一つの病気であってそれ以上でもそれ以下でもない。病像論があり、疫学的な対策があり、治療法があり、社会的影響がある。われわれは昔からさまざまな病気とつきあって生きてきた。

それでも、この病気の終末論的な側面を論ずることは、この病気をではなく終末論というものの性格を考えるよすがにはなるかもしれない。そういう理由から、病気の方から終末論にすりよってくるような奇妙な事態を一度は正面から直視してみよう。エイズを理由にして広く一般大衆に個人生活のありようの反省を迫るという構図に安直に陥らないよう気をつけながら、この新しい病気を巡る状況を改めて見直してみよう。

病気とは何か。それはまず個人の肉体にかかわる一つの現象、具体的には苦痛であり、生活機能の一時的喪失であり、それゆえの非日常的な状態であって、重篤な場合には死への過程である。病気がまずもって個人の肉体に起こる現象であるということは最後まで大事だ。つまり、個人という視点を入れないかぎり病気論は成立しない。各論として分析的にどんなことを言っても、最後には患者自身に戻ってこなくては病気を考えることにはならない。社会論だけにしてしまうわけにはいかないのだ。

今のような時代に個人の視点から病気を論ずるには、もう一つ、健康幻想についての留意も必要である。一人一人の死生観の問題。われわれは病気というものをそれこそ病的に恐れ、ひたすら回避しようともがいている。その結果、病的でないことがそのまま健康であるという、実に単純で始末の悪い幻想をいだくに至っている。病気の恐怖を大袈裟に唱えて、ダイエットやエアロビクスから人間ドックまでの商品を売ることは商業主義の戦略にかなっている。その先には死の恐怖を強調して生の引き延ばしをそのまま幸福であると主張する医療産業が待っているわけだが、その問題を追求するのは一応この場の任務ではないとしておこう。さしあたっては個人が一人一人自分の生命観を確立し、それに沿って自分の健康を判断して寿命を決めることが困難な時代だとだけ言っておく。こういう社会では病気はその実態とはまた別の姿を呈する。病気は極端な不幸であり、それ以上に穢《けが》れである。

社会の側から見た場合、病者とは何か。今の先進国では一般に病気に対してずいぶん戦闘的な態度で臨むのが普通になっている。病気はまずもって「撲滅」の対象であり、一九八〇年五月にＷＨＯ（世界保健機構）が天然痘の根絶を宣言したことは予防医学の大いなる勝利とされる。それ自体は正しいとしよう。問題はこのような戦闘的な姿勢で病気というものに臨むかぎり、病者自身が敗北の象徴のように見られ、不運な弱者として援助を受けるよりは穢れとして排除される傾向にあることだ。健康幻想の負の側面と言ってもいい。健康を失った者はそれだけで闘う社会から脱落した者と見なされる。病気が生活機能の一時的喪失であるということは、その人が社会的な任務をその間は放棄し、言ってみれば戦線を離脱するということでもある。こういう戦争に関係する比喩を気づかぬままにうかうかと使ってしまうところに、先ほどの健康や長寿の商品化と同じような現代社会の士気高揚装置の威力を見る思いがして鼻白むことになるのだが、それはさておき、個人の病気を豊かな社会はまずもって負担と見なす。伝染病の場合はその負担が自動的に増加するという機構が最初から用意されているわけで、社会はそれを厭い、病者に対する差別をより強化する。防疫のための差別と隔離という狡猾な方法が採用される。

このからくりを知っておくことは病気一般を考える時に重要である。どういう視点で病気を見るのか。病者の立場と、愛のある近親者の立場、愛のない近親者の立場、無関係な第三者、大衆、社会全体、医者、保険会社、それぞれにまるで違う病気の像が見える。病者は病気であるが故に差別され、伝染病の場合はそれがきわめて露骨に出てくる。伝染病はそれ自体が穢れであり、実際には感染の可能性がほとんどない程度の接触でも世間はこれを嫌って、病者を見えないところへ追い立てようとする（エイズで言えば、この病気を引き起こすウイルスはさして感染力の強いものではなく、皮膚の接触やキスくらいでは決してうつらない。異性間の普通の性交渉での感染の確率は〇・一パーセント以下、夫婦のような日常的な仲でも一〇パーセント。ちなみにB型肝炎ではこの数字は三〇パーセントであるという。それにもかかわらず世間はエイズ患者に対して過剰反応を示し、職場や学校からの追放を画策するのだ)。

かくて病者はまずもって病気であることによって肉体として病み、差別されることによって社会的にも病むことになる。つまり、全体が個人を撃つという構図が容易に成立してしまう。感染者の入国を阻止したり、まとめて隔離収容所に入れてしまえば、その病気がなくなるかのごとき妄想がはびこる。個体の中に宿る病気を個体そのものと同一視する。胃潰瘍ならば胃を、結核ならば肺を摘出してしまえば病気は消滅するという現代医学の発想がこの種の考えを幇助《ほうじょ》していることは明らかだ。もともと人は身体というものを、また共同体というものを、もっとトータルにとらえていた。治療ではなく癒しが病気に対する人間の姿勢だった。身体をパーツに分解し、交換可能とみなし、破損品を排除しようとする傾向は今世紀に特有のものではないか。そういう非人間的な方策を排除して病気というものを見るのは、今ではなかなか困難なことなのだ。

個人の立場を離れて、歴史的な視点から病気というものを見るならば、ある種の病気は社会がある限界を超えて発達することを抑制する装置として働いてきた。大規模な疫病の流行が一つの社会を根底からゆるがした例は歴史にいくらでもある。この問題について格好の本がある。橋本雅一の『世界史の中のマラリア』(藤原書店)は文明と病気の関係を綿密に検証して現代人のいい気な自己イメージの改革を迫る好著である。これだけの本が医療の現場に携わってきた日本の医学者の手で書かれたことも特筆に値する。視野を広く保って深い洞察を試みる文明論は、この島国に住む人々が今まで最も不得手とする類の仕事だった。そして、この本を読めば、古来文明は常に病気と共にあったことがよくわかる。

「ローマ帝国の衰亡の原因については、古来多くの説がなされてきた。政治・経済また社会学的見地から分析されるさまざまな要因は、多かれ少なかれ、どれもローマに頻発した悪疫との関係を物語っている。殊に今日、天然痘とも腺ペストとも推定される二、三世紀の二つの大流行の影響は甚だしかった。マラリアの影響については、これらの悪疫の流行が及ぼした影響ほど重要視されてはいない。しかし、ローマ人にとって最も卑近なこの病気の存在こそは、未知の突発的な悪疫の影響以上に重大であった。地中海世界に到来した新手の疫病も、マラリアの潜在という背景がなければ、あれほどまでに暴威をふるうことはできなかったのである。正体不明の疫病が荒れ狂うたびに繰り返される国土の荒廃、人口の減少、農業・経済基盤の破壊という悪循環は、マラリアの蔓延が常時領内に繰り広げていた、緩慢ではあるが持続的な災禍の拡大にすぎなかったとも言えるのである。悪疫の嵐が過ぎ去った後、この悪循環を確実に維持したのもマラリアであった。そして、それは次なる疫病の呼び水となり、新たな惨禍の舞台を着実に作り上げることにもなったのである」

つまり、マラリアはペストのように一時的に激烈に流行して人口の大半を死に至らしめるような病気ではなく、いつも人の近くにあってゆっくりと長く確実に効果を発揮するという緩効性の病気であった。今日、蚊と人間の両方の体内を利用してたくみに繁殖するマラリア原虫の生態は完全に把握されているし、病像はすみずみまで分かっていると言ってよい。南アメリカに生えるキナの木の樹皮がこの病気に大変よく効くことがヨーロッパに伝わったのは十七世紀、それがキナ皮に含まれるキニーネというアルカロイドの作用であることが発見され、病原体であるマラリア原虫が発見され、潜伏と発病の機序が明らかにされた。これは社会が病気に対して戦いを挑むという図式の早期の模範となった。すなわち、近代西洋医学はマラリアに対して比較的早い段階で優位に立ったと言ってよい。当時のある医者は医学におけるキニーネの登場を戦争における鉄砲の出現になぞらえている。実際ヨーロッパはキニーネを武器として「未開」の国を次々に征服していったのであり、オランダは南アメリカだけでは生産が間に合わないのを見越してジャワに広大なキナ樹園を経営、国際市場を独占してこの貴重な薬を一手に販売し、ずいぶんな利益を上げた。ついでながら、トウモロコシやトマトやタバコと並べて先祖伝来の霊薬であったキナ皮をヨーロッパ人に教えた代償としてインディオがヨーロッパから受け取ったのは、天然痘であり、麻疹であり、発疹チフスであり、インフルエンザであった。今のラテン・アメリカ社会を規定している大地主と小作人という制度や大資本に支配されて換金作物ばかり作る経済システムもまた彼らがヨーロッパから受け取ったものだ。こういう言挙げを弱者のひがみとして退けられる者はいないだろう。

やがて明らかになったことだが、マラリアはアノフェレス属の蚊のメスによってのみ媒介される。停滞した水という蚊が育つ環境を奪ってしまえば、マラリアは発生のしようがなくなる。それでも、この病気は地上から消えていないし、そういう日が来るとは考えられない。マラリアは今後もずっと人間と共存するだろう。激烈な作用を及ぼさず、緩慢に長く寄生するというのがすべての寄生生物にとって理想の姿であるという説があるが、これが正しいとすれば、マラリア原虫がほぼこの段階に達していることは明らかである。彼らは、宿主を倒してしまっては元も子もないと考える。相手がある程度元気で、寄生生物が生きて子孫を残すための場を長く安定して提供してくれる方が、長い目で見れば有利なのだ。賢い恐喝者は一度に多くを奪って犠牲者を破綻に追い込むよりは、社会生活を維持させながら少しずつ長く搾《しぼ》る方を選ぶものだ（要するに税務署と同じ方針である）。相手の社会的地位が向上すればそれにつれて払わせる額を増すこともできる。ＣＩＡやＫＧＢのような巧妙な恐喝者ならば、裏から手を回して昇進に手を貸してくれるかもしれない（結核にかかると性欲が増進するという俗説はどこまで信憑性があったのだろう。宿主が生殖にはげむことは次代の結核菌のための宿主候補を用意することになるだろうか）。かくて細菌・原虫から恐喝者まで、すべての寄生生物は共存共栄をスローガンにする。

このような擬人論は本当に成立するか。人間の恐喝者やせいぜい蟯虫《ぎょうちゅう》ならばともかく、細菌や原虫やウィルスの生存戦略までが本当にわれわれに理解できるものか否か、それは明らかでない。だが、少なくともエイズのウィルスがそのような高度な進化を遂げていないことははっきりしている。彼らはせっかくの宿主まで殺してしまう未熟者なのだ。

エイズ。後天性免疫不全症候群。この病気について人がまず最初に言うのは、これが性行為感染症であるということだ。その故に、比較的感染力が弱いウィルスであるにもかかわらず、うっかりすると爆発的な流行を招くかもしれないという説が流布する。もちろんその背後にはすべての性行為を予防医学の視点から管理することの困難、つまりは自分たちの好色についてのわれわれの正しい認識というものがあるのだろう。その点については後にゆっくり考えることにして、ここではまずこの病気がずいぶん変わった、ある意味では生命の最も基礎的な部分にかかわる発病の機構を持っている点に注目したい。

免疫は生命体の自己認識そのものと言ってもいい基本的な機能である。人が存外気がついていない生物の基本原理として、生命はかならず個体に宿るということがある。この原則は例外を持たない。生命体は外界と自分との間にしっかりした膜を用意し、内部と外部を厳密に区別する。環境の中に曖昧模糊と広がって生きる生物というのはいない。生命体の内部への異物の侵入は原則として排除される。皮膚の表面や消化管の内部などはいわば遷移領域であってあまり厳格な排他律は適用されないが、血管などの真の内部には敏感な警戒システムが完備していて、侵入者はたちまち見つけ出され、包囲され、殲滅《せんめつ》される。ここで大事なのは、自分の身体に属するものと異物を確実に見分ける方法が存在すること、それほどまでに生物が自分という意識を分子レベルから明快に持っていることである。細胞の一つ一つ、それを構成する蛋白質の分子の一つ一つまでが自分が他ならぬその生物体に所属するということを知っている。いわば分子の段階でもうエゴの意識が成立している。生命はそれほど個体ということに執着するのだ。

免疫は実際には体液性と細胞性の二つのシステムから成っている。広く浅い警戒態勢と、それでは間に合わない時のための狭く深い態勢。たいていの細菌や異物は抗体による体液性の反応でも処理することができる。この抗体はB細胞と呼ばれる一種のリンパ球によって産生される。しかし、ウイルスに侵された自分自身の細胞などに対しては、T細胞というリンパ球が関与する強力で協同的な細胞性免疫反応が必要になる。ウイルスは体細胞の中に入って増殖するから、身体としてはもともとは自分の一部であったこの体細胞を敵と見なして退治しなければならない。ヘルパー、キラー、サプレッサーの三種類のT細胞が微妙に調整しあう優雅な戦い。免疫オーケストラとまで呼ばれる分業と協調のシステム。エイズのウイルスはこのオーケストラの指揮者格たるヘルパーT細胞の中に入り込むのである。しかも一度発病するとその増殖の速度は他のウイルスの数百倍。

他の細胞やウイルスによる病気の場合は、それらの菌やウイルス自体が毒素を出したり体組織を侵食したりして病状が出るが、エイズではわれわれの身体が本来もっている免疫という基本的な機能を損なうことによって、間接的に病状を呼び出す。だから、エイズそのものの病状というのはないわけで、具体的に出てくるのは日和見《ひよりみ》症候群と呼ばれるごとく、防衛機構の弱体化の隙を衝いて入ってくる他の(本来ならば弱くて人を病気にする力などない)菌類によるさまざまな病状なのだ。その中から最後にカリニ肺炎のような致死的なものが出てくれば、患者は死に至る。

一九六〇年代の医学SFの傑作としてマイクル・クライトンの『アンドロメダ病原体』というのがあった。生物兵器を開発するために大気圏の外で微生物を探していた衛星がとんでもない菌を持ちかえり、それが跳梁しそうになるのを研究者たちがぎりぎりの段階で食い止めるという話で、最新の機器を駆使した研究所の内部、後の言葉で言えばホット・ラボの綿密な描写がおもしろかった。この話の中にカロシンと呼ばれる新薬についてのエピソードがある——ある製薬会社が画期的な新薬を開発する。この薬は単細胞ならびにそれより下等なすべての生物に対して破壊的な効果を持つ。あらゆる細菌とウィルスを根こそぎ殺す。これで人類はすべての病気から逃れることができるかと思われた矢先、そして末期の癌患者に対して行われた臨床実験の結果が実に目覚ましいものであると報告された矢先、実験が終わって薬剤の投与を停止された患者たちが六時間以内に一人残らず死を迎えるという壊滅的な実験結果が出る。理由は何か。人体はもともとずいぶん多くの生物の住処となっている。人間とこれら体内の生物との間には何百万年かの歳月をかけて培ってきた安定した相互依存の関係があった。カロシンによってその種の生物が一掃された後で体内に入り込んだのはまったく協調性のない獰猛な連中ばかりだった。無防備の都市に侵入した蛮族の群れ。それによって激烈な日和見感染が生じたのである。

エイズのことをはじめて聞いた時、ぼくはこの話を思い出した。状況はずいぶん異なるが、しかし一個の敵と正面から干戈《かんか》を交えて勝敗を決するのとは違う形の病気という点は一致している。ジフテリアや破傷風ならば、体内に入った菌が増殖すると同時に毒素を分泌し、それが人を病気にする。細菌やウイルスによる病気はみなこれに似たパターンをたどる。免疫システムとの間に熾烈な戦いがあり、敵の増殖が速ければ対応が遅れて一時的に劣勢に陥る。しかし、基礎体力が充分にあればやがては身体の方が勢力を盛り返して、免疫システムが大幅に増員され、最終的には侵入者を殲滅する。

しかし、エイズでは免疫システムそのものが侵されてしまう。このウイルスは人体のどの細胞でもいいはずなのに、よりによって免疫システムの中心にあるヘルパーT細胞だけを自分の住処にする。非常に稀な遺伝性疾患を別にすれば、全般的な免疫不全という病気はかつてなかった。人間の医学がそれを発見するに至っていなかったとも言えるが、今まではわれわれは自分の身体の免疫システムに絶対の信頼をおいていたと言うこともできる。免疫の背後には遺伝という、生命のもう一つの基本原理がある。それほどまでに免疫すなわち自他識別システムは生命現象の根幹にかかわるものなのだ（ちなみにこの免疫と遺伝の関係という分野はノーベル賞受賞者利根川進のフィールドでもある）。

ふりかえって見れば、もともとは代謝をする液滴という存在からゆっくりと進化して、細胞を形成し、異物を排除しながら自分の同胞を増やし、所詮一個の生命体では長くは生きられないことを知って生殖によって次の世代を用意するという策略を実現させ、調和や共存と闘争や排除を巧みにバランスさせて淘汰のレースを今まで闘ってきた生物たちなのだ。原点に戻ってずるいやりかたをするウィルスが現れたとて、今さらそれに文句をつけられるわれわれ（人間だけでなく、地上にあって日々を楽しく過ごしているすべての生物）ではないのである。

ウィルスは裸の遺伝情報である。今世紀になってわれわれの生命観はおそろしく複雑多岐に広がった。生命現象の多くの側面のうち、アイデンティティーという最小限の資質だけを独立させて、代謝や自己増幅などの副次的な機能は宿主に任せるという極端な生きかたを選んだのがウィルスである。彼らは生命体と単なる物質のちょうど中間にある。最も初期の段階で発見されたタバコモザイクウィルス（TMV）は状況によっては結晶化することで生物学者を驚かせた。結晶になったものでも、宿主の細胞内に入れば盛んに増殖して子孫を増やす。間違いなく自分の子孫を再生産するという意味で、このウィルスは確かに生きており、アイデンティティーを確立している。しかし、まるで食塩か何かのように結晶するのだ。蛋白質のカプセルの中に収められた核酸、すなわちDNAないしRNAによる遺伝情報。

　ウイルスは他人の細胞を利用して自分の子孫を増やす。目標とした細胞に入り込み、生合成装置の指揮系統に割り込んで、自分に都合のいいものだけを作らせる。細胞の外にある時はいわば不活性の状態であって、結晶するというのもつまりは生きていないからである。そして、生体内では細胞の中に隠れていることが、ウイルス疾患の治療を困難にする。ウイルスを攻撃する薬は必然的に生体の細胞そのものをも傷つけるわけで、その隙を衝く薬の開発は容易ではない。インフルエンザがもっともありふれた病気でありながら、ワクチンによる予防策以外にこれといった治療法がない理由もここにある。風邪薬として世に売られているものは対症療法ばかりを効能として並べたてたもので、ウイルスそのものを叩くわけではない。シーズンのはじめにその年に流行しそうなウイルスの型を予想して、それに合うワクチンをあらかじめ製造するという間遠い方法をとるのも、インフルエンザに罹《かか》ってからでは本人の体力以外に頼るものがないからだ。

　さらに、HIV（ヒト免疫不全ウイルス）という名で呼ばれるエイズの病原体の場合、他人の細胞を借りて自分の子孫を増殖させるという戦略はもう少し手が込んでいる。彼らはレトロウイルスの仲間である。レトロは逆行。普通ならば遺伝子の中のDNAを鋳型にしてRNAに写し取り、それを元に蛋白質の合成が行われるという生物一般の情報の流れをこのウイルスは逆転させる。彼らは自分の遺伝情報をRNAの形で持っている。これと逆転写酵素を用いてDNAを合成し、それを宿主の細胞の遺伝子の中に組み込む。単に居坐るだけではなく、制度の中枢を自分たちに都合がよいように変えてしまう。そこまで侵入されてしまうと、感染した細胞とそうでない健康な細胞の区別がつけられない。人間の細胞がかかえる六十億の遺伝情報のうち、HIVが置き換えるのはたった九千だと言えば、外見で区別するのは不可能だとわかるだろう。つまり、ウイルスを中にかかえた細胞だけを選びだして攻撃する薬はまず作れないということになる。

アメリカにおいて後にエイズと呼ばれることになる不可解な病気が発見されたのと、ウイルス一般や遺伝システムを研究している学者たちがレトロウイルスというものをいくつかの動物の体内に発見して、その奇妙な仕組みを解明していった時期は奇妙に一致している。一九七〇年にはレトロウイルスから逆転写酵素が発見され、彼らの戦略が明らかになった。しかし、人間の身体に寄生するレトロウイルスは、七〇年代の半ばまで発見されなかった。専門家の多くはたぶん人間のレトロウイルスは見つからないだろうと予想しはじめていた。最終的にこれが発見されたのは一九八〇年である。だがこれは、悪性の癌をひきおこしはするが、大変に症例の少ない珍しいもので、疫学的には問題とされなかった。レトロウイルスの研究がその段階まで達していた一九八一年六月、アメリカで奇妙な病気が発見された。きっかけは普段ならばほとんど使われない薬の需要が急に増したことだったという。カリニ肺炎やカポジ肉腫というそれらの症状の裏になにか大きな病気が隠れていることが予想され、やがて男性の同性愛者や麻薬常習者がかかって、死亡率が異常に高い病気の存在が明らかになった。この時点で病原体がレトロウイルスではないかと研究者たちは予想して、結局アメリカのギャロとフランスのモンタニエの二人がそれぞれにそれを確認した（ということに最近までなっていたのだが、その後ギャロがモンタニエの業績を横取りしていたことが明らかになった。人間はウイルスよりも貪欲であり、兇暴である）。新しい伝染病はエイズと名付けられ、その病原体はHIVと呼ばれることになった。

これは偶然の一致だろうか。なぜレトロウイルスという分子生物学的にもっとも例外的な生活経路をもつ生物の研究があそこまで進んだ段階でエイズは発生したのだろう。これが十年か十五年も早かったら、つまり分子生物学が今見るような展開をする前、具体的にはDNAの組替えのような実験をできるようになる前にエイズが流行しはじめていたら、いったいどういう機構で免疫不全が起こるのかまったくわからないままに無力な対症療法と道徳運動だけでこれと戦わなければならなかっただろう。今でも医学はこの病気に対して無力に近い。薬品としてはAZT（アジドチミジン）やDDC（ディデオキシシチジン）などと呼ばれるものが主役で、もともと抗癌剤として開発されたこれらの薬はたしかにある程度の効果をエイズに対しても持っている。しかし充分ではない。エイズそのものの発病の機構についてもわからないことが少なくない。それでも、いかにして免疫不全が起こるのか、このウイルスがどういうからくりでT細胞を乗っ取るのか、どういう方法でマクロファージの中に隠れて血液脳関門を突破し脳内に入るか、それらについて最も基本的なところはわかっている。何年先になるかはともかく、ワクチンの開発の可能性もないではない。つまり、言ってみれば、生物学の基礎研究はかろうじてエイズに間に合ったのである。

（このウイルスが動物や人間に病気だけをもたらす悪者であるとは言い切れないことを付記しておこう。生物の遺伝子の中へ自由に出入りできるレトロウイルスは、太古から一種の遺伝子工学的操作をおこなって生物の進化を助けていたという説もある。変異をつくり出すことで生物のヴァラエティーを増やし、その中から有利な形質をもった者が生き延びる。そのきっかけとしての役割を果たしてきたというのだ。）

疫病はつねにどこかから来る。人間は昔からそういう視点で疫病を捕らえてきた。自分たちの間になかったものが急に発生して、猛威を振るい、多くの同胞を死に至らしめるのを見ていれば、なかったものがあるようになった以上どこかよそから来たのだと考えるのは当然かもしれない。ナポレオンの軍隊がイタリアに入った時、ある種の不名誉な病気がはやった。フランス軍はイタリアに行ったらかかったというのでこれをイタリア病と呼び、イタリア人はフランス軍が持ってきたと考えてフランス病と呼んだ。人の動き、他人種との接触が新しい事態を招き、その中には好ましいものも多くあるが避けたくない。そして、人は近年に至ってますます広く速く動くようになった。エイズの場合もおそらくは中央アフリカの小さな領域でローカルな病気として安定していたものが、人の移動につれて形を変え、余計な燃料を注がれた形で大きく燃え上がったのだろう。

似たようなケースとして二十年ほど前にラッサ熱という病気が問題になったことがあった。これも西アフリカ起源のウイルス疾患で、感染者が飛行機でアメリカに渡って発病した時から世界的に知られるようになった。この病気の最大の特徴はなんといってもその強い感染力で、知られていない熱病の患者を受け入れて治療を試みた病院の関係者がつぎつぎに発病し、ちょっとしたパニックを巻き起こした。院内感染率と同じく死亡率も高かった。結局は検体を減圧した容器の中でだけ扱うホット・ラボで研究が進められ、一応は療法と予防法が確立して、爆発的な蔓延を防ぐことができた。近代医学の勝利と言ってもいい。アフリカだから恐ろしい未知の病気があるだろうと言っているのではない。移動の過程でなんでもないものが別の宿主に出会って変身を遂げるところに、この種の病気の現代性があると言いたいのだ。子供の時に済ませておけば軽くすむ麻疹が、大人になってかかるとひどい症状を呼ぶことは広く知られている。病気は状況に応じて変わるものである。

その意味で、二十世紀のこの時期になってエイズという病気が世界各地にひろがっている一番の理由は、われわれが動くようになったことかもしれない。古代から人は都市を作って集住する傾向を見せてきたが、最近になってこの傾向は世界中いたるところで加速され、人口増加と無理な開発によってあぶれた人々の大都市集中が進んだ。スラムで暮らし、生活に困れば売春を生業にもするだろう。交通機関の発達がいよいよ人を速く遠くへ運ぶ。このような一連の動きをエイズの背後に見るならば、そのかぎりにおいて、たしかにこの病気は終末論の他のテーマとも深く関わっていると言うことができる。現代のわれわれの生活形態と文明そのものが問題なのだ。

昔から病気は人の移動に応じて動いた。そしてそのたびにはじめは猛威を振るい、やがて互いに馴れ合って安定した関係を結ぶようになった。もちろんそうなるまでに出る犠牲者の数、彼ら一人一人の不幸の形と深さ、恐怖の思い、などなどを積み上げた果てのその安定なのだが。極論すれば、疫病は人が動くことと不即不離の関係にある副産物、支払わなければならない代償なのかもしれない。問題はその規模である。

今見るエイズの姿は、アフリカの隅でぬくぬくと静かにしていた病気がいきなり騒々しいアメリカへ連れ出されて、当惑のあまり暴れまわっているさまとも言える。アメリカ人はこの病気をキングコングか何かと同じように考えているのかもしれない。ラッサ熱は派手に暴れたからすぐに退治されてしまったが、エイズはエンパイア・ステート・ビルに登って騒いだりはしない。故郷を遠く離れて見知らぬ大都会の喧騒におびえながら、街路に身をひそめて、こっそりと歩きまわる。そっと人に触れる。五年後十年後に期限の来る死の約束手形を配ってまわる。たしかに困った相手である。

　さて、人はなにかと重い意味を込めて病気というものを見たがるものだ。病気は個人にとってあまりに大きくてしかも典型的な不幸なので、人はただそのままに身体の不調としてこれを見ることができない。もっと大きな因果系の中へ放った上で解釈したいという誘惑を抑えるのは容易でない。自分一人が孤立して不幸なのでなく、世界全体の中にそういうシナリオがあって、その一部として自分の病気があるという考えは病者にとって一種の慰めとなる（シナリオ願望の例ならば星占いから「ユダヤ人の陰謀」までわれわれの身辺にはいくらでもある）。病気による疎外をこういう形で逆転して、世界の外へ押し出された自分をもう一度中へ戻そうとする。そのための形而上学的な方法の一つとして病気に意味を与えるということがある。そして、病者ではなく社会の方がそれを試みると、場合によっては逆に病者の疎外を一層強めることにもなるのだ。かつてハンセン病が天刑病と呼ばれたことを忘れないでおこう。

　エイズと終末論を短絡的にむすびつけることをぼくがためらう理由もここにある。勝手な意味を読み取る気になれば、エイズにはどんな意味でも載せることができる。疫病がどこから来るものだとすれば、もう一歩推理をすすめて、誰かがそれを送ってよこすとも考えられる。誰がよこすのか。もちろん一神教の狭量な神が自分の定めた道徳律をまもらない人間たちに愛想をつかして、この出来損ないの種族をひとまず絶滅させ、新規まきなおしを試みる第一段階として病気で今見る世界を終わらせるのだ。これは終末論の最も基本的な形である。疫病と終末論はこういう形であまりに単純に結びついてしまうから、だからエイズをこの本で扱うべきかどうかぼくは迷ったのだ。

しかし、実際にはこの一神教的な終末論の構図にはいくつかロジックの穴がある。個人と社会をあえて混同するというアンフェアがある。近代以降の人間観ではどうしてもこの穴は塞げない。どういうからくりで個人と社会が同一視されるのか、そこのところを考えてみよう。まず単純に言って、世の中には善い行いと悪い行いがある。悪いことをする者は悪い者であり、神はこれを更生させなくてはならない。神の持つ倫理的完璧性がそれを要請する。神は全知全能であるだけでなく全善でなくてはならない。ここに、神は全能ではあるがしかし個人の魂の中までは入れないという、生物としての個体の自立のテーゼが登場する。少なくとも近代以降のヒューマニズムの哲学ではそういうことになるはずだ。悪い人間だからといって神はその行動を規制することはできない（神が全能ならばなぜ最初に悪魔を退治してしまわないのかという、フライデーがロビンソンにつきつけた難問を思い出してみよう。なぜ神は人の中の悪い心を修理しないのかと問いなおせば、この二つは同義になる）。人は自由意思で動くのであって、自由がないのなら倫理に対する責任もないはずだ。だから、更生が不可能なほど悪い者に対して神にできるのはこれを排除することだけである。天罰とはそういう意味であったと思う。

社会は個人から構成されている。あまりに悪い人間ばかりから成る社会は、それ自体が悪であるということになり、神はその社会全体を滅ぼす。そして最後の審判を実行して善い者だけをピックアップし、天国へ送る。これこそ終末論の基本形である。しかし、いずれの段階で社会は全体として悪いということになるのだろう。ソドムとゴモラは何割が腐敗した分子からなっていたのか。個人の自由意思というものを認めるかぎり、一つの社会がすっかり悪に染まるということはありえない。個人の行いの責任を社会に取らせることはできないし、逆に社会全体の悪を理由にそこに属する個人を滅ぼすこともできない。行為の責任というのはそんなに簡単に個人から社会へ移行するものではないはずだ。為政者の便法として五人組のような連帯責任制を作ることをわれわれは否定した上で近代社会へと脱皮したのではなかったか。

最初に病気論は必ず個人に帰らなければならないと書いたのはそういう意味である。病者自身が自分の病気をどう解釈するか、それはあくまで個人の問題だろう。彼が神の存在を信じてすがろうが、自分を罪人と見なそうが、あるいはヨブ・コンプレックスに取りつかれようが、また無神論者として自分の肉体がゆっくりと物質に返ってゆくのを冷静に身守ろうが、周囲は本人が要請するままに手を貸すことはできてもそれ以上の方向付けはできない。そんな資格は誰にもない。病者を内にかかえていることで社会が自分を断罪するとすれば、その時社会は謙虚に見えて実に僭越なことを行っているのである。病者に個人としての責任の他に、社会の代表としての責任を一方的に押しつけようとしているのだ。

オイディプスはテーバイの英邁《えいまい》な王であった。しかし、自分の国に疫病がはやり、その原因が他ならぬ自分の穢れにあると知った時、彼は自らを王位から放逐し、目をくり抜き、贖罪《しょくざい》を求めてギリシア中を放浪する旅に出た。父を殺して母と婚するのは倫理に背く行為であり、知らずに犯したとしてもその穢れはついてまわる（知らなかったことが弁明にならない理屈については、ミラン・クンデラの『存在の耐えられない軽さ』がおもしろい。ただしあれは裏返された理想論であって、チェコの高官たちに、あるいはわれわれの場合ならば昭和天皇に、オイディプスの英邁を求めるのが間違いという気もするのだが）。ぼくがこれを罪ではなく穢れと呼ぶのは、もちろん彼が知らずにこれらの不倫な行為をおこなったからである。自由意思のないところには罪の概念も成立しない。いずれにしても、彼は個人として疫病という社会的現象の責任を取った。だが、それは彼が自ら、それこそ自由意思で選んだのであって社会がそれを強制したのではない。テーバイが彼を追放したのだとしたら、あの話は悲劇性の大半を欠くつまらないものになってしまう。

エイズについて考える場合、これが性行為によって伝染する病気であることを無視するわけにはいかない。空気や食べ物によるものならば、つまり感染がまったく確率的な過程であって本人の意思がなんら関係を持たないのならば、社会はこれほどまでに病者たちに対して糾弾と排除の姿勢では臨まなかっただろう。アメリカの場合、初期には男性の同性愛者と麻薬の常習者だけがかかる病気という説が広く流布し、それがこの病気の「倫理性」を強調する結果になった。現在でも、血と精液だけが感染源であるということは、この二つのあまりに根源的な体液にウイルスが乗って侵入するという事実は、たしかにこの病気を受け入れることをむずかしくしている。初期にはとわざわざ断ったのは、その時には同性愛者も麻薬常習者もエイズのことなど何も知らぬままに罹患《りかん》したわけであって、この病気に関する知識が普及した今とは事情が違うからである。神は彼らに対して警告を与える前に罰を下したことになる。それでも、この病気が今もって「なにかいけないことをするとかかる」ものだという考えは残っている。日本で言えば「外国にいって変なことをしてきた」人がかかる病気ではないのか。穢れのイメージはどこまでもついてまわり、それを理由に社会はこれを排除しようとする（一九八九年一月に成立した『後天性免疫不全症候群の予防に関する法律』など、その意味で典型的なものである）。

ここまで考えてきてぼくは、性と病気が個人対社会という関係の場で実によく似た構造をもっていることに気づいた。病気が結局は個人の立場に戻ってしか考えることができないものであるように、性もまた社会の側だけで決めてそれを個人に強制することのできないものである。個人が個人であるというところにすべての始まりがあるのだから、社会は要請し、誘導を試みることはできても、性行動のありかたを個人に強制することはできない（先の法律の第六条の1――「感染者は、人にエイズの病原体を感染させるおそれが著しい行為をしてはならない」は歴然とこのルールを犯している。人間が先にいて社会ができるのであって、その逆ではないはずなのだが）。結局のところ性とはあくまでも二人の人間の自由意思に基づく行為である。これを無視しての性の論議はすべて無意味だ。法律は寝室の中までは入っていけない。感染者がその事実を知った上でそれを知らない者と危険な形の性行為を行いかけたとして、最後まで踏み切るか否か、どちらを選んだにしても自分と相手との関係の場でそれを自分に対してどう納得させるか、これはまったく個人の心の問題ではないか。社会は思い止まる方向へ要請することはできても、それを禁止する権限はない。病気の場合と同じように、性は個人からはじまり、社会的な影響や効果や制度の中へ一度は拡散するが、その意味は最後にはどうしてもまた個人の中へ返ってくる。性愛はどんな形にせよ愛である。

エイズは性という個人の最も弱い部分を撃つ。ある意味ではずるい病気だと言いたいが、食べる物と一緒に体内に入るチフス菌や吸気にまぎれこんで侵入するインフルエンザのウイルスよりもずるいと言えるかどうか。前にも書いたが、エイズが病気として決して感染力が強くはないことはもう一度強調してもいいだろう。エイズはキスではうつらないし、カミソリの共用でも、同じ皿の料理を食べることでも、酒のまわし飲みでも、蚊でも、咳やくしゃみでも、握手でも、銭湯やプールでも、公共トイレの便座でも、電車の吊り皮でも、シーツでも、うつらない。エイズ患者に嚙みつかれてもうつらない。直接の性交と注射針の共同使用だけが危険だと言っていい。要するに、血と精液（肛門性交が特に危険度が高いのは、直腸壁が薄くて出血を伴いやすく、しかも吸収がいいからであるとされている）。ウィルスとしてはおとなしい方だし、これだけ明快な指標があるのだから、ある意味では回避することはそうむずかしくない、と自分については思っていいだろう。ただし、それがそのまま回避しそこなった人への非難に化けてはいけない。人はさまざまな状況に促されて性愛の場に立つものだ。

感染力の弱さとその経路の限定性にもかかわらずこの病気が恐ろしいのは、感染したものがいずれは必ず発病するという事実と、発病してからの死亡率の高さの故である。感染して発病するまでの何年かの間、彼らは自分の性の問題をどう考えればいいのか。自分が愛する者に対して死のエージェントになりうるという事実をどう受けとめればいいのか。ミダス王の苦しみをどう受けとめるのか。それが、いきなりそういう状況に置かれることになった孤独な普通の人間の手にあまることだとすれば、誰かが手を貸さなければならない。そういう準備があるかないかで、この病気と社会の関係はまるで違ったものになる。たしかに社会は単なる排除と差別を超える叡知のありやなしやを問われているのである。

エイズは、性という最も弱いところから個人の肉体と精神に入り込むのと同じように、社会をもそれぞれに最も弱い部分から攻撃する（弱いというのは護りにくいという意味であって、恥ずべき部分という意味ではない。この二つは頻繁に混同されるから用心しなければならない）。具体的にはアメリカで言えば麻薬である。タイならば公然として大掛かりな売春ビジネス、そして日本の場合はなんと官僚はじめ医療関係者の無能であった。世界全体から見ると、日本のエイズ感染者の数はまだまだ少ない。この国の閉鎖性はこんなところで役に立っている。しかし、その一方、一九九〇年の段階で感染者の六割が血友病患者であったという事実はこの国の社会がもつ最も弱い一面を示している。これらの感染者たちは血液製剤によってウイルスを体内に注入された人々である。今の社会で商品ほど管理がしやすいものはないはずなのに、値がついて売買される商品であるところの血液製剤で感染したというのは、担当の官僚たちがいかにこの病気のことを知らなかったか、あるいは知ろうとしなかったかを示している。アメリカが危険に気づいて警告を発し、原料である売血の熱処理法を確立したにもかかわらず、日本では旧態依然の危険な製品が二年以上にわたって売りさばかれた。その言語道断の判断について、ここであまり声高に告発調で語るのはやめておこう。これは厚生省と一部医薬品メーカーの道義を問うことで済む問題ではなく、まさしくこの種のメンタリティーこそが日本でエイズが本格化した時に最も猛威を振るうところであるだろうと思うからだ。エイズは身内同士のかばいあいと馴れ合いと排他性と営利優先というわれわれの弱点を正しく衝いてきているのである。

ここまで書いて、ぼくは一種のバイアスのもとにエイズを考えてきたことに遅ればせながら気づく。最も大事な要素が欠けている。要するにここまでの議論はすべて先進国の知識人という立場からの話なのである。スーザン・ソンタグを引用し、フーコーの死を悼む姿勢と同じなのだ。コンドームを使おうとキャンペーンするのはいいし、頻繁に血液検査をするのもいい。基礎研究や治療法の確立のために資金を出すのも大事だし、説きたいというのなら絶対一夫一婦制の道徳を説くのもいいだろう。しかし、エイズが本当に深刻な影響を社会全体に及ぼし、どう頭をひねってみても対策の立てようがまったくなく、人がバタバタと蠅のように死んでゆく地域についてはいったい何をすればいいのか。神学的な遊びではなく事実としてエイズが終末論につながりかねないところがある。それが世界の大半を占めていると言ってもいいし、人口の大半を擁していると言うこともできる。要するに貧しい国々、第三世界。エイズ対策をいくら考えても実行するだけの資金がない地域。さしあたって最も緊急な事態を迎えているのはアフリカである。数年前、アフリカ全体での感染者の数として二百万という数字と五百万という数字が挙げられていた（どちらも推定だから、二つの説のどちらを取るかは問題ではない。きちんとした統計ではなく推定でしか議論のしようがないことが実はこの問題の深刻さを語っている。国によっては正しい統計を用意すること自体が手の届かない贅沢なのだ)。五百万という数字を取った場合、今世紀末にはこれは八千万まで増える。そして、しかるべき額の資金を投入して対策を実行する以外にこの数字を抑える方法はない。エイズという病気の存在と注意事項を国民に教える啓蒙活動でさえこれらの国々にとっては少なからぬ負担となるのだ。娼婦との短いおつきあいの値段が八十円という国で一個八十円のコンドームは売れないだろう。年間の国民一人あたりの医療費が六ドルの地域で一回八ドルかかる血液検査を誰が受けるだろう。発病したら治療というのがわれわれの常識だとして、八千万の感染者がすべて発病した場合に(感染者のほとんどが最終的には発病するのがこの病気の厄介な点であることをもう一度言っておこう)、放置以外のいかなる処置がとられるだろう。さて、五十年後にもアフリカの国々はまだ存続しているだろうか。

別の数字。これはもう少し新しいものである。一九九〇年の九月に発表されたWHOのエイズ流行状況報告によれば、タイのバンコクでは売春婦の七〇パーセントが感染者であるという。そしてアジア地域の推定患者数は千二百人、推定感染者の総数は五十万人に上る。たまたま同じ時にWHOは子供のエイズに関する報告を発表しているが、それによれば過去十年間の子供の患者の総数は四十万人、今世紀の末までには一千万人の子供がエイズにかかり、その大半が死亡するだろうとしている。道徳論と法律による性行為の禁止で立ち向かえる相手ではない。

同じ新聞記事はこのWHOの報告を受けて「厚生省は来月にも、関係各省を集めたエイズ対策会議を開き、旅行業者や企業などに対し、啓蒙活動を強化する」と記している。要するに、間抜けな奴が行った先でこの厄介な病気を拾って日本に戻ってこないよう啓蒙活動をしっかりやってくれと言うだけなのだ。いかによその国のこととは言え、ある職業についている人々の七割が同じ病原体に感染しているというのは、それがその職業を通じて広がってゆくに決まっている病気であるというのは、それが決定的な治療法を欠いていずれは彼女たちのほとんどが死を迎えるだろうというのは、それだけでも慄然とすべき事態である。これはこの病気が日本へ浸透してくるか否かを超える問題ではないのだろうか。

アフリカではこの病気が実は先進国の陰謀であるという説が流布しているという。事実無根と言って笑うのは簡単だが、この病気が本当に第三世界で大流行した場合のことを考えてみると、これが先進諸国にとって実に都合のいいシナリオであることがわかる。人口問題の大半は自動的に解決し、資源開発についてもうるさいことをいう現地の住民は残っていない。南の国々全部を単なる資源供給域としてそこから供給されるものだけで安楽な暮らしを送る北の人々。放射性廃棄物はみな南の方へ捨てればいいのだし、なんなら危ない原発も南に作って北へ送電すればいい。かくて、薄いゴム一枚に隔てられた天国と地獄が出現する。

もちろんこれは悪いジョークだ。しかし、今アジアやアフリカのエイズについて具体的なことを何もせずにただ「旅行業者や企業などに対し、啓蒙活動を強化」しているのでは、この悪いジョークを実現しようと画策していると言われてもしかたがない。先進諸国はエイズそれ自体では滅びないかもしれない。それは先進国の人々が道徳的に優れていて、自らの性欲を抑えて清潔な夫婦生活を送れるからではなく、単にコンドームを買い、血液検査を受け、万一の場合はいずれ見つかるであろう特効薬をふんだんに使うだけの資力があるからにすぎない。しかし、そうやって第三世界を見放してその利にあずかる先進諸国の人々に、果たして生きのびて、繁栄して、人生の悦楽を享受する権利があるだろうか。その時こそ料簡《りょうけん》の狭い一神教の倫理ではなく、隣人の苦境に手を貸すという最も原始的な倫理観の欠如の故に、ホモ・サピエンスは終末を迎えるかもしれない。繁栄するに値しない生物になっているかもしれない。下等動物は互いに助け合わないが高等動物は手を貸し合う。相互援助はたぶん知的能力と交換で高等動物が受け取った義務、ノブレス・オブリージュなのだ。そう考えると、たしかにエイズは深く道義に関わる終末論的な病気であることがわかる。

人のいない世界

一九七五年にタヒチ島に遊びに行った時、あるアメリカ人の家族と知り合いになった。中年を少し超えてもう初老と言った方がいい年頃の夫と、なかなかの美貌を維持しているフランス系の妻、それにガブリエルという十一歳の背の高いかわいい娘。明るくて自信に満ちたこの一家はぼくの目には教養ある東海岸の白人の典型のように映った。彼らの明るい自信の部分がつまりアメリカだった。娘は学校劇に夢中になっていて、家族のもっぱらの話題はそのこと。親子三人で各パートを受け持ってギルバート・アンド・サリバンの『ミカド』を歌うという楽しい趣味をもっていた。ぼくは現実の日本と『ミカド』の舞台である架空の国がいかに違うかをこの少女に説明してやらなくてはならなかった。あの中に出てくるけなげなヤムヤムは残念ながら日本にはいない。

彼女の父とは別の話をした。聞いてみると彼はエアゾル製品に関する業界紙の経営者で、若い頃は夢中で働いたが、今になって少し余裕もできたので家族連れでタヒチ旅行を楽しんでいるという。ぼくはその頃ようやく問題になりはじめていたフロンのことを彼に聞いてみた。

「あんなものは売名目当ての一部の学者が騒いでいるだけで、何の根拠もありはしない」と彼は断言した。この時ぼくの側には正しい判断の基準がなく、彼の側には正しい判断に必要な客観性というものがなかった。そして、残念なことに、明るい自信に満ちた彼の判断は間違っていた。以来十六年、フロンのことになるとぼくはかわいいガブリエルと『ミカド』をいわばセットで思い出すのだ。

環境に関する多くの問題がどれも似たような経路を辿って一般化する。つまり、まず第一に特別に炯眼《けいがん》な学者が問題の存在を指摘し、なんらかの利害関係をもつ企業なり業界代表なり官庁がとりあえず否定し、やがてそれが否定しようのないものになって、ようやく普遍的な問題として扱われるようになる。ことが順調に運べば渋々ながら対策が立てられる。フロンにしても地球全体に影響が及ぶというのはいかになんでも大袈裟だと人はまず思った。たしかに実験装置の中ではフロンはオゾンを次々に分解して自分は何の変化もないという典型的な触媒の効果を発揮するかもしれない。しかし、だからと言って地上で使われたフロンが希釈されながらもはるばると成層圏まで昇っていってオゾン層に穴をあけるというのは、いかにもうまくできた、まことしやかな学説ではないか。地球はあまりに大きいし、空はあまりに高い。大気の中に放たれたフロンの量など、空気の成分全体から見れば無としかいいようのないほどの微量だ。そう考えるのが常識だった。ガブリエルの父である業界紙の経営者は決して偏見に満ちた利害の代表者ではなく、当時としては単に常識的だったのであり、せいぜいが少しだけ業界寄りだったにすぎない。

しかしながら、オゾン層にあいた穴は実際に認められ、季節に応じて消長するさまもはっきりと記録された。このままフロンを使いつづければやがて地表には生物にとって危険なほどの紫外線が降りそそぎ、皮膚癌の発生率が異常に高まることになる。日焼けの健康美を誇る者はいなくなり、海水浴は昔話となる。農作業に従事する者は厳重に日光から身を護らねばならないだろうし、すべての生物に突然変異が増え、穀物の収量にも影響が出るかもしれない。

フロンがいかに有用な化合物であったかはよく知られている。フロン規制というととりあえず身辺でエアゾルのスプレーばかりが話題になる。実際いかにもあれはフロンを空気中に放っているという印象が強いから使う身としてはうしろめたくもあるのだが、現実にはエアゾルはフロンの用途のほんの一例にすぎない。電子デバイスの洗浄やウレタン・フォームなどを作る際の発泡剤、冷蔵装置の冷媒などの方が使用量としてはずっと多い。化合物としてのフロン（発明者であるデュポン社の商品名の方で呼ぶならばフレオン）は安定で、腐食性もなく、蒸発潜熱が大きくて伝熱性能がよく、洗浄力が強くて、安い。つまり、フロンの使用をやめるとなればそれらすべての分野でそれぞれに適当な代替物を見つけなければならない。その時に最も大きな障害になるのはたぶんコストだろう。それでも、フロンの使用を全面的に停止することは不可能ではない。念のため、原理的には不可能でないと言っておこうか。現実問題として完全な使用停止を実行する政治的指導力が今の国際社会にあるかどうかは一応ここでは別の問題としよう。多少の不便とコスト上昇を我慢するとすれば、フロンはわれわれにとって必要不可欠なものではない。むしろフロン問題はわれわれに現代の公害のからくりを明白に見せるという教育的な意義において、高く評価されるべきかもしれない。

フロンはもともと地球上に存在しない人工の化合物であり、地球の大気全体に比べれば放出される量は論ずるにも値しないほどの微量でありながら、実際には、紫外線の遮断という生物にとって必須の役割を果たしているオゾン層を破壊する威力を持っていた。放出されるフロンが微量であるのと同じようにオゾン層も本当に薄いものでしかないと聞けば(地上の気圧に換算してみれば、その厚みはたった三ミリにしか当たらない)、そこへフロンが着実に昇ってゆく機構が大気内に存在する以上、オゾンの量が劇的に減るという現象は素人にも理解できる。しかも、先に書いたとおり、フロンをわれわれはスプレーで、いかにも心地よく、贅沢に、優雅に空気中にまきちらす。先進国に暮らしてあのシューッという音の快感を知らない者はいない。ポンプ式のシュッコシュッコという音との使用感の差は歴然としている。それはつまり使い捨ての快感ということなのだろう。その快感がめぐりめぐって大気を破壊する。われわれが自分たちの足元を掘りくずしていることを教えるのに、これほど明快な教材があっただろうか。

われわれは今あまりに多くの環境問題を抱えて途方に暮れている。フロン一つならば対策が少し遅かろうが、その結果として皮膚癌の患者が増えようが、これを一つの災厄として受け止めることもできる。少し乱暴な言いかたをすれば、その程度の集団的な不幸を人間は昔からよく知っているし、それらは天災である以上に戦争や虐殺であることが多かったのだから、フロンのことなど単なる事故で済ませることもできただろう。しかしこの二十年、環境に関わる問題は次から次へといくらでも出てきた。人の神経を麻痺させるほど矢つぎばやであったと言ってもいい。考えなければならないのはフロンや酸性雨、沙漠化、人口爆発、資源不足、熱帯雨林の喪失といった個々の問題ではなく、その総体なのである。かつてわれわれは第三次大戦の可能性に脅えていたが、その全面的な世界戦争の危険を少しだけ遠くへ追いやったはずなのに、まるで安心できない自分に気付いて一層ひどく脅えているというのが現状ではないか。いや、世界戦争の可能性が遠のいたのも、ある意味では環境問題という緊急にして共通の敵が目前に迫ったから、しかたなくイデオロギーが撤退したのだと解釈できるかもしれない。事態はそこまで終末的であるということができる。見るべきは各論ではないとはいうものの、実際にわれわれが直面している困難がいかに深く重く始末の悪いものであるかを理解するために、ここでもう一つだけ、大気の組成の変化に由来する気温の上昇の件を取り上げてみよう。今の地球はわれわれ人間をはじめとするすべての生物にとって大変に居心地のよい状態にある。それは別に偶然ではなく、生物の方が自分を取り巻く環境にもっとも適応するように自分たちの身体を慣らしてきたからだ。もともと炭素連鎖を基礎とする高分子化合物と、水というすぐれた溶媒の組み合わせによって作られた生物は（そうでない生物も広い宇宙にはいるかもしれない）、水の融点の前後せいぜい五〇度の範囲でしか生命を維持できない。だから、この数億年にわたって地球の温度がこの範囲に収まっていたことは、生命の誕生と進化と繁栄にとって重要なことだった。この条件がなければわれわれはここにはいなかったはずだ。地表の平均気温が摂氏四七〇度という金星に炭素＝水型の生き物がいる可能性はまずない。

地球の平均気温がこの範囲に収まっているについてはなかなか微妙で精密な制御機構が働いていた。その中には適量の雲や地表の氷による太陽エネルギーの反射や、海洋の蓄熱作用などがあるわけだが、それと並んで二酸化炭素による温室効果も重要である。温室は一定の空間をガラスで囲うことで太陽の赤外線を有効に利用して内部を暖め、しかもその空気を逃さないことで温度を保つ。露地にくらべて温室の中の温度はずっと高くなる。このガラスと同じ作用を大気中の二酸化炭素が行っている。二酸化炭素は上から降る太陽光はそのまま通過させ、それで暖められた地面から放射される赤外線は吸収して、結局は大気の温度を上げる作用を持つ。そのおかげでわれわれは二酸化炭素がない場合よりももう少し高い気温を享受することができる。その二酸化炭素の量も自然の状態では巧みにコントロールされている。空気中の二酸化炭素は大量に海に溶け込んで平衡を保っているし、植物の炭酸同化作用によっても固定される。その際に酸素が放出されるのは小学校の理科で教えるところだ（珊瑚虫は二酸化炭素を岩石の形に固定して地形を作るが、これはまた別の問題としておこう）。地球上には古来延々と生物が固定してきた二酸化炭素中の炭素が大量に蓄積されていた。石炭や石油がそれであり、生きた森の木々としてもずいぶんな量があった。これらの炭素は生物による分解や燃焼などさまざまな経路をたどってまた空気中に戻り、再び植物によって固定される。かくて、空気中の炭酸ガスの濃度はほぼ一定の数値を維持し、それによる温室効果もまた平均気温をある範囲内に保つよう自動制御されてきた。

自然というものがただあるべくして今の姿にあるわけではなく、見慣れた外見の背後になかなか複雑なからくりを擁していることを人間は今世紀に入ってようやく理解しはじめた。何段階にも組み合わされたフィードバックの回路が自然を今の姿に維持している。どの部分にどういう力を加えるとずっと遠くの何がどう変化するか、われわれはその機構に遅ればせながら気がついた。二酸化炭素による温室効果と気温の安定化もその一つである。それと同時に、人間は自分たちがこれを崩すことを行ってきたことにも気付いた。古代から人間は植物の遺骸を燃やしつづけてきたが、十九世紀以来その量が格段に増したのだ。この人間の行為は自然が自分でバランスをとってきた空気中の二酸化炭素の濃度を押し上げ、ひいては平均気温をも上げることになった。今、二酸化炭素の濃度は年間〇・四パーセントずつ上がっている。今世紀のはじめに約二九〇PPMだった二酸化炭素濃度は一九八〇年には三四〇PPMになった。二十一世紀の半ばには六〇〇PPMに達するものと予想されている。二酸化炭素の他にも、家畜の体内や、水田や、森林伐採地の後にはびこるシロアリの巣から発生するメタンも強い温室効果を持っている。そして、その結果の気温の上昇そのものも今では否定のしようもないほど歴然と気象統計の上に現れるようになった。暖冬傾向は明らかに定着している。宝くじで同一人物が三十回連続して一等の当たりくじを換金に行けば、八百長は単なる疑いの域を超えて事実として認めざるをえないだろう。気温についても、もう偶然という言い訳は通用しないところまで来ているのだ。

先に書いたとおり、フロンはその気になれば使わないでも済む。しかし、石油を燃やし、石炭を燃やし、薪を燃やすのは人間にとってあまりに根源的な活動であり、それをすべて停止することはできない。火の使用はそれこそ文明の起源と共に古く、その使用量の増大、言い換えれば二酸化炭素の排出量の増大こそが文明の進歩とみなされてきたのだ。だから対策といってもせいぜいボイラーや車の効率を高めて少しでも二酸化炭素の排出量を減らすくらいであって、エネルギー源をすべて別種のものに替えるというのはとてもできる相談ではない。燃焼によらないエネルギー、つまり水力、風力、原子力、それに太陽熱などですべてを賄《まかな》うのは今はもちろん不可能だし、原子力など危なくてとても使いものにならないことが次第に明らかになってきている。未だに薪に頼っている途上国の全域にそれら代替エネルギーを配付するのは、技術以前の政治的経済的な理由からも無理である。

平均気温が上がるとどういうことになるか。グリーンランドと南極の氷が溶けて大都市のほとんどが水に浸るとか、沙漠化がいよいよ進んで飢饉が起こるとか、今の数倍の強力な台風が次々に襲来するようになるとか、いろいろ話としてはあるけれども、要約すれば、非常に住みにくい、今の人口をどうやっても維持できずどんどん人が死んで経済全体が停滞し、そこからの回復もとても望めないような世界になるのだ。先に書いたとおり、われわれは長い時間をかけて今の地球のありように自分たちを適応させ、この生活を築いてきた。それは人間にかぎらずすべての生物について言えることである。そして、その背後には、これまでの気候変動が進化によってどうにか追いついていける程度のゆるやかな速度で進行したということがある。氷河期という言葉があることからもわかるとおり、大気の平均気温はずいぶん変動するもので、過去には今よりもずっと寒い時期が何度かあった。言い換えれば、その寒さに適応していた動物はその後、気温がずっと高くなるという事態を迎え、それに耐えて今に残ったことになる。それが可能だったのは、変動がゆっくりと来たからである。今の気温上昇の速さは自然の状態では決して起こりえないものであり（ブレーキを踏んで普通に車を停めるのと、コンクリートの壁に衝突させて停めるのくらいの差がある）、それゆえに生物が進化のシステムで対応できる限界を超えているという心配が出てくるのだ。

しかしながら、本当の話、われわれはもうこういう論議にあきあきしている。この二十年間、環境論は常に警告であり、啓蒙であり、倫理論であり、ある意味ではパブリシティーだった。レイチェル・カーソンが偉いのは、一九六二年という早い段階で殺虫剤の大量使用の危険を見抜いて科学的にも正確な警告を発したと同時に、「沈黙の春」というわかりやすいキャッチフレーズでそれを世間に知らせたことにあった（当時の日本の社会がそれをまったく理解せず、翻訳の版元がこの名著に「生と死の妙薬」という見当違いな邦題をつけて失笑をかったことは記憶にあたらしい。一九七四年になってこの題は正しく改められた）。広瀬隆の啓蒙活動の意義は原子力が危険であることを見抜いた点にではなく、それを「東京に原発を！」という迫力あるスローガンの形で提唱したことにある。日本の原子力関係者が放射性廃棄物を南太平洋に捨てようとした時、ミクロネシアの人々は広瀬と同じ論理で、「そんなに安全ならば東京湾に捨てればいい」と言って、無神経で傲慢で愚劣なその案をつぶした。このような言葉による啓蒙の戦いには、しかし、ある限界がある。環境論全体に苛立ちの傾向と、それを乗り越えなければという精神論が目立つ理由もたぶんそこにあるだろう。いつまで待ってもパブリシティーを超えた先が見えてこないのだ。

環境と資源について今の自分たちの立場を一つの比喩にしてみれば、現代人はいわばカードで買物をしすぎて穴埋めに会社の金を使い込んでいるサラリーマンである。あるいは信託預金に手をつけた弁護士である。つまり、もともと受け取れる以上のものを自然から無理に収奪することで、自分の足元を掘りくずし、明日の分のパンを今日のうちに食べてしまうことで未来を危うくしている。次の世代の資産を奪うのだから、これは孤児の財産をこっそり横領している縁者のようなものだ。そして、この犯罪者はことが露顕すると生活費に困ってやったと弁明する。たぶん心からそう信じているのだろう。しかし、それが本当に生活費であるのか遊興費なのか、その区別は誰にもわからない。人並みの暮らしという時の人並みとは、いったいどのあたりを言うのだろうか。平均を超えれば中産階級すなわち人並みだとすれば、今の世界全体を視野に入れた時、欧米並みをもって人並みと見なし、それを目指して蓄財に励んできたわれわれはどこかで目標を行き過ぎてしまったということにはならないか。しかし、リッチであるのは実に心地のよいことだし、生態学的な倫理を強制して他人に我慢を強いる論法はどこの国の国民に対してもほとんど効果をもたない。

われわれには罪の生活を送っているという自覚はない。身に覚えのないことで悔悛を求められても困惑するのが普通の反応である。われわれは他人のパンを奪っただろうか。孤児の財産を横領しただろうか。飢えて死にかけた者の衣類を剥いだだろうか。ただ正直に毎日を送り、普通の市民として働き、少しは楽しい思いもしたけれども他人を差し置いて安逸を貪りはしなかった。時代劇の中の農民のように苦労ばかりの生活ではなかったが、だからといって決して悪代官のような阿漕《あこぎ》なことはしなかった。それなのに、なぜわれわれが糾弾されなくてはならないのか。今までの生活様式を改めなくてはならないのか。普通の水を使い、せいぜいうまい米を食べ、恥ずかしくない程度の車に乗って、下手なゴルフに付き合いで行き、運がよければ小さな家を建てる。汚れものは市販されている、つまりまっとうな商品として世に認められている洗剤で洗う。フロンのスプレーがいけないというのなら使うのをやめてもいい。しかし、それでもわれわれの行為ゆえに世界が終末を迎えるほかないのだと言われれば、それに対して返す言葉はない。

われわれにとって罪とは常に他の誰かに対する罪であり、人間に対する罪である。人間という概念が実体感を与えるのにとても役に立つから、あれほどあてにならない、無責任な、抽象的な存在にわれわれは「法人」という名を与えたりもするのだ。人間が主役であり、自然は背景にすぎなかったから、自然そのものに対して罪を犯すという概念は二十年前までは存在しなかった。それゆえに、人は今、悔い改める方法もわからないまま、ただ途方に暮れている。

何が失われたのだろう。われわれは以前には自然の中に一つの理想的な資質を見ていた。そしてそれが最近になって単なる一方的な思い込みにすぎないことが明らかになった。失われた理想的な資質とは、無限ということである。かつて空はかぎりなく広がっていた。海は無限に広く大きく深く見えた。だから、有機水銀や放射性廃棄物や発電所の温排水などなど、何を放り込んでも浄化してくれることを人は期待してしまったのだ。大陸に住む者はどこまで歩いても地面はなおも先へ続いていると信じた。マジェランの航海以前ならば、人は世界そのものが無限に広いと信じることができた。

その当時とて、人はしばしばその生産活動によって自然の一部を枯渇に追い込むことはあった。一例を挙げれば、近東から南欧にかけて山々の多くがほとんど木のない禿山なのは古代以来延々と続いた山羊の放牧のせいだという説がある。羊と違って貪欲な山羊は草だけでなく実生《みしょう》の若木もどんどん食べてしまう。その結果、山の木は世代交替を阻害されて今見るような岩だらけの貧しい様相を呈するようになったのだ（実際には伐採の方がよほど森林破壊の効果が大きい）。しかし、それでも人は世界の無限を信じることができた。自分たちを卑小なる物と見なすことで安心立命を得ていた。世界は大きく、自然は大きく、相対的に人間は小さい。この都合のいい図式の上に乗っていたからこそ、自分たちの力が自然の形を変えることがあるなどという思い上がった考えは彼らの念頭に浮かばなかった。

無限は人にとってさまざまな意味で救いである。最も単純には、無限の富があれば何の苦労もなく日々遊び暮らすことができるという夢想。打出の小槌《こづち》や、金の玉子を生む鶏、人の願いをすべて聞いてくれる妖精、他人の口座から引き落とされるクレジット・カード。あるいは燃料なしにいつまでもエネルギーを供給してくれる永久機関。使った分だけ燃料が増える高速増殖炉。

もう少し手が込んでくると、世界そのものの無限が可能性を保証してくれるという論法。つまり、自分に都合の悪い状況で苦労して生きている者は、ここは違うどこかに自分が楽に暮らせる場所があると考えて目前の困難をしのごうとするのだ。生きることの困難はいつでも局所的であり、世界はそれを超えて広がっている。「ここ」に対して「別のどこか」を引き合いに出すことで人は苦労を相対化した。漁師で言えば、今日の不漁は明日の豊漁によって埋め合わされるはずだった。海は広く、魚は無限にいるから、それが網に入るか否かは単に偶然と技術の問題にすぎない。ここにいない魚は別のところにいる。空気はもちろんのことそれ以上に無限にあるのであって、アイーダの終幕ではあるまいし普通に生きて暮らしている者は、いかに貧しくて着るものや食べるものに困ろうと、まさか吸うべき空気がないという事態をむかえるとは思っていなかった。空気こそは無限にあって無料で供給される資源だった。経済に言う財とは有用性と稀少性を持つものである。空気は有用であるけれども、いかなる意味でも稀少ではなく、それゆえ誰も空気を売ろうとは思わなかった。そして、かつては世界のイメージそのものが空気と同じように無限に広がって、今日の不幸に対する明日の幸福を約束していた。無限はそのまま希望でもあった。

ずいぶん前に読んだのでうろ覚えなのだが、日本の初期のSFにおもしろい短篇があった。星新一の話で、タイトルは『おーい、でてこーい』だったと思う。田舎の村の山の中で地面にあいた大きな穴が見つかる。見つけた男は「おーい、でてこーい」と呼ぶが返事はない。近くにあった石をこの穴に投げ込んでみる。何の音もしない。次々にいろいろなものを放り込むのだが、いったいどれだけ深い穴なのか、中からはいかなる反応も返ってこない。位相幾何学的に底無しであるらしい。

やがて話を聞きつけて新聞記者や学者ややじうまがやってくる。最後に利権屋が来てその穴を買う。そして、何でも捨てるのに便利な深い穴があるからと都会で宣伝し、原子炉の廃棄物やゴミや死体その他いらないものをすべて捨てさせて利を貪る。つまり、この穴は現代的な事情によって裏返された無限の象徴なのである。打出の小槌が通常の意味の富を無限に生むとすれば、この穴は負の富である廃棄物を無限に消してくれる。この廃棄産業がいよいよ隆盛を誇って世界中のゴミがどんどんこの穴に投げ込まれるようになってしばらくしたある日、都会の空から「おーい、でてこーい」というかすかな声が聞こえ、やがて石が一つ落ちてくる。落ちてきたのは最初に穴を見つけた男が投げ込んだあの石である。湾曲した時空は都会の空へ通じていたというわけ。

しばらく前に話題になった常温核融合も無限に関わる夢のような話だった。厖大《ぼうだい》な費用を投入して何十年も各国で続けられている核融合実験は実際には遅々として進んでいない。あれは絶対に実用化しないという説も専門家の間にはあって、それを承知でただ心理的効果のためだけに各国は予算を投入しているのだという。そんな事態を笑うかのように、中学校の理科程度の器具で、従って超高温のプラズマなどとは無縁の室温で、核融合が起こるという報告がもたらされた。世間の反応は二つに分かれた。第一はとても信じられないという科学的懐疑派で、第二は、万一にもそれが事実で発電などに応用が可能だとしたら世界はどう変わるかというシミュレーション。この二つは対立したわけではなく、科学関係の評論家やジャーナリストはまず第一の意見を口にした上で、念のため第二の予想の方も述べるという二段階の意見表明を行った。エネルギー問題は完全に解決し、それを背景にユートピアが出現するような話だった。実際には常温核融合は否定こそされていないが、学説として市民権を獲得もせず、何かが起こっているにしてもすぐに発電に応用するというような簡単なものではないことが明らかになった。無限の夢はやはり手に届くところにはないのだ。

しかし、そんなことは徒《あだ》な夢、はじめからわかっていたことだとして、考慮の外に置いてもいい。万一成功した時に万歳と叫べばそれですむのであって、それまでは忘れている方が賢明だろう。少なくとも今は夢想に期待をかけて待っているという場合ではない。さしあたっての問題は、この世界そのものの有限性であり、本当にせっぱつまったこの事態である。それをもう一度整理してみようか。

まず、警告がある。科学的にもある程度の信頼性があって、一定の知的能力を備えた者ならばとても無視できない内容の警告が環境のさまざまな面についていくつも発されている。われわれの文明を今までのように継続的に発展させてゆくことはできないし、現状を維持することもおそらくできない。地球は人間にとってこれから大変に住みにくい場所になるだろう。その兆候はすでに具体化している。この警告を認めることがすべての前提である。

この警告に対して、遅々たる対策がある。本当は対策などないと言い切りたいところだが、それでは話が前に進まない。フロンに関しては代替物の開発が始まっているし、酸性雨についても工場ごとに酸化硫黄や酸化窒素の除去装置をつける動きがないではない。途上国の人口爆発には家族計画運動がある程度有効だろうし、熱帯雨林の喪失が大問題であることは指摘されている。企業側もほんの少しは手を控えるようになったかもしれない。二酸化炭素に対してはいろいろのアイディアが提案されている。ひょっとしたら自然はまだわれわれに対して寛容で、何か人間の知らないメカニズムを起動させて二酸化炭素の量を制御してくれるかもしれない。ドライアイスにして深海に沈めてしまうという案が根本的な解決になるかもしれない。みんながずいぶん用心するようになったから、この先大きなタンカーが座礁して原油を海に流すような馬鹿げた事故はもうないだろう。

本当にそうだろうか。駝鳥《だちょう》のように砂に頭をつっこんで脅威を見ないでいたら、脅威は去ってくれるだろうか。ほとんどの問題に対して本当は対策などないに等しい。現実にはここに書いたような甘い見込みによってではなく、もっと苛酷で容赦ない方法で問題は解決されるのではないか。気温が上昇して旱魃《かんばつ》が広がり食料の生産が間に合わなければ、何か疫病がはやって医療の力が不足となれば、紫外線か放射線による突然変異で受胎率が極端に下がれば、人口問題は自動的に解決する。それで経済が衰退して、熱帯雨林を伐採する人手もなくなり、パルプそのものの需要も冷えきってそれ以上木々を切る者はいなくなる。雨を酸性に変えるほどの規模の工業は消滅し、農薬の生産も行われなくなり、人は狭い畑を細々と耕して暮らす。人の数そのものが中世なみに少なくなっているのだから、二酸化炭素の排出量ももちろん減り、ある段階で気温の上昇は止まる。その時には二十世紀に各国の海岸で隆盛を誇った大都市はすべて水面下に没しているけれども、いずれにしても大都市を維持するだけの背後の物資供給システムそのものが機能を喪失しているわけだから、海岸線が何キロ後退したところで痛痒を感じる者はいない。つまり、現代のテクノロジー文明はそういう形で静かに終わりを迎える。人々は中世の効率の悪い素朴な農業文明で生命をつなぐ。それはそれでなかなか満ち足りた幸福な人生であるかもしれない

(問題はそこに行き着くまでに我々が味わわなければならない喪失感の方だ)。自然はゆっくりと回復して元の姿に戻ることだろう。

こういう予想に対して今われわれはいかなる態度を取ればいいか。テクノロジーそのものが行き詰まっているのだからテクノロジーをあてにするわけにはいかない。それは自分の首に縄を巻いて、それを自分で持ち上げて空を飛ぼうとするようなものだ。そんなことをしても空を飛ぶことはできないし、だいいち首が締まれば死んでしまう。物質文明に由来する困難であるにもかかわらず環境と資源の問題がどうしても倫理の側へ転移してしまう理由がここにある。そして、倫理の問題には誰も耳を貸そうとはしない。みずからの生活を縮小する意志力は個人にはないし、みずからの経済活動を縮小することは企業にはできない。個人の欲望を解放し助長することで資本主義経済は今みるような隆盛に至った。すべての問題を技術にあずけ、なんとか解決してくれと頼んだ上で遊んで暮らすという方針でわれわれは楽しい日々を送ってきた。今さらそれが技術的に不可能だと言われても、こちら側だって対処のしようがない。しかし、不安は実在する。たしかに実在する。

環境問題に対する人々の反応は大半は無視であり、残る少数が免罪符の大量販売にたよって不安の解消を試みるという方法である。牛乳パックの回収や、粉石鹼の使用、プラスチック・トレイのリサイクル運動や再生紙の導入、とさまざまにその方策はあるし、それらが無意味だというつもりは毛頭ないが、できるところからやりましょうという掛け声はどこかで手段と目的がすりかわっているようで、効果を考えればやはり虚しい。せっぱつまった事態に強制される形でもっと有効感の得られる派手な方法を探したあげく、グリーン・ピースのような一揆主義に行き着くのはもっと淋しい。あれももちろんある程度意義のあることである。だから一種の敬意をもって彼らの運動を見るのはいいが、しかし単なるパブリシティーを超える根本的な解決があそこにあるとは思えないのだ。

一例として捕鯨問題を挙げてみよう。反捕鯨派はクジラを食料源ではなくペットに仕立てることで欧米の人々の感情的支援をとりつけた。今は日本でもやたらに人気のあるライアル・ワトソンの一派が、ニクソンのヴェトナムでの環境破壊から世界の目を逸らすべくイランの独裁者パーレビの金で財団を作って運動を開始し、海もなければクジラを見たこともない小国を次々に世界捕鯨委員会に加入させて成立させた捕鯨禁止の措置が、われわれの食文化としての捕鯨を壊滅させた。クジラはペットであると宣言して大衆の感情に訴えた。犬を食べるのが野蛮なように、クジラを食べるのも野蛮なのだ。その手口には感心するしかない。油脂だけ取って肉はさっさと捨てるような漁法でクジラの数を減らしてきたのが欧米の船団漁法だったことを都合よく忘れる合理的精神にも拍手を送ろう。しかし、この場合はたまたまわれわれ日本人が負けた側の捕鯨派に属していたから事情がよく見えたわけで、おそらく他の問題、他の分野でも今の政治運動というのはあれくらいあざとい、強引な、時には欺瞞も辞さない方法で行われているのだろう。そうでないとても実効のある結果は得られない。彼らのやりかたはフェアではなかったし、結果は手段を正当化しないけれども、長い目で見ればあの時点で捕鯨を凍結したのは悪くなかったということになるかもしれない。

　しかし、何度も言うが、それくらいでは駄目なのだ。もっとも成功した捕鯨禁止運動でさえあれだけの紆余曲折を含んでいた。もともとの比率が九対一だった上に、巧みな世論操作を行ったから、クジラは救われた。熱帯雨林のような利害の錯綜する、いや正確に言えば、みんなが受益者で、被害者の像がなかなか見えないという事象の場合、伐採凍結は無理な話である。多くの公害訴訟に見るとおり、企業というのはいつでも最後になってようやく渋々ことの実態を見るものだ。社会主義は行き詰まったが、資本主義は行き詰まらない。資本主義に用意されているのは別の種類の終わりかたである。生産活動そのものが異常に加速して、原料を使いはたし、環境をすっかり汚染し、購買力の担い手である消費者の生活を背後から崩してしまうことで、先進国型の資本主義は終焉を迎える。その後には、社会主義の失敗の後と同じような冷え込んだ停滞が待っている。いや、その冷え込みは世界全体を巻き込み、その程度はとても今の東欧などの比ではないだろう。

　なぜこういうことになるのか。なぜ、対策がいつもいつも後手《ごて》に回るのか。技術は日に日に発達しているから、フロンに見るように、ある技術的問題が起こった時にそれを解決する方策が見つけられる可能性は少なくない。技術をそこまで信頼してやってもいい。だが、技術は言ってみれば機会均等主義の魔神であって、請われればどこへでもでかけていって誰の言うことでも聞く。たいていは資本力のある者の言うことを聞く。だから、技術は人間の中の欲望とそれを自制する気持ちの両方に奉仕するだろうし、その場合の比率は人間の中にある欲望と自制心の比率のままになるだろう。人は現代の世界がかかえる環境や資源や公害問題の多くを技術のせいにしたがるが、いつの場合も技術は中立であり、人間を捨象《しゃしょう》した技術というものはない。

人間の倫理的性格が変わることを期待してよいものだろうか。それを強制することはどんな場合にもルール違反だとぼくは思う。善良な人間だけを集めて犯罪のない安楽な国を作ることはできない。一人一人の倫理的な傾向をメンタル・テストで調べて、欲望が特に強い者を選び出して強制収容所に送ることは許されない。情緒不安定な者、犯罪歴のある者、スピード違反の常習者、切手蒐集家、身を美しく飾ることに異常なほどの熱意を燃やす者、同性愛者、異性愛者、子供をかわいがる者、老人をいたわる者、等々だけを選別してその行いを奨励したり抑制したりすることはできない。その種のユートピア＝ディストピアについての文学的シミュレーションならば今世紀の前半のオーウェルやハクスリーやザミャーチンの仕事で済んでいるはずだし、それでも足りないという者には単なるシミュレーションではなくもっと具体的にナチス・ドイツが行った高倫理国家の実験結果を見せてやることもできる。

かつて人の倫理性を高める装置として宗教は相当な期待を集めていた。どこにいても常に神が上から見ているという脅迫によって親は子供の行いを規制しようとしたし、それが習慣となれば大人になってからも道義的に身を律するリスペクタブルな人間が作れると信じる者は少なくなかった。しかし、消費主義による欲望の解放の前で道義装置としての宗教は敗退した。今では宗教そのものが消費主義的にお手軽になり、欲望の助長に手を貸している。道徳再武装などという言葉は空疎に響くし、消費主義を戒める新しい倫理の提唱はまったく人々の間に浸透しない。

次の世代に対する責任というようなことをわれわれは本当に自分の判断や選択のよりどころとして真剣に考えられるのだろうか。自分の孫が味わうべき食物をおまえは一つ残らず食べてしまったと糾弾されて、それを罪の意識で受け止められる者がいるだろうか。トキという鳥がいなくなったことを、この世代は子供たちからトキの飛翔を見る機会を盗んだと理解して反省しろと言うのは無理な話だ。それは単なる自然保護のスローガンでしかないし、集団の責任を個人に帰することはできない。だから誰も反省などしないのだし、ことがトキではなく、野生のトラや、モンゴウイカや、サンマや、スズメであったところで、そのような反省は出てこないだろう。

集団への帰属が軽視されて個人としての生きかたばかりが優遇され奨励される時代に、自分の人生の長さを超える計画を立案し、実行し、次の世代へ受け継がせるのはむずかしい。環境が非常に悪くなり、地球の上に人間が住めなくなるようなことになるとしても、それは今のわれわれの時代にではなく、たぶんもう一つか二つ先の世代で起こるだろう。今しばらくはなんとか小手先のごまかしでしのいでいける。状況が本当にどうしようもなく悪くなった時には、われわれはもういないのだ。資源の量は限られているかもしれない。それでは早い者勝ちで使った方が賢いということになる。次の世代はまたなんとかしのいでその先へジョーカーを回せばよい。すなわちネズミ講社会。

今までだって人間はそんな風にしてやってきたのだ。今さら姿勢を改めることなどできるはずがない、という論法に対抗できる言葉はない。高山植物を抜いて持ちかえる者に倫理を説くのは虚しくはないか。逮捕して罰金を科するしかないとなったら、それは一層虚しいことではないか。たとえそれが高山植物ではなく、われわれの子孫にとって必須の食料源だとしても。

ここで、技術によって増幅された欲望が倫理を超えるからくりの一つを説明しておこう。前にぼくはわれわれの哲学から無限という好ましい概念が失われたと書いた。今や世界は有限である。しかし、個人はともかく多くの企業がまだ無限という言葉を信じている。彼らは自分の国、経済的にもすっかり発展した先進国からはもう無限の自然は失われたが、それでも貧しい南の国々にはそれが残っていると信じている（途上国という嘘っぽい言葉をぼくは使いたくない）。だからこそ公害が輸出されるのだ。南の海には放射性廃棄物をいくらでも捨てることができるし、北の国ですでに禁止になった危ない殺虫剤でも南へ持ってゆけば売ることができる。南の森林はもちろん切りたい放題であって、個人経営で複合農業を営んできた南の沃野も資本を投下すれば換金作物のモノカルチャーにいくらでも転換できると信じている。

南の国に北の国のＯＤＡ（政府開発援助）で大規模な灌漑設備が作られる。はじめのうちは豊富な水によって収量があがり、人々は潤うように見える。灌漑に頼る大規模なモノカルチャーはもっと大きな経済システムに組み込まれ、土地と農民はぎりぎりの効率で生産を続けることになる。水の需要はひたすら増しつづけ、どこかで破綻する。農民は破産し、そのたびに土地は大土地所有者や北の資本に吸収されて、小規模農民は小作人や農奴になりさがる。それでも増産にまだ満足しない北の資本は最近ではバイオテクノロジーに期待を寄せている。この新しい方法によればほとんど土地のない場所で、自動車工場とまったく同じような集約的な資本投下によって、農作物を大量に安価に作ることができる。今まで北のための食料提供地として機能することでようやく最小限の外貨を得ていた南の国はここで完全に切り捨てられる。エビとバナナのフィリピンは忘却の彼方へ消えてゆく。

これは世に言う企業性悪説ではない。そんな言葉が使えるほど人間から独立した企業などあるはずがない。資本主義のもとでは企業という制度がもっぱら人間の欲望の増幅装置として働く。だからこそ、さきほど技術について言ったことをぼくはもう一度まったく同じ論理で企業について言おうとするのだ。彼らは人間の中にあるものをその比率のままに増幅するにすぎない。

エイズの章でも書いたことだが、南を切り捨てれば北は生き延びられるかもしれない。経済的に締め上げた上で、原子力発電所の立地として利用し、低賃金の労働力として利用し、資源の供給地として利用し、産業廃棄物の永久保管地として利用する。その上で北が適正な人口を維持してゆけば、その地域にかぎっては今と同じ程度の生活水準を楽しむことができるかもしれない。たぶんそういうことになるのだろう。二酸化炭素の排出量を規制しようという国際会議で、貧しい国々は、世界中の人間全部について一人当たりの二酸化炭素排出量を決めようと提案し、北の金持ち国の反発を買っている。人間一人当たりで決めれば大量の電気を使い、家ごとに車を持ち、化学工業製品もたくさん消費する先進国の方が分が悪いのは目に見えている。従ってこのような案が通る可能性はまずない。

とは言うものの、ぼくはもちろん南北問題が諸悪の根源だと主張しているわけではない。その点での権利の平等さえ実現できないのでは、他の面での達成はとてもおぼつかないと言いたいのだ。平等を前提にしない自制論議にはまるで説得力がない。北はそろそろ過剰を問題にしはじめる段階に達しているのに、南の人々は今もってすべてが不足していると考えているのだ。彼らにとって環境問題とは過剰から不足へではなく、不足からもっと深刻な不足へと進展するものなのである。戦前の日本で左翼の人々が指摘していたブルジョワジー独裁とプロレタリアートの呻吟という構図が解消されたわけではない。高度経済成長は奇跡ではなかった。かつて欧米諸国が植民地を利用してやっていたように、国内の対立を国際化することで日本の中にはプチ・ブルジョワしかいないという図式が実現しただけである。通信と交通機関と金融の発達が国境を越える資本主義を生んだ。事態はなんら解決していない。

ぼくは敗戦の年に生まれた。つまり、成長の快感を味わいながら育った最初の世代である。明日は今日より豊かになるという期待を前提にして今まで生きてきた。それでも、本当に貧乏だった時代を少しは知っているから、そんなにうまくゆくものかと疑う余裕はまだあった。悪くなっても平然としていてやろうという気負いもある。しかし、十年二十年下の世代にはもうそれはないかもしれない。彼らは成長をあたりまえと心から信じている。世界中で最も過熱した商品マーケットをバブル紙幣の束を背中にしょって泳いでいる（今こそ息切れして、溺れそうになっているようだが、したたかな彼らが溺れるはずはない）。現状維持、ゼロサム、ゆるやかな縮小などはたぶん彼らの理解の外にある。だから彼らが倫理的に劣るなどと言うつもりはない。われわれはみな、環境問題のあまりに急速な進展と意識改革の困難の間に挟まれて、息苦しい思いをしている。人間にとって、人間の欲望にとって、地球はあまりに小さすぎた。無限に広かったのは世界ではなくわれわれの欲望の方だった。今はただ途方に暮れるというのが最も正しい姿勢なのかもしれない。

人間のいない地球を考えてみよう。われわれは安直に自然が破壊されるなどと言うけれども、それは嘘だ。破壊されているのは自然そのものではなく、自然のうちの人間にとって都合のいい側面にすぎない。自然はどんな姿になろうともやはり自然であり、それを悔やむのはわれわれしかいない。まったく外部の視点、例えば見えざるＵＦＯの上から地球を観察している異星人の目から、地球という自然を見てみるとしよう。その時ホモ・サピエンスは自然の一部である。だから地球ではある時点で哺乳動物霊長類の一つの種が他を圧倒して個体数を増し、シロアリの巣に似てもっとずっと規模の大きいコロニーをたくさん作り、他の生物を食料として栽培・養殖し、地表のほぼ全域を支配するに至った。この興味深い現象はしかし花火のように派手で短く、爆発的かつヒステリックな成長の後に彼らは姿を消した。その後には比較的バランスのとれた健全な生態系が回復し、生命という宇宙全体でも特異な存在はよりおだやかな形で維持されることになった。そういうことになるだろう。つまり、外の視点から見るかぎり、ホモ・サピエンスの隆盛と衰退は一つの特異な現象にすぎない。それらを含んで自然があると理解すれば、何がどうなろうと外から見ている異星人は悔やみはしないだろう。

人間の視点を離れることは不健全で特殊な考えかただという主張がある。たぶん正しいのだろう。人間を自然の真ん中に置くことがヒューマニズムの基本原理なのだろう。環境と人間のこじれた関係について最近書かれた本の中でも最も優れたものと思われるビル・マッキベンの『自然の終焉』の中で、彼はヨブ記の一節を引いて論じている。ぼくはこの話を正しく理解していなかったことに気付いた。周知のごとくヨブ記は神とサタンの間の一つの賭の物語である。信心篤く誠実で勤勉なヨブについて、あれは成功した人生を送っているから篤実であるにすぎないとサタンはいう。不運に見舞われたら神を恨む言葉が彼の口から出るにちがいない。かくて実験材料にされた哀れなヨブは経済的に破産し、子供たちはつぎつぎに死に、一家は離散、本人は全身腫《は》れ物と膿《うみ》だらけという悲惨な姿になる。それでも彼は神を呪いはしない。しかし、自分が罪を犯したからこそそういう目にあっているという通俗的な解釈も容れない。自分が義人であるという自信はゆるがない。彼は神に説明を求め、神は答える――「地《ち》の基《もとゐ》を我《わ》が置《すゑ》たりし時《とき》なんぢは何処《いづこ》にありしや……誰《た》が大雨《おほあめ》を灌《そゝ》ぐ水路《みづみち》を開《ひら》き　雷霆《いかづち》の光《ひかり》の過《すぐ》る道《みち》を開《ひら》き　人《ひと》なき地《ち》にも人《ひと》なき荒野《あらの》にも雨《あめ》を降《ふら》し　荒《あれ》かつ廃《すた》れたる処々《ところ〴〵》を潤《うる》ほし　かつ若菜蔬《わかくさ》を生出《はえいで》しむるや」。人がいない世界に神は価値を見出しているのだ。この世界全体は必ずしもヨブのために、つまり人間のために、作られたわけではない。ヨブの主観的な悩みは客観世界では何の意味も持たない。神の視点は人間を離れたところにある。別の、もっと神の意にかなう生物が現れたら、われわれは席を譲るべきなのかもしれない。こういう発想が当初からユダヤ＝キリスト教にあったことにぼくは少し驚いた。アッシジのフランチェスコに見られるような共存的な自然観が少数派としてでもあったことは知っていたが、しかし、ここまで人間のいない世界のイメージは強烈である。

しかし、一番はじめに戻って考えてみれば、神は最初から人間を一部に組み込んで世界を造った。創世記が伝えるところによれば、天地創造を終えた時に「神七日《かみなぬか》を祝《しゅく》して之《これ》を神聖《きよ》めたまへり其《そ》は神其創造為《かみそのつくりなし》たまへる工《わざ》を尽《ことごと》く竣《をへ》て是日《このひ》に安息《やす》みたまひたればなり」。つまり、世界は人間をも含むことで完全なるものになったのである。そうでなければ神は五日目の仕事を終わったところでひとまず完成ということにして休息し、それからほんの遊びという気持ちで人間を造ったはずではないか。七日目に休んだ以上、神は本気で人間を創造したことになる。

その神も一度は人間に絶望してノア一族以外を絶滅に追い込み、新規まきなおしをはかった。われわれは決して神の傑作ではなかった。結果として見ればせいぜいがお情けで合格という程度だ。だからわれわれにはどこまでも劣等感がついてまわる。この考えは、神の前では卑小な存在でしかない自分を意識させて、人間に行いを慎むことを勧める効果があっただろうか。ユダヤ人たちは神に対しては敬虔にふるまい、他民族に対しては選民としてふるまった。キリスト教初期の良き牧者としてのキリストの像は次第に十字架のキリスト、罪とあがないのキリストにとって代わられた。最初に戻って考えれば、人間のいない自然というイメージは充分に想像可能なのである。それがあまりに戦慄的だから、われわれはそこから目をそむけようとする。しかし、もうそろそろそれも不可能になってきた。

洪水の後の風景

状況がわれわれに終末について考えることを強いる。それは間違いない。オゾン・ホールは年々大きくなっているし、ソ連の崩壊はそのまま核管理の危機でもある。今夜のデートの相手はエイズにかかっているかもしれない。大雨が降って山が崩れるのはもちろん間違った林業政策と今や可耕面積の一パーセントを超えたゴルフ場のためだし、ディーゼル車はまだ厖大《ぼうだい》な量の煤煙を排出しながら日本中を走りまわっている。熱帯雨林が減るのに逆比例してプルトニウムの蓄積量が日毎に増えてゆく。人口増加のことまでは考えたくない。

こういうことがすべて重なって、最終的にはどこかで環境の悪化が人間に耐えられる限界を超える。成長を止められない社会の足元が崩れる。人を生存させ繁栄させるものとしてのわれわれの知恵と、それを蝕《むしば》んで先の希望を失わせるものとしての科学技術や人間の贅沢心との収支が赤字に転落し、人間社会は多種多様な災厄に見舞われながら、全体としてはゆっくりと壊滅に向かう。状況を正面から見据えれば、どうしてもそういう結論になりそうだ。

しかし、われわれの心をそのような結論の方に向けるのは論理ではなく感覚である。論理的にならばまだまだ終末は遠いと言うこともできる。論理というのは思考を推しすすめる道具に過ぎない。どういう使いかたもできるのだ。少しばかり数字をいじるだけで終末の到来を千年先にすることなど容易なのであって、現にそういう操作を任務としている官僚やジャーナリストは山ほどいる。彼らの言葉を信じればいいのだ。単なる言葉としての効果から言えば、それらは危機感をつのらせる自然保護主義者の言葉と同じように有効であるはずだ。第一、そちらを信じている方が楽ではないか。数万年も続いた人間の優位がそんなに簡単に終わりを迎えるとは考えられないし、かくも広大な地球の全域に公害が行き渡るともにわかには信じられない。論理と数字を駆使すれば大丈夫という結論もちゃんと出てくるだろう。

だが、論理がある結論を出すことと、それを信じることとの間には少なからぬ距離がある。論理には論破する力はあっても信じさせる機能はない。人に不安を感じさせる一方で、まだ少しは猶予があるとも思わせる今の時代に、先走りして自分たちの最後の姿をあからさまに想像させ、恐怖や戦慄や、あるいは一種の麻痺状態のような奇妙な心地よさと共に、非日常的な終末の感覚を味わわせるのは、それは論理ではない。それをわれわれに強いているのはあるイメージである。あるいは、イメージという形で未来を読むことができる人間の能力である。

この終末のイメージは今世紀に入って人間の中に降臨し、定着し、増殖した。われわれはみんなこのイメージを自分たちの内部に持っている。光景ないし風景と言ってもいい。いかにでも形を変える論理に抗して終末の危機感をしつこくわれわれに説きつづけるのは空想された一連の光景なのだ。荒涼とした大地、誰もいない世界、燃えてしまった森、干上がった川、汚れた海、晴れているのに青くない空。そういうイメージがわれわれの心の中にしっかりと居坐り、何かにつけて登場し、自分たちが今していることの本当の意味を教えようとする。資源を使い放題の生活が最後にどういう地球を作るかを教える。

しかしながら、このイメージを捕らえるものはそれこそ感覚でしかないから、個人の間の差は大きい。終末の予感につきまとわれてことごとしく騒ぐ者と、それをまったく理解できないで平然と日々を過ごす者の間にある深い溝は、それ自体論理を超えているがゆえに、埋めがたい。自分の中のこのイメージを意識しない者は、いわゆる自然保護派や反原発運動に参加する人々が何を騒いでいるのか理解できない。彼らを言葉によって説得するのがかくも難しいのも同じ理由による。論理は両者の間に橋をかけてはくれない。かくて、危機感を持つ人々の苛立ちはいよいよつのるのだ。

具体的にこのイメージのことを考えてみよう。たとえば現代のある小説の中にこういう文章がある——「今や、少し落ちついた眼を前方に向けていると、これは薄暗い照明のもとに照し出された、ホリゾントのある舞台のように映った。近景の枯れ落ちた裸の樹は舞台の沈黙を一層誇張し、そこから遠近法に従って、崩れた壁や、鉄の破片や、黒く焦げついた石などが、次第に小さくなって散らばりながら、遂には地平線の、燃え尽きたような黄色い雲のたなびく涯《はて》へと消えてしまった。はるかに、ゆるやかにくねった河のようなものが見えたが、河床はすっかり乾からびて、果して河だったのか運河だったのか、澱んだ水のかすかな煌《きらめ》きさえも此所からは見さだめられなかった。そして舞台全体の黒褐色の土はただ死に絶えたひろがりというにすぎず、そこにどぶ鼠の一匹、野鼠の一匹がちょろちょろすることもなく、空も亦むなしくひろがるのみで、飛び過ぎて行く一羽の鳥もいなかった。」しかもこれを夢と呼ぶには、この夢はあまりにもなまなましかった」。

福永武彦の『死の島』という長い小説の冒頭の部分。語り手である相馬鼎《かなえ》という男の明け方の夢の記述。読者はいやにリアルなこの夢の中の風景を読み取って、相馬鼎が終末のイメージを意識の中に持っている人間であることを知らされる。夢というのは本来ならば自分がなにかをする過程を見るものであるが、この夢の中では本人は何もせず、ただ目前の荒れた風景を見ている。人間は常に終末を一つの風景として理解する。

この小説で扱われる終末は具体的には広島の原爆である。これが書かれた一九六〇年代後半から七〇年代にかけてならともかく、今ではこの種の風景が核兵器のみに関わるものではないことをわれわれは知っている。人間の知恵が科学を生み、科学が技術を生み、技術が終末を招きよせつつあるのであり、核兵器はその技術の一つの形にすぎない。すべてを背後から煽っている人間の貪欲（生存欲、繁栄欲、安楽欲）という真の理由を仮に無視して考えるならば、科学から技術へ、技術から終末へという連鎖の産物という意味では、核兵器とディーゼル車とフロンと炭酸ガスは等価である。相馬鼎が見た夢は世界最終戦争の後であるとも考えられるし、公害による大気汚染や過剰な紫外線や温室効果の結果であると理解することもできる。それとも、別種の生物を後の世のために残す可能性ということを考えれば、フロンや炭酸ガスは核兵器よりも良質の終末を生むと言うべきなのだろうか。いずれにしても、相馬鼎はイメージとしての終末を知っていた。読者の方もそれになじんでいたから、このような非人間的な描写を前にしてもさほど驚きはしなかった。

核兵器の真の非人間性を明らかにするためには、丸木位里・俊子の『原爆の図』のような悲惨そのものの中の人間ではなく、人間がすっかりいなくなってしまった後の世界を描かなくてはならない。人間の悲惨はまだ人間的なのだ。事態はそれを超えて非人間の時代に足を踏み入れているのであり、『死の島』が書かれた時にすでにこの事実は広く認知されていた。このような終末の図はその頃でさえ陳腐化を迎えかけていたと言ってよいが、福永はそれをすぐれた文章力によって乗り越えている。それでも彼はここで新しいものを提示するのでなく、同時代の人間たちがすでによく知っているものを改めて想起させることだけを目している。ここに描かれたのは既視の風景なのである。

ずっと昔から人はさまざまな風景を描いてきた。西洋では風景画は比較的遅れて発達し、近代になってようやく人物画の背景から独立してきたが、東洋では風景は最初から山水画として、つまり人間の内的風景の投影として位置づけられ、繰り返し描かれ、胸中丘《きょうちゅうきゅう》壑《がく》などという語まで作られた。なぜ人間の姿のない風景にわれわれは関心をもつのか。人間の活動の背景でありせいぜい舞台でしかないものが、なぜ観照の対象となるのか。山水画が鑑賞者自身と絵の中の世界との調和を通じて芸術的価値を生むとすれば、そこに描かれているのは恵みとしての自然の最も抽象化された姿に他ならない。自然の方へ寄ることによって俗塵を脱した心のありようを、その自然の像をもって表現する。こういう風景画ではたとえ画面の中に人の姿がなかろうと、実は鑑賞者自身の存在を前提とするという形で人間は描かれている。このような絵はその前に立ってみるものの存在を最初から計算に入れて描かれる。画家と鑑賞者は実は肩を並べて立っている。どんな意味でも非人間的になりようがない絵である。

それをなお一層進めて、見るものの視線が風景を生み出すまでに温かくしたのが、江戸の日本の絵画、北斎の富嶽三十六景であり、広重の東海道五十三次の連作であった。あれほど人間とよしみを通じた自然像は他の国の他の文化では見ることができない。あの風景を見る者は、自分たちにとっての自然というものの意義を毫《ごう》も疑わない。両者は完全な調和の仲にあり、画家はそれを嬉しげに表現している。実際、「品川沖」の場合、鑑賞者はあの手前に小さくデフォルメされて描かれた舟の中の豆つぶのような人間たちの一人ずつと等価である。あの舟を画面の中に発見する喜びは、そのまま舟の中の人になって品川沖の小航海を体験する喜びなのだ。

しかし、西洋のように背景の立場から独立することで画材としての意味を獲得してきた風景画の場合には、その独立の過程を今一歩先まで進めば、人間の存在をまったく欠く作品ともなりうる。本来ならば描かれることの意義を失ってしまうはずのその種の絵が、しかし今世紀には一つの主流とまでなった。風景をそこまで押しやる何らかの力が働いた。感覚の優れた芸術家たちは何が自分たちの筆を動かしているのかもわからないままに、それら人間を失った世界を描いていった。セザンヌの『サント・ヴィクトワール山』はまだ確かに人間の視線に照らされることによって、そこに山として成立していた。それに対してカンディンスキーが描く世界、あるいはダリの『記憶の固執』のあの浜辺、デ・キリコの静寂の午後の町、エルンストの無人の荒野を飛ぶロプロプ、あるいは『雨後のヨーロッパ』。これらはどれもこれも画面の中に人がいないことによって、その空虚感と寂しさによって、われわれに強く訴える絵なのだ。

（ピカソがこの種の絵を一枚も描いていないことも、逆に何かを証明していると考えてよいだろうか。彼はよくも悪くも人間の外に視点を置くことができなかった。『ゲルニカ』に見るように人間の悲惨そのものは描いても、非人間的な光景は彼には描けなかった。すべては持って生まれた資質、精神の形によるのだろう。）

文学の形でこの終わりの風景をずいぶん早い段階で描いた作家として、H・G・ウェルズのことを考えてみよう。彼は十九世紀も終わりに近い一八九八年に、来るべき世紀におおいに流行するイメージを書いた『宇宙戦争』を発表した。日本語訳の題は伝統的にこうなっているが、原題はTHE WAR OF THE WORLDS、つまり世界対世界の戦争である。広く知られているとおり、これは火星人が一方的に地球を攻撃してくるという話で、その意味では二つの世界とは火星と地球なのだが、強大な勢力が高度な技術を用いて戦い、世界そのものが滅亡に近い事態を迎えるというところだけを見てみれば、これは今世紀の二つの大戦を予見していたとも言える。今となるとわれわれは世界全体を巻き込む大戦争というものにあまりに慣れてしまっていて理解しがたいのだけれども、それ以前には戦争というものは二つの国の間で、時として実にのんびりとぐずぐずと、戦闘員だけを当事者として、行われるものだった。『パルムの僧院』の最初の方でファブリスが参加するあれが戦争の実態だったのである。戦略爆撃という思想も、そしてそれを実行できる技術も、前世紀にはなかった。

『宇宙戦争』では攻めてきたのは火星人であり、地球の細菌類という思いもよらぬ伏兵によって圧倒的な勝利の直前に滅びるのも火星人である。このどんでん返しのアイディアは悪くない。しかし、地球全体が外からの攻撃にさらされるという発想はいったいどのようにしてウェルズの頭に宿ったのだろう。地球上のすべての人間の命運がかかわるほど大規模な災厄という概念はその時までなかったのではないだろうか。

そして、ここでもこの小説を今もって読むに耐えるものにしているのは、一度しか人を感心させない（六行前でぼくが種あかしをしてしまった）エンディングや、凡庸な人物描写、陳腐な戦闘の実況などの力ではなく、火星人が使う殺人光線や黒い重い有毒の煙幕などのガジェットでもなく、われわれは滅びるかもしれないという哲学的なテーマであり、終末を前にした風景描写である。

「わたしはなんとなしにロンドン渓谷をながめわたした。北方の丘陵は闇に包まれていて、ケンジントンの近くのあちらこちらで火事が赤く照り映え、ときどきオレンジ色を帯びた赤い舌の焔が舞いあがっては濃紺色の闇に消えていた。ロンドンのほかの部分はすべてまっ暗だった。そのうちに、さらに近くのほうで不思議な光が見えた。あわい紅紫色をした蛍光性の光が夜の微風にゆれながら輝いていた。しばらくは、それがなんであるかわからなかったが、やがてそれは赤い草がかすかな光を放射しているのにちがいないことを知った。それがわかると、わたしの、眠っていた、不思議なものを前にして驚異を感じる感覚、諸物の均衡感がふたたび目を覚ました。わたしはその光から、西の空高く、赤くくっきりと輝いている火星に目を移し、それから長いあいだひとみをこらしてハムステッドやハイゲイトの闇を見つめていた」

赤い草というのは火星人が偶然もたらした火星の草で、それが一面に繁茂するさまはそのまま地球的なるものの終わりを象徴する。どうやら滅びたり奴隷化されたりするのは人間だけでなく地球の生物すべてということにもなりそうな形勢なのだ。そして、これはすでに戦闘の後の光景、すべてが終わり、勝負がついた後、ある登場人物の言葉を借りれば「あんたは、人類はもうおしまいだと観念しないのかね。わたしはそう観念している。わたしたちは打ちのめされたんだ、負けたのだ」という言葉が発された後の、光景である。それを十九世紀の末にウェルズは見ていた。

第二次大戦の後、このようなアプレ・ゲール（戦後）、アプレ・デリュージュ（大洪水の後）の光景を自分の中心に置いて、それだけで小説を書きつづけた男がいた。彼の中には常に荒涼とした廃墟があり、人間のいない世界があり、そこをかろうじてさまよう登場人物がいる。そして、実に奇妙なことに、この無人の光景は美しいものとしてわれわれに訴える力を持っているのだ。その作家とは、ジェイムズ・グレアム・バラード。

彼の代表作のことを今さら詳しく紹介する必要はないだろう。まずもって彼には『沈んだ世界』、『燃える世界』、『結晶世界』という終末の三部作があり、数冊の短篇集があり、それら六〇年代を画した傑作群の後に濃縮小説という、あまり成功しなかった実験的な作品がいくつかあり、その後から自伝的な要素を多くいれて通常の小説に近い体裁で書かれた『太陽の帝国』がある。なおかつ初期の長篇の流れをそのまま汲むような『奇跡の大河』という話が出たのが一九八七年。最近では『戦争熱』という短篇集を一九九〇年に出している。彼はひたすら外の宇宙に向かって広がる一方だったSFをはじめて内面化し、精神の内なる広漠たる世界を描いたと評価される。その一方、楽しい擬似科学の冒険小説だったSFに難解な抽象性と芸術性をもちこんだ異端者とも呼ばれる。

しかし、そういうことはどうでもいい。彼の作品には抗しがたい魅力がある。どれも登場人物は少なく、自然描写に多くの行数が割かれるが、その自然は人間との間に調和を保った牧歌的なそれではなく、それぞれにある種の変調をきたしてもはや人類の存続を許さなくなった別種の自然である。『沈んだ世界』では、地球上に水があふれて主要都市のほとんどは水底に沈み、人間の数は激減、他の動植物はそれぞれに新しい環境に合わせて形態を変えはじめている。人間の時代は終わり、これから最も繁栄しそうな動物はワニなのだ。さほど明快なストーリーがあるわけではなく、国連が派遣した調査隊の人々の行動と見聞を追うことによって、このすっかり変貌してしまった世界が描かれる。途中、例えば海の中に沈んだプラネタリウムへ潜るというような場面が無類に美しい。作品全体がもっぱら記述ではなく描写を主体に書かれていることに注目しよう。

ストーリーがあるわけではないと書いたが、正確に言うならば、このように徹底して、しかも不可逆的に地表が変容してしまった以上、ストーリーは原理的に不可能なのだ。この小説にとって最大の事件は話が始まる前にすでに完了してしまっているのである。話の全体が人類の歴史という長い物語の後日談にすぎないとすれば、そこで回天の大ドラマが再びはじまるおそれはない。ストーリーがないということは、言い換えれば、時間がないということでもある。物語を通じて登場人物たちの基本的な位置にはなんの変化もない。つまり、人間が地上の盟主に返り咲くことがない以上、日々はまったく同じように前の日を繰り返すか、あるいは少しずつ悪くなってゆくだけであって、そこに大団円は訪れようがないのだ。

同じことは次の『燃える世界』についても、また一番の傑作である『結晶世界』についても言えるだろう。『燃える世界』では世界を破滅に導くのは海の表面を覆う薄い膜である。「不要で持てあまされた石油分溜物や汚染した触媒や溶媒など、放射性の高い工業廃棄物が今だに海中に放棄され」た結果、それらが重合して膜を作った。厚みにして数原子分のこの膜がすべての海面を覆い、それが水の蒸発を完全に止めてしまう。空気は乾燥しきり、河や湖や池はつぎつぎに干上がり、地表全体が沙漠化してゆく。人々は水を求めて海岸に集まり、蒸留水で生命をつなぎながら、最後の時を待つ。

最後の時を待つというのは、この時期のバラードの作品の多くに共通するテーマである。短篇では、例えば『時の声』では人間たちの睡眠時間がどんどん長くなり、やがては地上に住む者すべてが昏睡に陥りそうなようす。人々はそれを待っている。『砂の檻』の最初の方には「十マイルさきには砂丘の列に隠れた海があり、中部大西洋の長い緑色の波のうねりが赤い火星の砂に打ち寄せていた」という一見不可解な文章がある。この世界で死滅してしまったのは植物である。地球の軌道の変化を補正するために数百万トンの火星の砂が地球に運ばれ、フロリダの沿岸とカスピ海に投入された。この大工事が終わってから、砂の中に結晶として含まれていたウイルスが地球の植物に壊滅的な打撃を与えることが明らかになった。このウイルスはそれ自体では移動しないから、地球全体の植物が死滅することはないが、これと接触した人間はウイルスを体内に宿して運ぶおそれがあるので、この地域の住民は疎開を強いられる。それでも心理の奥深くに巣くう理由から密かにここに住む三人の男女が主人公。

彼がこの話を書こうとした意図は実に明快である。ケープ・カナヴェラルという好きな土地に（この地名は他の作品にも登場する）火星の砂丘が延々と連なり、その上を死んだ宇宙飛行士を乗せた七つの人工衛星がギリシア文字のχの形に並んで光の尾を引いて飛ぶという、この風景を彼は描きたかった。執筆の動機は要するにそれに尽きるのだ。これはダリがしばしば描いたあのおそろしく透明な空気の中でくっきりと見えるシュールレアリスムの浜辺によく似ている。バラードはすぐれて視覚的な作家である。そして、彼自身が絵画のこの流派の画家たちに対する親近感を表明していることでもわかるとおり、彼はすべてをリアリズムではなくシュールレアリスムの目で見るのだ。そういう方法によってのみ見える真実がある。

『無意識の到来』と題された（書評という体裁の）エッセーの中で彼はシュールレアリスム全体の意義を力を込めて論じている。E・J・マレーの多重露出連続写真を例に出して、その一枚に付された「連続する砂丘状の塊として表現された、人間の移動する姿」というタイトルを、ほとんど嬉々として引用している。そして、遅ればせに気付いてみれば、これほどバラード的なフレーズもないのだ。人や動物の動きを高速度で連続撮影する技術は一八八〇年代にずいぶん発達し、二人の優れた写真家がそれによって名を残した。一人はイギリス人のエドワード・マイブリッジであり、もう一人がフランスのエティエンヌ・ジュール・マレーである。この二人の方法の違いは興味深いもので、マイブリッジがつぎつぎにフィルムを送りながら、一つのフレームには一つの画像が写るように撮ったのに対して、マレーは大きな一枚のフィルムの上に多くの画像を重ねて写していった。マイブリッジのフィルムと幻燈機を組み合わせれば映画まではあと一歩である。しかし、マレーの方法もまた捨てがたいのであって、そこに人は数十分の一秒ごとに定着された時間という不思議なものを見ることになる。彼がこれをクロノフォトグラフと呼んだことには、時間を固定するという意図が表れている。直訳すれば「時光画」ということになるだろうか。

この時間の固定というテーマは実はバラードを読み解く際にも鍵になるものだ。「ニューマンは時間観念にとり憑かれていた」という一行を彼は『時間都市』の中になにげなく書いているが、実はバラード自身が時間というものに文字通りとり憑かれていたのだ。それは彼の作品のタイトルだけを見てもわかる——『時の声』、『時間都市』、『時間の庭』、『時間の墓標』等々。この最後の作などはまさにマレー的な時間の固定をそのままテーマにした話である。登場人物は古代の墓を掘って遺物を盗む盗掘者たちで、時代がはるか遠い未来であることから、実際に掘られる墓は近未来に属するものになる。その墓に埋められているのは遺骸ではなくて個人の姿を（今の言葉で言えば）遺伝情報とホログラムを総合したような形で記録したテープ。いずれは科学が発達してこの二つの情報から人格が再現できるかもしれないという望みから埋められたものだが、実際にはそういう技術は実現しなかった、という設定。これだけのアイディアがあれば、もう物語そのものはどうでもいい。大事なのは時間の中を変化しながら動いてゆくものとしての生命をある時点で固定するということだ。いわば、生命はそこで結晶化されるのである。

これはぼくの想像であって実際にバラードがそれについて書いているわけではないのだが、ウイルスが結晶になるという事実はバラードの生命観に大きな影響を与えたのではないだろうか。一九三五年にW・M・スタンリーがタバコモザイクウイルス（TMV）を結晶化させたのが最初で、現代の生物学では結晶化は広く知られた事実である。スタンリーがこの実験結果を発表した時の衝撃は今からでも想像するにあまりある。生きているものが結晶し、条件を変えればまた本来の生命体に戻るというのは、つまりはその生物にとって結晶している間は時間が停まるということではないか。もっと高等な生物でも昆虫は蛹《さなぎ》として深い睡眠状態で冬を越すし、植物の種子の中には大賀ハスのように数千年を経て発芽したものもある。しかし、結晶というのは不動不変の究極の姿だから、そこまで生命が時間を欺くというのは、やはり驚くべきことだ。そして、結晶は美しい。走る黒豹や、朝の光を浴びたブーゲンビリアや、婚姻色にそまった鱒《ます》の美しさではなく、徹底して非生物の美しさだが、それにしてもやはり美しいのだ。

この事実がたぶん『結晶世界』という話を彼の最高の傑作にしているのだろう。『燃える世界』や『沈んだ世界』の発想はまだ理解できる。核戦争のように直接に人の意図によって滅ぶのではなく、なかばは自然の力で、なかばは偶然から、人間の住む世界が滅亡する話を書こうとする作家にとって、極端な沙漠化や海面の上昇は最も容易なアイディアである。現に今われわれの世界はこの二つの脅威をそう遠くない将来に予想しておびえている。しかし、物質と反物質の衝突によって宇宙全体から時間のストックが失われ、原子がひたすら自己繁殖して周囲を自分と同じもので満たしてゆく、それが結晶として析出するという『結晶世界』の基本アイディアはそれ自身で最初に出てくるものではない。バラードは結晶と化した森や、「肘から指先まですっかり半透明の水晶体に包まれた」死体の腕などのイメージをまず思い浮かべ（おそらくはそれに何か月もつきまとわれたあげく）、これを一つの長篇小説に仕立てあげるために、宇宙全体が結晶化するという話を考えたのではないだろうか。

本当はこの話がバラードにしては珍しく世俗的なプロットの面でも見事に構成されていることを詳しく述べるべきなのだが、それはどうもこの場にはふさわしくない。ただ、これを単なる風景描写とその荒唐無稽な説明とは別に、二重の三角関係を枠とすることで全体に緊密な構造を与え、それが異次元の世界像と微妙に重なって、全体の効果を高めていることだけを指摘しておこう。それでも本当の主役は変化してゆく自然そのものであり、生命の終焉と鉱物界の復権であることに変わりはない。人間はただ緩慢な終わりを待っているだけなのだ。ハンセン病が第二のテーマとしてしばしば登場するが、これも肉体の結晶化の一つの比喩と見ることができる。ハンセン病は梅毒とならんで進行の遅い病気であり、それゆえに常に時間との関わりで論じられる病気でもある。

一人の登場人物が手紙に書く――「しかし、ポール、なによりもわたしを驚かせたのは、わたしがどんなにあの森の不思議な変容をそのまま認めようとする心がまえになっていたか、ということです。水晶のような樹が輝く洞窟の中の像のようにたれさがり、頭上の葉が宝石の枠をなして、溶けあい、プリズムの格子となり、そのあいまから陽光が何百もの虹を作って照りつけ、鳥も鰐も、ひすいや石英を彫って作った紋章の動物のようにグロテスクな姿勢に凍りついている、この森の驚異。そういう異状をこのわたしがすべて自然の成り行き、宇宙の内的な秩序の一部としてそのまま認めた、ということこそ本当に驚くべきことなのです」。

これは、しかし、このエドワード・サンダースという医者だけでなく、バラードの多くの登場人物に共通する姿勢である。彼らは異変をそのまま認める。時には先を争って逃げる一般の人々を横目で見ながら、その地に踏み止まる。先ほどの『砂の檻』の三人のように住民が排除された土地に違法を承知でわざわざ隠れて暮らしたりもする。彼らは、人間が生きてゆくことを不可能にするような大きな変化もまた自然の属性の一つであると達観しているかのようだ。彼らの立場に立って改めて考えてみれば、たしかに客観世界としての自然は人間がいなくても別に困らないのだ。『沈んだ世界』の中でワニが次第に勢力を増し、『時の声』では放射能の増加に対抗して多くの動植物が体内に鉛を蓄積して生きのびようとしている。ある種の動物などは鉛の鎧《よろい》を着てまるでアルマジロのような姿になっている。そういう生物だけが生きられる世界になったら、たしかにそこに人間の姿はないだろう。

それを冷静に見る視点というのはいかなるものか。滅亡が自分、あるいは自分たち、の身に起こることであると知って強烈な不幸感をいだかないためには、その人間の思考の基準点はどこにあればいいのか。人類という自分自身が所属する種が滅びてゆくのを、議論くらいはするけれども、泣いたり騒いだりせずに悠然と見ている精神というのはどのような構造になっているか。それをバラードは詳細に説明したりはしない。もともと不親切な作家なのだ。彼はただ登場人物の行動を通じて、そういう視点が存在することと、そこに身をゆだねることができることだけを示す。最後の風景を、人間がいなくなった後の風景を、かろうじて最後まで残った人間の目に見させる。

説明はできないがヒントはある。彼の小説がシュールレアリスムの絵画に大きく依っていることを考えてみよう。全体を見る目は常に画面の外にあるのだ。画家は一歩離れたところからキャンヴァスを見る。当事者の立場から一歩だけ引いたところに立脚する。山水画や北斎とちがって、このような絵では作品の中の光景と鑑賞者の間には無限の距離がある。見るものは絵の中の世界からすっかり疎外されている。共感ではない、もっと覚めた、空疎な視線でしか見ることができない絵画。

その比喩と言ってよいかどうかわからないが、彼の小説世界には仮に地表を離れた視点がしばしば登場する。飛行機や人工衛星やグライダーの視点。主人公がそれに乗って地表を離れてしまうことはほとんどない。彼らはいつも、地面を離れないままに、あそこから見たら地上はどんな風に見えるだろうと考えるのだ。彼らはしばしば空を見上げ、グライダーや人工衛星を見上げ、そうすることで地面に縛られた身であることを仮に忘れて、世界全体に思いを馳せる。

バラードが空軍のパイロットであったことはやはり影響しているだろうか。飛行機は彼にとって必須のフェティッシュである。それを彼はそのまま飛ぶ者の自由として直接にではなく、飛行の自由を奪われた身にある者の憧憬の目で描く。「冷たい夜気のかなた、三百ヤード離れた緊急用滑走路のへりに生えているやしの木立の間に横たわっている、放置されたスーパーフォートレスの爆撃機が数機見えた」というのは『終着の浜辺』の中。放棄されたエニウェトク環礁の水爆実験場に捨てられたもう飛べない飛行機である（スーパーフォートレスというのはボーイングB‐29のあだ名である）。別の飛行機は主人公の目の前で落ちる——「ヘリコプターは重そうに離陸し、横に飛んで、森を越えて行った。回転翼がしだいに力を得て、機体に浮力がつく。兵士や視察団の人たちはみな立ちどまって、回転翼が放つセント・エルモの火のような鮮やかな光を見守った。と、弾に当たった動物の唸り声のような耳ざわりな轟音をあげて、ヘリコプターは失速し、百フィート下の森林にむかって尾部を下にして落下し始めた」。この『結晶世界』の中のヘリは回転翼の先の方が結晶化しはじめていたのだ。もう一つ、ごく最近の、それもまったくSF色のない『太陽の帝国』の中でも主人公のジム少年は撃墜されて飛行場に落ちた日本軍の戦闘機の操縦席に坐って、パイロット気分を味わう。これもまた飛べない飛行機である。『砂の檻』の最後の場面は死んだ宇宙飛行士を乗せた人工衛星が落ちてくるところ。もちろん、彼が飛ぶことの解放感を実に美しく描いた作品もある。『コーラルDの雲の彫刻師』には（これまた語り手自身は「二度と飛べない身」であるのだけれども）、グライダーから沃化銀《ようかぎん》の結晶を撒いて雲を彫刻するというすばらしい場面がある。

地上を離れれば、すべてを達観することができる。シュールレアリスムの画家たちの秘密はそういう非人間的な視点を獲得することにあったのかもしれない。ここで非人間的という言葉を道義の観点から捕らえてはいけない。人間がすべて人間の立場からのみものを考えなければならないという基準点そのものが揺らいでいるのが二十世紀なのだ。われわれは知的進化のこの段階に達してようやく世界全体を視野に収め、それを一個の生命体として見ることができるようになった。マジェランやダンピエやキャプテン・クックまで、人間は切れ切れの地球像しか持っていなかった。その全容が知れ、そこを自在に行き来できるようになり、本当に一個の地球という感覚が多くの人間の間にゆきわたったのは、交通機関とメディアが発達した第二次大戦後のことだ。ラヴロックのガイア説などと高等なものを持ち出すまでもなく、要するにわれわれが日々見ている気象衛星「ひまわり」の画像。あの印象がそのまま今の人間の地球観である。そして、「ひまわり」の視点は、地球の外にあるのだ。自分たちの全体を見るためにはひとまず自分の外に出なければならないという視覚の原理の根本的矛盾がわれわれを疎外する。われわれはこの世界をまるで人ごとのように眺めている。

先年なかなかのヒットになった映画『ベルリン・天使の詩《うた》』の基本的な視線は上から下を見下ろすものだった。天使たちはビルの屋上に坐って、地上の人間たちの営みを見る。ただ見ている。彼らには人間の行動に口をはさむ権限はない。たとえ誰かが飛び下り自殺をしようと、善意の天使たちは何もできない。映画にストーリーを求めるという世俗の観客の要求に答えるために、彼らの一人は人間の女に恋をして人間になってしまうけれども（そして、それを少しは自然なものに見せるために、女の方は半ばだけ地上を離れる空中ブランコ乗りという職業に就いているのだが）、あの映画の本質をなすアイディアはただ見るだけで干渉はできない立場というところにあった。そして、観客はその人間界の外にある視点にやすやすと自分を同化したのである。

バラードで言えば、『ゴダード氏最後の世界』がこの外の視点というテーマを扱っている。ゴダード氏はデパートの経理課に勤める六十五歳の男。昼間は仕事に励むが、夜になると家に帰って、金庫の中に秘蔵した模型を取り出して一夜ずっと眺めている。その模型というのは彼が昼間働いているデパートそのもので、実在の人物がすべて小さな人として動きまわっている。つまり、彼は翌日のデパートで起こることをすべて前の晩に見ているわけだ。彼が上から見ていることをデパートの人々は知らないが、しかし、何か変だと思った二人の男がこの模型から逃げ出そうとするに至って、話がおかしくなる。上から見ていたゴダード氏は干渉せざるを得ない。それを機にこの小さな世界は崩壊することになり、模型を壊して中の小さな人々を猫の餌食にしてしまったゴダード氏が家の外に出ると、そこは一人の人間もいない世界になっている。

こういう短い話に意味やら解釈やらを持ち込むのはあまりよい趣味ではないが、しかし、これを読んで一人の人間が大きい方と小さい方の二つの世界に同時に身を置くことはできないと結論することは許されるだろう。観察するか、あるいは中で生きるか、どちらかしかないのだ。一般にバラードの登場人物はみな観察者であって、生活者ではない。だから、観察の場に身を置くことによってその世界からは疎外され、世界の崩壊をただ手をこまねいて見ていることになるのだ。別の世界として外から見ているにもかかわらず、その世界の崩壊は実は彼自身の世界の喪失でもある。今のわれわれはこの事実に気付いていない。いや、気付きかけていると言おうか。

バラードはいかにしてこのようなものの見かたを身につけたのだろう。彼は知識に頼る作家ではなく、また奔放な想像力で荒唐無稽のストーリーを編み出す人でもない。むしろ一つのテーマの変奏を何度となく繰り返して次第にその表現に巧みになってゆくという狭く深い執筆法の持ち主である。前に書いたとおり、飛行機が頻出する裏には彼自身がイギリス空軍に身を置いていたという事実がある（その点でのみ彼はロアルド・ダールに似ている）。それと同じように、しかしもっとずっと重大かつ深甚な影響を彼に与えたのは、彼の子供時代の体験だった。

彼は一九三〇年に上海で生まれている。父親はイギリス資本の繊維会社の支配人であった。だから彼は九人の召使と運転手付のパッカードという、当時の上海の外国人租界の典型的な子供として育ったことになる。裕福ではあるけれどもまったくその土地におろした根のない、宙に浮いたような生活。文化の面ではすっかりアメリカ式だったというこの租界の中の生活は、言ってみれば宇宙基地のようなもので、一歩外へ出ればそこは中国人の貧民たちがひしめく（逆の意味での）真空が延々と広がっている。彼らにとってパッカードは宇宙服だったのだ。その一方で戦争。彼自身がこう書いている――「検問所とか軍事的占領など、こういうものはすべて私がものごころつく頃には既にあり、非常に大きな軍隊が戦いを交え、艦隊が相次いで河を遡って行き、市の広い範囲が日本軍爆撃機の空襲を受けていた。こういう状態が何年にもわたって続いていたので、真珠湾攻撃が起きてもそれほど驚きはしなかった」。

だが、単なる紛争ないし事変が宣戦布告を伴う本格的な戦争に格上げされた結果、バラード一家を含む外国人たちはみな収容所に入れられることになった。この中の生活をバラードは『太陽の帝国』に詳しく書いている。この体験全体に対する彼の姿勢は決して辛い苦しいという訴えばかりではなく、子供は子供の才覚をもってこの状況をなかなか楽しくて自己教育という意味でも実りあるものにしていたという、一種の自負の色に染められている。子供たちは対空砲火の砲弾が飛び交う下を潜《くぐ》って収容所を抜け出し、外へ遊びに行ったりした。「私は完全にその場の状況に巻き込まれていながら、同時に子供時代特有の魔法によって保護されていたのだ」。

要するに彼は生まれた時から難民だったのである。最初は租界の中で贅沢に暮らすという逆説的な難民であり、後には収容所で食料不足や疫病に脅える真の意味での難民になった。自分が住む土地との間に、同じ土地に暮らした祖先の話や、たゆみなき耕作や、市民運動や、友人たちとのネットワークなどを通じて親密な関係を作りあげるのがコミュニティーに生きるという意味での人間らしい生活であるとすれば、彼の幼年にはそのような面が完全に欠如している。だから彼は「西欧とアメリカの比較的限られた地域を除けば、世界の大多数の人々はこの数十年のあいだ暴力や死や病気などにきわめて近接して生きていたという意味で、常に私が上海で送ったような暮しをしてきたといってよい」と結論するのだ。

今、われわれはすべて難民である。非常に待遇のよい収容所には違いないが、かつてのように数代前からの田地田畑を持ち、集落の中に安定した人間関係を持ち、「三里四方のものを食べていれば安心」という言葉のとおりに近隣で食物を入手していた時代の暮らしではない。たとえ天候不順でひもじい思いはしてもその土地を離れることまでは考えなかった時代には、収容所の出番はない。しかし、現在、われわれの食べるものはあまりに遠くからくる。周囲にいるのは互いにほとんど顔も知らない者ばかりだし、家はすべて借り物の仮普請に過ぎない。見えない誰かに管理され運営されているという意味で、大都市の生活はまことに収容所的なのだ。外から大きな力が働く時、明日の生活はどうなるかわからない。

子供の頃のバラードに収容所の生活を強いたのは、その四十年前にウェルズが『宇宙戦争』で書いたのと同じような大きな戦争だった。バラードはいわば火星人の捕虜だった。ウェルズが描いた風景はイメージとして伝達され、増幅され、ゆっくりと、現実になっていった。アウシュヴィッツやブッヒェンワルト、シベリアに点々と散る収容所群島の登場は決して歴史の偶然ではないし、ヒロシマとナガサキがあのような廃墟となったのも偶然ではない。今世紀に生まれた黙示録風のイメージ、無人の荒野のイメージそれ自身がわれわれを終末の方へ押し出すのだ。われわれが豊かになればなるほど、このイメージもくっきりと明快になり、ある意味では美しくなり、しつこくわれわれにつきまとう。

バラードとはいろいろな面で対照的なもう一人のSF作家にフィリップ・K・ディックという人がいる。彼もまた単純なハッピー・エンディングを拒否して、暗い未来像を描く。彼の世界は見掛けは派手でも実質的には何の実体もない中産階級の生活のむなしさに満ちている。彼らはさまざまな形でそのような生活からの脱出をはかるが、どの場合にも最終的には試みは失敗におわり、フラストレーションを抱えてもとのところに立っている自分を見出す。例として『火星のタイム・スリップ』を考えてみようか。舞台は火星であるが、地球からそこへ植民した人々の生活は普通のスペース・オペラに見るようなアルミニウムと硬質プラスティックのぴかぴかの機械に囲まれた快適なものには程遠く、水不足に悩み、借金に追われ、地球からほそぼそと送られる贅沢品にあこがれ、国連のきびしい管理に呻吟し、組合のボスの横暴に憤慨するという、まるで大恐慌の時の中西部の貧農のような暮らしである。そこへ自閉症の子供が持つ予知能力や、土地への投機、時間論として解釈される統合失調症、などなど、いかにもディックらしいプロットが投入されて、バラードとはまるで違って派手な動きに満ちた物語が展開する。しかし、ことが終わってみれば、そこにあるのは始まりの時よりもせいぜい少しましになった世界であり、登場した人々の生活はほとんど前と同じように続いてゆくことが予想されるのだ。

この徒労感は彼の大半の作品に共通するものである。映画『ブレードランナー』の終わりでデッカードはレイチェルと旅立ってゆくが、その原作である『アンドロイドは電気羊の夢を見るか？』では、デッカードは口やかましい妻のもとへ戻るのである。それが本来のディックのエンディングなのだ。それでも終わりがあるからいいのであって、彼のプロット構成はうっかりすると悪夢から覚めてみたらそこもまた悪夢の中だったという無限の循環にも陥りかねない。落語のノッペラボーの怪談をそのまま宇宙空間と錯綜して混乱した時間の中に展開するのが彼の世界なのだ。だから彼は時間を結晶にして止めることは考えない。ひたすら巡りつづける円環の中に小市民の生活を置いたまま、作者は去ってゆくのだ。

だから、われわれはディックとバラードという二人のSFの巨匠を前にして、実に皮肉な選択を迫られることになる。つまり、バラードが書くような叙情的な美しい終末か、あるいはディックが物語るような永遠の煉獄の生活か。どちらにしても従来の楽天的なSFにあるような輝く安楽な未来像はもうないのだ。技術が発達し、エネルギー問題はすべて解決、人類は月や火星やさらにその先の遠い星々へ進出し、都会の道を磁気浮動型の交通機関が走り、それを運転するのはすべてハリウッド風の美男美女ばかりという未来は、当然ながら否定されざるをえない。われわれが未来というものを少し真剣に考えてみれば、明るい予想などできるはずがないのだ。

『火星のタイム・スリップ』の中で国連が火星に計画している大規模な住宅地開発は、「何マイルにもわたる建物の中にショッピング・センター、大スーパーマーケット、雑貨屋、薬局、クリーニング店、アイスクリーム・パーラーなんか」を備えたディヴェロップメントは、実現しない。ひとまず完成はするだろうが、予知能力のある自閉症の少年が無意識に描いた絵の中でその「建物は、朽ちかしいでいた。土台には、上に向って大きな亀裂がいくつも走っている。窓ガラスはこわれている。あたりには丈の高いつんつんした雑草とおぼしいものがはびこっている。それは荒廃と絶望の風景だった、生気のない、緩慢な永遠の沈滞の風景だった」ということになるのである。

バラードとディックという二人の時間感覚の対照性は興味深い。恐龍の章にも書いたとおり、物理学者たちはつい先ごろまで宇宙全体を統《す》べる時間について二派に分かれて論争を繰り返してきた。一方には定常宇宙論者がおり、もう一方にはビッグバン派がいた。内容はそれぞれに明快である。定常宇宙論とは空間的にも時間的にも宇宙はすべて均一で、始まりもなく終わりもなく、任意の地点AとBは互いに同等であるというもの。これに対してビッグバン説は宇宙には始まりの一点があり、その一瞬があったとする。前者ではさまざまな変化を超えて不変にして普遍の宇宙の実体というものがあることになるし、後者では宇宙は始まりの時から今まで進化してきたのであって、先の方では逆に終わりを迎えることもありうるという結論になる。ある時点で伯仲していたこの論争は、3°Kの背景放射という具体的な証拠によってビッグバン派の勝利に終わったけれども、それはそれとして、流れと循環という人間の持っている二つの時間感覚がそのまま宇宙論に投影されたところがおもしろい。バラードとディックを対比させて考えるなどということを誘うのも、この二つの時間感覚が今もなおわれわれの思考方法の基本にあるからだろう。どちらの説も理解しやすいのはそのためであり、逆に言えば人間は自分の感覚に合わない学説を遂に生みえないのかもしれない。アインシュタインは最後まで量子力学を認めたくないそぶりだった。

ビッグバンの側が正統となったということは、この宇宙でさえ時間の流れの中に置かれた一つの現象であるという無常の哲学を改めてわれわれに考えさせる。十九世紀の進化論は動物界における人間の優越が最初からあったものではないことを教えて西欧の思想界に大きな衝撃を与えた。ビッグバンはそれを更にもう一歩進めるものかもしれない。万物は変化するのであり、優位に立つものがやがてその座を追われることは宇宙の歴史でも地上の生物の歴史でも珍しいことではない。その座に登るに要した時間が短く、栄達が華々しい場合ほど凋落《ちょうらく》も早いというといかにも俗説に聞こえるけれども、しかし速やかに登ったということは、底の広い安定したピラミッドの上にではなく、単に細い棒の上に立ってあやうくバランスをとっている軽業師としてのホモ・サピエンスを思わせる。

それはそれとして、なぜ人間のいない荒野のイメージ、洪水の後の世界の像が今世紀になってかくもわれわれの思考を席巻するようになったのだろう。それは早晩来るべくわれわれの知的進化のシステムの中に用意されていたのか、それともどこかでわれわれはまちがったカードを引いたのだろうか。火星人が襲来するのならばまだ話はわかる。われわれが多くの動物や植物に対してなしたことをわれわれに対してしようとする生物を想定することは、宇宙全体はともかくわれわれの論理にはかなっている。今までやりたい放題だったのだから、今度はやられる番というのも納得できることだ。注射器による吸血という火星人の栄養摂取法についてウェルズは「そのことを考えただけでも、むろん、わたしたちにとってはおそろしく不快なことであるが、同時にまたわたしは、われわれの肉食慣習が賢いウサギにとってはいかに不快に思えるか反省すべきだと思う」と書いている。

だが、火星人は来なかった。地球人の方が先に火星に探査装置を送ったが、その報告によると残念ながら火星人の存在の可能性はまったくないとのことだった。われわれにとっての問題は火星人が襲来しなかったことではなく、人間にとっては人間こそが火星人であったということだ。ウェルズやバラードが書いたような人のいない風景を現出せしめたのは火星人の熱線放射機ではなく、まずもって人間が作った核兵器だった。しかしそれはまだしも理解できる。その場合、それを投下したのは敵であり、敵と味方に分かれるかぎり敵を非人間とするのは古代からずっと続いてきた人間の習慣である。それは人間の行動様式の一つとして最初から組み込まれていた（最初がいつかは今は問わない）。しかし、今や敵は自分自身なのだ。自分たちの生活、自動車に乗り、三里四方ではなく一万キロの彼方で採れた魚を食べ、狭い都市にとんでもない密度で住んで冷房のためにフロンと電力を大量に使うわれわれ自身が、洪水の後の風景を日々せっせと準備しているのだ。

なぜ、バラードが描く世界はあれほど美しいのだろう。なぜわれわれは自分たちが滅亡するという可能性にかくも惹かれるのだろう。本当は決して見ることがかなわない滅亡の後の光景をなぜかくも多くの芸術家が、それぞれのメディアによって、見ようと努力しているのだろう。彼らは預言者として一歩先んじてそれを見ることで、大衆がそちらに進むことを回避させようとしているのだろうか。ひょっとして、本当にそれは魅力のある事態で、なにか決定的に倒錯した心理によってわれわれはそちらにずるずると引き寄せられているのではないか。何がバラードにあのような光景を見させたのか。

すべての背後に陰謀の存在を嗅ぎつけるというのも、今世紀の人間の心理に顕著な現象である。陰謀さえあってくれれば、すべての解釈は実に容易になる。では、このイメージとしての終末願望の背後に隠れているのは、いったい誰によるどういう目的の陰謀なのか。

我が友ニコライ

一九八九年の十一月、ベルリンの壁が壊されるのをテレビ中継で見ていて、なぜ自分が感動を覚えたのか、その理由を今になって考えている。夜の壁の上に登って、大きなハンマーをふるう若い人々。下から沸き上がる歓声。眩しい逆光の照明と、力強いシルエット（ほとんど社会主義リアリズム芸術のような効果だと、ぼくは皮肉な感想を得たものだ）。どこからも飛んでこない銃弾。遠くで黙って見ている兵士たち。到着する気配もない戦車。陽気なお祭り騒ぎ。プラハのかりそめの春から二十一年目にようやく訪れた本物の春。そう、あれはなかなか感動的な光景だった。その年の正月、ぼくは国際政治学の専門家である友人に、壁が見たければ早く行った方がいい、五年後にはたぶんないからと言われて、本当にあの壁がなくなるだろうかと疑った。自分がベルリンという都会のことを知った時にはもう壁はあった。壁は歴史と共に古く、ジョン・ル・カレやジョン・ガードナーやレン・デイトンらのスパイ小説の傑作と共に古かった。ドーヴァーの白亜の崖と同じようなものでそれがなくなる事態というのは想像しがたい。こちらに先見の明がなかったのは当然として、専門家でもさすがにその年のうちにあれが壊されるとは言えなかった。たしかに世界は動いている。

あの延長百五十三キロの壁は、現代では政治は象徴というパブリシティーの装置なしには不可能な事業であることの証《あかし》であった。具体的に言えば壁は分断と対峙という冷戦のイデオロギーを広く民衆に知らしめるための装置だった。だから、若者が振り上げるハンマーでそれが壊される光景は、壁を造った者の本来の意図を見事に逆転して、冷戦のイデオロギーが片付けられて別のものがそれにとって代わるという大きな変化の象徴として機能したのである。それに感動する。拍手を送る。対立が終わり宥和《ゆうわ》の時代が始まることを歓迎する。壁はドイツ国民の心情を遮る制度であった。心情と制度が対立する時、まずもって心情の側に立ちたがる傾向はどこから来るのだろうか。制度なくして心情ばかりでは人間の社会は成立しないことはわかっているはずなのに。これもまた遠方の総論には賛成で、身近な各論には反対というわれわれみんなに共通のエゴイズムの一つの表現だろうか。遠方の不幸には同情しやすいものである。

壁の破壊とそれに続く東西ドイツの統一、東欧圏の崩壊、さまざまな紆余曲折を経てのソ連の改革、こういう一連の動きの背後に社会主義経済のあまりの低迷があったことは今となれば誰もが認めるところである。それも、この期におよんで社会主義経済がいきなり非能率化したわけではなく、壁の両側にいた普通の人々がよく知っていたように、東側諸国の経済的破綻はとっくの昔にどうしようもないものになっていた。いかに頑迷な指導者もそれを認めざるを得なくなったのがこの時期であっただけの話。戦後しばらくの間、ソ連の経済と社会はうまくいっていると西側では信じられていて、その証拠としてスプートニクが軌道に乗り、革命記念日の軍事パレードがあり、国民の愚痴は聞こえてこなかった。西側の指導者は事態を知っていたかもしれないが、敵が強いと宣伝しておいた方が軍備のための予算は取りやすい。今にして思えば、それはものが溢れている今の日本のような現実の豊かさではなく、社会主義国には搾取による貧困はありえないという原則論に立った、具体的な根拠のないものだったかもしれない。富よりも平等というスローガンをわれわれみんなが信じていたのではなかったか。それに、こちらも貧しかったから、お互い同じようなものだと思っていて、向こうの方がまだ平等な分だけましだと考えていた。貧困というのは、一見絶対量の問題のように見えて、その実われわれの感覚に強く訴えるのはいつでも相対的なものである。他人よりも貧しい時に人は貧しいと感じる。

そういう状態が四十年も続いた後で、崩壊がやってきた。彼らの指導者は自ら自国の貧困を認めた。では、社会主義は失敗したのか。それを信奉していた人々が敗北を認めた以上、社会主義は結論の出た一つの実験として、その結論だけを残して、永久に放棄すべきものとなったのか。これを、社会主義に対立するものとして一般に認められている資本主義という制度の勝利と見てもよいのか。国家体制としての社会主義が失敗だったとすれば、思想としてはどうなのか。失敗すべきものだとすれば、なぜ、われわれは今にいたるまで社会主義という概念にあれほど強い魅力を感じていたのだろう。そもそも、国家としての社会主義と思想としてのそれを分けるなどということが果たして可能なのか、等々。今、社会主義をめぐっては実にさまざまな疑問が渦を巻いている。そして、すべて大いなるものの崩壊に伴う終末の雰囲気がここにもある。たしかに、一つの実験が終わった。この方法に頼ることはどうも賢明でないという結論が出た。

では、結局のところ、社会主義、あるいはその最終的な形態として予想されていたところの共産主義とは何だったのだろう。かくも大きな質問にいきなり自分の小さな知恵で答える勇気はとてもない。ラヴジョイ麾下の思想史学派が編んだ『西洋思想大事典』を見てみよう。「社会主義（古代からマルクスまで）」という項目を執筆したサンフォード・アラン・ラコフは「最も簡単な意味では、社会主義とはすべての生産者は結合された労働による果実を等しく分け合うべきだという信念であるが、より深く掘り下げて言うと、社会主義は経済的な定式以上のものであり、まして公正のための処方以上のものである。それは集団としての人間が、疎外あるいは疎遠として考えられているものをその本性にもとづいて克服する能力を持っていると確信していることのひとつの表現である」とまず言う。なにしろ四百字の原稿用紙に換算して六十枚という長大な説明のほんの一部だから、これをもってラコフによる定義とするのも気が引けるのだが、疎外を克服する能力が人間にあるという確信はとりわけ重要であるように思われる。

それをメモとして脇において、ここでは社会主義を仮に「合理的な方法が存在すると仮定した上で、それによって社会と経済を運営する制度」としてみよう。封建社会が身分制度を固定化した上で上に立つ者の恣意をあまりに多く許し、資本主義が貨幣ないし資本という怪物に多くを委ねているのに対して、社会主義は経済的平等を論理によって実現しようとする。そんなに単純なものではないという左からの異議と、そんなに理想的なものではないという右からの異議を無視して、とりあえずこのまま話を進める。次なる問題は、人間には疎外、すなわち不平等や貧困や抑圧による人間性の制限、を克服する能力があるか、自分たちの社会を合理的な方法で運営する能力があるかということだ。ことが人間の本性に関わるからこそ、社会主義国家の崩壊はどこかで終末論に通底するのである。

労働の果実を平等に分配する。そのために生産財は社会そのものに所属することにして、製品の交換レートすなわち物価は最も合理的で全員が納得するように決める。他より多くを持つことはそのまま盗みである。この原理によれば不平等はなくなり、一部による搾取や収奪が行われない以上貧困もなくなり、貧困ゆえの犯罪もなくなって、理想的な社会が実現する。人はそれぞれ自分の個性を十全に開花させることができる。そのはずだった。

しかし、そうはならなかった。どこかに間違いがあったらしい。

社会を一つの自律的な機械と考えてみよう。生産の装置があり、消費の装置があり、それらはそれぞれに一人一人の成員の中にあると同時に分配の機構によって相互にも結ばれている。個人は一種類をたくさん生産して社会に提供し、その見返りに社会から多くの品種を少しずつ受け取る。生産と交換。充分な生産があって、それが必要な時と場所へ運ばれて交換されれば、みんなが豊かな消費生活を送ることができる。それがうまくいかなかったのは、生産が充分でなく、流通の機構がきちんと機能せず、その結果消費生活が人々を満足させなかったからだ。もともとそれはそのような方法では機能するはずのないものだったのだろうか。こういう問題について複雑な議論は山ほどある。社会主義経済の文献ならば千棟の書庫を満たしてもまだ余るほどある。どうせ素人論議なのだから、文献には背を向け、徹底して簡素な論理を追ってみよう。なぜ、充分な量の生産と能率的な流通が行われなかったのか。

人が働かなかった。そう言っては単に勤勉と怠惰の問題になってしまう。では、こう言ってみよう――社会主義は人間が潜在的に持っている能力をうまく引き出せなかった、と。国民が単純労働を充分にしなかったのではなく、全体のシステムを改善し、みんなの生活が向上するように工夫し、新しいものを作り、新しい技術や材料や生産方法を考案し、明日への労力の投資を今日のうちにする。そういうことをしなかった。流通について言えば、円滑に送るよりも、停滞させ、溜め込み、横に流す動きの方が強かった。そういう動きは量の多寡によらず全体を混乱させる。百台に一台ずつでも信号を故意に無視する車があれば、交通は完全に麻痺する。そして、個人ならばともかく、一つの社会、億を単位に数えるほどの大きな人口を抱える国が全体として働かなかったのだとすれば、それは単なる怠惰の故ではなく、そういう制度のもとでは人は働かないものだからと考える他なくなる。

たまたま社会主義が低迷する時期に資本主義の方はおおいに発展した。これも資本主義の国に住む者が勤勉だったからではなく、この時期の資本主義が大量生産と大量消費、文化の大衆化や技術革新やマスコミの発達という爆発的な質の転換の時期にあたっていたからである。両陣営が共に貧しければ対立の時代はもっと長く続いたことだろう。高度に発達を遂げた資本主義は、欲望そのものを創生するという新しい段階に突入し、その成果を社会主義国に見せびらかした。マス・メディアが浸透して東側に住む人々の欲望を巧みに刺戟し、動揺を誘った。

それによって二つの体制の違いが明確になった。資本主義社会には人を働かせる力があり、社会主義にはそれがなかった。資本主義では人はとりあえず自分のために働く。労働に対する報酬は具体的であり、なおかつ賭博のようである一定の比率で大ヒットが出るしかけが用意されている。門閥制度が人を縛っていたのに対して、機会均等はやはり人に希望を与える。資本主義はそういう幻想を巧みに大衆に植えつけた。成り上がることが可能であり、チャンスは誰にでも与えられる。小額の資本を集めて事業をはじめ、売れる品を作って原価などとは無縁な値段で売り、単なる賃金労働者の給料の額を大きく超える収入を得る機会は、機会だけならば、誰にでもある。この理屈でアメリカは移民たちの夢の国となった。ヒット率は低くても配当額の大きな賭博を人はしたがる。新製品一つで市場を席巻する見込みがあるから、企業はイノヴェーションに励む。努力に対するフィードバックの回路がたしかに存在している。

社会主義は人の本性をあまりにも高く評価していたのではないだろうか。自分の利のためでなく、社会という抽象的なもののために誰もが粉骨砕身して働くと信じたのではないか。マルクスは、当時の粗野な資本主義の欠点を革命によって一掃すれば、そのまま理想的な社会が現出すると信じていたのかもしれない。目前の問題はよく見えるが、まだ存在しない社会が抱えるであろう欠陥を予想するのは、いかに弁証法的唯物論をもってしても、容易ではない。

事態はなぜかキリスト教によく似ている。いろいろな意味でマルクス主義はユダヤ＝キリスト教と関わりが深いが、人間の性格をあまりに高く評価するという点では特にこの二つはよく似ている。これについては、何もぼくなどが愚考を展開する必要はない。言うべきことのすべてをドストエフスキーが『カラマーゾフの兄弟』の中で論じておいてくれたのを思い出せばいいのだ。イワンがアリョーシャに語る有名な「大審問官」の章。キリスト教が最も峻厳で異端審問が最も過酷だった時期のスペインに、キリストがふらりと現れる。人々はすぐに彼と知って、その後につき従う。それをたまたま見た老いた大審問官は彼を捕らえさせ、牢獄へ連行させる。そして、キリスト自身のかつての間違いを正すために自分たちカトリック教会が十五世紀間にわたってどれだけ苦労をしなければならなかったかを語る。要するに、キリストは人間という弱い存在を買いかぶりすぎたのだと言うのである。

「この石ころをパンに変えてみるがいい、そうすれば人類は感謝にみちた従順な羊の群れのように、お前のあとについて走りだすことだろう」という悪魔の誘惑をキリストは退けた。パンで服従を買うことを嫌って、人間に自由を与えようとした。しかし、人の本性ははたして自由に値するのだろうか。大審問官はキリストに向かってこう言う――「彼らはまた、自分たちが決して自由ではいられぬことを納得する。なぜなら、彼らは無力で、罪深く、取るに足らぬ存在で、反逆者だからだ。お前は彼らに天上のパンを約束した。だが、もう一度くりかえしておくが、かよわい、永遠に汚れた、永遠に卑しい人間種族の目から見て、天上のパンを地上のパンと比較できるだろうか？　かりに天上のパンのために何千、何万の人間がお前のあとに従うとしても、天上のパンのために地上のパンを黙殺することのできない何百万、何百億という人間たちは、いったいどうなる？　それとも、お前にとって大切なのは、わずかに何万人の偉大な力強い人間だけで、残りのかよわい、しかしお前を愛している何百万の、いや海岸の砂粒のように数知れない人間たちは、偉大な力強い

人たちの材料として役立てばそれでいいと言うのか?」」(以上=原卓也訳)

まったく同じことがロシアでは起こったのではなかったか。マルクスとレーニンが「あまりにも人間を尊敬しすぎたために、その行為はかえって彼らにとって思いやりのないものになってしまった」と大審問官ならば言うだろう。大衆が自発的に働かないとなれば、誰か優れた者が働く義務のことを大衆に教え、正しい労働のしかたと量を教え、それを強制してやらなければならない。社会への奉仕の姿勢が民衆自身の中から湧いて出ないならば、どこかでそれを作って配付してやらなくてはならない。かくて、党が結成され、官僚システムが作られ、KGBが見張り、ラーゲリが造られる。キリストに従う何万人かが、地上のパンしか求めえない何億人を指導することになる。

はじめてこの部分を読んだ時には、人間の自由とそれに耐えられない卑賤な精神の問題をかくも見事な比喩で語ったドストエフスキーにつくづく感心した。自由の価値はわかるのに、それを担う力は人間たちにはない。次に、何かのはずみで、この大審問官の言葉と「ロシアは誰に住みよいか」という問題を重ねてみた時、共産主義とキリスト教があまりにぴったりと重なるのに驚いた。キリスト教はまだ魂の問題だけを扱うことを建前にしてきたから二千年の間なんとか命脈を保ったが、ロシアに降り立った社会主義はパンの問題を専らとしたから七十年しかもたなかった。

しかし、理想主義的だったからこそ、社会主義はあれほど多くの人を引きつけたし、今もみずみずしい魅力を備えているのだ。それを否定することはできない。社会主義はロシアにおいては制度となったが、その他の世界の多くの人間にとってまだそれは理念であり、希望の星である。地上のパンをばらまくことにのみ終始している資本主義に対して、平等という栄養素を持つ社会主義のパンは天のマナの味がするように想像される。搾取が公然と見える形で行われている貧しい国の人々にとってその誘惑は抗《あらが》いがたいものがあるだろう。だいたい、思想的な内容を持たないただのシステムにすぎない資本主義が「主義」の名に値するというのが笑止千万であって、あのイズムは決して「主義」ではなく「制度」に過ぎないはずだ。資本家はいても資本主義者と名乗る思想家はいない。資本主義は思想を必要としない。

児童を暗い工場で日に十二時間以上も働かせ、市価を下げかねない余剰ミルクを川へ捨てさせ、権力を雇ってスト破りをし、鉱毒を平然と山に捨て、海に有機水銀を流して恬然《てんぜん》としてきた、ある時期までの、また現在のある種の国々の、粗野で強圧的な資本主義に対して、理念としての社会主義は強い抑制効果を発揮してきた。それでも、社会主義は悪魔の誘惑なのだろうか。やはり、人間という弱い存在は白いパンや、小綺麗な家や、一家に一台の車や、新しいテレビや、年に一度の海外旅行をもって誘わないかぎり、働かないのだろうか。自分たちにふさわしい制度を作ることができない人間たちは、適温のお湯がない時に冷水と熱湯を混ぜるように、貪欲な資本主義と脆弱な社会主義を適当な比率で混ぜて生きてゆこうとしている。地上のパンに天界のパンを少し添えることで、地上での繁栄と来世の幸福の両方を手に入れるといううまい算段ははたして実行可能か。

人間という不思議な生物がここまで地上で栄えるに至った理由の一つとして、自分たちが生きている環境や状況に対する不満をそのまま向上心に転化できるという特性があった。もちろんそれは他の種を圧倒する強力な知性の裏付けがあってはじめて可能になったものなのだが、この方法によってわれわれは自然に手を加えて自分たちの生存と飽食と繁栄と個体数の増加に都合のよい状態を造りだしてきた。そして、この手の問題が論じられる時、われわれは自然に対抗する手段としての技術のことを何よりも先に考えるけれども、そのもう一つ前の段階として、不満を論理化して対策とその効果のシミュレーションを行ってみるという能力が自分たちにあることをまず認めなければならない。あまりに当然のことだから普段は忘れているのだ。何か自分にとって不都合なことについて批判を口にしたり、愚痴を言ったり、対策を考えようと意識したりするのはわれわれの知性の最も基本的な機能の一つである。道の真ん中に人が躓《つまず》くような石があれば痛い思いをした者が後から来る人のために掘り起こし、誰もが迷う分かれ道には土地の誰かが標識を立て、毒のあるキノコのことは死に損なった者がまだ危険を知らない人々に教える。自然に対してはそのように一体となって全体の幸福をはかり、住みやすく滑らかな環境を作る。では自然界ではなく社会の中に躓きの石や毒キノコがあればどうするか。その時も人は自然に対すると同じように、まずその存在を知覚し、次にそれを取り除く方法を考える。われわれはもう自然環境と人為的な環境、すなわち社会、を区別して考えない。台風で家が壊されれば、可能かどうかは別として、人はまず台風を海の向こうへ押しやる方法はないかと考える。同じように横暴な領主を排除する方法を考える。畑の収穫の大半を税として都へ運ばれてしまったら、税のない社会を考える（税は人食い虎より恐ろしいと言って、虎の襲来に脅えながらも山の中で暮らしている家族の話が昔の中国にあった）。

自然の中で生きていた時期には、環境に対する不満の大半は当然自然に向けられていた。その不満に自然は答えるはずもない。だから人間はそれを自分たちで解消しようと知恵を搾《しぼ》ってきたのだ。だが、今のように人間の大半が自然からはるか遠いところに住んでいて、天気以外には自然などないとなると、自分たちの社会に向けられる不満の方がずっと多い。われわれにとって環境とはまずもって社会なのだ。だから、自然を改善して横穴式の住居を造り、畑を造り、鉄器を利用し、都市に集まり、最後には空調完備の家やハウス栽培やコンドームを発明したように、社会の方も改善して自分にとってもっともっと都合のよい場にしたいという思いを抱き、その実行の方途と可能性のシミュレーションを頭の中でやってみたとしても、それは実に人間らしい行為ということになるだろう。つまり、われわれは自然が征服可能であったのと同じように社会というのもかぎりなく改善可能であるとついつい信じてしまうのだ。社会は人間が設計図に従って作り、人間が管理維持しているものだから、知的な方法で変えてゆくことは可能である。そういう信念の根はつくづく深い。それはそのままわれわれにとって「健全な」思想の条件となっている。

そして、この改良を求める精神が、社会主義を美しいもののように見せてきたのである。自分たちを容れている社会を天与のものとせず、人知による不完全な製品と見なす思想はいつから主流となったのだろう。近代のはじまりとしてフランス革命を考えれば、それが左翼思想の始点であったことも納得できる。こちら側にいるかぎり、あちら側に理想の社会を想定することはたやすいし、その実現を夢想することは何よりも心地よい。こちら側からあちら側へ渡ることを革命という。自分が現にここにいる以上、そして、ここについての不満ならば日々の生活の中からいくらでも出てくる以上、それをすべて裏返しにした社会を想定し、そこへの道程を探る作業は楽しいのだ。その意義にいかなる疑いも挟む余地のない努力ほどわれわれを満足させるものはない。

ぼくは敢えてシニカルな態度を誇示しようとしているのではない。環境への不満とそれを改善する意志によってわれわれがここまで来たことは否定のしようがない。自分自身について言えば、普通の人々よりも不満を抱くことが多く、それを言語化する能力をいささか身につけたおかげで、文筆業者として世を渡っているのだ。今後とも交通規則から外交方針まで、東京や日本や先進国や人類の行いのすべてについて不満や批判やイチャモンを並べたて、それを社会に提供することで対価の財を得て生きてゆくだろう。つまり、不満を表現する能力という実に非生産的なものを看板にしても参加できるのがホモ・サピエンスの社会であるのだ。この不満の衝動に対して、社会主義は長らく導きの星であった。ぼくは今でも社会主義者であると胸を張って言いたい。

権力を握る者の私的な欲望に対する義憤、無能にもかかわらず要職に就く者への反発、不平等への不満——もともとは自然に対して向けられていた愚痴の大半は社会に向けられる。上に立つ者がたまたま無能だと慨嘆する心理を考えてみよう。人間が本来備えているはずの知的判断力が上司の人選の場で働いていればこんな嫌な思いを毎日することはなかったのにという愚痴は、人間の知力は無能な上司という逆境を排除できるはずだという仮定を前提にしている。しかし、人間の知力の総量を増すことなくしてすべての上司を有能で部下思いにすることはできない。無能な上司に当たる確率は下げようがない。その意味で、部下にとって上司の能力とはむしろ雨の量や地震の可能性と同じように自然の側に属するものなのではないだろうか。

歴然と自然に属する災厄であれば人間は我慢する。そのための心理的な機構はわれわれの心に備わっている。台風で家が倒されれば、しかたがないと思って、瓦礫の山を片付け、次の家を建てる算段をする。しかし、その一方で行政に対する不満を解消する機構は現代人の心にもない。人間の知力に対する信頼は実に絶大なものであって、社会全体がそれを前提として成立しているかのようだ。雲仙普賢岳の噴火や阪神大震災そのものは不可抗力だが、罹災者に対する国の対応のあまりの貧困には憤慨する。自然災害に対してはできるかぎり負担の平等を旨として施策をすべきではないか、少なくともその努力を最低条件にして払っている税であり、行政官僚の給与ではないかと、言葉はいくらでも出てくる。そして、それは正しい。社会のありように対して不満を持ち、それを公表するのは正しいことである。その積みかさねによって作られたのがこの社会であり、この住みやすさなのだから。

話を変えよう。

カンボジアはもともと豊かな土地で、アンコール・ワットに象徴されるように優れた文化をもった住みよい国であった。水に恵まれ、太陽に恵まれ、年に四十日働けば充分な量の米が収穫できる。昔、日本からバッタンバン州へ赴任した農業指導員が二毛作を教えたら、その翌年は農民たちは米を作らなかったという話がある。「去年二度もやったから、今年はもういい」という理屈。そんな呑気なやりかたでも年に三百万トンの米がとれる。必要量はその半分だから余剰分は輸出したり飼料として利用したりしていた。百八十万頭の牛と七十万頭の水牛、家禽が四百五十万羽。人口七百万に対する比率を見れば、この国が豊かであることは明らかだ。米や野菜、食肉などの他に、この国ではオレンジ、龍眼、ドリアン、マンゴスチン、マンゴー、クナウ、パパイヤ、ランブータンなどの熱帯の果物がたっぷり採れる。土地は充分以上あって、ある時シアヌークは外国人ジャーナリストに、冗談半分ながら、「土地ならばいくらでもあるから、何百人でも来て住んでくれ。三年続けて耕したら、その土地をあげる」と言ったという。

これを理想社会と見るか、あるいは近代化以前の未熟な状態とするかは、正に史観の問題ということになる。国際社会に登場する前、あるいは無理矢理にそこへ引き出される前には、どこの国のどこの民もそれぞれに平和で幸福な日々を送っていたという論法も、発展史観さえ捨てれば信じられる。しかし、われわれにとっては美味しいカボチャの語源として懐かしく思い出されるこの国も桃源郷のままで二十世紀を迎えることはできなかった。アジアの他の国々と同様、ここは一八六三年にフランスの支配下に組み込まれ、第二次大戦中は日本軍に抑えられ、戦後になってフランス連合に属する自治国ということになった。それでも、体制の名称にかかわらず、農民はそれぞれの暮らしかたで生きてゆくことができた。

その間、隣のヴェトナムはフランスからの独立を目指して戦いを開始し、実にしたたかによく戦った。一九五四年五月ディエン・ビエン・フーでフランス軍に対して圧倒的な勝利をおさめ、ジュネーヴ会議では背後の中国に裏切られたが、それでもフランスにとって代わったアメリカに対して互角以上の戦いぶりを見せた。その成果として一九七五年の勝利があったのだ（ただし、あまりに戦争が長びいたために、実際には双方ともが敗者であったのだというヴェトナム人の声にも耳を傾けなければならない）。

この長い戦いがインドシナ半島と呼ばれる地域の政治を大変に不安定なものにしたことは明らかである。カンボジアは単にヴェトナム戦争の流れ弾を受けたばかりか、やがて本格的な戦争に巻き込まれて、アメリカ軍の徹底的な爆撃にさらされた。一九六九年から七三年八月までの間にアメリカがカンボジア領土に落とした爆弾は五十四万トンに上る。太平洋戦争で日本本土に落とされた総量が十六万トンであったことを考えれば、またその性能の格段の進歩まで考えあわせれば、この時期にここがあまり幸福な土地でなかったことは誰にでもわかるだろう。植民地の独立戦争はアフリカではほぼ六〇年代に完了しているのに、東南アジアでは七〇年代の半ばまで長くしつこく残酷に続いたのである。その責任はフランスとアメリカ、それに冷戦体制を維持したソ連と中国にあると言わなければならない。

政治的経緯を要約しておけば、王政の廃止と同時にシアヌークが王の身分から人民社会主義共同体という翼賛組織の総裁に横滑りし、やがて右寄りのロン・ノルのクーデターによって追放された。以後はアメリカに支援されるロン・ノル政権とシアヌーク派や左翼のカンプチア民族統一戦線との間で内戦が続いた。そして一九七五年のサイゴン陥落とほぼ同時に抵抗組織の中でも最も左に位置していたポル・ポト派の率いるクメール・ルージュがプノンペンを制圧し、全土を支配下におさめた。

彼らは他派を徹底的に粛清して、絶対権力を握った。一つの理念に基づく政治という意味では、彼らの行ったことはまことに徹底して人間らしい、思想の政治、知性の政治であった（ここに言う人間らしいとは人道的という意味ではもちろんなく、いかにも人間がやりそうなという意味である）。彼らはすべてを自分たちの知性によって律しようと試み、実際それにほぼ成功した。都市を廃して農村本位の国を造るという原則は国土のすべての地域に厳然と適用され、それを実行する機関や組織は効率よく働き、人々は従順にそれに従い、その結果、一九七五年にほぼ七百万ないし八百万人はいたはずのカンボジア人は一九七九年一月にヴェトナム軍の支援のもとにヘン・サムリン政権がプノンペンに樹立された時には、およそ五百万に減っていた。二百万ないし三百万の国民が、その政府の政策の結果、殺害や餓死・病死などの不自然な死をとげたのである。人数だけを問題にしているのではない。それならばナチス・ドイツによるポーランド人やユダヤ人の虐殺の例もある。同じ民族による死の強制という点だけを問題にすることもできない。スターリン時代のソ連ではずいぶん多くの人々が「政治犯」として死んでいる。しかし、政策として国民の三割を減ずるということを行った政府は未だかつてなかったし、そういう政治理念を本気で公表した哲学者も革命家もいなかった。政治的なプログラムを作り、それを効率よく実行することで成果を上げたという意味では、これは正にホモ・ポリティクスとしての人間の行為であった。

いかなる闘争を経てポル・ポト派は権力を握ることになったのか、その理念がどういうものであったのか、それがなぜあれほど効率よく実行できたのか、こういう重大な問題の詳細はまだわかっていない。具体的な恐怖政治の日々については後に掲げるように体験者たちの報告があるが、統治した側の思想については何も出てきていない。ナチズムについてはあれほどの研究がなされたのに、ポル・ポト派の政治を記録し分析する仕事は、彼らが権力の座から放逐されてもう十三年になろうというのに、ほとんど始まっていないように見える。世界は哲学の課題としてのカンボジアを無視している。

国が自殺するということがあるだろうか。人は自殺するから、国も自殺するかもしれない。都市を解体して首都を廃墟にし、知識人を抹殺し、電話や放送や水道などの近代的な公共サービスを廃止し、家庭という人類と共に古い(恐龍が育児をしていたという説を容れるならば、一億年の歴史を持つ)制度を停止し、農業生産をほとんど意図的に低下させ、餓死者を増やし、出産率を徹底して低める。これが自殺だとすれば、そして個人と国家の間に比喩の関係が成立すると仮定すれば、そういうこともあるかもしれない。しかし、人は自殺はするが自分の足だけを切り落としはしない。自殺と自損は違う。右手が左手を引きちぎり、心臓が性器を切除しようとする。冷静に、一つの思想としてそういう心情を形成し、維持し、実行する。いくら考えても理解できない。権力欲というのが最も安直な答だが、権力はその時はもう彼らの手の内にあったのだ。

それならば、余計なことを考えるのをやめて、証言を聞こう。ルエム・ヒエン、二十九歳の女性の報告――

「もとは父母や兄弟姉妹とカンポット市の郊外に住み、農漁業をやっていました。私はカンポット市のリセ（高等中学）を卒業してから数年後の七五年四月に、家族と一緒に赤色クメールによってカンポット市から追い出されました。

カンポット州内の農村にしばらくいたのち、コンポンスプー州のトラペアン・チュー部落へ移住させられました。タイ国境に近いカルダモム山脈のオーラル山（カンボジアの最高峰で標高一八二〇メートル）のふもとのジャングル地帯です。もともとそこは人の住まなかったところなのです。どの州でもそういうジャングル地帯へ送られた『新人民』が多いと聞いています。

なぜあんなところにサハコー（引用者注――コルホーズ、合作社あるいは人民公社というのがこの組織の実体に最も近いだろうが、しかしソ連や革命後の中国に重ね合わせてそう呼ぶのも一つの政治的偏見であるかもしれない）をわざわざつくったのか、私たちの常識ではわかりません。平野ではカンボジア人全部が楽に食べていけるだけのお米がとれていたのに……。

たぶん部落の幹部にもわからなかったのでしょう。彼らはオンカー・パデワット（革命機関）の命令通りに動くだけでしたから。

サハコーの住民は、九割まで『新人民』でした。私たちの主な仕事はジャングルの開墾でした。一日に一三〜一五時間のものすごい重労働でした。カルダモム山脈一帯は水が乏しく、土地はやせていて、田畑をつくってもあまり収穫がなかったうえ、野生の動物や果物も少なかったので、集団給食の中身は、よそのサハコーよりも悪かったと思います。食べものの全然ない日もありました。七七年には『旧人民』出身の幹部まで飢える状態でした。

病気も多かった。敗血症、壊疽《えそ》、マラリア、それから私の知らない熱病（デング熱のことか）です。そういう病気になっても、手当てらしい手当ては受けられませんでした。「病院」という建物はありましたが、まともな医者はいなくて、薬もありませんでした。飢えと病気で人がどんどん死んでいきました。私の父母と兄一人、姉一人も死んでしまい、私だけが残りました。サハコーの住民約五〇〇人のうち、生き残ったのは二〇〇人ほどです。虐殺はごく一部で、たいていは餓死、病死でした。

タイは近かったけれど、逃げることはできませんでした。チュロープ（監視人）の目はきびしくて、サハコーから出るのは命がけだったし、仮に出られたとしても、あのジャングルではたちまち道に迷って、うろうろしているうちに飢えて死んだでしょう。逃げる方法を考える人はいたけれど、実行した人はいません。もしかしたら、オンカーは『新人民』を逃がさないために、あんなところにサハコーをつくったのかもしれませんね。

死んだ人はジャングルの中に埋められていました。開墾地に埋められて、肥料にされた人もいます。結婚していた人は七〇人ほどいましたが、赤ん坊は七人しか生まれず、七人全部が生後一、二ヵ月で死んでしまいました。七八年には一人の赤ちゃんも生まれませんでした。女は全員、生理がとまっていました。『旧人民』もそうです。

私は民主カンプチアという国の名前も知らなかったし、憲法のあることも知らなかった。一ヵ月に一、二回の住民集会では、そんなことは一度も話されませんでした。ポル・ポトという人の名前を聞いたこともありません。

サハコーでは歌と踊りは禁止されていましたし、そういう余裕もありませんでした。何人かで立ち話をするのも禁止されていました。朝早くドラム缶を叩く音で起こされ、すぐ開墾に出かけ、昼前に共同食堂――といってもただの小屋でしたが――に戻って第一回の食事をし、また開墾に出て、夕方に共同食堂に戻って第二回の食事をし、それからまた午後一〇時ごろまで働くという毎日でした。開墾でできた田畑の世話は、私たちよりも体力の乏しい人たちがしていました。

ポル・ポトの兵隊は七八年まで、めったにサハコーには来ませんでした。山の中で、食べるものもなかったからでしょうか。虐殺事件が少なかったのは、そのためかもしれません。殺された人はたいていロン・ノル政権の関係者でした。七八年になると、『旧人民』も不満をもらすようになりました。

ベトナムとの戦争のことは七八年初めに部落長の話で知りました。負けるにちがいない、負けてくれたらいいと思いました。七九年一月になってポル・ポトの軍隊がオーラル山のふもとを西や北へどんどん通過するようになって、どうやら負けたらしいことがわかりました」（井川一久編著『新版　カンボジア黙示録』より）

これは、決して例外的な証言ではない。ぼくは敢えておとなしい報告を選んで引用した。むしろ、餓死と病死は多くても虐殺が少なかったという点で、そういう逆の意味で、例外と言えるかもしれない（全体の平均では死者の三分の一が殺害によるものだったという報告がある）。死霊のように無表情にどんどん人を殺す少年兵のふるまいについてならばまた別の証言がいくらでもある。眼鏡をかけている者、手が荒れていない者、外国語が話せる者、教師、医師、技術者、体力がない者、字が読める者、反抗的な者、高齢者、壮年の男、人間……殺される理由はいくらでもあったし、実際の話、ほとんど理由にならないことを理由にしなければ、国民の三割を殺すことはできない。

普通の人に知人のリスト、例えばわれわれ日本人ならば年賀状を出す相手のリストを開いて、三人に一人ずつ×印をつけるよう頼んでみる。しばらく会っていない人、嫌な奴、自分よりも偉い人、背が高い男、美人でない女、美人である女、禿頭、西日本の出身者……そんな基準で印をつけ、彼らが死ぬところを想像する。刺殺、銃殺、撲殺、病気で体力を失って、あるいは飢えて痩せおとろえて、死ぬ。その様子を想像してみる。たぶんできないだろう。リストを作るのにさえ、非常に強い抵抗感を覚えるだろう。われわれが持っている人間観ではそういう結論になる。マンションに若い女を連れ込んで、犯そうとして抵抗され、首を締めて殺す。殺してから、まだ温かい死体を犯す。これくらいならば想像できるし、理解だってできると言えるかもしれない。しかし、知人の三人に一人を冷静に殺す方はできない。

それを想像することができないというのと、実行できないのとは違うだろうか。想像は困難で、実行は容易なのかもしれない。想像しないから実行できたとも考えられる。想像力を停止させる方法をクメール・ルージュは案出して、子供たちに教えたのだろうか。「泣くことを禁止する、泣くのは、今の生活に不満があるからだ。笑ってもいけない。笑うのは、昔の生活を思い出しているからだ……」。想像力がない者は泣きもしないし笑いもしないだろう。

こういう国を作った思想をぼくは本当に理解したいと思う。人の知性がこのような社会を想像し、設計し、建設の手段を一つ一つ考え、それを実行できたことを、他ならぬこの世紀に、国と国の間、個人と個人の間でこれほど多くの通信手段があり旅行が容易である時期に、それが可能だったこと、その理由をわかりたいと思う。思想そのものは人間の歴史においてさほど珍しいものではなかったかもしれない。ではなぜそれが実行できたのか。なんとか接近の方法を考え、似たものを世界史の中から探し、文化大革命は似ているかもしれないと気付き、それではどこで中国人は踏みとどまりカンボジア人は逸脱したのかと、再び謎の中へ戻る。効率的な施設を造って、そこを官僚的に運営したナチスの場合と、国そのものを広大な収容所にしたカンボジアの違い。戦乱の中で一人一人の兵士たちの手で実行された南京の虐殺と、空からたった一つの爆弾を降らせたヒロシマ・ナガサキの違い。それぞれにどう違うのだろう。

人類は五十億もいるのだから、三百万の死は数として特に問題とするにはあたらない。全世界で人は毎日何十万人と死んでいる。他の国でも、他の土地でも、非業の死をとげる者は少なくない。証明が必要というのなら、その日その日の新聞を広げるだけで済む。だが、三百万人に対して、この人々は生きているべきではないという判断を下し、その生い立ちや日々の暮らしや性格はおろか顔さえも知らない彼らに死刑を宣告してそれを実行するという思想が人間の頭に宿ったこと、それが宿り得たこと、ポル・ポトという、今やほとんど象徴と化したかに思われる人格の上にその思想が降臨し、彼に代表される一群の人々がそれを国土全体に拡大して着々と成果を上げていったこと、何万人かのオンカーの構成員の精神に何かそういう超越的な行為をするためのスイッチがあって、ポル・ポト派はそれをオンにする鍵を手中に握っていたこと、それを認めるには、もう少し集中した知的努力が必要なようだ。

「シガリョフ氏は実に真剣に自分の課題に没頭しておられて、しかも謙虚に過ぎるくらいなのです。わたしは彼の著書を知っています。彼はですね、問題の最終的解決策として、人類を二つの不均等な部分に分割することを提案しているのです。その十分の一が個人の自由と他の十分の九に対する無制限の権利を獲得する。で、他の十分の九は人格を失って、いわば家畜の群れのようなものになり、絶対の服従のもとで何代かの退化を経たのち、原始的な天真爛漫さに到達すべきだというのですよ。これはいわば原始の楽園ですな」と言うのは、ドストエフスキーの中の登場人物。『悪霊』の一場面に登場する足の悪い教師であり、当のシガリョフもその場にいて、「この地上にはほかの楽園はありません」とこの意見を改めて肯定する。この九対一の分割を一般国民と党員、カンボジアで言えば一般人とオンカーの構成員、に置き換えれば、これが意外に実現可能な方法であることがわかる。カンボジアを準備した思想は特殊でもなければ例外でもない。ポル・ポトは理解しがたいが、しかし彼はある意味では実に凡庸な思想の持ち主であって、ただそれを大規模に実現することに成功した点で非凡であったにすぎない。さて、この足の悪い教師の言葉はなおも続く――

「ところでここに、外国製のさまざまな秘密文書を通じてですな、破壊を唯一の目的として結集し、小グループを結成せよと呼びかける者がいるわけです。どうせこの世界は、どんなふうに治療しても全治の見込みはないから、いっそ荒療治で一億人ほどの頭をはねてしまえ、そうやって体の負担を軽くしておけば、より確実に溝を跳び越えることができるというのが、その口実です」。

これに対して、「一億の首をはねるのも、実現困難という点じゃ、宣伝で世界を改造するのと同じですぜ。いや、かえってもっとむずかしいかもしれない。とくにロシアではね」という反論が出される。十九世紀のロシアではそれは実現不能と呼ぶに近いほど困難だった。それがどうして、二十世紀のカンボジアでは実現可能になったのか。何が変わったのか。人間は大陸の間を速やかに旅したり、遠くの友人の声を居ながらにして聞いたり、宇宙創造の秘密を探ったりすることに巧みになっただけでなく、理路整然たる大量殺人の方法にも格段の進歩を見せたのだろうか。

『悪霊』というのは実にやりきれない書物である。つまり、なんでも書いてあるのだ。まるで、「ポル・ポトを見よ。その行いを見よ。これすなわち、『悪霊』に書かれし言葉の成就せんがためなり」とイエス・キリストが言ったかのようだ。ニコライ・スタヴローギンの思想から生まれた革命組織の思想や行動はあまりにクメール・ルージュに似ている。第一に、彼らは共に海外に学んだエリートである。ポル・ポトたちはフランスに留学していたし、その後は中国で文化大革命の影響をたっぷりと吸収して、それを更に徹底させるつもりで帰国した。第二に、ここに見るように彼らの思想には国民を一級と二級に分ける思想があり、大量殺人の思想がある。第三に、どちらもが粛清を通じて権力の座に就こうと試みている。ピョートル・ヴェルホーヴェンスキーに指揮される五人組はシャートフ一人を殺すことにだけ成功し、その罪をキリーロフになすりつけることには失敗した。もちろん権力奪取など論外。しかし、ポル・ポト派は他派を粛清によって押し退けて権力の座に就いたばかりか、その後も内部で苛烈な闘争を続けた。前記の引用を行った『新版　カンボジア黙示録』には付録として「ポル・ポト派による内部粛清の主な犠牲者」というリストがあって、民主カンプチア政府、カンプチア共産党、クメール人民革命党、カンボジア王国民族連合政府、カンプチア民族統一戦線などの組織の指導的立場にあった人々の名が延々と百人以上連ねられている。彼らもみな死んだのだ。

どこまでをポル・ポト派のみに固有のふるまいとしようか。すべての革命組織は現場の労働者や農民ではなく優秀な学生やインテリを中心に組織され、常に苛烈な内ゲバによって不要な分子を捨てることで最終的な指導者に権力が集中してゆく。困窮の果て、あるいは大規模な飢餓や民族同士の憎悪の果てに大量殺人が行われるのではなく、理想主義を掲げる集団や組織が内部抗争をくりかえして純化をはかり、結局は屍《しかばね》の山を築く。知性が生んだものが怪物になる。魅力あふれるニコライの思想がピョートルのような器用な小者の手の中で異常繁殖を遂げる。その先の方に三百万人分の頭蓋骨の山。死は平等に配付される。極限に到達した民主主義。

「彼（シガリョフ）はスパイ制度を提唱してましてね。つまり、社会の全構成員がおたがいを監視して、密告の義務を負うわけです。各人は全体に属し、全体は各人に属する。全員が奴隷であるという点で平等です。極端な場合には中傷や殺人もあるが、何より大事なのは――平等です。まず手はじめとして教育、学術、才能の水準が引きさげられる。学術や才能の高い水準に達するには高度の能力が必要ですが、そんな能力など必要ない！　高度の能力をもった者はつねに権力をにぎり、専制君主でした。高度の能力をもったものは専制君主たらざるをえないし、これまでつねに利益よりは害毒を流してきたんです。彼らは追放されるか、処刑されます。キケロは舌を抜かれ、コペルニクスは目をえぐられ、シェイクスピアは石で打たれる――これがシガリョフ主義です！」（以上＝江川卓訳）。正にこの言葉のとおり、カンボジアではまず教養ある者、能力ある者が殺された。歴史というのはかくも預言可能なものなのだろうか。

ドストエフスキーは、神なき革命論は必ず破綻するということを証明するために『悪霊』を書いた。こんな言いかたはあの大作をあまりに単純化するものだとは承知しているが、ここではシャートフもキリーロフも仮に捨てて、ピョートルだけを見ることにしよう。もちろんその背後には我が友ニコライがいる。世界は百年がかりで彼の思想を現実の場で実験してみて、なるほど神なき革命はうまくいかないと認める方向に動いている。それでは、神がいませば革命はうまくゆくのか、それを証明した例は残念ながらない。解放の神学は未だその思想を具体的な形で示す場を与えられていない。そして、全体としては宗教の力はこの百年の間ひたすら衰退してきたのである。

ドストエフスキーの読者が知っているとおり、『悪霊』という題はルカ伝福音書に由来する——「彼処《かしこ》の山に、多《おほ》くの豚《ぶた》の一群《ひとむれ》、食《しょく》し居《ゐ》たりしが、悪鬼《あくき》ども其《そ》の豚《ぶた》に入《い》るを許《ゆる》し給《たま》はんことを請ひたれば、イエス許《ゆる》し給《たま》ふ。悪鬼《あくき》、人《ひと》を出《い》でて豚《ぶた》に入《い》りたれば、その群《むれ》、崖《がけ》より湖水《みづうみ》に駈《か》け下《くだ》りて溺《おぼ》れたり」。無神論的な革命思想は荒野から来て人の中に入りこむ悪霊だとドストエフスキーは言う。本当にそうだろうか。悪霊は外から来るのではなく最初からわれわれの心の中にいるのではないか。知的な方法で社会を設計し、改善を試み、自然から遠い場所に自分たちの知恵だけで確実な幸福を約束する社会が築けるという希望そのものが悪霊なのではないか。身の内に感じられるまでにわれわれに近いものだからこそ、われわれはそこに強い魅力を感じ、ひたすら資源を使いつぶしてガラクタを売りまくる資本主義の貪欲に背を向け、せめて理性が支配する社会を造りたいと願うのではないか。その願いが決して気まぐれなものではなく、普通の精神の働きの当然の結果として出て来ざるを得ないものだとしたら、そこまで自分たちの心の動きを信頼しているとしたら、悪霊は外にはいないし、外へ追い出すこともできない。その時は、われわれ自身が豚となる。

先にぼくは人の知性というものは自分たちに不都合な環境に対する抵抗の装置として働いてきたと書いた。せいぜい改良が限度で、それ自身では新しい環境を造ることなどできないのに、不満を具体化して改善を試みるだけではあきたらず、最初から自分たちに最も都合のよい理想の社会を造ることを夢見て暴走する。もともと不可能なことだからこそ、知性の力が最も非知性的に使われる。資本主義がまだ少しは見込みがあるのは、個々の欲望を取りまとめる装置としての貨幣というものに僅かながら自然力に似た性格、人間の制御を超える性格があるからかもしれない。一方的に向こうから来るものに応ずるのは人間が先天的に備えた能力、ほとんどゆらぐことのない能力なのである。何がヒットするかという商品開発者の博打に社会全体が持ち金を張っているかぎり、大衆の気まぐれというサイコロにみんなの目が集中しているかぎり、少なくとも大量殺人は起こらないだろう。その一方、この方法が目先の利潤を求めてどれだけの資源をどれほどの速度で消費してゆくか、歯止めなきシステムとしての資本主義がすっかりグローバルになった世界経済をどこまで合理的な方法で制御してゆけるものか、そちら側についても先行きは相当に暗いのである。

単純な保存則で考えてみよう。あるサイズの社会を運営するには、ある量の知的生産物が必要である。その社会が一定期間安定して存続するためには、知的生産物の供給が途絶えないことが必須の条件としよう。その供給の力は人間に備わっているか。一時的な不足は許すとして、長期に亘って足りないという事態は社会そのものの存続を危うくする。終末論の多くの問題をぼくはしばしばこの保存則というものに還元して考えてみる。資源や公害や核の場合には、必要量と供給量のバランスがとれない。その結果としての必需品不足の見込みがわれわれに終末を強く意識させる（例えば、原子力発電所で言えば、長期に亘って事故率を無視できるレベルに抑えることができないから、つまり電力供給量と危険率の収支が赤字になるから、これには頼れないということになる）。社会を運営する能力においても人間は保存則を超えられないのかもしれない。

ここでも問題はわれわれの社会のサイズの拡大、あらゆることのグローバル化である。小さな社会が孤立してある場合には、その一つ一つの盛衰はそのまま個々の例として見ることができる。しかし、今のようにすべての小社会が連結されて大きな共同体を作っている場合には、ある部分の失敗の影響はすぐに全体に波及する。お互いに見殺しにしない仲は倫理的であり美しくもあるが、状況が悪くなった時は共倒れという可能性も高まる。そして、今の終末論的な事態の最も根本にあるのは、この地球全体で一つの社会という人類始まって以来の新しい生きかたなのだ。

高度に発達した資本主義は技術と結びついて次々に欲望を生み出し、それを餌に人を巧みに働かせ、見かけの繁栄を作り出す。それをもっとも上手にやっているのが、福祉などの社会主義的政策を低く抑えて国を運営しながら、他国から羨まれる優等生の経済と、最も勤勉な（死ぬまで働く）国民を生み出した国。他ならぬ日本である。資本主義は効率がいい。しかし、何の効率がいいかと言えば、資源を商品に変え、商品を廃物に変えるという一方通行の流れを速やかかつ円滑に行うという意味で効率がいいのである。これから、南の国々は見せびらかしの文化制度をそのまま取り入れて、北と同じ消費のレベルに達しようと努力と要求を続けるだろうし、現状維持を望む北の国々は資源温存を唱えてそれを抑えにかかるだろう。そして、そこにはもう理性によって社会全体の最適制御を求めるという本来の社会主義の理念は存在しない。社会主義は泥に塗《まみ》れたばかりか、血までたっぷりと吸ってしまった。人はもう選良の知恵を信用しない。残っているのは野放図なレッセ・フェール（放任主義）だけ。われわれ資本主義国の住民は偉大なる競争相手を失ったのだ。

沙漠的思考

M・バルガス＝リョサの『世界終末戦争』という長い小説を丁寧に再読しようとずっと心にかけながら、なかなか踏み出せなかった。一度目はついついプロットを追う読みかたになるものだ。それを終えたところで、今度はテーマの奥深くまで入ってみたいと考えた。ある意味では偏見を最初に用意するような読みだが、それが必要な場合もある。しかし、いざとなるとなかなか時間がない。なんといっても千八百枚を超える長篇なのだ。気になったままずいぶん時が過ぎた。それでも、いかに忙しいといっても、ふっと仕事の合間に凪《なぎ》のような時期があるもので、先週がちょうどそのような時にあたった。これ幸いというわけで、この大作をもう一度読みはじめ、読みつづけ、遂に読み終わった。やはりおもしろかった。

長い小説に対して採点が甘くなる傾向が自分にあるのは知っている。短篇が技術主義だとすれば、長篇は体力主義であり、ぼくは長期に亘って一定の知的精神的状態を維持する後者の型の作家が好きなのだ（もちろん長ければいいというものではない）。このバルガス＝リョサの小説は彼の作品の中でも特に優れたものである。大きな素材を大きいままに扱って、その間よく密度と緊張感を維持している。歴史小説は事実を大きく踏み外してはいけないもので、その意味ではこれもテーマであるカヌードスの宗教叛乱の歴史的事実をはずれるものではない。小説に仕立てるにあたって、彼はおそらく知力と同様に多量の労力も投入したはずである。それがこのテーマに対しては正しい姿勢だった。こういう方法でなくては書けない話もある。

おさらいをしてみよう。時代は十九世紀の最後の頃、場所はブラジル。セルタンゥと呼ばれる奥地にあるカヌードスという村。ここに一人の流浪の宗教的指導者に率いられた貧民たちが政府から独立して別の国家を樹立する。国家という意識はなかったかもしれないが、大地主の横暴を押し退け、中央政府の近代主義的改革に反対し、一つの村を中心に勝手に自治を布いたのだから、立派な反逆に違いない。この指導者は人々からコンセリェイロと呼ばれた。歴史的な事実だけを追ってみれば、一八九六年十一月、共和制の施策の多くを否定するこのコンミューンに対して百名ほどの歩兵隊が派遣され、途中の町であっけなく撃退された。翌年の一月に今度は五百五十七名が送られたが、これも六十名の戦死者を出して敗退。二月にブラジル陸軍の名将として広く知られたアントニオ・モレラ・セザル大佐の率いる千二百八十一名の遠征隊が出発。「カヌードスで朝食を！」という勇ましいかけ声にもかかわらず、三月、この遠征隊も壊滅し、指揮者のセザル大佐が戦死するというとんでもない結果になる。相手は先日までは奴隷だったような（ブラジルの奴隷解放は一八八八年）貧農たちで、それも七七年から七九年にかけての大旱魃《かんばつ》でさんざ痛めつけられ、生活がなりたたなくなっていた。コンセリェイロの霊的指導のもと、戦いの局面で彼らを率いるのはカンガセイロと呼ばれる無法者たちで、これは山賊とも盗賊とも匪賊とも訳せる（グラウベル・ローシャ監督の傑作『アントニオ・ダス・モルテス』のあの画面を思い出そう）。つい先ごろまでは村々や大規模な農場を襲って奪う犯す殺す焼くの悪逆非道の日々を送っていた連中である。それがコンセリェイロの前では猫の仔のようにおとなしく、尼僧のように敬虔になる。いかに二万、三万の勢力とはいえ、こういう男どもと貧民との混成旅団が、武器弾薬を充分に用意して訓練もゆきとどいた正規軍に勝ったのである。

共和国政府は事態を重く見て、この年の六月までかけて周到な準備を整え、六千名を超える軍隊に砲兵隊まで付けて送りこみ、カヌードスを攻略した。そして、長い長い持久戦の果てに、十月五日、遂にカヌードスは陥落した。この一年間の戦闘で軍の側の損失は死傷者合わせて二千六百名。叛徒の方は三万の勢力のほとんどが死亡したとされる。

数字で表現できる事実はこれだけだ。しかし、この背後には多くの人間的な事実があるのであって、それを書くためにバルガス＝リョサはこれをかくも長い小説に仕立てなければならなかった。視点をつぎつぎに変えて全体の構図をすっかり描ききる手法は安定してしかも説得力に富むし、いくつかの戦闘への盛り上げもうまいものである。だが、彼の業績はそういう波瀾万丈の歴史物語を書いたに留まらない。ブラジルという国、今という時代が抱え込んだ問題のすべてが並んでいるかのようなこの事件を通じて、彼は啓蒙主義的な進歩思想への一つの反論を提示するのである。

指導者であるコンセリェイロは、本名アントニオ・ヴィセンチ・メンデス・マシエル、二十年にわたって奥地の貧しい村から村を回って人々の心を慰めつづけた、教会組織とは無縁な信仰者で、その言葉も来世指向が強い。つまり預言者だ。彼の周囲に集まったいわば使徒たちは先に述べたように山賊であったり、やはり宗教的な放浪者や、村々の中で自発的に出家に近い生活をしていた信仰心のあつい者だったり、あるいは生まれつきの奇形ゆえに迫害される者であったりする。彼に近い者ほど何らかの特異性が高いということができる。その他に血の混合というもう一つの多様性の要素が加わる。ブラジルは世界で最も混血の率の高い国であって、それもインディオと白人、黒人と白人、インディオと黒人、それにそれら相互の間に生まれる子供たちと、その血の比率は複雑を極め、今では人口統計も人種調査を放棄しているほどである。その意味でもこの叛乱の参加者は多種多様、彼らに共通するのは現世への絶望とコンセリェイロへの信頼のみ。

こういう集団が終末論によって燃えあがる。時は十九世紀の最後の数年である。この数字の偶然が人々を動かしたのだろうか。コンセリェイロは長らく村々を巡ったあげく、カヌードスを最後の拠点と定めた。大旱魃の影響も極限に達した。そういう理由がいくつも重なって、蜂起に至る。叛乱が起こるずっと前の段階で、村々を巡るコンセリェイロに人々は「今世紀はちゃんと終わりまでいくんでしょうか？」と尋ねる。人はきりのいい数字には弱いものである。一九〇〇年までこの夜は続くんでしょうか？」と尋ねる。それに対して彼は「一九〇〇年には光が消え、星が降るだろう。けれども、その前に、驚異的なできごとがいろいろ起こるだろう……一八九六年には何千人という信者が海岸から奥地セルタンゥへと向かい、海はセルタンゥになり、セルタンゥは海となるだろう。一八九七年には砂漠が牧草で覆われ、羊飼いと信者はたがいに求めあって混じりあい、それ以後、たったひとつの信者の群れと、たった一人の羊飼いしかいなくなるだろう。一八九八年には頭の数よりも帽子の数の方が多くなり、一八九九年には川は赤くなり、新しい惑星が天を横切ってゆくだろう」と答えた。そう、こういう話しかたをする指導者なのだ。ここで『ヨハネ黙示録』を思い出すのは当然である。終末の兆候はさまざまな形で自然の中、社会の中に現れる。そして、終末をすぐ先に控えた時期だからこそ、残った日々を最も大事なことに捧げなければならないと彼は説く。叛乱に参加した人々にとって、神に最も近い場所がカヌードスであり、キリストに最も速やかに近づく方法が戦いであった。

このような状況の中では近代的な個性は事象の流れの中に滅却する。すべてが伝説の衣をまとう。事実を超える真実が見えてくる。使徒たちの一人一人について、その生い立ちと苦難、悪行とそこからの救いが語られ、カヌードスの乱という大きな流れの中で彼らが担う役割が明らかになって、いわば混乱の中の調和が示される。個を捨てることの喜悦は宗教に特有のものだが、そうわかっていたところで全体のための自分という図式を信じる姿はやはり感動的である。小説の最後の方で、つまりことがすっかり終わってから、局外者であった啓蒙主義的な大地主の一人と、たまたま最後まで叛徒たちと行動を共にすることになったあるジャーナリストが、事件を振り返って討議する。そこで大地主は、一見して無駄と見える状況で英雄たちではなく名もなき民の間から、それも戦闘力に欠ける女性や子供たちの中から、どうして今この場で自分は死ぬという決断が出てきたのかと問う。それに対して、ジャーナリストはこう答える――「わたしが思うには、それはコンセリェイロでもなければ偉い方の連中でもなかった。むしろ、自発的に、誰からともなくみんなで同時に決定したことだったんです。そうでなければ、誰もそんな決定に従いはしなかったでしょう。誰もあれほどしっかりと覚悟を決めて殺されに行きはしなかったに違いない」。これは近代ではない。

この小説の中でぼくが最も興味を引かれた反近代の思想は、自然に対するものだった。コンセリェイロの口からしばしば語られるのは、この世界の自然という側面の終末である――「何世紀にもわたって動植物をはぐくみ、人間を保護してきたために大地は疲弊しており、やがて父なる神に休息を乞うことになるだろう。神は大地に休息を認めて、すると破壊がはじまるだろう。『わたしは平和をもたらすために来たのではない！　火を投じ、燃えあがらせるために来たのである！』という聖書の言葉が意味するのはこういうことなのだ」。

この理由ゆえに、彼らはあえて破壊のための破壊を行い、貪欲でしかもみみっちい経済原則を無視して、整備された農園を焼くのである。大地は人間の活動に飽き飽きして、休息を求めている。父なる神もまたそれを嘉《よみ》する。そういうことを百年前のブラジルの狂信者が口にした。その言葉が時を経てアジア大陸の東の端にある小国の読者のところまで届く。地球全体の人間がこの大地の疲弊ということの真の意味を知るには、彼の言葉からほぼ百年が必要だった。

この叛乱を実際に最後まで見届けた前記のジャーナリストにはモデルがいる。彼、エウクリデス・ダ・クニャは実在の人物で、後に詳細で周到な報告書を提出した。バルガス＝リョサの小説もこの『セルタンゥ』という報告書に多くを負っているようだ。そして、この本が海岸に沿った都市に住むヨーロッパ系のブラジル人に教えたものは、彼らの内なる他者、自分たちの目の届く範囲を越えてブラジルは広がっているという事実だった。人は自分と同じような考えかたをする者が近くにいると思うと安心するものだ。気心が知れないというのが他者に対する不信感を表明する最も日本的な言葉である。一つの社会が自分と等質の人々でのみ構成されているという認識は、たしかにその社会を住みやすくする。実際には社会は、世界は、多種多様な人々からなっているから、気心の知れた人だけの社会というのは錯覚であり、それにのみ頼る者はどこかで手痛いしっぺ返しをくう。日本は地理的歴史的条件が幸いして、あるいはただ無感覚なために、まだその痛みを体験していないが、ブラジルは早い段階で自分の中に他者を発見した。

その意味でも、ブラジルというのは実に世界そのものを何分の一かに縮小したような象徴的な意義をもつ土地である。実際ブラジルは、西欧風の近代都市からまったく未開発の熱帯雨林まで、形式的な民主主義から軍政や独裁的な地方権力まで、純血の白人から複雑な混血を経て黒人や純血のインディオまで、実に多くの要素を抱え込んで雑然と混乱した国家なのである。人種と文化の等質性ばかりを誇りたがるおめでたい日本などからは、地理的にだけでなく、構成要素とネイションとしての意識の面でも最も遠い国と言ってもいいだろう。

では、なぜブラジルはかくも多様な要素を国内に抱え込むことになったのか。この国の中には数百年前と同じ生活様式を守る人々にはじまって、最新の西欧の流行をすぐにも取り入れる人たちに至るまで、多くの時間が共存している。それを勾配と呼ぶならば、大西洋岸からアンデス山脈にかけての、地面の勾配と同じように文明と文化の勾配があるのだ（ただしここに言う勾配は濃度の連続的な変化という意味であって、一方の端が他方より高いという優越と劣等の価値観を表明しているわけではない)。ブラジルには今の地球の諸相を全体として象徴するほどの文明と文化のヴァラエティーがある。一九九二年の六月に他ならぬ環境サミットがここで開かれたのはこのような象徴性を精一杯利用したいという保護主義者たちの思いの結果ではなかったか。

そこで、当初の疑問に戻ってブラジルの多様性だが、その成り立ちの理由は明らかである。ここは侵略された土地なのだ。海岸の側から異質な勢力が暴力的に入ってきて、その浸透の程度によって文化の質の勾配が作られた。原理としては現代化学で優れて精密な分析法として重用されるクロマトグラフィーと同じではないか。一方から異質なものが染み込み、それがどこまで到達したかで極微量の物質の存在が知れる。ブラジルが地球全体の象徴となるからくりの基本は、外からの圧力によって内部が変化するという現象とのアナロジーにある。

海岸部から浸透した西欧文明は内部に至ってたしかに異質なものと出会った。そのきわめて顕著な例の一つがカヌードスの叛乱だった。正規のブラジル陸軍にとって狂信的な叛徒たちの戦いかたは想像の範囲を大きく逸脱するものだった。実証主義的というか、デカルト的というか、ともかく正規軍と正規軍の対決を戦争というものの基本の図として訓練を積んできた将兵たちにとって、女子供までが石を投げて戦い、まさに死ぬために前進してくるという事態は予想の外だった。その意味ではこの戦闘は異なる価値体系に属する人々の間に起こった、いわば文明同士の対決だったのである。エウクリデス・ダ・クニャによる報告書『セルタンゥ』がブラジルの人々にとって衝撃であり、ノンフィクションながらブラジル文学史に残るものになったのは、この戦いがそのまま他者の発見であったからだ。

同じような例をわれわれはごく最近見ている。ヴェトナム戦争。フランス＝アメリカの敗北の理由は明快。相手をちゃんと他者として認識できなかったのだ。戦争を始める時、相手側も自分たちと同じルールに従うと考えるのは時として危険である。擬似戦闘であるスポーツの試合を考えてみればよくわかる。予め協定ででも確認しておかないかぎり、他者が同じルールに従うとは限らないのだ。それをもってアンフェアだと互いになじり合うのは愚かな行為である。第二次世界大戦における日本は、明治以降必死で欧米流の戦争を学び、そのルールの中で戦う相手だったから、アメリカはこれに勝つことができた。逸脱はただ一つ、カミカゼ攻撃だけだった。他国を侵略して植民地にするという日本帝国主義の発想を連合国側は、自分たちもさんざんやってきたことだったから、充分に理解していた。しかしヴェトナムはそうではなかった。彼らは自分たちのルールに従って戦った。アメリカの敗北はその結果としての擦れ違いの敗北、想像力の不足による敗北だった。ある意味でヴェトナム側は勝とうとさえしなかったと言える。彼らはただ負けたくなかったのである。

華々しい戦闘によって名を上げようとカヌードスに向かったブラジル陸軍の将兵たちは、可能なあらゆる手段を用いて抵抗する素人の戦力に手を焼いた。しかたなく包囲戦に持込んだあげく、ようやく敵の陣地に突入してみたところ、そこにいたのは女性や子供や傷病者ばかり。その彼らがなおも抵抗する。こんな戦いは職業軍人の理解の範囲を超えるものである。いったいどこに彼らの武勲があるのか。そういう苦い過程を通じて、その報告を通じて、軍人たちは、また海岸沿いの土地に住むヨーロッパ系のブラジル人たちは、同じ国の中にいる他者を発見したのである。そしてこれは、ここ五百年にわたって西欧の人々が世界の各地で体験したことの一つの例であった。

ブラジルは一つの実験の地だ。ヨーロッパ人が海を越えて、ほとんど空白と見える土地を「発見」し、そこに埋まった富を掘り出しては運ぶ。ここ数百年、世界史はこのような動きを主体として作られてきた。最初、彼らは故郷たるヨーロッパまで富を運んでいたが、世代を経るに従ってその距離は短くなった。独立してからは首都まで、地方が整備された段階ではその州都まで、そして、地域ごとの荘園までという変化を通じてブラジルは彼らの地として飼い慣らされていった。その一方で元々そこに住んでいた人々の排除や、アフリカから連行された黒人労働力の投入、換金作物の交代、国際資本によるより大掛かりな投資、などを経て今のブラジルの姿がある。近代国際交渉史の基本の図。

そういうやりかたが十九世紀の末にはもう行き詰まって、終末思想が三万の人々をカヌードスに立て籠もらせた。自然が疲弊していることをその時点で見抜かせた。それが世界中に波及するには時間がかかる。百年後の今、世界全体がブラジル化し、ブラジルはいよいよ世界化している。われわれはそれにようやく気付いた。今度は誰が立て籠もるのだろう？　開発と進歩の思想の根本にあるのは何なのだろう？

　終末論を内部に組み込んだ宗教は多い。宗教が論理を超える叡知である以上、それは当然のことかもしれない。宗教を媒介にしなければ終末などという超越的な概念を知的に扱う方法はなかったはずで、それをいかにも冷静に事実として語らなければならないのはむしろ現代という特別な時代の不幸だ。それはそれとして、人間の繁栄に時間的な制約があり、あるところまで行くとすべては終わって天上の権威による倫理的な決算が行われるという考えかたはどういう理由から人間の頭に宿ったのか。

　少し意地の悪い考えかたをしてみると、終末を持ち出すのは、大衆に対する一種の脅迫である。ソドムとゴモラをその乱倫のゆえに滅ぼすとエホバは言った。アブラハムは果敢にもバーゲンを試み、そこに五十人でも正しい人がいれば、いや四十五人でも、四十人でも、三十人でも、二十人でも、いやたった十人でも正しい人がいればそれだけでソドムを救ってくれとエホバに持ちかけた。だが、それでも町は救えなかったのだ。「エホバ硫黄《いわう》と火《ひ》をエホバの所《ところ》より即《すなは》ち天《てん》よりソドムとゴモラに雨《ふら》しめ　其邑《そのまち》と低地《くぼち》と其邑《そのまち》の居民《ひと》および地《ち》に生《おふ》るところの物《もの》を尽《ことごと》く滅《ほろぼ》したまへり」。

これが、ユダヤ＝キリスト教における、終末の基本の形である。終末が近づくのは人の行いが神の意にそぐわないから、超越的な倫理基準に照らして人が存続に値しないからである。もっともここで、個人の終末と世界の終末をきちんと分けなければならない。個人に終末があることはどんなに信仰から遠い者も知っている。人はいずれは死ぬのだ。それに対して宗教は死後の審判を用意する。それが死んですぐに行われるのか、あるいは死者はそのまま眠りつづけて最後の審判の日を待つのか、そこで話は分かれる。連続処理か、一括処理か。全体をまとめて処理しようという方法の最もドラマチックなものが世界そのものの終末が来てすべての決算が行われるという、沙漠系宗教のエスカトロジー（終末論）である。

人はすべて最後の審判の日にその罪の軽重を問われ、それに応じて扱いが決まる。これが復活思想や天国と地獄の概念と結びついていることは敢えて言うまでもない。それを聖典の中に最も明快に述べているのはこれら沙漠の宗教の中では若い方に属するイスラム教で、常に人の行いを見ているアッラーと罪人に対する応報のことは『コーラン』の至るところに記載されている。「われらのしるしを信じない者は、いまに火に投げこんでやる。皮膚が焼けただれるたびに、われらは何度でも皮膚をとりかえて、彼らに懲罰を味わわせてやろう。まことに神は威力あり、聡明であらせられる。しかし、信仰に入って諸善を行う人々なら、われらは下を河川が流れる楽園に入れてやる。彼らは、そこに永遠にとどまるであろう。そこには清純な妻が何人もいる。また、すずやかな木陰にはいらせよう」（『女人の章』）。

終末思想が個人の死だけを相手にする場合には死後の世界をさまざまに描きだして、これによって個人の浄化と救済をはかるが、今ぼくに興味があるのはもちろん全部をまとめる方、世界全体の終わりを論じる型の方である。ゾロアスター教では世界の終わりには善なる神アフラ・マズダと悪の神アーリマンが戦って、それによって世界の審判と人類の復活が実現する。ユダヤ教では審判と救済と共に、それを実行する代行者が出現すると教える。代行者すなわちメシア。キリスト教が初期にあれほど広まった裏には、ユダヤ教が予めこのメシア信仰を用意しておいたという事情があった。いずれにしてもこれら沙漠系の宗教の場合、個人ないし集団の行いと世界の終わりの間には一つの因果関係が認められ、それを司る者として超越者がいた。

仏教の場合には少し違う。釈迦の死後、世界は堕落と衰滅の過程をたどってひたすら悪くなるのだ。その過程を正法《しょうぼう》と像法《ぞうぼう》、それに末法《まっぽう》の三段階に分ける三時の説が広く行われたのは日本の思想史でも常識である。この堕落と衰退は停めることも遅らせることもできないものであって、人は個人としてただ仏にすがる以外にこの大いなる衰亡から逃れるすべはない。やがて日本ではこの思想は三時それぞれが千年であるという風に具体化され、釈迦の入滅が周の穆王《ぼくおう》の五十二年という説がひろまって、今わかりやすいように西暦に換算してみれば、一〇五二年から世界は末法に入ると信じられた。『扶桑略記』の永承七年の項に「今年始めて末法に入る」という記述がある。この前年あたりからの疫病の流行もあって、少なくとも知識人たちの間には終末を待つ厭世的な気分が広まった。この気分と浄土教の成立との関係もよく知られている。

仏教の場合は個人の倫理的姿勢と世界の終末との間に因果関係を認める姿勢はあまり強くない。世界は必然的に悪くなるのであって、それから個人が逃れるためには仏にすがる他ないのだ。この必然性を認めることがすなわち世界の本質を直観し、悟りを開くことであった。ここに欠けているのは個人としての人間と神の契約という概念、言いかえれば超越者の前に一人で立つ個人という思想である。しかし、世の中にはもっと徹底して人間の非力を仮定する宗教もある。

新大陸の民にとって世界の破滅は人間の倫理などをはるかに超える決定論的なものだ。彼らはその時をただ待つしかないと考えていた。「アメリカインディアンのあらゆる民は、もう彼らに与えられた時がないことを知った。残された時間は限られているし、やがて彼らは崩壊の日を知るであろう。神話や宗教的信仰により、また天文学の法則により、インディオの世界には循環の思想が染みわたり、彼らは時の再来の期待の中で生きていた。インディオは世界の主《あるじ》ではない。神の意志によって生れ、相次ぐ天変地異によって何度も滅んだ。現在の時間は際限ない時間ではなく、いわば近づく崩壊を前にしての猶予の時間にすぎない」とル・クレジオは報告する（『メキシコの夢』）。

彼らの複雑きわまる暦法ではまず五十二年が一つの世紀を形成する。そして、この世紀が終わる時、次の世紀が自動的に始まるという保証はどこにもない。世界というのはもともとそういう頼りないものなのである。物質世界の確実性を信じるのは、ただ精神界を蔑《ないがし》ろにするものでしかない。つまり、人間は五十二年ごとに世界の終わりを予想して脅える他ないのだ。その最後の晩、高官や神殿の神官たちは山の頂上へ行列を組んで登る。「ほぼ真夜中頃、彼らは山頂に達する。そこには祭儀のための荘厳な神殿が建てられている。到着すると、彼らはすばる星が中天にかかっているか見つめる。かかっていなければ、その時を待つ。それが天空の半ばを過ぎるのを見ると、彼らは天空の運動は終わらず、この世の終わりは訪れず、極まることはないという確信のもとに、新しい五十二年を生きてゆけることを知る」。そして神官たちは神への感謝を表すために一人の勇者を生贄《いけにえ》として殺し、その心臓を火に投じる。

ここまで徹底して自分たち人間を神の恣意のままに差し出す宗教は珍しい。モンゴロイドは一般に宗教の面では先鋭でなく、だいたいがアニミズムやシャーマニズムの段階にとどまっていたのに、なぜアメリカ大陸に渡った同朋は、かくも強烈な教義を案出することになったのだろう。ここでは世界はどんな意味でも存続を保証されたものではなく、すべてが神の采配にかかっている。人の自由な精神にはまったく出番がない。

だが、ここまで相手まかせでなくとも、例えばエチオピアのキリスト教では終末が来るとすればこの日という日が年に何日かあって、その日が来るたびに人々は身構えるのだという。それが本当に世界の終わりの日ならば生きている者はすべて死に、死んだ者は生き返って世界はふりだしに戻る(エチオピアのキリスト教は四世紀という早い段階で伝わったもので、単性説を取る教派の中ではエチオピア教会は最も大きなものである)。

人間はこの世界の選ばれた被造物ではない、という考えかたは今のわれわれからはあまりに遠い。進化の頂点に立つ自分という思想に人間はあまりに慣れている。だが、これもまた多くの考えかたのうちの一つだとすれば、それは起源を持ち、展開の過程を持ち、その結果として今みるような隆盛に至ったはずである。それは具体的にはどういうことだったのか？

ここに掲げたいくつかの終末論の中で、今の状況と最も重なるのは、やはりユダヤ＝キリスト教のそれということになる。人間の行為が終末を招きよせているのであり、倫理的な責任は人間自身にあるというものだ。われわれはマヤの人々のように天災に似た一方的な終末の到来の確率に脅えているわけではないし、十一世紀の日本人のように時期が来たから滅びるのであって後は仏にすがる他ないと信じているのでもない。今、すべての環境論・公害論・資源論は、自分たちのふるまいを改めないかぎり人間にとっての世界は終わると教える。カヌードスの貧民たちほど追い詰められてはいないが、ソドムの民ほどにも危険を意識していない。なんとかなるだろうと享楽しつつ静観の態度。

そういう状態に至るまで、われわれの世界はどういう経路をたどったのだろう。神の定めた倫理コードとそれに背反した人間という図式がパレスティナに起源を持つ沙漠系の宗教が教える終末論の基本構造だとすれば、そして今われわれが直面している危機がこの型の終末論だとすれば、何が超越的な倫理コードであり、何が背反であったか、それを明らかにすることが必要になる。正面の問題は環境論・公害論・資源論である。だが、そこだけを取り出して論じたところで、全体の構図は見えてこない。せいぜい紙おむつはやめましょうという小市民的なスローガンに終わるだけだ。もっと大きなものが背後にある。今われわれを上から非難のまなざしで見ているのは自然という神であり、彼が問題にしているのは各論ではなく、それを生み出している人類全体のある知的姿勢、生活態度、思想なのだ。フロンを代替物と置き換えればいいというのではない。何が、どういう思想が、フロンを生み出したか、そこをこそ彼は問うているのではないか。

十七世紀の末ごろ西欧に台頭し、やがて世界全体を支配するに至ったある思想的な傾向がある。一人や二人の思想ではなく一連の思想の束としてずいぶん強い影響力を今なお持っている。今も子供たちはこの思想を教えこまれ、その心地よい刺戟を利用してそれぞれのものの考えかたを形成し、世界はそういう風に運営できるのだと考えるようになる。二十世紀末の日本に生きるわれわれにとってもあまりに普遍的であるために疑いを挟む余地がないかに見える思想。すなわち進歩の史観。

しばらく前までの西洋史では、中世は暗黒時代というのが常識だった。ギリシア・ローマの知識と叡知が宗教によって抑えられ、無知と迷信が世を支配した、と教科書は教える。一時的にイスラム圏に蓄えられた知識がルネッサンスと共にヨーロッパに帰還し、それを機にようやく啓蒙の時代が来た。それ以来、人類の知識はいよいよ増し、それによって世界はひたすら至福に向かって邁進する。

これは実は新しい思想だった。古代には人類の歴史は愚行の繰り返しであり、全体として状況がよくなることはないと信じられていたと、例えば典型的な進歩思想の啓蒙家であるコントは言う。古代人は、「人類は、同じ歴史段階をいたずらに繰り返す運命にあり、人間の本性全体によって決定づけられたある目的に向かって新たな変化を体験することはありえない」と信じていたというのだ。そしてその時代は終わった、と彼は宣言する。人類は知的離陸を遂げた。その結果、われわれが習う近代西欧思想の基本は、理性と科学が宗教の蒙《もう》を啓《ひら》き、人類は知の力によってより優れた状態へ進み続けるというものになった。世界中すべての国ですべての子供がこのような進歩の思想、現状を改善してよりよい生活をするには理性によって社会を運営し、それを通じて矛盾を解消してゆくことだと教えられている。

コント以降、いったい何人の啓蒙思想家の名をわれわれは挙げることができるだろう。宗教と戦争さえなくなれば世界はずっとよくなると言ったヴォルテールがおり、人間は完成に向かって前進すると主張したチュルゴがおり、悪は自ら正され、理性と正義はますます強大になると言ったヘルダーがおり、歴史の目的は人間の合理化と道徳化であると説くカントがいた。大事なのはこれら一人一人の啓蒙思想家の名ではなく、それがかくも普遍的なるものになってしまったことであり、もう一つ、この時期の歴史と科学がそれに歴然たる証明を与えたことである。

十七世紀以降の世界史では西欧の優位は明らかである。世界はひたすら西欧化されてきたし、今もなお西欧化されつつある。西欧の文明が人間の文明となる過程がこの三百年だった。途上国というのは、その西欧化の過程が未だ充分でない国の謂《いい》である。つまり、今日、すべての国の基礎に進歩の史観がある。なぜそういうことになったのかと考えてみれば、この時期の西欧文明に進歩を実証するだけの裏付けがあったという事実に思いいたる。この二、三百年ほどの間に西欧流の科学と技術は多くの成果をあげたし、それが適用されたところでは生活のレベルもたしかに上がった。また、社会全体の不平等もある程度まで解消された。敢えてトートロジーを承知で言えば、西欧文明がかくも世界に広まったこと自体が、この文明の成功をなによりも雄弁に証明している。

しかし、この考えかたが基本的に拡張主義的であり、ある意味では攻撃的であったことについて、われわれはもっと考えてみるべきだろう。啓蒙思想が広まったのは、西欧が植民地政策によって潤いはじめた時期とある程度まで重なっている。植民地によって国民が裕福になったから楽観的な進歩の思想が生まれた、というほどことは単純ではない。現に植民地経営によって最初に富を獲得したイベリア半島の二国から啓蒙主義は生まれなかった。しかしヨーロッパを全体として見るならば、地域内の経済の安定した成長と共に植民地からの富の流入と過剰な人口の植民地への排出というからくりが社会の安定を生み、障害をすべて排除すればすべてはうまくゆくという考えが生まれたのではなかったか。経済成長がたまたま経年的に実現したという事実があって、それが思想として進歩の史観になったのではないか。

つまり、外部からの富の導入によってある程度まで社会が整備され、いわば敵の姿と攻略の方法が明らかになったからこそ進歩を信じることもできるようになった。その時に彼らに見えた敵とは、ヴォルテールによれば宗教と戦争であり、多くの社会主義者によれば不平等な経済システムであり、福沢諭吉の意見では身分制度であり（「門閥制度は親の仇でござる」と彼は言った）、不充分な教育であり、民主主義の不徹底であり、科学と合理主義の停滞であり、経済の非効率であった。そういうものを次々に解決することで、人類は最大多数の最大幸福というおめでたいスローガンを押し立ててひたすら前進することができる。人はそう信じてきたし、今でも信じている。

十九世紀以降、さすがに真剣にものを考える思想家たちの間では、どうもこの無限の進歩というテーゼには無理があるのではないかという懐疑論が主流になった。シュペングラーは西欧の優位に水を差したし、先程のヴォルテールが難じた二つの要素のうち、宗教の勢力は後退したが戦争は逆に前へ出てきて、その規模は大きくなるばかりだ。ヒトラーの出現が与えた最大の衝撃は進歩思想の壊滅と性善説の根本的否定だった。だが、それでも、ひねくれ者の思想家や哲学者はともかく、一般大衆が進歩を信じていることに変わりはない。オリンピックをはじめとするスポーツ競技にあれほど人気があるのは、代理戦争という面とは別に、あの分野では進歩史観が最も明快に目に見えるからではないか。数字だけを見ていれば、記録は永遠に伸びてゆくように思われる。しかし、その記録の伸びを維持するために無理無体な基盤の拡大があったことを無視してはいけない。参加国の数を増やし、眠っている才能を発見するために資金が投入されるだけでなく（アベベの登場のあの衝撃！）、それでは限界があるとなるとドーピングが行われ、人体そのものの改造が横行する。人はかくも必死になって進歩を信じたがるのだ。

実際の話、この三百年間、世界の進歩を支えてきたのは、西欧的な方法を適用する範囲の拡大である。鉱山や農場や市場の開発、新しい素材や技術の発見、その限界を打破するための大量生産・大量消費主義。西欧文明の場は決して閉鎖系ではなかった。外からの物資の流入があってはじめて支えられた進歩であり、発展だった。それが地球の大きさという絶対の限界にぶつかった時、今見るような終末論が出てきたのである。それならば、ここで必要なのは考えかたそのものの変更、人類の多くに刷り込まれている進歩の史観の変更ということになりはしないか。

進歩の史観が十七世紀以降の世界を席巻したと言っても、それがその時になって唐突に世に現れたわけではない。人間の時間感覚には円環型と流れ型があると言われる。後者の方、つまり時間の流れと共に世界は変わってゆくという考えもずっと昔からあるわけで、それがひたすら良い方へ変わるとなったのがヨーロッパの場合はこの数百年であり、経済拡大政策の成功はしばらくの間だけにせよそれを裏付けた。では、時間が循環するものではなくひたすら一方へ流れるという思想はどこから来たのだろう。一年は季節に分かれ、それが巡ってまた同じ季節が来る。そういうモンスーン地帯の気候を見ているかぎり、時はただ循環するとしか思えない。年毎に桜が散るのを嘆くのが日本人の思想だとしてしまったのでは、散るのはその時かぎりであり、翌年の桜は今年よりもよいはずだという時間そのものへの信頼など生まれるはずがない。

地理学者鈴木秀夫は、沙漠という環境が人間の一方的な時間感覚を生んだと言う。彼によれば、氷河期の終わりと共に世界は沙漠化しはじめ、それによって農耕が促された。それと共に呪術が整備されて多くの神を拝む多神教が生まれたが、気象条件がきびしくなるにつれて多くの神が脱落し、一神教が形成された。「多神教の世界では、山川草木、日月旦辰、いろいろなものが神になり得る。草木が繁茂し、多数の動物が棲息する湿潤地帯では、たくさんの神々が考えられたが、乾燥が進むにつれて、森林が消滅し、草原が後退していくと、神々もまた消滅せざるを得ない」（『森林の思考・砂漠の思考』）。そうして、例えばサハラでは森林も草原もなくなってただ川と太陽だけが残った。こういう場では神も唯一神たらざるを得ないだろう。

実際、サハラ沙漠に立ってみると、方位の感覚が森林や草原とあまりに違うことに驚く。地平線まで砂や礫しか見えない場所では方位というのは実に抽象的で無意味なもので、それよりは上下感覚の方がよほど強い。平らな地面の一点に自分が立っていて、その上に天がある。これが世界というものの基本構造であるとすれば、上から自分を見る超越者の視線は他のどんな場所よりも強く感じられる。何かが上から存在を保証してくれなければ、自分など砂の中にすぐにも消えてしまいそうだ。そういう不安感。自分がこの場にいることは決して自明ではない。上なる者によってそうあらしめられていると考える方が自分というものを受け入れやすいのである。そこのところを鈴木はこう言う——「自分自身が神によって創られたものであると意識することは、自分をとりまく、動物、そして植物、さらに、天地万物が神によって創られたものと考えるようになるのは必然で、こうして、天地創造という概念が成立することになる」。この世界が創られたもので始まりの一瞬があったのならば、そこには終わりも当然あるだろう。世界をあらしめた超越者には当然自分の作品である世界を終わらせる権能もそなわっているはずだ。かくて、時間は天地創造にはじまり終末に至る一方的な流れとして理解される。

これだけならば、何も地理の専門家である鈴木が言うほどのことではない。『聖書』と『方丈記』を読み比べた者ならば誰にでも考えつくことだ。鈴木が面白いのはこれを地史と重ねて、気候の変化が沙漠を生み、それが沙漠的な思想を生んだと一つの因果律としてことを捕らえているところである。そうなると、一所に留まってそこを可能な範囲で楽土として維持してゆくのではなく、ひたすら版図を拡大することで経済成長を求めるという考えが人間の社会に出てきたのは地史的な必然ということになる。具体的には、五千年ほど前まで続いていた高温期が終了して地球は寒冷化し、それにつれて今見るような乾燥地帯がアフリカからアジアにかけて出現した。緑のサハラは消滅し、人はより厳しい時期を迎えた。それに対するいわば理論武装が唯一神の信仰と、そこから派生した天地創造説や終末論だというのだ。

もう少しだけ鈴木を引こう——「世界が有限であり、天地創造から終末に向かって、一直線に進んでいると考えるキリスト教の世界では、もっと緊迫感があった。天地創造も、遠い彼方のことではなく、紀元前五四九二年のことであったと、紀元後一五〇〇年を少し越えた時代の人まで考えていたのであるから、その短い世界の存在の間に、人間がのんびりと過ごしていいはずがない。キリスト教の世界では、その用語である人間に与えられた『自由意志』を、歴史の進む方向、すなわち神の摂理の方向にむけて働かすべきであると考える思想が支配的となった。人間の社会が奴隷制から民主制へ移行してきた事実をみて、その変化が神の意志によっておこったものとして受けとめ是認し、肯定し、そういう方向に、なお一層社会が進むことに、自分個人に与えられた『自由意志』を働かせる。そういう方向の変化は、そういう個々人の力の集合によってたしかに加速されたであろう。それをヨーロッパ社会は『進歩』と名づけた」。

この思想が特に力を得て西欧から世界全体までを支配するに至ったのがこの三百年だとすれば、そしてそれがいよいよ加速しつつあるのが現代だと言うならば、われわれは一つの決定論の埒《らち》を越えられないことになる。人間の思想は地球の気候の一つの結果であり、五千年前に始まったものが今となってその力を最大限に発揮している。せいぜいその程度の時間の長さに関わるものなのだ。終末が近く感じられるのも無理はない。一方的な進歩の果てに何があろうと、その流れをとどめる力はわれわれの中にはない。立ちどまってその場で足踏みを続けるのは不可能である。マルクス主義がユダヤ教からの強い影響を受けていることは広く知られている。一回の革命によって絶対善の世界が出現するというドラマチックな図式はそのまま終末論であり、そこでは革命はほとんど最後の審判であった（マルクス主義と社会主義をここでは厳密に分けておきたい）。

科学の分野はもともと時間的な因果律を中心に据えるものだけに、進歩の史観が絶対の力を持ってきた。そこで思想的に最も大きな影響を人々に与えたのは進化論である。種もまた変わりゆくというのは、時間の流れが一方にのみ進むことの明快な表示ではないか。あるいは、最近になってビッグバン説はついに宇宙そのものにまで始まりの瞬間を想定し、対称性の原理によってその逆の側にビッグクランチと呼ばれる終末を置くに至った。進化論やビッグバン説が神の教えに背くものだという教会の反対は実のところ身内同士の争いのように見える。始まりを想定した上で現実の世界を解釈するという姿勢において、両者は実によく似ているのだ。

ヨーロッパは進歩の思想とそれを具体化した攻撃性によって世界全体の自然を人間化し、利用し、実のところは沙漠化してきた。コンセリェイロは十九世紀の末にすでに世界の終わりを予想したが、その百年後、正にそのブラジルから世界が崩壊してゆくさまをわれわれは見ている。土地利用効率の高いゴム採取が大規模ながら粗放な牧畜に切りかえられる。ウェスタン映画の主題の一つは牧畜から農耕へという流れとそれに反抗する大牧場主たちだったが、一世紀後のブラジルではそれが逆行している。それでも、その勢力争いの中で用いられる暴力はアメリカ合衆国でインディアンたちに対して行われたと同じ種類のものだ。熱帯雨林のトランス・アマゾン・ハイウェイをはじめとする多くの道が縦横に造られ、その周辺から次々に木が切られて運び出され、草が焼かれ、牧草地が開かれてゆく。熱帯の薄い表土はたちまち水に流され、牧草地は次々に奥へ移動せざるを得ない。そのさまをわれわれは経年的に撮られた人工衛星の写真の中に明らかに見ることができる。世界中の動物と人間に酸素を供給し余計な炭酸ガスを吸収しているはずのアマゾニアの森林がおそろしい勢いで減ってゆく。

そういうことについてなら新聞や雑誌の記事や書物やテレビ番組が山ほどある。しかし、確実に効果的な開発停止の方法はない。実際に木を切る者を止める決定策はない。自分の国がどれだけの投資を直接間接にアマゾンに対してしているのか、それさえぼくは知らない。『世界終末戦争』は今も継続している。信心深い貧民たちとカンガセイロが一緒になって戦って死んでいったのと同じように、ゴム採取人が追い立てられ、殺され、大きく育った木が次々に切られる。かつては無限と思われていたものがあまりに速やかにその限界を見せてしまう。収奪経済によって繁栄してきたという正にその意味で、いずれ確実に限界が来るという意味で、ブラジルはこの世界全体であり、世界はブラジルなのだ。

しかし、それでは、このような傾向に対してどう戦えばよいのか、と人は問うだろう。だがその前に、ここで戦いという言葉を使ったことにぼくは疑問を挟んでみたいのだ。これは本当に戦いなのだろうか？　そういう発想そのものを疑ってみるべきなのではないだろうか？　戦いは人間の能力を速やかかつ効率的に引き出す有効な手段である。だれでも自分や家族の生命が危ないとなれば普段以上の力を出す。いや、部族をあげての戦いというような薄弱な理由でさえ奮い立つ者は少なくない。戦いはその件に関わる者すべてを二つの陣営に分ける。敵と味方は截然《せつぜん》と区別され、中立という申告は認められない。それが今の場合、方法として本当に有効なのだろうか？　事態が緊迫していることはよくわかる。一刻の猶予もないのかもしれない。そういうスローガンで人々の気持ちをある方向に向かって高め、まとまった大きな力をつくり出したいという方法論も理解できる。だが、そうやって一方向に向けてみんなの力を結集してきたことが、そのような姿勢に含まれる攻撃性が、事態をここまで悪くしたのではなかったか？　白か黒かという排中律こそ最も沙漠的な考えではないのか？

かつて日本の反核運動が政党間の争いのために分裂してしまったことをぼくは不思議に思った。平和のための戦いという言葉に含まれる矛盾に人は気付かないのだろうか。事態が緊急であることとは別の理由から、人々は戦闘的になっている。例えば、今、手元にある一冊の本、「世界環境保護運動の最前線」と副題を付された本のタイトルはなぜ『緑の戦士たち』なのだろう。なぜ環境保護運動を戦いの比喩で語らなければならないのか。なぜグリーン・ピースは滑稽なほど戦闘的で、目的よりも手段をアピールしたがるのだろう。

実を言えばぼく自身この本の中でずいぶん攻撃的な表現を使ってきた。今さらそれを引っ込めるつもりはないし、最後のページまでには同じような言葉遣いをまだまだするかもしれない。だが、そう思う一方で、すべてがあまりに戦闘的だとも思うのだ。

今の世界にはいかなる思想も戦闘の比喩を通じてしか表現できないという確固とした信念が広く行き渡っている。映画にせよ小説にせよ、またテレビやコンピューター・ゲームなどの新しいメディアにせよ、大衆的な娯楽作品を見れば人がひたすら戦いたがっていることは明白である。敵を定めて攻撃を仕掛けることは容易であると同時に快感でもある。敵が誰であるか、それについて本当に確証が得られるならば、あとは捨て身の攻撃だろうが決死の行動だろうが、ことはばかばかしいほど簡単なのだ。その先にあるのは暴力の快楽と達成感。たとえ相手が反撃してきてそれが予想を超えて手強く、その結果こちらが死んだとしても、これほど満足できる死はないと社会は教える。そういう条件づけが最初からある。そして、約束どおりそれぞれの社会に用意された靖国神社は後々まで手厚く面倒を見てくれる。しかし、攻撃の開始はそのまま判断の停止でもある。人間を人間たらしめているところの理性というものはそこで機能を停止するのだ。その時点でわれわれは個人であることをやめて戦闘の一つのユニットになる。そして、疑いつつ戦う者はおそらく負けるだろう。本当にむずかしいのは誰が敵かの判断であり、その判断を一回だけでなく永遠に続けてゆくことなのに、それを放棄した者のみを社会は利己的な理由から賞賛する。

まるで蜂の社会だ。別の言いかたをすれば、沙漠的な思考。

地球の環境そのものがわれわれに戦いを強いているのだろうか。地球は一つの生命体であり、人間は他の生物同様その表現手段の一つに過ぎないとするならば、乾燥に伴って主たる生物が互いの間でも、また他の生物や資源に対しても、過剰に攻撃的になるのは理論的に当然のことなのかもしれない。地球そのものがガイア説が言うごとく人間などよりも優位にある生命体だとすれば、一つの種がはびこりすぎて滅びることも計算の内ではないのか。森林族と沙漠族があって、後者の方が攻撃性で勝っているとすれば、この数千年の間、世界史全体がその流れに沿って実体化してきたのも無理はない。いずれはまたひっそりとした森林族の時代が来る。貧しくて、地味で、平和な時代。すべての破壊の後に貧者の平和が実現する。そう考えてみようか。

風土論の分野でここにぼくが稚拙に述べた内容にずいぶん近いことを精緻に展開した和辻哲郎は、その一方で西欧に対して日本が遅れをとったのは、科学の精神、探究の精神がなかったからだと言う。空襲下の東京での共同研究をきっかけとしてはじまり、後に『鎖国』という名のもとにまとめられた論攷《ろんこう》は、敗戦の直後という時代背景を考えにいれると、四十年を経た今、複雑な感慨をもたらす。彼は言う――「近世の初めに新しい科学が発展し始めて以来、欧米人は三百年の歳月を費やしてこの科学の精神を生活のすみずみにまで浸透させて行った。しかるに日本民族は、この発展が始まった途端に国を鎖じ、その後二百五十年の間、国家の権力をもってこの近世の精神の影響を遮断した。これは非常な相違である。この二百五十年の間の科学の発展が世界史の上で未曽有のものであっただけに、この相違もまた深刻だといわなくてはならぬ」。

この後、彼は大航海時代の歴史を説き、安土桃山から江戸の初期にかけての日本史をもっぱら宣教師たちの視点から描く。今読んでも実におもしろい本である。そして、結論として、「つまり日本に欠けていたのは航海者ヘンリ王子であった。あるいはヘンリ王子の精神であった」とする。航海者ヘンリはポルトガルの王子で、自分自身では海外に出なかったが、大西洋に面したサン・ヴィセンテ岬に天文台や海軍兵器廠、それにコスモグラフィーの学校などを設立、アフリカ西海岸航路の探索を推進した人物である。言ってみれば進取の気性を絵に描いたような指導者だ。

だが、本当にそうなのだろうか。彼にあったのは進取の気性と探究の精神、それに科学性だけなのだろうか。本人はそう考えていたかもしれない。こういう資質を否定するのは、ここ数百年の西欧の文化を仰いで育ってきた者にはむずかしい。そこを敢えて疑ってみると、進取の気性とは要するに未知のものに対する攻撃性であり、科学の精神とはそれを最も効率よく遂行するための論理的システムだったのではないかという疑問にゆきあたる。ヘンリ王子の動機の中には未知の世界との貿易による繁栄ということが必ずあったはずである。科学研究はほとんどの場合無償の行為ではない。

少なくとも新大陸とかアメリカとか一方的に呼ばれることになった土地に数千年前から住んでいた人々にとっては、また現在も次々と切られつつあるアマゾニアの木々にとっては、海の向こうへ行ってみようというヨーロッパ人の精神は実に迷惑なものだった。コロンブスの壮挙を五百年後に顕彰する声に今一つ力がこもらなかったのもそのためである。進歩の思想への疑念はいたるところでくすぶっている。

和辻が非科学的な停滞と難じた江戸時代は本当に停滞だったのだろうか。そういう言葉を使うためには、まずもって進歩の史観を信じなくてはならない。文明は拡張主義的なものであると認めなくてはならない。江戸期の鎖国を可能にした条件はいくつもある。大陸から微妙な距離だけ離れた島国だったし、国内は徳川家と各藩という二重支配のもとに安定していた。諸勢力が争う時代だったら、誰かが海外の覇権と結ぶ戦略をとったことだろう。欧州諸国はインドから東南アジアあたりを料理するのに忙しくて、なかなか極東の小国までは手が回らなかった。そういう理由がいくつもあって、それで日本は国を鎖《とざ》していられた。版図の拡張による経済成長という方法を採らず、停滞をそのまま経済の安定と読みかえた。航海術は稚拙な段階で発展を停められ、外洋航路の船にも甲板を張ることが許されなかった。あの世界的騒乱の時代にあって一人日本人は花火以外に火薬の用途を知らなかった。金魚とアサガオの品種改良にうつつを抜かしていた。

問題はこの時期に遅れをとったことにあったのではない。遅れをとったと考えて、明治以降なりふりかまわず必死になって身に似合わない攻撃的な態度で世界史の舞台に出ていったその性急さが、つまり鎖国の影響を補償しようとするあまりの過激でヒステリカルな反応が、あの敗戦を招いたのだ。しかも、今になってもまだあれが欧米に対してはアジアの一国としてふるまい、アジアに対しては欧米の強国のごとくふるまうという欺瞞であったことを認めようとしない。蝙蝠《こうもり》が鳥と獣の両方から嫌われるのは当然である。江戸時代を鎖国という理由だけで賛美することはできない。江戸時代はそれなりに多くの問題点をかかえていたし、個人的にはあまり生きてみたい時代ではない。それでも、モンスーン地帯の稲作民族が都市を造って繁栄を実現し、しかも他に進出することはなかったという事実は一つの成果として精査に値する。そういう視点からの報告書を今の世界に提出することは、それなりに意義のあることではないかと思う。

サルとしてのヒト

恐龍の絶滅のことを書いた時、動物は種ごとに栄えたり滅びたりすると説いた。たしかに恐龍はしばらく地上に栄えて、やがて終末を迎えた。それはドラマチックではあったが、しかし、恐龍という名でくくられる大きなグループの栄枯盛衰はある意味では地球上にくりひろげられる生物のドラマの一つの必然、生物というものの原理を地球が創造し、具体的な展開にむけてスタート・ボタンを押した時からわかっていた帰結であった。滅びるべきではないものが滅びたという不当な感じはそこにはなかった。おそらく彼らは一種の満足感と共にこの大きな舞台から退場していったことだろう。生命が誕生してから十数億年たったころにとりわけ大きな一族が現れ、一億五千万年にわたって繁栄し、やがて滅びる。ゆるぎなき遺伝システムと環境へのゆるやかな応答によって、大きな爬虫類はさまざまな変種を生み出し、地上全体に君臨する。そして、突発的な外部の原因によってか、あるいは彼らの体内に種の寿命として組み込まれた期限が来たからか、白亜紀の終わりに速やかに消滅する。いずれにしても彼らは充分に生きた。

この例はいかに繁栄を謳歌する者もいずれは滅びるという運命論的な教訓をわれわれ人間に与えてはくれるが、それをそのまま今のわれわれが直面しているところの終末の予想に重ねあわせるわけにはいかない。卑小なる者が偉大な者に自分を重ねて、彼もまた同じ苦悩とともに同じ末路を辿ったのだと勝手に納得したとしても、それはただ滑稽なだけである。恐龍の滅亡は予定の内にあった。人間の滅亡は単なる事故でしかない。もともと人間の台頭そのものが地球が予期していなかった偶発事、調和のとれた進化の隙間を縫っての抜け駆けの功名狙いではなかったのか。そんなことで舞台の様相が一転するはずはないのだ。どうやらわれわれは、地球の生命史という広い舞台の上では英雄ではなく道化の役を割りふられているらしい。

では、本当の話、人間とは何なのか。なぜわれわれはかくも速やかに地上の覇者となり、熱帯から極地に至る全域を制覇し、海の中や成層圏や地面の下や宇宙にまで進出したのか。それはどれほど異常なことであったか。種としてのホモ・サピエンスの特殊性を、その起源に戻って、考えてみることが必要になる。われわれが自然界の一員であること、われわれの淵源が他の動物にあること、それを認めた上で、われわれがその出自に反して実に反自然的な方法で繁栄を築いた鬼っ子であることを考えてみなければならない。人間と自然の仲がこんなにもこじれたのは、人間の方がここまで育ててくれた自然に背を向けたからである。そして、自然が用意したのとは別の方法で生きてきたあげく、その方法がはじめは実にすばらしいものに見えたのに、次第に具合が悪くなって、ここにいたって遂に限界に達し、今さら自然に返るわけにもいかないしと途方に暮れているのが現在の姿ということになる。

それならば、一度だけ、人間が自然から離脱して自分たち独自の方法で生きるようになった過程をおさらいしてみよう。なぜ人間だけが知能によって環境を変えるような生きかたを習得したのか、それをたどってみよう。見るべきはサル学の成果である。ただしぼくはただこの学問のファンにすぎないから、ここに書くものは今のさまざまな学説のつまみ食いであって、決して一貫した理論ではない。素人であるのをいいことにおもしろそうな話だけをつないだと言われるのは覚悟しておく。それでも自然界の中に自分たちを位置づけ、どういう場にわれわれが今立たされているかを明らかにするには役に立つと思う。つまみ食いがサルという動物の食性の大きな特徴であることは後に述べる。

今回は科学的な考察の対象としての人間であることを少し強調するために、これをヒトと呼んで雰囲気を出すことにする。さて、ヒトの元がサルであったこと、用心深い言いかたをすればヒトの祖先と現存のサル類の祖先が同じ動物であったことは既に常識と言っていいだろう（この前提も認めないとなると、この先へ話は進まない。聖書ファンダメンタリストの諸氏はそれぞれ勝手に自分たち流の終末論を考えていただきたい）。サルはいかにしてヒトになったか。ヒトがサルの段階を脱する時に獲得した新しい資質のうちの何が今となって人間を滅亡に向かわせているか。幸いにも日本は現代のサル学の中心とも言うべき地である。ユダヤ゠キリスト教のエゴセントリック（自己中心的）な人間観の束縛のない日本で、広範囲の観察と自在な思考がこの成果を生んだ。観察の対象たるサルの一頭ごとに名を付けて個体識別をするという方法ははじめ日本人にしか実行できないものだった。その成果を見ながら、ヒトとは何かという古来の疑問に対する最も新しい解答を求めてみよう。

今から六千五百万年前、つまり恐龍が滅びて地上に大きな生態学的空虚が生じた時から、哺乳類の世が始まった。どうも進化論についての一般の人々の知識はダーウィンの段階を抜け出していないようだ。あれ自体がずいぶん衝撃的であり、思想界をゆりうごかしてその後の人間観を一新したから、ついつい今もって自然淘汰とか、適者生存とか、更に一つ前の時代のラマルクの要不要説とか、そのレベルで話が済んだ顔をしたがる。しかし、その後、特に最近になって、進化論はずいぶん変わった。動物同士の関係だけでなく、環境を視野に入れての、いわば全体的な進化の仕組みが明らかになってきている。そこに大きな貢献をしたのが日本の今西錦司だったことも知っておいた方がいい。進化学だけでなく日本のサル学の発展も今西生態学なくしては考えられないのだ。

今西学の基本は「すみわけ」という概念である。まず、生物は時がたつにつれて多くの種に分かれてゆく。一つの環境内にある食物や水や光などの資源には限りがあるから、生物の間ではそれをめぐる競争が発生する。その場合に、より環境に適した身体を持つものが有利となる。世代を経るごとに有利な者が残ることで有利な形質が蓄積強化され、それが進化の力となる。これが、おそろしく単純化した形ではあるが、ダーウィニズムの基本原理である。これに対して多くの種はそれぞれに合った環境を選んで互いの無用の競争を避けて生きるというのが今西説に言う「すみわけ」である。競争と共存では原理として大きく違う。似たような種類の生物は少しずつ違うところに住んだり、別のものを食べるようにしたり、活動する時間帯をずらしたりして競争を避ける。それぞれの生物が独占的に利用している空間・時間・条件をニッチという。もともとの意味は西洋の建築で壁に造られて像などを置くくぼみ、壁龕《へきがん》の類である（E・A・ポーの有名な『ヘレンに』の第三聯《れん》に用例がある）。生活空間とか生態的地位などと訳されるが、そのまま使った方がいい。

もう一つ大事なのはアメリカの古生物学者H・オズボーンが言い出した適応放散という原理である。素人であるぼくがこの文章を書くにあたってなにかと依存している河合雅雄の『人間の由来』をそのまま引用すれば、適応放散とは「動物が異なった環境に進出し、そこに適応することによって、生理的ならびに形態的分化を行って新しい種を生成し、新しい系統が分岐する現象」である。つまり生物は争う代わりに空いている環境を探し、そのニッチに適合するように自分の身体を変えてゆく。その意味では新しい種の誕生のきっかけとなるのは強い種ではなく弱い種の方だということになる。つまり、望ましい環境を他の種に奪われたものが、しかたなく居心地の悪い環境に進出して、身体を変えるという試練を経た上で、そこを自分の領土とするのだ。ちょうどモーゼに率いられたユダヤの民のように。

恐龍をはじめとする爬虫類が速やかに消滅した後、地球の上で最も栄えたのは哺乳類だった。それはヒトを別として普通の動物界だけで考えてみても、食物連鎖の頂点に立つのが世界のどの地域でも哺乳類であることからわかる。先の適応放散説で言えば、陸上を追い出された哺乳類が一所懸命に身体の仕組みを変えた結果、海に住む哺乳類としてのクジラやイルカが生まれた。また、同じように陸上に楽園を求められなかった齧歯《げっし》類が空へ進出してコウモリになった。この一族がもっぱら夕方活動するのは、昼間の世界を鳥に取られ、夜の世界もフクロウなどの夜行性の鳥に抑えられているために、その隙間しかニッチが空いていなかったからだ。食虫類の中には同じように陸上とは別の場を求めて地下に潜ってしまったものまでいる。いうまでもなくモグラの類である。

このようにして、恐龍の時代から地球上の多くの環境はそれぞれに対して適応した生物によって満たされ、それらは喰うと喰われるぐらいのことはあっても互いを滅亡させようなどという野望を抱くこともなく、個別に繁栄して今に至っている。「生《うめ》よ、繁殖《ふえ》よ、地《ち》に満盈《みて》よ」というのはなかなかの名言で、地に満盈よというのはすなわち使えるかぎりの環境をニッチとして使って空白を残さないようにせよという意味にもとれる。神は立派なエコロジストである。しかし、この時代にたった一つ、恐龍たちが使えなかった環境がある。森の中、木の上だ。

進化圧が弱い生物に適応放散を強いたとすれば、極地や高山の頂上などのような極端に劣悪な場所を別として、地球上のいたるところに生物が住むはずである。爬虫類はその時に優越な一族だったのだから、その中で優れた環境を確保できなかった種が競争相手のいない樹上へと進出することは当然であったが、実際にはそういうことにはならなかった。その理由は明らかでないとしておこう。そして、不思議なことに、哺乳類の時代が来てもやはり樹上へと進出した種は少なかった。食虫類の一部がおそるおそる木に登っただけである。この仲間は少しずつ進化して、やがてサルになった。なぜ樹上というニッチに他の哺乳類が出てゆかなかったのか、そちらの方は相当はっきりわかっているが、その前に植物の側の進化を説明しておかなければならない。生物の進化は一つの種や属だけを論じるのではなく、動物と植物の両方を合わせた総合的な論を立てて考えなくてはならない。

まず、六千五百万年前の爬虫類から哺乳類への交代劇と並んで、植物の世界でも裸子植物（マツ、スギ、イチョウ、ソテツの類）の衰退と被子植物（今われわれの周囲に見られるほとんどの植物）の台頭という大規模な変化が起こった。被子植物は花を咲かせて花粉で受精するという優れた方法で地上に君臨し、可塑性に富む資質を生かしてつぎつぎに新しい種を作り出していった。なぜこの白亜紀の後半になっていきなり被子植物が登場したか、ダーウィンはこれを「忌まわしい謎」と呼んだが、今もってこれは謎であるらしい。恐龍はあえて木に登らなくても木の葉を食べられた。大型の恐龍は首を伸ばせばどんな高い葉にも届いただろうし、実際ディプロドクスの口と歯の形は木の葉をしごいて食べるのにふさわしいものである（余談ながらぼくはこの情景を『ヤー・チャイカ』という中篇の中で書いた）。また、体重のある恐龍ならば適当な木に体当たりしてこれを倒すという方法さえ可能だった。しかし、それでも、小型化して木の上に住む種を恐龍は生み出さなかった。先の言いかたによれば、爬虫類は樹上という生活域へは適応放散しなかったのである。

次の時代になって哺乳類がなかなか被子植物の森へ進出できなかった理由は比較的はっきりしている。植物の方が防衛したのだ。あるいは、被子植物というのは新しいすばらしい発明であって、適応能力に富み、これを食べようという動物たちの意欲の先を行ったとも言える。サバンナに比べるとずっと植物の密度が高い森林はそれだけで動物たちによい環境であるように思えるが、そんなに食べられてしまっては植物は困る。実際、恐龍が滅びたのは彼らが無防備な裸子植物を食べ過ぎて、それで食料不足に陥ったからだという説もある。ことはそう単純ではなかっただろうが、たとえば前に書いたとおり巨大隕石《いんせき》が落ちてきて恐龍が滅びたのだとしたら、そこにまず日射量の低下があり、それによって植物が減り、もともと無理な量を食べていた恐龍がそれによって餓死したという二段階の説明は可能かもしれない。

いずれにしても被子植物は防衛した。体内に毒物を蓄えたのである。毒のある植物はわれわれが思っているよりもずっと多い。人間はずいぶん昔に農耕をはじめて、それ以来ずっと品種改良をはかってきたから、今われわれが食べている植物で毒があるものは少ないが（その例外的な例を一つあげれば、熱帯の各地で重要なデンプン源であるキャッサバには青酸が含まれている。水にさらしてデンプンにしないと食べられない）、一般には被子植物の相当の種類が特に葉の中に毒を蓄えている。アルカロイドが最も広く知られているけれども、その他にもアミンや有毒のアミノ酸、テルペノイド、フラボノイドその他いろいろある。ガボンの森林で百五十四種類の植物を対象に調べたところ、その内の七二パーセントにアルカロイドがあり、一八パーセントは多量に含んでいるという結果が出たという。最近になって植物が合成する化合物の中に薬効を持つものが多いことが改めて話題になっているが、それらの多くは植物が毒として用意したものではないのか。例えばマラリアの特効薬として知られ、ヨーロッパ人の熱帯侵攻の守護天使ともなったキニーネは南米のキナの木に含まれるアルカロイドの一種である。これらは基本的には毒であった。

植物は自分に都合のよい形で動物を利用しようとする。種子を広い範囲に撒くためにはこれを赤くて甘い果肉の中に包み込み、鳥の体内を一度くぐって遠くへ落ちるようにする。

花の中に蜜を蓄えて昆虫に受粉を手伝わせる。それも蜜をただ取りされないように、レンゲの花などハナバチ類にしか開けない蓋を花に用意している。全体として鳥と昆虫は植物が自ら許す範囲でその栄養分を利用させてもらっているにすぎない。もっともその中にはさまざまなドラマがあって、チョウで言えばスジグロカバマダラのように幼虫の時に毒の多い葉を食べて育ち（自分自身には耐性がある）、その毒ゆえに大人になってから鳥に食べられることを防いでいるなどという知能犯も生まれる。更にその上を行って、自らは毒のある葉を食べないで、羽根の模様だけスジグロカバマダラの真似をするメスアカムラサキの雌のようなずるいチョウもいる。各論をやってゆくときりがない。

いずれにしても、被子植物と動物の戦いはほぼ被子植物の勝ちだった。植物の方が食べてほしくないと思っている葉をあえて食べようとする動物は生まれなかった。ただしこれは森の中の話であって、サバンナでは話が違う。サバンナは光が過剰で水が不足するという植物にとっては有利と言えない環境で、そこに生える植物は光に反応してついつい背丈ばかりを伸ばしてしまう。草食動物に食べてもらうことが余計なところを刈り込んで次の成長をうながす刺戟ともなる。だからサバンナの植物は体内に毒を蓄えたりはしない。キリンも、象も、シマウマも、多くのカモシカの類も、地平線まで続く広い広い草原に群れを作って住んでいる。これが地上の草食動物の大半がサバンナで暮らし、それを餌とする肉食のライオンやハイエナもサバンナをニッチとする理由である。

（ぼくたちが子供のころに身につけた知識によれば、ジャングルというのは弱肉強食の恐い世界で、ライオンやヒョウや巨大なヘビといった「猛獣」がたくさん住んでいるところだった。日本人はそんなにアフリカの自然について無知だったのだろうか。この謬見の基礎を作ったのは直接にはターザン映画だったかもしれない。では、ジョニー・ワイズミュラーその他の名優たちが蔦《つた》の蔓《つる》にぶら下がって飛びまわっていたあのジャングルの中にライオンがいたり、川にはワニがいたり、象も出てきたりと、本来ならばサバンナや湖沼地帯に住んでいるはずの生物が続々登場した理由は何なのだろう。本当はここでスタンレーの探検記や『ジャングル・ブック』を読み返してみるべきなのだが、それではあまりに道草になってしまう。ここではジャングルという言葉の語源がアフリカではなくインドにあることを指摘するに留めておこう。）

動物の中でサルだけが森林をニッチとした。それも鳥のように果実を食べるとか、ミミズのように腐葉を分解するとか（あるいはモグラとなってそのミミズを食べるとか）ではなく、つまり樹冠付近でも地表でもなく、森林というものの本体を成す中間部分に住む方法を見つけだした。最初に木に登ったサルの祖先である食虫類の目当ては昆虫と果実だった。果実を食べるのは魅力的な生きかたである。たしかに果実は植物自身が播種《はしゅ》の見返りとして用意しただけあって味はいいし見た目にも派手だが、栄養的には偏っている。蛋白質が少ないのである。この欠陥を補って植物食で大きな体格を作るためには葉を食べなくてはならない。しかし、葉にはまずセルロースという消化のむずかしい厄介な成分が多いし、それに前に述べたとおり毒がある。その関門をくぐったのはサルだけだった、というのが今われわれが地表にかくも偉そうに生きている第一の理由である。

ではサルはいかにして大量のセルロースと毒に対抗したか。セルロースの問題はサバンナの動物がすでにいくつかの解決策を提唱していた。第一は盲腸や結腸を長くしてゆっくりと時間をかけて消化をすること。第二は反芻《はんすう》動物のように胃を分割してルーメン胃を用意し、微生物の助けを借りること。第三はウサギがやるように糞をもう一度食べることでいわば食物に消化器の中を二度くぐらせること。そして、第四には、草食動物のどれもがいつもやっていることだが、大量に食べること。サルにとって最も有効なセルロース解決策はこの第四のものだったらしい。ニホンザルは頬袋をもっていて、目の前の食べ物をとりあえず口に入れる。胃袋も体格の割に大きくしていつでも食べて常時消化を続けるようにする。ゴリラのあの雄大な体格はもっぱら延々と食べるという方法で維持されている。

では毒物の方はどうすればいいのだろう。第一の対策は若い葉を食べること。若い葉は成葉よりも多い。観察によれば時には若葉の茎の部分だけを食べるという贅沢をサルはしている。植物の側にすれば、成葉は多大な投資の産物だから、それをたくさん食べられるのは困るが、若葉ならばさほどの痛手ではない。もう一つの対策は自分の身体の方に耐性を作ることである。

しかし、決定的な方法は多品種を少量ずつ食べることだった。毒は植物によって種類がみな違う。自然はいつでも多くのヴァラエティーを用意してどういう状況でも全員が共倒れにならないよう気を配っている。植物の毒にしても実に多種多様、組成も効能もいちいち違う。だから、たくさんのものを少しずつ食べることで樹上の哺乳類たるサルは毒の効果を薄めることにした。うまいものをみつけてもその場で飽食するまでは食べず、いい加減のところで我慢して他のものを食べる。われわれが子供に向かって教える偏食はいけないという作法は実は数千万年前からサルの母親が子供に言いつづけてきたことだった（このことの深い意味については後に述べる）。人間が一年間に食べる植物の種類は今の日本の普通の人でせいぜい六十種類である。これに対して比叡山のニホンザルは三百七十種を食べているという。これは特に多い方だが、森に住むサルのほとんどは少なくとも百種類を超える植物を食べる。この方法でサルは植物の毒性を薄め、栄養のバランスをはかり、資源を有効利用し（時々きて若い葉や果実を食べるぐらいならば植物の方もサルの存在を許すだろう）、なおかつ目先の変わったものを次々に食べておいしい思いをする。つまみ食いはサルの属性となった。

そして、これは文化的な方法でもあるのだ。文化とは何か定義はむずかしいが、ここではもう一度河合雅雄に頼って「ある社会の中で創出され、社会を構成するメンバーに分有され、世代を超えて社会によって伝承される生活様式」というのを参考にしてみよう。カイコが桑の葉しか食べないのは遺伝子の命令による。カイコの母は子供にこの葉だけ食べるんだよと教えはしない。桑の葉以外のものはカイコには最初から食べ物と見えないのだ。これに対してサルでは食べる物と食べてはいけない物の区別の多くは親をはじめとする群れの先輩たちから教えられる。最も有名な例として知られるのが、宮崎県幸島のニホンザルが発明した芋洗い文化である。ある時、幸島の若いサルがたまたま人間から貰った芋を海水で洗って食べた。そのサルは砂粒がついているのを洗いおとして食べようとしたのだが、そこでこの賢いサルは海水で洗うと塩味がついて芋がうまくなることに気付いた。そしてこの習慣はやがて群れの中に広がり、多くのサルが芋を洗って食べるようになった。この時、最も芋洗い習慣の習得が遅かったのは群れの長老格の老いたサルたちであったという。社会を率いる立場にあるものはどうしても保守的な伝統主義者になるらしい。

さて、多くの植物をそれぞれ最も適当な時に適当な量だけ食べるという規則の全体は、とても遺伝子の上に書ききれる情報ではない。第一、ローカルなゆらぎが大きすぎる。これは群れ動物であるサルが試行錯誤の結果その土地ごとに作ってゆかなければならないものだ。食物の一覧表は、変なものを食べておなかが痛くなったという体験を何十頭ものサルがくりかえしたあげく作られる文化財である。このような方法によって樹上という生活域を確保したことは、すでに大幅に知能に依存する生きかたであった。

しかもこの戦略は大成功だった。ひとたびこの方法を身につけて住みついてみると、森の中は食べ物が豊富でしかも天敵がいないという理想の世界だった。サルには敵がいない。大型のヘビとかヒョウとか、少しの例外はあるが、それでもサルの数に影響を与えるほど強い敵がたくさんいるということはない。サバンナの草食動物たちがライオンやハイエナ、ハゲタカなど多くの肉食獣に囲まれていることを思えば、これはずいぶん恵まれた境地である。だからサルたちは繁栄した。

考えてみるとこの種の論議は、人間が地上に現れて、数を増し、今見るほどはびこったことを既知の事実ないし大前提とした上で、そこに至る過程をなるべく理屈に合うような形でたどろうとするものだ。数学の論証に似て、出発点（この場合は哺乳類の一種が適応放散によって森林に進出したこと）と到達点（人間が今見るように地球上で最も強力な動物として君臨していること）の間を最適の経路で結ぶことを課題としている。出発点の方から前へ進めると同時に、到達点の側からいわばお迎えを出す論法も行われる。まったく未知の方向へ論理の枝を伸ばすのではないから、論旨はしばしば枝分かれして、また合流したりする。そのうちのどれが実際にあったことか、それが確定できないままに多くの学説が並行して行われる。サル学はこの数十年でおおいに進歩したが、それでも今がまだそういう乱立の時期であることは知っておいた方がいい。ぼくが大雑把にここでたどろうとしているのは、そのような経路の一つでしかない。

サル学というのは現存のサルたちの観察と研究の上に成り立っているもので、いつどこでどのような契機によってサルとヒトが分かれたかという大疑問にも、サルの行動からの類推によって答えるほかない。本当ならば古生物学の研究には化石という強力な武器があるのだが、たまたまヒトの起源についてはなぜか化石が欠如している。現在、ヒトの最も古い祖先として一般に認められているのはルーシーというあだなで知られる一体の化石で、これが約四百万年前とされている。そして、正式の名で呼べばアウストラロピテクス・アファレンシスであるこのルーシーの前ははるばると空白なのである。大型類人猿とヒトとの共通祖先として最も今に近いものは千五百万年ほど前のケニアピテクスあたり。この間の約一千万年については化石資料がない。この頃に少なくともオランウータンはもう分岐を済ませていたけれども、残るゴリラとチンパンジーとヒトの分かれ目が見えないのだ。

実を言えばたった一つ、九百万年前のものとされる化石がある。サンブル・ホミノイドと呼ばれるこの化石を化石人類の宝庫であるケニア北部で見つけたのは京都大学の石田英実。大空白の中の一点だから貴重な発見だが、残念ながら小さい。こういう場合われわれはずいぶん貪欲になるもので、発見を喜ぶ一方でそれがもっと大きなものでなかったことを嘆く。ともかく、見つかったのは大臼歯が三本と小臼歯が二本、それに犬歯の歯槽からなる全長八センチほどの部分。これだけでもヒトの祖先と確定できるのだから、学問というのはすごいと思う。当然のことながら同じ場所にはこの歯の持ち主の他の部分も埋まっている可能性が高いわけで、採集作業は続いている。もしも下肢骨が出れば二足歩行をしていたか否かが一目でわかるのだが、こればかりは出るのを待つしかない。化石についてはそういう状況なのである。

そこで、話はもう一度サルがサルだった時代に戻ることになるが、なぜ森林でそこまで繁栄していたサルはわざわざサバンナに下りたのだろう。身体の形態としてのヒトを最も特徴づけるのは直立と二足歩行である。これは森の中で枝の上に住んでいるかぎり決してありえない形であって、樹上から地面の上へというかつてのとは逆の動きがあってはじめて実現したものだ。より強い生物によって森林から追い立てられたのでないことは、今もって類人猿の多くが森に住んでいることからも明らかだ（今、彼らを容赦なく追い立てているのは、かつての仲間だったヒトである）。サルの側で何かが変化して、それまでは他の動物によって占拠されて入る余地のなかったサバンナに新しいニッチを切り開くことが可能になった。地上に戻ったサルは他の動物が利用できない方法でサバンナを利用し、食料を調達することができた。それはおそらく知力とでもいうべきものだったのだろうが、そう先を急がずに、最初の一歩を踏み出させたのが何だったか、それを見てみよう。

サルたちが多くの植物を利用して食生活を組み立てていることは先に述べた。ゴリラやオランウータンは植物食という範囲を超えなかったが、チンパンジーは肉食に相当部分を負っていることが知られている。この発見は学者たちにとってなかなかショックだったらしい。チンパンジーは手近な昆虫やネズミなどの小動物だけでなく、レイヨウのような大きな動物を組織的に狩って食べている。多くの植物を少しずつ食べるということは、食べられる物に対して積極的で好奇心が強いということである。そうして食べる範囲を少しずつ広げていった結果、小動物から大きなレイヨウや他のサルの類にまで手を伸ばすようになったのかもしれない。そして、これがサルが地上に戻った大きな契機だったという説にはなかなか説得力がある。肉とは他の動物の身体であり、その意味で完全栄養食品だ。それに肉はうまいということも軽視できない。多くの植物を食べ分けることでサルの味覚は発達しただろう。最初は毒物を検出するだけが目的だった味覚が、好きなものとそうでないものの区別をして、好きなものを積極的に求めるよう促す機能を持つようになった。そうなると、肉はうまいということに気付くのはすぐだし、貪欲に肉を求めるようになるかもしれない。ゴリラは自然の状態では植物しか食べないが、動物園では鶏肉や牛肉も食べるという。潜在的な肉食は類人猿全体に共通する資質であるらしい。食性が普通の動物ではめったに変わるものではないことはパンダやコアラを見ればよくわかる。それを味覚に引かれて自発的に変えたのだとしたら、すでにその段階で遺伝形質が決めた限界を脳が超えるという離れ技を実行していたことになる。サルは早い段階で文化的な動物になっていた。肉食もたまたま一つの個体から始まったものが群れ全体に、あるいはその地域に住むものすべてに、広まるのに時間はかからなかったのではないか（もちろん、遺伝子に書き込んだわけではないから、何かのはずみにその習慣があっさり消えるということもあったかもしれない）。しかし、肉を食べることと、そのまま大量の肉を求めて木を下り、サバンナに行くことの間にはまだずいぶんな距離がある。

そこで、例えば森林の植物食とサバンナの肉食の間に途中にマメ食があったという説が出てくる。ヒトの祖先が、孤独な瞑想者であるオランウータンや徹底植物食のゴリラではなく、どちらかといえば好奇心が強くて社会性でも一歩前に出ているチンパンジーと共通するものを多くもつサルであったとすれば、乾燥した気候を好む彼らが密林から疎開林へ、そして川辺林からサバンナへと出ていった経路は充分に想像できる。そして、そのような乾いた疎《まば》らな林で食料としてマメ科の植物に依存したことも充分に考えられるのだ。

そのようにしてヒトの祖先はサバンナに進出した。その時に、長かった森の暮らしで身につけて、いわば持参金として彼が持っていったものは何だっただろう。樹上生活では視覚が活用される。枝から枝へと動くことが運動の基本だから距離の測定や立体視は必須の技術である。その一方、地面という最もすぐれた匂いの媒体から遠くなって嗅覚は衰えた。双眼視のために二つの目は顔の前面に並び、それを可能にするために顔そのものが平板化した。視覚に頼る生活は脳をも発達させたかもしれない。二つの目で見た像を一つにまとめて距離を測定するのは相当に複雑な情報処理である。それに、多くの動物とちがって色を見分けることも上手になった。被子植物が花というものを発明したことは先に述べたが、花や実の色を的確に見てとることは樹上の生活では大事だっただろう。植物をいろいろ食べるのだから味覚も発達したのではないかと先にも書いた。

その他に、雑食性に由来する好奇心などというものも彼は身につけていたはずだ。珍しいものを見つけたら、用心しながらとりあえず食べてみる。遺伝的に指定されたものだけでなく、知らないものにも手を出す。これもずいぶん知的な生きかたである。しかもこの試食の体験の結果は、幸島のニホンザルに見るように、一つの個体の記憶に留まるだけでなく、他の個体の間にも広がる。つまり、この点でサルは社会というものを形成しており、文化のシステムを持っていたことになる。それはそのまま群れという社会生活の基礎でもあった。

これらはすべて現存の類人猿を観察した結果から推定されることである。行動の化石はないというのは古生物学の常識であるし、ヒトの起源については化石そのものが極端に不足しているのだから、サルを見る以外に今のところは研究の方法がない。だが、戦後はじまったサル学の成果を総合してみれば、サバンナに移った時期のヒトの祖先の知性のレベルがこの程度に達していたことは充分に推測できる。集団で狩猟をして、群れを維持し、雑食性と社会性を通じて新しい環境に対する文化的適応の能力が格段に高くなったサルが、サバンナという肉食の対象となる動物の多い空間に進出してきた。これは相当に脅威だったのではないだろうか。集団の狩りまでならばライオンにもハイエナにもリカオンにもある。しかし彼らにはサルほど高いレベルの個体間の意思伝達のシステム（つまり文化）はないし、環境への速やかな適応の力もない。自分たちを変えながら新しい環境へ進出しようという意欲のようなものがない。

このような表現は科学的ではないかもしれない。種が全体として一つの意欲を持つとは言えないだろう。文化によって結ばれた集団ならばそれも可能で、そのような集団的意欲の象徴を今のわれわれは神話と呼んでいるが、サバンナに下りたサルに神話があったとは思えない。だが、その一方、種というのはゆっくりと変わってゆくのではなく、時期が来た時に一気に変化して新しい種を生み出すのだという考えかたも現代遺伝学にはある。渡辺毅は言う——

「DNAレベルでみると、漸進的変化と理解されそうな場合でも、一つの遺伝子とか一つのウィルスが加わるだけで、形態的な大変化が可能なのだ。生物は基本的には進化しない。進化するのは、変わるべきときがきた場合だ。変わるべきときとは、たとえばニッチが空いた場合だ。あるいは新たなウィルスを内在化する必要が生じた場合だ。飛躍的に新種が登場すると、母体となった在来種が滅亡するケースが多い……（中略）……化石人類の中にも、たくさんの絶滅種が含まれているのだ。頑丈型オーストラロピテクスやネアンデルタール人がそうらしい」（『サルの文化史』のうち「ホミニゼーションへの道のり」）

変わるべくして変わる。その時期が来れば、新しい戦略で武装した集団がダイナミックに新しいニッチへ進出する。どうも比喩が戦闘的すぎる気はするけれども、そういう事態がある時点で具体化して、それでヒトの祖先は木を下り、地上に戻った。そういうことではなかったか。それが、ケニアで見つかったアウストラロピテクス・アファレンシスの前だったか、後だったか、それがわからない。彼らが二足歩行をしていたか否かが問題になるのはそのためである。

そう、次の問題は直立と二足歩行だ。ここにいたるまでのサルはいろいろな意味で普遍性を備えた動物だった。進化というのはいつでも一方通行で、進みすぎたと思っても後へ戻ることはできない。キリンが背が高すぎると反省したところで、一旦伸びた背をもとに戻すことは不可能なのである。カリブーの雄のあの偉大な角が大きすぎるとしても、彼らはあれを戴いたまま生きてゆく他ない。ある特定の毒を含む葉があるとして、それを食べるように進化して他の動物との競争を抜け出した種は、もう他の葉は食べられなくなる。そういう意味で、サルはまだまだ変幻自在の可能性を持っていた。しかし、直立と二足歩行という特殊化を経た後は、もう普遍性の維持はむずかしかった。これはどうやら、あっという間に進行してしまうポジティヴ・フィードバックの回路、いってみれば罠《わな》のようなものであったらしい。ヒトがヒトになったことを判定する絶対の条件は直立二足歩行だと言われる理由がここにある。よく考えてみると、直立二足歩行というのはずいぶん奇妙な、速くもなければ長距離にも向かず、かといって断崖を上下するのにも適さない。奇妙な移動法である。

ここからはいくつもの事象が同時に関係してくる。どれが最初でどれが後かは判別できない。後足で立つことが前足を解放した。手の誕生である。これが道具類を巧みに使う道を開いて、それが知能の発達を助けたという類推が成立する。あるいは、サルの社会生活の中から利他性という美しい資質が生まれ、同じグループの個体に食物を運ぶことが行われるようになった。ハイエナなどでは育児中の雌に肉を運ぶという行為が見られるが、それがサバンナのサルではもっと一般化した。そして、運ぶ衝動が両手を地面のくびきから解きはなったというのだ。ニホンザルはたしかに物を持った時には二足歩行をする。逆に、直立が出産を困難にし、それがものを運ぶ必要を生んだという話もある。これは少し説明がいる。

四足ならば背骨は四本の足によって水平に保持されているから、内臓も水平に張られた背骨から吊った状態で安定する。ところが直立という新しい姿勢をとると、内臓の重さはひたすら下へ下へとかかり、全体としては骨盤がこれを支えることになる。直立の無理は今もわれわれが日々体験するところであって、馬のように立ったまま眠ることはできないし、腰痛に悩む者も少なくない。さて、骨盤で内臓を支えるとなると、雌の骨盤は矛盾する二つの機能を求められることになる。つまり、雌の骨盤には出産の時に胎児を無事に外に出すための開口部が必要なのだが、上から内臓の重みが乗ってくるとなると、そんなに大きな穴を開けるわけにはいかない。両者の中をとった妥協の産物が今のヒトの雌の(礼儀正しく女性のと言うべきだろうか)骨盤である。初期のヒトはこの問題の解決をとりあえず先送りして、妊娠した雌はヘルニアを避けるためになるべく動かず、雄がそこへ食べ物を運ぶという方法でことの解決をはかったという。これが運搬の起源であり、直立歩行が定着する方向に進化が進んだ理由だというのだ。この論理では鶏と卵は同時に生まれたことになる。

出産の困難はその後も尾を引いた。知性によって生きる道を選んだ以上、頭蓋骨が大きくなるのは避けようがない。しかし大きすぎる頭は産道を通らないのだ。そこでヒトは草食動物のように完成した子を産むことをあきらめ、最初から未熟児と承知の上で産んでしまうことにした。ヒトの子はすべて先天的に未熟児であり、ヒトの出産はすべて先天的に難産である。シマウマならば生まれて一時間もすれば立って走るのに、ヒトの子は立つだけで数か月を要する。親離れするまでにこんなに時間のかかる子を育てている動物は他にいない。おまけに文化という個体を単位とする戦略で世を渡ろうとするから、その情報を継承させるにも時間がかかる。遺伝システムならば最初に組み込んでおくだけで済むのに、文化の方は二十年がかりで一つ一つ教えなければならない。樹上でサルの母親が食べていい葉と食べてはいけない葉をつきっきりで教えたように、ヒトの親は自然のルールや社会のルールを一つずつ教えてゆく。直立したことと、文化という遺伝とは別のシステムによって生きることを選んだ結果がこれである。

それでもヒトはよく直立二足歩行というドラスティックな改変に耐えたと思う。破局に至ることなく身体の各部を見事に作りかえた。一例を挙げれば、ヒトの雌の乳房が、もともとは尻とその間にちらつく赤く色づいた性器がもっていた性的誘因の機能を肩代わりしたのだということは、今は広く知られている。雄は後ろからではなく前から接近するようになり、正常位が発明され、その名のごとくヒトにふさわしい正常な体位として推奨された。顔を見ながら行うわけだから、容貌のよしあしはおおいに問題にされる。恥ずかしい変化の数々をよく我慢してここまで来たものだと思う。

ここまではもっぱら形質的な変化を見てきたが、サルをヒトにする最も大きな契機は実は社会である。そして、戦後日本のサル学の成果の大半もサルの社会生活の観察から生まれている。集団生活をするサルが次第に複雑な社会構造を作るようになり、最後には家族という緊密な生活の単位を構成することでヒトへの最後の跳躍をする。家族の定義として今西錦司は、特定の雄と雌の間に恒常的な関係があることを大前提として、一、インセスト・タブー（近親相姦の禁忌）があること、二、外婚制があること、三、コミュニティー形成の単位となること、四、性的な分業があること、を挙げている。

この条件を満たす家族の成立までの長い過程がすべて明らかになったわけではない。前にも書いたとおり行動の化石はないし、サルたちの社会生活もそれぞれ種類や状況や構成者の個性によって変動している。それに、社会のような文化的なものを対象に科学として確定的な論議をするのは容易ではない。それでも、サルがヒトの祖先であることは社会の観察からも明らかである。多くの観察の結果を総合的に見ていって驚くのは、ヒトの社会にある行動パターンはすべてサルの社会に少なくとも萌芽的な形ではあるという事実だ。サルの社会の多彩な実態のすべてを紹介するのはこの文章が目的とする範囲を超える。ここではいくつかをざっと見ておくだけにしよう。

サルは集団で協調的に狩りをするし、得られた獲物の分配にも複雑なルールが見られる。ねだると与えるの関係など、観察者がついつい擬人法で語りたくなるような心理的かけひきを含んでいる。雄が狩猟をして雌が採集するという分業も認められる。肉食による食料調達の比率がある程度以上に上がらないのは、捕るため以上に解体して食べるのに時間がかかるからだという。チンパンジーの指と歯の力ではなかなかヒヒやドゥイカーの身体はばらせない。たまたまシマウマのような大きな獲物を得たとしてももてあますのではないか。これはヒトが石器を得ることでどれだけ食生活が効率的になったかを示唆する興味深い事実である。黒曜石を割って作ったナイフ一つあればいかに大きな動物のいかに厚い皮膚も速やかに切り裂くことができるのだ。

性の面でもサルはヒトにひけをとらない。この方面で有名なのはピグミーチンパンジー（通称ピグチン、別名ボノボ）で、この社会はまことににぎやかな乱交に満ちている。性交は挨拶がわりだし、それを交換条件としての食べ物ねだりも雄雌両方の側にある。つまり売春の萌芽というわけだ。類人猿はだいたい早熟だけれども、ボノボの場合は坊やたちが行列をしてものわかりのいいおばさんに性交のまねごとをして遊んでもらうところまで解放的になっている。子供というのはつまり性的に未熟ということだから射精はできないが、一応挿入まではするという。同性愛ももちろんありで、雌同士の性器のこすりあいも挨拶的行為と言っていい（この行為は研究者の間ではホカホカと呼ばれるらしいが、語源はいったい何語なのだろう）。

類人猿には言語はないとされている。では、言葉によらない彼らのコミュニケーションはどの程度互いの意思を伝えられるのだろうか。ザイールでボノボの観察を続けてきた加納隆至はある日の午後、二分ほどの間の二頭の若い雄のボノボ同士の身体言語を用いたコミュニケーションをこう「翻訳」している——

モン「やいジェス、しばらくやったな。ちょっと肩揉めや」

（モンの横柄さにジェスむっとする。無視しようとしたが、やはり腹にすえかねてモンの前に回ってどなりだす）

ジェス「なんでわしがお前なんかにサービスせんならんのや。なめるなよ、モン。わしは昔のわしとは違うんやで」

モン（涼しい顔で）「ああそうか。悪かったたな。ふん、勝手にさらせ」


若い頃に一緒に遊んだ雄がそれぞれの群れの中堅になっている。一方が毛づくろいをねだり、相手がそれを拒否する。その状況を加納は「この二頭のオスの互いの応対に、友好的とはいえないにしても、悪ガキ時代になれ合った気安さがまだ多分に残されているような気がした」と書く。それがこの河内弁への翻訳になったのだろう。ちなみに加納は大阪生まれとある（『サルの文化史』のうち、「人間社会の原型か？」）。

このあたりまではサルもかわいいのだが、そうでない話も少なくない。類人猿の行動で観察者をもっとも震撼せしめたのは子殺しとカニバリズムである。直前まで他の雄が支配していたハーレムを乗っ取った雄は、時として前の雄の子供を殺すのだ。そして食べてしまうこともある。それが雌を当面の育児から解放し、速やかに発情させて次の自分の子を生ませるためだという目的論的な説明は聞く者を納得はさせてもショックを軽減してはくれない。たしかに生きることの目的の一つは自分の遺伝形質をなるべくたくさん次の世代へ伝えることだが、それにしてもこれは限界を超えて反倫理的な行為であるようにわれわれには思われる。だが、そう考えられるのはこれが本当にわれわれにとって理解不能なほど冷酷無比な行為だからではなく、それもありうると予想させるものを含んでいるからである。王朝の交代期には必ずそういうことが起こっただろうし、生物学的な生命ではなく文化的社会的な生命について言えば、これの抹殺と強奪的な継承はヒトにとっては日常茶飯事ではないか。法人はそのまま喰ったり喰われたりする。乗っ取りの後、古い会社の重役はみな追い出される。すなわち社会的な死ではないか。われわれが自然の動物から文化の動物になったことを忘れてはいけない。文化的な殺人と人喰いは珍しくない。臓器移植にしても、いかなる意味でもカニバリズムでないという論証は相当に難しいはずである。

復習してみよう。ヒトはいかにしてヒトになったか。まず樹上という空いたニッチがあった。そこへ進出した動物が葉を食べるという新しい方法で住みつき、競争相手も天敵もいないこの空間でおおいに繁栄した。彼らは多品種を少しずつ食べるという食性を身につけ、視覚と味覚を発達させ、群れで暮らし、時おりの昆虫食から次第に肉食へと近づいていった。そして、ある時点で、おそらくは樹上生活の成功をもう一つ広く展開する形で、疎開林や川辺林からサバンナへ出ていった。それと前後して直立二足歩行という決定的な変身を行い、それまでのサル類とは違う動物になった。群れ生活の社会性、直立による手の解放、それにつれての脳の発達、等々がこの動物に文化という新しい繁栄の手段を与え、自然界で非常に特殊な地位に置くことになった。

特殊性の問題は重要だ。かつてヒトとは道具を使うサルであるという定義が行われたが、その後、チンパンジーのアリ釣りや石を用いての堅果割りなど、サルの中にも道具の使用が見出され、ただ道具の使用というだけでは不充分になった。そこでG・バーソロミューとJ・B・バードセルの二人は「ヒトとは生存のために道具に依存せざるを得ない唯一の哺乳類である」と改めてヒトを定義しなおした。アリクイはアリしか食べないという形に自分を特殊化したために進化の袋小路に入り込んだ。同じようにヒトも道具に依存して生きるという道へ入りこんだために、もう後ろへは戻れなくなっている。サルの段階であればどもっていた一般性普遍性をヒトは捨てたのである。後は前へ前へと進むほかない。

直立による手の使用と脳の発達と道具の開発は相互に刺戟しあっていくらでも進行した。AがBを刺戟して伸ばし、進んだBがまたAを伸ばすという回路があった場合、この両者は相互に影響しあっていくらでも伸びてゆく。工学的にはこれはポジティヴ・フィードバックないし暴走と呼ばれる現象である。ヒトの場合、例えば出産の時の胎児の頭のサイズと産道の関係は一つの歯止めになるはずだったが、ヒトは未熟児を産んで丁寧に育てるという文化的な方法でこの難関を切り抜けた。そうすべきではなかったのかもしれないと今さら言えるだろうか。文化という強力な武器を手にしてしまうと、もうヒトの暴走を止めるものはなかった。それをわれわれはよく知っている。森林のサルの間は天敵がいないといっても、まだ病気という間引きのシステムがあった。しかし、われわれにとって病気はもう脅威ではない。天寿を全うして最後に死ぬ時に割り当てられる符牒のようなものだ。この数千年でヒトの平均寿命は五倍ぐらいに延びたのではないか。人口爆発という表現は大袈裟ではない。地球の上では一つの種だけが突出して繁栄しないようにいくつもの安全装置が用意してあったはずだが、ヒトはそのすべてを突破してしまった。

環境について考えてみよう。生物はニッチを選んでその中で生きてゆく。最初にそのニッチにふさわしい身体を作るという段階では環境に対して選択権を持っているが、その後は環境に身を任せて生きる。環境の方はいろいろに変動するけれども、幸いなことに普通の変化の範囲は特定の種を絶滅に追い込むほど極端ではない。冬が寒くて群れの二割が凍死することはあっても、生き延びた個体はまた繁殖を繰り返して元の人口を取り戻す。一地方で全滅しても他の地方が残っている。しかしヒトだけは文化の力で環境を自分に最も都合がいいように作りかえるという作戦に出た。都市などというのはまるで巣の中のような究極の安楽な空間が生活域全体を覆っているという、実に反自然的な場なのである。それが地球上にいくらでも広がってゆく。こういうことをした生物はいままでいなかった。

熱帯から極地までに住む生物はいないと言ってもいいが、よく考えてみれば、ヒトだって熱帯から極地までに住んでいるわけではない。熱帯にも極地にも温帯なみの空間を自分たちで作って、その中に住んでいるだけのことだ。ヒトはポータブルな環境を実現したのである。

このような事態を不自然だとか、よくないとか、進化における頽廃だとか非難する声もあるが、そういう発言には意味があるだろうか。われわれは今のままで充分に幸福なのだから、いったい誰の視点から見て、このような進化は間違っていると言うのだろう。ここでちょっとR・ドーキンスの有名な「利己的な遺伝子」のことを思い出してみよう。普通の生物学はまず生物を個体レベルでとらえ、それから上層概念である群れや他の生物とのかかわりを考えたり、下層へ向かって器官や細胞や遺伝子への思索を進めたりする。その基礎になっているのはあくまでもわれわれの素朴な生命観、つまり生き物は自己の保全と子孫の繁栄のために生きているという個体中心の考えである。だから、遺伝子は次の世代を作るために設計図という以上の意味を持たなかった。

しかし、ドーキンスはここで視点を大きく変えて、すべてを遺伝子の視点から見てみた。個体というユニットを仮のものとして、真に重要なのは遺伝子ではないかと疑ったのである。遺伝子の存在理由は永遠に自己複製を重ねて生きつづけることであり、そのために個体という乗り物を利用する。そして、安全確実に次の世代（の遺伝子）が生み出されるように乗り物を運転する。生命像の主役はあくまでも遺伝子であって、個体はそれに奉仕しているにすぎない。彼はこれを唯一無二の真理としてではなく、生命という複雑な現象の全体像を見る一つの方法として提案している。錯視を招いて二つの違う形に見えるネッカー・キューブという図を引用して、決定的な一つの正しい視点はないと言う。実際さまざまな生物の多様な努力を見ていると、背後で操る遺伝子の策略という仮説はなかなか説得力があるのだ。生物の長い歴史を俯瞰できる者がいたとすれば、彼の目にはつぎつぎに乗り物を代えながら長い時間の旅をする遺伝子たちこそ主役に見えるかもしれない。ドーキンスは個体の身体だけではなく、かつて本能という曖昧な言葉で説明された動物の行動とその産物までも遺伝子の自己表現の一つにすぎないという。ヒトの造るダムは文化の産物だが、ビーバーが造るダムは遺伝子の表現なのである。

では、遺伝子の乗り物として、ヒトはどう間違っているか。ヒトの祖先が文化というまったく新しい方法で繁栄への道を歩きはじめた時、遺伝子たちはそれもいいと思ったかもしれない。長い首に依存して生きる動物や魚の真似をして海の中で生きる動物がいるように、文化という方法で生きるものに乗ってみるのも悪くないかもしれない。文化はDNAによる進化のシステムと違って応答が速い。異常に速いと言うべきだろう。したがって環境の変化には速やかに、しかも細かく応じられる。ヒトが未熟児を産んで育てるなどという方法に頼れたのはまったく文化的なシステムのおかげではなかったか（ヒトの他には有袋類が極端な未熟児を産むが、あれは子宮を体外に設置したというだけで、それ以上の意味はない)。

しかし、文化というシステムにはとんでもない問題が隠れていた。あまりに強力だったので、自己増殖し、本来の目的とは違う方へ暴走しはじめたのである。遺伝子の着実な乗り物だったはずの個体は今やそれ自身の快楽を求めて乗客の意図を無視するまでになった。もともと遺伝子の命令が最も強く行き渡っていたはずの性という分野までが完全に文化の領域になってしまった。他の生物のニッチを圧倒して、地球全体の集合的な生命体の共存共栄というおだやかで美しい目的を危うくしている。そういう事態にうすうす気付きながら、強力なはずの文化は自分の動きを規制できないでいる。そういう力はおそらくヒトの文化そのものの中にはないらしい(この状況は政治家と政治改革の関係に似ていると言うとわかりやすいかもしれない。あるいはゲーデルの不完全性定理にも)。少し前までなんとか機能していた自然との調和を図る宗教的な制度も個人主義の前に力を失った。個体のはかない幸福を重視する傾向は以前からあったが、この数十年の間に事態は驚くほど悪くなった。

だから、ひとまず終焉を迎えるしかないということにもなるのだ。あるいは今、遺伝子たちはこの失敗作をともかく行くところまで行かせて終わらせるしかないと考えているかもしれない。他の種に多くの被害が出る前にこの暴走するサルが絶滅してくれないかと願っているかもしれない。進化の歴史には失敗に終わって消えた種は少なくない。数百万年を単位に生きてきた遺伝子たちなのだから、一万年あまりを少し危険だがおもしろくもあった文化という実験に費やしたことを悔いはしないだろう。

ヒトの未来について、江原昭善はこういう。少し長い引用になるが、この際だからゆっくりと聞いてみよう――

「残念ながら進化史上におけるホモ・サピエンスの位置がどういうところにあるのか、まだ予測できません。というのはホモ・サピエンスという種が現われてから、まだ五万〜一〇万年しかたっていない。これは、進化史のタイムスケールでいえば、まだあまりに短くて、種の運命を予測できない。この先絶滅する運命なのか、安定進化の状態になって、一〇〇万年単位の繁栄を楽しむことができるのか、どちらを向いているかが問題です。

化石類人猿の時代が一〇〇〇万年単位であって、それに続いて、猿人の時代が三〇〇万年ぐらい続き、原人の時代が一〇〇万年くらい続いた。ホモ・サピエンスはその先のところで、一〇万年ほど前からちょこっと芽を出してるだけなんです。これはもしかしたら、絶滅へ向かう分岐進化なのかもしれない。あるいは、このまま安定するのか、あるいは、この先また別の分岐進化があるのか、何ともいえないんです。

私も最近まで、人間は絶滅に向かって進んでいるんじゃないかと、ペシミスティックだったんですが、最近ちょっと考えが変わりましてね。生物が飛躍的進化をするときはいつでも危機なんです。それを乗りこえたとき、新しい段階に飛び移れるし、飛びそこなうと絶滅する。だから現在の危機的状況をバネにして、人類は次の次元に入っていくのではないかという気もしているんです」（立花隆『サル学の現在』）

果たして、そうだろうか。

ゴドーを待ちながら

自然に対する人間の働きかけには二つの型がある。一つは量についてのもの、もう一つは制御と管理に関するものである。昔から人はいつでも量の不足に悩んできた。飢えというのは食料の量の不足に由来する不幸であり、貧困とは一般化された飢えのことである。食料さえ潤沢にあれば人間は幸福になれる。この物質主義的な考えはしかし直接の飢えが解消されるにつれてどんどん拡大解釈され、今や他人と違う衣服とか、広い家とか、あるいは隣よりも大きな車、世界に一点しかない絵画、等々、とどまるところを知らない。そして、技術というものが自然から便益を引き出す方法である以上、技術にはもっと多くという量の要請が最初からつきまとってきた。労力その他のコストを最小限にして最大の収穫を得る。実に単純明快な目標を技術は設定してやってきた。

そして、今ふりかえってみれば、技術者たちは与えられた任務をあまりに見事に達成したのである（ここでは技術者という言葉を、原始的な農耕原理の無名の発明者から現代の常温核融合の研究者まで、つまり時間にして数万年に亘って技術革新に従事してきた人々と定義しておこう)。もともとホモ・サピエンスという種はこのような仕事が得意だったのだろう。自然から多くの便益を効率的に引き出すという課題は達成された。しかも、これは同じ速度で進んだのではなく、成果は加速度的に積み上げられ、いわばこの百年間は技術開発の雪崩現象をあれよあれよと見て過ごすような歳月だった。一つを解決するとそれが次の問題に対するヒントを与え、それがまた広く別の分野にスピンオフして花開くという喜ばしい事態を技術者たちは体験した。幸せな人たちだ。

しかし、このあまりの成功は、量の達成という目的そのものを疑う結果を生んだ。人間の欲望は無限であるのに、地球のサイズは有限だったのである。あまりにも単純な、算術的な事態で、招いたわれわれの方だってつい先日まではこんなことで行き詰まるとは思っていなかった。人間がこのパラドックスに気付いたきっかけは核兵器だった。量と効率という課題に対する飛躍的な解決という意味で、核兵器は現代技術の典型である。以前ならば一人の敵を殺すには、自分で出ていって、こちらの身を危うくした上で、刺し殺すか、切り殺すか、あるいは撲殺するか、絞殺するか、いずれにしても具体的な物理力を相手の身体に対して加える必要があった。勝敗の確率は当然五〇パーセントということになる。この率を少しでも自分の方に有利に傾けようという技術的要請が多くの武器を生み、その最終的な傑作として核兵器とミサイルが生まれた。誰も住まない山岳地帯の地下深く造られた厚いコンクリートと鋼鉄の壕の中で、肉体的には決して戦士の体格をそなえているとは言えない技術者が、一見無害に見えるボタンを押す。実際にはもう少し複雑な操作をするわけだが、いずれにしても見たところ殺人とまったく無関係な行動をすることで、半時間後にははるか彼方で数十万の人が死ぬ。その数十万の人々の一人一人が本当に敵であるか否か、それを調べる必要もない。これほど効果的な戦争があっただろうかと、将軍たちが胸を張るのも無理はないのだ。

核兵器はいかになんでも強すぎた。量という点だけで異常に肥大した怪物である。いかに速い馬でも、行きたいところへ行ってくれなかったり、目的地に着いても止まらないのでは乗ることはできない。これを機に技術的成功は必ずしもトータルな成功ではないことが明らかになった。量の問題を解決してみたら、その量を制御するものが不足していることが歴然と見えてきたのである。そこであらためて人は、昔から自分たちがかかえてきた問題には量と制御ないし管理の二面があったことに気付いた。これまでは量ばかりを追ってきたために無視されてきた制御の問題が表面化したのである。制御の問題は最初からすべての富に付きまとっていたし、それを指摘する声もあった。富の分配や集中はこの制御の問題の一つの局面にすぎない。だから社会主義者が量の確保と同時に分配の方法を論じようとしたのは正しかった。しかし、いつでも量の問題が優先的に扱われ、制御の方はその後ということで先送りされてきたのが人間の歴史である。経済成長がある程度の水準を維持していれば、国民は分配の不公平を忘れる。革命は先送りされ、人々は飽食し、家の中にはガラクタが溢れる。

核エネルギーの平和利用でも構図は変わらない。量を確保しようとすれば制御が不足する。原子力という火は、燃料が足りなくなって消えてしまう心配をしないで済む代わりに、暖炉から外へ燃えひろがって家を焼き、町を焼く危険を常に含んで燃える。この場合、制御は純粋に技術的な問題であり、他の分野でこれだけの進歩が見られたようにここでも解決は近いと電気屋さんは言うが、とても信じられる言葉ではない。常習的にそういう嘘をつきつづけなければならない立場の人にぼくは同情をおぼえる。事故が起こるまでは事故は起こらないと言えば、少しはこのパラドックスの本質が見えるだろうか。

ここでわれわれを躓《つまず》かせているのは実に人間的な弱点、人は過《あやま》つという根本的な欠点である。人の文化は最初からある程度の過ちを見込んで運営されてきた。交通事故の死者を減らすことはできるが一人も死なないという事態を一年続けることはできない。つまり、量を拡大する力はあるが、制御を徹底する能力は人間にはないのだ。だから、機械は信用できるとしても、それを造ったり使ったりする人間を全面的に信用することはできない。すべての機械は人間の意図を拡大する装置にすぎないから、技術というものの人間的な側面にいわば公理として含まれる誤謬の率を下げることは不可能である。論理としては、マルサスが提唱した人口についての仮説に実によく似ている。ある現象に対して、二つの因数が関わる。一方は等比級数で伸びてゆき、もう一方は等差級数でしか伸びない。だとすれば、この現象はいずれ破綻する。そういうことだ。量は等比はおろか指数関数的な伸び率で増えてゆくのに、それを制御する能力の方はせいぜい等差級数でしか変わらない。それを意地悪く裏付けるかのように、終末論はしばしば人口問題として提示される。マルサスの予言はその実現の不吉な日の到来をじっと二百年間待っていた。これから先もいつまでも待つだろう。マルクスは忘れることができるが、マルサスはヒトという種の寿命と共に不滅である。

そして、事態が切迫すると、倫理の問題が表面化する。限定された量の食料を配付するというような単純化された場合を考えれば、倫理とは実は制御の問題であることがわかる。自分たちに倫理的な資質が充分にないことを人間は昔から意識してきた。倫理は常にその不足という形で話題になってきたのである。それでも、ことが局地的な問題にとどまっている間は、人間というのはつくづくしかたのない生き物だと慨嘆するだけでも済んだ。他人の倫理観の欠如ゆえにひどい目に遭った者にとっては慨嘆では済まなかったかもしれないが、しかしそういう悲劇の現場を一歩離れて人間の本然を悟るという解脱の方法もないではなかった。だが、進歩した技術がすべてを地球規模にしてしまい、日本人を例にとれば日々アフリカ沖のマグロやアメリカの小麦やフィリピンのバナナや中国の大豆を食べている以上、分配の問題はすぐにも地球規模になる。それはすなわち倫理についても収奪者と被害者と傍観者が必ずしも分けられないということを意味する。ローカルな倫理というものはもうないのだ。われわれは自分たちが食べているエビが東南アジアのどの海岸で養殖されたものか、そのためにどれだけのマングローブが切られたか、作られるエビの何割が現地で消費されているか、そこではいったいいくらでエビが売買されているのか、そういうことを知らないままにエビを食べる。情報社会などとしゃらくさい言葉は行き交うが、エビの場合は物は来ても情報は来ない。分配の問題は見ることもむずかしいのだ。

資源についても、公害についても、また温暖化やエイズのことを考える時も、地球規模の倫理は多く南北の対立という形で現れる。そう言うだけでこれがいかに難問であるかわかるだろう。温暖化を例に取ってみれば、抑制するには炭酸ガスやメタンの排出を減らせばいいことは明らかだが、それをどう割り当てるか。北の国々は現在の量から何割を減じるという論法を使いたがるが、南の人々は平等の原理によって人口一人当たりの許容量を設定しようと言っている。北はすでに達成している高い生活水準をなるべく落としたくないわけだし、南は自分たちは不当に成長の機会を奪われてきたと思っているから、店が閉まる前に少しでもたくさん買っておきたいと考えている。分配の問題は倫理だというのはそういう意味で、北と南の両方を包含するようなグローバルな倫理体系はつまり存在しないのだ。結局は両者が責任をおしつけあっているうちに、状況は次第に悪くなり、それでも論争は続いて、それが闘争に発展して、双方が空腹のために口を開く元気もなくなり、やがて終焉する。馬鹿騒ぎは静かに終わる。

対立は北と南の間にだけあるわけではない。世界は細分化している。人々は目先の不安からともかく緊密なグループを作って他と対抗しようとしている。その際に統合の原理として民族が用いられようが、あるいは宗教宗派を旗印にしようが、歴史的経緯を楯に取ろうが、結果において戦闘的な小グループがたくさん生まれることに変わりはない。それを先取りしているのがソ連圏の崩壊後に生まれた無数の小国家群であり、それら同士の抗争である。その意味で彼らは非常に先駆的なことをしているのだが、それがあまりに古臭く見えるところにこの問題のねじくれた性格がある。今までならば地域ごとに押し込めておくこともできた紛争が、これからはたちまち世界的な規模になる。量の問題を解決した上で、制御の問題になんの解決の途も見えない以上、そうなるのは当然だろう。量の問題の解決とは資源の大量消費と廃棄物の大量排出でしかなかった。この流れの中間に位置する者だけが、豊かな暮らしという幻想を享受できる。

では、根本のところ、いったい何が理由でこんなことになってしまったのか。どこでどう間違えて、われわれはこのような時期を迎えることになったのか。それがこの五十年や百年のことならば、われわれはここまで悲観的になる必要もなかった。後から見てあれは失敗という時期は人間の歴史には少なくない。アメリカが禁酒法というとんでもない法律を施行していた時期がその典型であるし、ナチスの時代はそれ以上に徹底して批判されるべき時代であった。しかし、そういう個々の時代の実験と失敗を超えて、人間のやりかたそのものが根本的に間違いだったのではないか、この方法では所詮ヒトの永続的繁栄は望めないのではないか、そう考えさせる契機が科学の方からいろいろ出てきた。前提として、種というものは決して永遠の存在ではなく、時と共にニッチを満たして繁栄するが、それでもいずれは地史的な時間の中でずるずると力を失い、やがて消えてゆくものだという進化論の主張がある。具体的には恐龍という実に立派なお手本が六千四百万年前にいた。しかも、人間は種としての進化を自分の手で異常に加速したのであって、それゆえにわれわれは子供のうちに死を宣告されたかのようにうろたえているのだ。一億年後の滅亡の予想は誰でも無視することができる。しかし、百年後ではそうはいかない。百年後の死とは事実上は自分が作ったもの全体の死、子や孫や曽孫が絶滅するという、そういう死ではないか。

このように人間の進化と衰退が速い理由は一つ、われわれが知性に依存して、生物学的な遺伝と進化という方法とはまったく別の、文化による進化をとげて今に至ったからである。身体を変えるには時間がかかる。生物学的な進化とは環境に合わせて生物の身体をゆっくりと更新することで、その緩慢さは暴走的変化によってその種が絶滅することを防ぐための、少なくとも先延ばしするための、安全装置でもあった。いわば地史的な悠然たる時間と個体の寿命という短い時間の間をつなぐための見事な仕掛けであった。しかし、あまりに性急な資質をもって生まれた人間はその地史的なゆっくりした改善のペースに我慢できなくて、自分たちで勝手に進化の道を走りはじめた。しかも、すべての玉子を一つの籠に入れるという大きな間違いを犯した。籠にはまだまだ余地があると思ったかもしれないが、しかし、地球という籠は意外に小さかったのである。その籠が今、手から離れて地面に落ちようとしている。

知力というもの。その小賢《こざか》しさ。見た目がスマートで、調子がよくて、口が達者で、手品も上手、そのくせ事態がまずくなるとすぐに無力を露呈するだらしなさ。実にうすっぺらな奴。正道をゆっくりと進むことはできないのに、抜け道を見つけるのだけはうまい。そういう喜劇的な人物を執事として選び、これに家の管理どころか財産の運用までまかせてしまったという愚かな選択。その結果、われわれは借財のかたに家屋敷を取られて、流浪の旅に出ようとしている。たぶん、その旅の途中で客死するのだろう。これが悲喜劇『楽しい終末』のあらすじである。幕が降りた時、喝采するのは誰だろう。

実際の話、これからどうなるか。暗い未来をしっかりと見据えようとしている者はごく少数だが、本当に彼らの言葉に耳を傾けるべきなのかどうか。科学を信仰する預言者たちが描く黙示録の画像に目をやるべきなのか。そうした時に、何らかの具体的で実効のある対策はあるものか。少し長い引用になるけれども、たとえば彼らはこんな風に言う——

「二十一世紀の後半になると、地球の定員オーバーが実感され、努力の限界が予感されるだろう。既得権をめぐる対立から、南北の協調関係が決裂すると、世界は完全に無秩序、無統制な乱世に突入するであろう。人間の活動に対する一切の制約が消滅し、再び人間の傲慢が地球上を支配することになろう。

ヒューマニズムは衰退し、弱肉強食の時代となるだろう。露骨な民族主義、選民思想が横行し、異民族や難民は武力によって虐待・追放されるだろう。世界制覇を夢見る独裁者を待望する声も高まるだろう。国家のエゴがあらわになり、軍事力、経済力による収奪が横行するだろう。利害を同じくする強国は同盟を結び、資源を産出する弱小国を搾取するだろう。

日本はとくに苦しい立場に追い込まれるかもしれない。現在の穀物自給率は約三〇パーセント、エネルギー自給率はわずか一七パーセントにすぎない。これが二十一世紀に簡単に回復するとも思えない。高齢化と労働人口の減少によって、経済力も相当低下しているかもしれない。もとより軍事力は弱体である。越境公害や難民殺到の脅威にさらされている。そしてなによりも、世界中の自然環境を破壊し、貴重な資源のかなりの部分を消費してきた張本人である。日本は、西欧の大量消費文明を拡大再生産し、それを世界中に布教して、人類を滅亡の淵に追い込んだ主犯として、国際社会から指弾されるかもしれない。もはやだれも未来を信じてはいない。徹底破壊によるサバイバルがはじまる。都市は壊滅し、環境は破壊しつくされ、生産活動も壊滅状態に陥るだろう。飢餓、水不足、疫病……各地に小規模なカタストロフィが続発し、自暴自棄の刹那的な享楽が流行するだろう。富者の一部は生存資源を買い占め、備蓄し、シェルターに籠城する。火星移住を試みる者もあろう。

自由や希望を失って、何のために生きるのか。何のために人類を存続させるのか。自殺願望が高まり、安楽死が流行する。もはや子孫が生存できる状態でもない。生存本能、子孫維持本能は完全に衰退し、人口は急減するだろう。

やがて弱者が滅亡するだろう。そして強者同志《(マヽ)》の死力を尽くした生残り闘争がはじまる。地上には、ありとあらゆる災禍が満ち溢れ、もはや人間が生存できる環境ではなくなるだろう」

これが九十九年後の地球の姿、人間の文明の姿だと彼らは言う、これは大阪ガスという一私企業が何人かの専門家や文化人を集めて行った共同研究の報告書の一部である（CEL　18号　特集「ジオカタストロフィ」大阪ガス　エネルギー・文化研究所）。この文体、この延々と続く「だろう」の連禱《れんとう》はいかにも黙示録にふさわしい単調にしてしつこい文章である。文法的には未来形だが、もともと日本語には未来形などなかった。それは推測と同じなのである。神の意思がいずれ実現するという意味での予知はどうしても推測と同じ形になる。そして、これは科学的推測という神と人との中を仲介する預言者たちの言葉である。

その意味では、たしかに黙示録であり未来形なのだ。念のために申しそえれば、彼らは予言者ではなく預言者である。未来を「予」測するのでなく、神の言葉を「預」かってきて、人に伝えるのだ。

これは脅迫かもしれない。しかし、実行力のあるものが口にする脅迫と、ただのブラフにすぎない空砲の脅迫はしっかりと区別しなくてはならない。どうやらこの銃の中には弾丸が入っている。指は引き金にかかっている。その意味で、これは聞いておいた方がいい脅迫に属する。問題は脅迫者の要求の具体的内容が、この期に及んでもさっぱりわからないことだ。

この本の最初にも書いたが、ぼく自身は預言者を気取りたくて終末論を論じてきたわけではない。終末のイメージが社会のいろいろな面に見え、人々がそれに対して真剣に応対しようと努力したり、無視したり、無視するつもりでできなかったり、そういう終末論をめぐる状況の全体に関心があって、それを評論の形で写し取ろうと考えただけである。社会の雰囲気を写し取るというのは本来は文学の仕事である。詩や小説や戯曲でなく、評論でやろうとしたのは、終末への道があまりに混乱していて、それらの全体を見るには散文による評論の方が合っていると思ったからだ。

しかし、それは無力の表明だったかもしれない。第二次大戦後、多くの優れた文学者がいわば各論としての終末をさまざまに描いてきた。直接の解決法を性急に示すのではなく、事態を背後の思想や心理的傾向などを含めて深いレベルまで描出して人々に提示するのが文学の仕事である。そういうことは、今の段階ではぼくにはできなかった。その代替物としての評論であった。だからこの場で彼ら先達の仕事をもう一度見てみるのもよいかもしれない。文学作品の中にこの事態への決定的解決策など出てくるはずがないのは承知の上。解決法を求めるのでなく、このような状況を生きる人々の姿を見る。それ以上の野心があるわけではない。J・G・バラードとP・K・ディックは別格として一章を立てて書いたが、改めて見てみれば、彼ら二人以外にも終末を扱った文学は実に多いのだ。

ある時期まで、終末の図はもっぱら核戦争の勃発という形で表現された。核は、前にも書いたとおり、ドラマチックで象徴的な終末の装置である。人間の力が強くなりすぎて自らを滅ぼすことになったという、実に馬鹿げた、不条理な状況を人々に知らせるのに、核兵器は大きな威力をもっていた。例えば、一時期、「ドゥームズデイ・マシン」という戦略構想があった。運命の日の機械。要するに法外に大きくて放射能汚染の面でも地球規模という核爆発装置を作って、自分の国の真ん中に据えつける。他国からの核攻撃があったら、それに点火する。地球全体の人類が破滅する。そして、ここが大事なのだが、この用意があることをあらかじめひろく世界に公表しておく。だから、相手の方も攻撃を控えるだろうという、実にねじくれた無理心中の論法。これがどこまで真剣に考えられたかは明らかではないが、キューバ危機など事実上この装置があったと同じような事態だったことは最近になって明らかにされている。

核というのは破壊の装置である以上に威力誇示ないしプロパガンダの装置であった。敵国民の大量死を前提にしたプロパガンダを受け入れてもいいものかどうか。それを論ずるには、実際にそれが使われる日というものを想像してみなくてはいけない。つまり、核を理解するという義務が遅ればせに文学に割り当てられたのである。それを踏まえてネヴィル・シュートの『渚にて』やバーディック／ウィーラーの『未確認原爆投下指令─フェイル・セイフ』、(日本でならば、駄作だったが、松本清張の『神と野獣の日』)など、通俗的であってそれゆえに浸透力の強い作品が多く書かれた。

戦争が起こったとなれば、その次の段階、つまり世界戦争を生き延びた少数の人々のその後も文学的関心の対象になる。M・ロシュワルトの『レベル・セブン』や小松左京の『復活の日』、等々思い出すものは少なくない。ぼくよりも若い世代の読書人たちが知らない作品も多いだろう。つまり、核がらみの終末は五〇年代から六〇年代、せいぜい七〇年代までの流行であったということができる。

核戦争の直後についても多くの作品が書かれたが、その中で珍しく日本人によって書かれた優れた短篇として野呂邦暢の『世界の終り』というのがあった。より徹底した哲学的思考の産物としては、バーナード・マラマッドの『コーンの孤島』という話を挙げておこう。核戦争を生き延びた男が、類人猿を訓練して人間に仕立てようと試みる過程と、そのみじめな失敗を書くこの話は、人間的な生存と繁栄の原理そのものが決定的な矛盾を含んでいると示唆している点で類書を圧倒している。絶望はそこまで深いのだ。

さて、今の時代、世界の終わりは核戦争と共に訪れると限ったものではない。資源の不足や人口の異常な増加、海の水位の上昇などについて、その気になれば別々の形の終末小説が書けるだろうし、実際に書かれたもののリストはずいぶん長大になる。だが、あるところまで行くと、問題は核とか資源とか公害とか、終末のパターンのどれがどんな形で来るかではなく、遠くない将来人間は終末を迎えるという事実であるということに人は気付いた。各論ではなく総論を考えるべきなのだ。これもまたさまざまな作品があり、さまざまな考えかたがあるわけだが、その中で、人類の哲学的な自殺とも呼ぶべき一連の小説があることをここで指摘しておく。

村上龍の傑作『コインロッカー・ベイビーズ』の最後はダチュラと呼ばれる興奮剤が東京の市街に撒かれる場面で終わっていた。自制を完全に喪失して暴力的・破壊的な能力ばかりが通常の生理的限界を超えて肥大した人々が荒れ狂うさまを予想しながら、この話は終わる。あるいは、ゴア・ヴィダールの『大予言者カルキ』という小説では、ヒンドゥー系の新宗教の教祖カルキが、世界中に福音を配ると称して飛行機で飛びまわり、実際には遅効性の強力な生物学的毒物を散布する。カルキ自身とその周辺のわずかな男女を除いて全人類は死滅する。選ばれた数人だけが次の世代を築くというノアの洪水の後の状態が再現されるわけだが、いくつかの行き違いから残った人々が不妊・不稔になってしまっていることが明らかになる。選ばれた者は子を成さず、ごく近い将来、人間は地上から消えるのだ。その予感のうちに終わる小説。

自死願望は本当にわれわれの中にあるのだろうか。実際に自殺する者がいる以上これは否定できないし、無理心中という現象も珍しくない。哲学的な思索の果てに、人類は絶滅すべきだという結論に至る者もいるかもしれない。人間の知力はそこへ到達する能力を最初から含んでいる。それを確実に予防する論法はないだろう。すると、ここでも問題は技術、つまり少数の者がその気になれば人類全体を死滅へと導くことを可能にさせた技術の発達というところに帰結しはしないだろうか。量と制御の相剋はいつまでもつきまとう。

こういう話が書かれるようになった出発点は、やはり核である。実際に使われる手段は何でもいいが、自分たちを抹消する力を手の内に持ったということが今のわれわれの存在論的な混乱を招いている。(前の方でも少し触れたが) 核戦争とその後を扱った小説の中で一つ、優れた作品であると同時にぼく自身にも関わりのあったものを紹介しておこう。『黙示録三千百七十四年』。作者はアメリカのSF作家ウォルター・ミラー。自分に関わると書いたのは、実質的にこの本の後半三分の二を訳したからだ。そして、翻訳は精読である以上、この小説は濃い影をぼくの中に落としている。これが凡百の核戦争ものを一歩も二歩も抜け出した優れた作品であったことはぼくにとって幸運だったと思う。ミサイルが降ってくる日の酸鼻をリアリズムで描くだけならば二流の作家にも書けるが、それでは単に駄作の山を築くにすぎない。ウォルター・ミラーは二つの点で抜きんでていた。第一は、核戦争から数千年の長い歴史を書いたこと、第二はカトリックという精神的な柱を中心に据えた上で、人間の偉大と暗愚の両方を描いたことである。

核戦争が起こり、世界の大半は壊滅する。話はその六百年後から始まる。生き残った人々は歴史を退行して中世の生活を送っている。中世の段階まで戻るだけで六百年かかるのである。話の舞台は聖リーボウィッツという聖人を祀る修道院。核戦争前はこの話では古代であり、その遺物の中から文明の片鱗がちらほら見えても、それを活用するのはおろかまだ解釈することもできない。かつての所得税の申告書さえ謎の古代文書である。知性そのものが敵視され、愚かなことはよいことであるとされている時代。それが第一部で、修道次はそれからまた数百年後。遺物が秘めている科学文明の秘密は少しずつ解明され、修道院では発電機が造られ、アーク灯の実験などが行われる。カトリシズムはそこに集う人々の精神が無の闇の方へ暴走しないようにしっかりと手綱を握っている。技術への関心が高まる中でここだけは敬虔な宗教心の砦《とりで》となっている。科学研究を任務として受けた修道僧はそちらへの関心と信仰の間でなんとか折り合いをつけようと腐心している。

ここから話はまた数百年後へ跳ぶ。世界には核兵器が溢れ、修道院はまたも起こった核戦争の犠牲者たちに対してできるかぎりの援助を心掛ける。確かに、こういう場面ではキリスト教は強い倫理的な力を発揮するのだ。少しだけ引用してみようか。被爆して死を前にした子供を安楽死センターに連れてゆこうとする母親がいる。「あたしにこの子がゆっくりと死んでゆくのを見ていろと言うの——」という彼女の言葉に対して、修道院長ドン・ザーチはこう答える。「ちがう！　わたしは単に言っているのではない。キリストの司祭として、全能なる神の権威をもって命じているのだ、その子を手にかけるな、慈悲などという身勝手な偽の神への犠牲としてその子の生命を利用するなと。あんたに忠告しているのではない、主なるキリストの名において、あんたに厳命しているのだ」。しかし、この権威ある言葉は相手の耳には届かず、官憲が二人の間に介入して、母親は子供を安楽死センターに連れてゆく。そして、最後のミサイルが落下し、修道院長は慈悲を必要とするほどの苦痛というものを自分の身体を通じて理解することになる。信仰はゆさぶられ、そのことを通じてもう一歩だけ確実な地点へ前へ進む。

残った人々は星船に乗って、未来に希望をつなぐべく、別の星の植民地へと旅立ってゆく。その移住者の中にはカトリックの僧もいる。新しい修道院が新しい星に建設されるだろう。それとは別に、地上に残された少数の救いなき人々の間に、イエス・キリストの時の無原罪の懐胎とはまた別の方法で生まれた無垢の救い主が登場する。

人は一度の核戦争を経てもまだ生きかたを改めることができず、同じように核兵器を開発し、実際に使ってしまうが、その一方、その絶対的な多勢に無勢の状況にあっても、やはり宗教的誠実というものはあるし、文明の繁栄や急激な衰退とはまた別に、人の栄光はあるという主張において、美しい話であった。

しかし（と今になってぼくは思う）しかし、信仰はそれを心に宿す者を救うが、核戦争で無駄な無意味な死を迎えざるを得なかった無数の人々を救いはしない。人類という種が一部にせよ救われることで、人類の文明というのがそれほど歩留りの悪いものであると認めることで、話を終えていいものだろうか。どうしてもぼくには宗教は特別な救済装置であって、普遍的に力を発揮するものとは思えないのだ。自分の無理解を承知のまま、ここでは仮にそういう中途半端な結論を出しておく。

いずれにしても、一九五〇年代にアメリカの文学者はこのような作品を書いていた。さまざまな意味で時代の雰囲気を写し取った優れた小説だと、今読みかえしてみても思う。そして、その後、事態はいよいよ悪くなった。

破滅が来た後のことを想像力で書くのは文学の仕事だが、それを前にしたこの時代の雰囲気を描くのもやはり文学の任務である。結局のところ、現代を生きているわれわれにとって現実的なのは、核戦争なり資源の費消なり気温の上昇とそれに伴う気候の変化なりで終わってしまった世界の姿や、その終焉に向かう具体的な過程よりは、それを予想しながらまだその時には至っていない時代としての今のありようの方である。いわば終末の相において今という時代を見ることが必要なのだ。

そういう文学作品のすぐれた例の一つとして、ティム・オブライエンの『ニュークリア・エイジ』を見てみよう。この場合にもぼくは単に傑作であるということとは別に、もう一つ、この作品に対して特に身近なものを感じる個人的な理由を持っている。主人公ウィリアムはぼくとほぼ同じ年齢なのである。彼は一九四六年の十月一日に生まれたとされている。ぼくはその前の年に生まれた。戦後の歴史でアメリカと日本はずいぶん緊密な関係にあったし、それでなくともすべての問題は国際化し、すべての危機は平等に全人類に配られたのだから、ぼくと彼はずっと同じ核の時代の空気を吸って生きてきたと言っていい。五〇年代から六〇年代にかけて、核の脅威は同じようにぼくたちの頭上にぶらさがっていた。そして、彼はそれを真剣に受け止め、ぼくは他の多くの人と同様、それについてあまり深刻には考えなかった。その意味で、ウィリアムは、一種の預言者である。

預言者は神の言葉を預ると先に書いたが、言葉を預った者の典型的な反応はまず脅えることである。預言者とは他人よりも先に事態の変化を見てとって、脅える人の謂《いい》だ。脅えること、それについて人に語ること以外に預言者の資格判定基準はない。「それは一九五八年のことで、僕は脅えていた。どうしてそんな風になっちゃったのかはわからない。あるいはそれはラジオで言いたてるコネルラッド（防空電波管制）方式やら、緊急事態放送のテストやら、『ライフ』に載った水爆の写真やら、牛乳の中のストロンチウム90やら、学校でやった実戦訓練のせいかもしれない。僕らは机の下にもぐりこんで頭を防護する訓練をさせられたものである。あるいはそれは僕自身の中に深く根ざしていたことなのかもしれない。血筋として伝えられた恐怖感、遺伝子、染色体に記憶された、世界は人類にとって安全ではないという信念、そういうところからすべては発しているのかもしれない」(村上春樹訳、以下同じ)。

ここまでは少しばかり神経の鋭い子供ならば感じとるだろう。新聞雑誌が核の危険を吹聴し、実際に戦争が起こってミサイルが降ってくる危険は少なくないと伝えても、大人は健全な常識に従ってそれを無視し、平然と日々の仕事に出てゆく。しかし、印刷媒体なり電波なりの権威をある程度まで知りつつ現実感だけが希薄な年ごろの子供は、本当にミサイルが降ってきたらどういうことになるのだろうと考える。「子供ではあったけれど、いやおそらく子供であったからこそ、僕は最後の審判の日はまやかしなんかではないということを理解していた」。日常生活は続いている。宿題を忘れて登校したことの言い訳に、戦争になるかもしれなかったからですとは言えない。日常がいきなり非日常になった時の対策はいくら考えてもわからない。その時を待つしかないのだ。真剣に考えるほど大人には馬鹿にされ、日々の務めの方を大事にしろと言われる。終末は死と同じで、通常の思索の対象とはならない。なにをどう考えてみてもそれは仮説でしかなく、その時が来るまでそれについての本当の思索は始めようがないのである。終末というもののこの特殊な構造を、五〇年代の子供たちはみな学んだ。

しかし、この小説の主人公であるウィリアムはもう一歩先へ出ている。彼は幻視者だ。「たぶん僕は眠ったのだろう。それほど長くない眠り。ソヴィエトのSS－4ミサイルが家の上をひゅうと飛んでいった。僕は危うく死んでしまうところだった。ごろごろという音がして、それからきゅううんという金属的な音がして、次に甲高い吸引音が聞こえた。遠くで地殻が震えた。大陸プレートが夜の闇の中で動いた。町の背後に高く聳《そび》える、太古から続く堅固な山々が、遥か彼方の夏の雷鳴のような唸りをあげはじめた。僕は息を呑んだ。遠くで、一マイルくらい向こうで、一兆マイルくらい向こうで、火のついた導線のちりちりという音が聞こえた。焼けたベーコンの匂いがした。そして突如、空は何百万という数の鳩でいっぱいになった。世界中の鳩だ。きいきいという鋭い叫び、翼、血走った目」。

こういうものが見える以上、彼が世界そのものに対して脅えるのは当然である。彼は地下室の卓球台の下の空間を自分のためのシェルターに改造しようと試みる。台の上にいろいろなものを積み上げて放射線を遮るように工夫し、ボール紙の筒で通気口を作り、台所から持ってきた食料を備蓄する。水を蓄え、救急箱を用意する。半分は小屋造りやままごとに似た子供の遊びであり、半分は本気の戦争対策だ。彼は本当に放射線を遮蔽する素材を入手することはできないし、このシェルターに気密性がないこと、爆風にもおそらく耐えられないことはわかっている。しかし、大人たちのように何もしないでただ終末を待ってはいられない。

心優しい父親と母親は彼を精神科の医師のところへ連れてゆく。その結果と言ってよいのかどうか、とりあえず彼は社会となんとか妥協して生きてゆく方法を身につける。しかし、終末への恐怖感がなくなったわけではない。それは彼の生きかたの一部になっている。モンタナ州の小さな田舎町で彼は居心地悪く育ち、友人の少ない大学生活に入る。「僕は新しいクラスメートたちが凡庸という言葉の意味を実に大胆に磨きあげていることに驚嘆しないわけにはいかなかった。度しがたいほどの鈍さ。壮大なスケールの無知」。これもまた自分だけは特別だと知ってしまった青年がしばしば感じるところだし、それを表現しようと思ったらこのようなシニカルな誇張法を用いることになるのも理解できる。幻視体験はまだ続く。ミサイル、ヴェトナムの戦場、ナパーム弾、大規模なデモ行進、公衆便所で死んでいる自分の姿。

この大学でしかし彼は一種の積極策に出る。「爆弾は実在する」と書いたポスターを持って、昼休みに大学のカフェテリアの前に立つのだ。だから何をしようというのではない。するべき何かはみつからない。時代というのは田舎の大学生が一人で立ち向かうには大きすぎる相手だ。彼はただメッセージを持って立つのである。やがて一緒に立つ仲間ができる。大学一番の美女のチアリーダーが加わり、やがて彼のガールフレンドになる。そして、彼らは少しずつラディカルになってゆく。話は具体的な歴史と同調しながら進む。一九六七年、彼が大学の四年生になった時、「ジェーン・フォンダは自らの道を選んでいた。サーハン・サーハンは射的練習をしていた。LBJは万事休すというところだった。ニクソンは頭数を勘定していた」という具合。彼は卒業し、徴兵を逃れるために逃亡し、キューバを支援するためのキューバに支援されたテロ組織に入る。しかし、極度に臆病でテロ活動などとてもできないことが明らかになって、実働部隊ではなく連絡員として使われることになる。ヴェトナムの状況はいよいよ悪くなる。

しかし、どうも彼は本当に積極的な動機からこの道を選んだわけではないのだ。他にすることがないから、ヴェトナムで人を殺したり殺されたりするのは嫌だから、たまたま目の前に開かれた道に踏み込んでみた。彼はやはり終末を幻視して、それが来ないことを祈りつつ、その到来を待っているのである。時代が変わって、戦争は終わる。一九七六年、つまりサイゴン陥落の次の年、彼は社会復帰を果たす。投獄もなければ裁判もなかった。徴兵忌避者だったはずの彼はアメリカ社会と仲を修復することができた。彼はもともと好きだった地質学で修士号を取り、故郷の山でウラニウムを発見し（ずっと前に発見しておいたのを公表したのだが）、ちょっとした資産家になる。ずいぶん前に出会っただけの女性を追跡し、発見し、結婚する。子供が生まれる。モーテルを経営したりするが、それも有利に売却して、後は山中の大きな家で悠々自適の生活。

そこで彼は穴を掘りはじめるのだ。この小説の現在は穴掘りが進行している時期に置かれている。シェルターのために穴を掘り、妻からは疎まれ、心が通じているはずの娘からも警戒の視線を浴びながら、彼は穴を掘りつづける。妻と娘が逃げ出しそうなので、家の一室に閉じ込める。穴の方は着々と深くなる。パワー・ショベルを使えばいいのに、なぜか手で持つシャベルとダイナマイトを使って大きな穴を掘る。この現在の活動と過去の記憶が交互に語られる形で話は進行する。最後に彼は薬で眠らせた妻と娘を穴の底に寝かせ、ダイナマイトで穴の壁を爆破してすべてを埋めてしまうという計画をほとんど実行に移す。しかし、穴の中で娘は目を覚まし、その言葉のままに彼は二人を穴から出して家へ入れる。その後――

「外に出て、僕は点火装置を手に取り、道具小屋の影に身を隠す。核戦争、それは悪ふざけなのだ。壮大なるコメディーの中の大笑いの一幕。僕は安全装置を外し、ぴったり身を屈め、空を眺め、黄色いボタンに指をあてる。

僕には結末がわかっている。

ある日、それは起こるだろう。

ある日、僕らは閃光を見るだろう。ひとり残らず。

ある日、僕の娘は死ぬだろう。ある日、僕の妻はここを出ていくだろう。僕にはわかっているのだ。それはたぶん秋だろう。木の葉が色づくころ、彼女は眠っている僕にくちづけし、僕のポケットに詩を突っこむだろう。そして世界は確実に終わるだろう」。

ここでもまた、先ほどのジオカタストロフィ委員会の報告書と同じように、「だろう」で終わる不吉なセンテンスがいくつも続く。この小説の主人公ウィリアムは結局のところ何をしているのか。何をするのが彼の人生なのか。要約すれば、彼は待っているのだ。彼は幼い時に予想した世界の終わりが来る日を、その日の到来を、待っている。何もしないで待つわけにはいかないから大学のカフェテリアでプラカードを持って立ったり、徴兵を忌避してテロリストのグループに加わったり、一度だけ飛行機の中で会った女性を十年もたってから追いかけて、口説いて、妻にしたり、子供を育てたりするけれども、それはすべて待つ間の空虚を埋めるものにすぎない。彼は待つことで人生を構築したのである。

終末というものについてよく考えてみると、それに対応する唯一の方法は、来ないことを祈りつつ来る日を待つという、この特殊な姿勢以外にないことがわかる。もちろん自分たちの生活態度を改め、心の底から悔い改めて、それで終末の回避を期するという道がないではない。しかし、自分たちが充分に悔悟したと誰が告げてくれるのか。そう告げる声を信じることができる選民は救われたと信じて気楽に暮らせばよいが、とてもそんな自信のないわれわれ、つまりは大量にゴミを出すソドムの民であり、排気ガスを撒き散らすディーゼル車の所有者であるゴモラの民であり、石炭を焚いて二酸化炭素の温室効果と酸性雨をもたらすバビロンの民であり、原子力発電の電気を消費して安楽に暮らすニネーヴェの民であるわれわれは、徹底して悔悟することなどできない。これぐらいでなんとか許してもらえるか、この程度ならばチェックをパスするかと思いながら、おそるおそる暮らす。オゾン・ホールの直径をはかる。気温の統計を脅えて見る。これが待つということだ。

もちろん、待っている間には何が起こるかわからない。もしも常温核融合が本当に実用化されたら、確かにすべての問題は解決してしまう。NTTが言うように、パラジウムのウェハスに重水素を閉じ込めて真空中で加熱することで大量の熱エネルギーが得られるとすれば、それをコンパクトな熱源として使用することができれば、未来は薔薇色になる。ほとんど無償のエネルギーが無限に人類に供給されるのだ。家々にはせいぜい電子レンジ程度の大きさの核融合発電機が配備され、長大な送電線や鉄塔や電柱は姿を消す。その電力を使った電気自動車はまったく炭酸ガスを排出しないし、産業はエネルギー効率を無視して最も廃棄物の少ない方法でものを作るようになる。経済の様相は一変する。途上国も大量のエネルギーを投入して社会のインフラストラクチャーを造り、人の移動は今よりもずっと自由になる。極端な話、太陽が燃え尽きても人類は生き延びられる。

だからそれを待つという姿勢で日々を過ごすのもいいだろう。ただし、同じように明るい話だったはずの原子力発電はずいぶんひどいことになってわれわれを落胆させたし、プルトニウムを使う高速増殖炉にもほとんど未来はない。プラズマを用いる大規模な核融合の方はまったく先が見えない。つまり、エネルギー問題のブレイクスルーの到来と終末のどちらが先に来るかわからないのである。提案されている新技術はどれもからくりが大きすぎ、話が大袈裟すぎる。これに対して常温核融合の方は小さくまとめられるところが実に魅力的だが、今のところは夢のまた夢であって、現象の物理学的実体は何一つわかっていない。雲をつかむような話とはこういうのを言うのだ。もしも実際にそういう現象があって再現性も高いとしたところで、その先の実用化の段階でどんな欠陥が出てくるかわからない。夢の新薬にものすごい副作用という話は今までにもうんざりするほど聞いている。これだけに期待をかけて生きるのではやはりわれわれの将来は暗い。それに気付けば、あまり期待しないで朗報を待つという姿勢が正しいということがわかる。

意識はしていないかもしれないが、逆の形の終焉をもわれわれは密かに待っている。例えば西暦二〇〇〇年というきりのよい年の九月二十六日、地球の近くをある小惑星が通過するという現象が予測されているが、これが通過ではなく衝突になる可能性もあるという。この星の名はトータチス。直径一キロの岩塊が秒速二十五キロで衝突すると、その威力は広島型の原爆の五億個分になる。実際には、陸地にぶつかれば巨大なクレーターができ、その直下はもちろん壊滅、舞い上がった塵で地球全体がまっくらになって、この闇が何十年も続く。気温が下がり、植物が枯死し、動物も次々に死に絶える。いわゆる核の冬の最悪の形。ごく少数の生物だけが生き延びて次の繁栄の準備をはじめるだろうが、その大半は逆境に強い下等な種類であるはずだ。彼らは高山や深海や強酸の湖や極地で自分たちの出番を待っている。今の地球環境にうまく適合している人類などの高等動物の存続はまず望めない。似たような話をこの本の前の方で書いた。そう、恐龍が絶滅した理由の一つとして、小惑星の衝突というシナリオがあったのだ。月の表面に残るあれだけのクレーターを見ればわかるとおり、小惑星の衝突は天文学的な時間の単位でみれば宇宙では日常茶飯事である。新参者のホモ・サピエンスがそういう事態を前にしておろおろすれば、古参のメタセコイアやシーラカンスやカブトガニは、何を今さらとせせら笑うだろう。こういう劇的な終末の可能性も常にある。その運命の日、ぼくは五十五歳と二か月と十九日で死ぬかもしれないのだ（もちろんその前にという可能性もたっぷりある）。

結局、何を待つのだろう。どうせならばもっと大きな、遠くから来るものを悠然と待ちたい。この状況を抜け出すのに、常温核融合とか小惑星の衝突などというお手軽な方法ではなく、すべてを根本から変えてしまうような超絶的な変化を待って暮らしたい。

実を言うと、前のサル学の話の最後でぼくはちょっとしたいんちきをした。江原昭善の言葉を引用した際、彼が「だから現在の危機的状況をバネにして、人類は次の次元に入っていくのではないかという気もしているんです」というところで止め、それに対して「果たして、そうだろうか」という自分の生意気な言葉を配して文章を締め括った。だが、江原の話にはまだ先があった。彼はこういう――「脳容積はこれ以上増えないと思うんです。

もう脳の大きさは、出産を考えて生理的限界なんですね。それに脳の大きさが変わると、頭から顔から、形態的にも生理的にも、すっかり変わってくることになる。そういう変化は起きなくて、脳の使い方が変わるだけで、まだ飛躍できる余地がある。まだ脳の半分は遊んでいるといわれていますからね。姿形はたいして変わらなくて、精神能力だけが大きく向上する」。

ここまで読んで、ぼくはもういい、文化と脳に頼る生存戦略がここまで破綻を来しているのに、これ以上脳の力はいらないと考えた。これ以上秀才どもの数が増えて勝手放題をする社会など見たくない。しかし、どういうふうに変わるかという聞き手(立花隆)の質問を受けて江原が言うのは違うことだった――「たとえば、人類の多くがキリストとかマホメットとか、ああいう偉大な精神能力を持った人間になるという可能性がある。進化というのはいつもそうなんですが、突然全く新しいものがドッと出てくるわけじゃなくて、はじめ集団の中にポツリポツリ進化的に先を行くものが出てきて、それがやがて一般化するわけです。だから、あの人たちは未来人類の先駆者だったのかもしれない。だけど、彼らは脳容積が二倍だったわけじゃない。だから、脳容積は同じでも、あの辺まではいけるんじゃないでしょうか」。

待つのならばこういうものを待ちたい。終末を待つのと救済を待つのは、実は同じことである。それに気付けば待つのも楽になるかもしれない。何を待つにせよ、この時代、二十世紀から二十一世紀にかけての時代が大きな変化を体験する時期であると同時にもっと大きな変化を戦《おのの》きつつ待つ時代であったこと、あること、今後もありつづけるだろうことは間違いない。そう考えるうちに、待つ時代の雰囲気を実に見事に描いたある芝居のことをぼくは思い出した。一人を待つ二人を登場人物とするこの芝居を時代全体に重ねていわゆる拡大解釈をするつもりはないが、それでも、詩人というのはすごい仕事をするものだと感心せざるを得ない。われわれの時代の雰囲気はすべてここに出揃っているのだ。

彼ら二人、ヴラジミールとエストラゴンはゴドーなる謎の人物を待っている。ゴドーが来ることが彼らの未来のすべてを決定するかのようだ。待つというのはいつでもそういう二者択一の事態の到来を待つことである。もちろん待つ二人だけでは芝居は成立しないから、待つという彼らの姿勢に水を差す者も舞台には登場する。絶対の結論を否定する相対論者がポッツォ。彼は(彼女として演じられることもあるそうだが)、こんな風に言う――「世界の涙は不変だ、誰か一人が泣きだすたびに、どこかで、誰かが泣きやんでいる。笑いについても同様だ。だから、世の中の悪口を言うのはやめよう。昔より特に今の方が不幸だというわけじゃないんだから」。

このような恒常的な世界観が成立するならば、これでずっとやっていけるならば、こんなにいいことはない。今までの世界に含まれる不幸ぐらいならば、われわれは甘受できる。全体が存続するのなら、分配の不公平や、個人の上に落ちかかる災厄、少々の不便や、失恋の痛手など、すべて我慢しよう。涙の総量に変わりはないというのは、われわれの不満をすべて見透かした強烈な福音である。自分の辛い思いがどこかで誰かの幸福につながっていると信じられれば、われわれは何でも我慢する。それならば耐えられる。しかし、ポッツォの言葉を信じられないヴラジミールとエストラゴンは、やはり待つのだ。

エストラゴン　もう行こう。
ヴラジミール　だめだよ。
エストラゴン　なぜさ？
ヴラジミール　ゴドーを待つんだ。
エストラゴン　ああ、そうか。

この会話はまったく同じ形で芝居の中で二度繰り返される。こうなるとその場で待つことと、その場を去ることとの間の差はなくなる。よいものならばその場で待つ。悪いものならば去るが、しかし、悪いものは後を追ってくるかもしれない。共通するのは待つという姿勢そのものである。逃げるふりをして、待たないようなそぶりで、待つ。怖いものを待つ。救済であると信じて待っても、実際にそれが到来した時には破滅であることが明らかになるかもしれない。待つというこの不思議な動詞には実体がない。先にぼくは核に関わる事故は起こるまで起こらないと書いたが、待つというのは、つまりそういうことなのだ。決定的なことが起こるまで待つ。起こらないように願いつつ待つ。起こる日の早からんことを願って待つ。自分たちの生活態度がその決定的事態を招き寄せることを予想しながら、しかし生活を変えることはしないまま、蛇の凝視の前で動かない蛙のように、その瞬間を待つ。ベケットは行動をではなく、待機を書いた。すべて戯曲というものは主人公の行動によって組立てられるのに、『ゴドーを待ちながら』というこの芝居の登場人物は何もしない。彼ら二人はただ待つのである。それがこの時代の基本的な思潮であると、ベケットは第二次大戦が終わった時に悟った。そして戯曲という自由度の高いメディアでそれを表現し、以後数十年に亘ってこの芝居は世界各地で演じられている（学生演劇では『ゴド待ち』と略して呼ばれるほどの人気作品だ）。ぼくたちは今おくればせに待つということの意味を理解しはじめている。

その先が無であるとしたら、来るものを救済と呼ぼうと破滅と名づけようと、何の違いもないではないか。終末には意味はない。意味というものが破綻するところが終末である。その後はただ人のいない荒野。がらんとした沙漠。動物たちが嬉々として戯れる緑野と、それを温かく見守る植物たち。人間の不在に気付くものもない。新しい自然。新しい地球。寂しいという言葉もそこにはないだろう。

ヴラジミールは言う――「われわれが現在ここで何をなすべきか、考えなければならないのは、それだ。だが、さいわいなことに、われわれはそれを知っている。そうだ、この広大なる混沌の中で明らかなことはただ一つ、すなわち、われわれはゴドーの来るのを待っているということだ」。

ではいかに待つか。五千万年後であることを願いながら、百年後かもしれない終末を待つ間、われわれはどんな風に生きていけばいいのか。どんな姿勢が最小の罪悪感と最大の幸福感をもたらしてくれるか。ぼくにはわからない。ただ、ここで一つの風景をぼくは思い出す。数年前、仕事でサハリンに行った時のことだ。今のように北方領土問題の解決に具体性が生じる前で、それでもごく小規模な観光が可能になったという朗報が伝わり、取材という名目でぼくはあの島の風土を見に行った。サハリンはぼくがかつて育った一九四〇年代後半の北海道によく似ていた。白樺の林が美しく、水の流れはキラキラと冷たかった。

タクシーを雇ってコルサコフへ遠出した帰りだったろうか、ススヤ川という川の小さな支流を橋で渡った。ゆっくりと走る車の窓から川の方を見ていると、一人の老人が川の岸辺に立って何かしているのが目にとまった。気になったので、車を停めて降りてみた。

老人は手に長い棒を持っていた。上流から流れてきたのか、岸に一本の大きな木がひっかかって流れの邪魔をしている。彼はそれをなんとか本流の方へ押し出して流してしまおうとしているのだった。運転手が声を掛けた。顔見知りではないが、あの土地では知らぬ人に声を掛けるのをはばかる習慣はないらしい。橋の上と川の中で気楽な会話がしばらく続いた。それから、運転手はぼくに老人の言ったことを話してくれた。老人は別に職務としてそんなことをしているのではなかった。近所に住んでいるのだが、たまたま木がひっかかったのをさっき見つけた。こういう物はほうっておいてはいけないと思って、始末にとりかかったのだが、木はなかなか大きいし、川もこのあたりでは浅いのでうまく流れてくれない。もう少しなんだが、というような話だった。それだけのことだ。ぼくたちはしばらくその作業を見ていて、それからまた出発した。

この老人の姿は印象的で、後々まで記憶に残った。日本に戻ってからも、何年もたってからも、彼が川辺に立って棒をあやつる光景が目に浮かんだ。その意味についてよく考えた。別に意味はない。彼はただ川の流れが妨げられるのを見ていられなくて、それで棒を持ち出しただけなのだ。木がひっかかっているというのは川としてよい状態ではないと思ったのだろう。しかし、これは終末などという不健全な思想からもっとも遠い人の姿とぼくには思われた。都会の雑踏を見ていると、こんなことが長く続くはずはないと思う。都会はいよいよ大きくなり、二十一世紀の初頭にはメキシコシティーの人口は二千六百万、サンパウロは二千四百万になると推測されている。そういう喧騒から遥かに遠いところ、シラカバとドロヤナギの林の中を流れてくる川のほとりで、その流れを阻止するものを押しのけようと力をふるう老人。彼はそこで永遠に川の流れを守ろうとしているかのように見えた。その行動は利他的であり、自然の秩序に逆らうことなく、静かで、力強かった。

終末が来るのを待つ間、何をしていてもいい。なんとかその到来を遅らせようと努力するのももちろんいいし、ホモ・サピエンスという種そのものが失敗作だったのだからと諦めておとなしく暮らすのもいい。騒ぎまわって享楽に身を任せるのだって、あるいは実に人間的でよいことかもしれない。終わってしまえばすべては等価である。自分たちの今までの営みについて、どこで失敗したのかについて、次に来る知性体のために記録を残すのもいいだろう。そして、川のほとりに立って、流れを妨げるものを片づけるのも、他の動物たちのために、川そのもののために水が流れやすくするのも、これも実にいい時間の使いかただ。どちらかというと、ぼくはそういうことをしていたいと思う。この本を書いている間しばしば、あのサハリンの老人の姿をぼくは見た。黒いパンと少しの肉と蕪《かぶ》と馬鈴薯を食べて、畑を耕して、残った時間を川辺で過ごす。それはそれでずいぶんといいことのように思われる。

人類の全員が関与した失策に対して、一人の救世主や百人の天才、千人の政治家、十万人のエコロジー運動家の力が大きな変化をもたらせるはずがない。人類全体が変わる日と人類全体が死滅する日の間で、どちらかの到来を待つのだとしたら、サハリンの川辺とまでは言わないが、なるべく静かな場所で静かに待ちたい。あまり欲張らず地道に暮らした

い。集団の中の善意の一人でいたい。この問題に対して、それ以上、いったい何が言える
だろうか。

あとがき

どうもおかしなことになった、というのが今の実感である。

ことのきっかけは、二十年ばかり前から世の中いたるところに蔓延している悲観論、どうもこのままでは人間の世界は行き詰まるのではないかというまことしやかな論議への反発だった。そんなはずはないと思い、どこに間違いがあるのか知りたくて、いろいろな方面にその実情を探ってみた。インチキを廃し、嘘を捨て、確実なものだけを求めた。悲観論はなかなか手強かった。誠実に論旨を追って行けば、確かにこの状況には抜け道がないように見える。悪い材料が多すぎる。筆を進めるうち、次第に自縄自縛という事態に落ち込んだ。書き上げた今、著者であるぼくは高手小手に縛り上げられ、カチカチ山のタヌキのように鴨居からぶらさげられている。お爺さんが帰ってくれば豆腐やなっぱと一緒にタヌキ汁にされてしまう。絶体絶命という心境だ。

もともと人に向かって悔い改めよと説教をするような律義者ではない。この世に生まれたことを喜び、愉快に遊び暮らして、寿命が尽きればさようなら、それで何一つ文句を言う筋合いのない極楽トンボをもって自認している。お祭り好きで、食いしん坊の飲み助、色好み（これは、初夏のブナ林の瑞々しい緑や、ハイビスカスの花の繚乱の色合いが好きということ）。暗い話に引き寄せられる性格ではないと思っていた。軽い気持ちで寄っていったら捕まってしまった。最初の予定では「楽しい週末」で済んでいたはずの話だったのに。

どこかに論旨の間違いがある。それを発見しなければならない。しかし、これが実に容易ではないのだ。今のところ悲観論の論法にはしっかりとした裏付けがあり、それに対する楽観論の方は実にうすっぺらに見える。戦況はきわめて不利。なんとかして後者に肩入れしなければならない。相当な苦戦になるだろうと思う。何十年もかけてこの迷路の出口を探さなければならない。

そういう意味では、この本は一つの成果の報告ではなく、ここに始まる長い探索の第一歩、事態はそれほどは悪くないという結論を目指しての遥かな旅の第一歩ということになる。人間が人間らしく生きて幸福な日々を送ることは全体としての自然、全体としての宇宙の存在意義に逆らうものではないと証明しなくてはいけない。

迂闊な旅をはじめてしまったものだと思うが、幸い時間だけはたっぷりとある。まぎらわしい出口に気をつけながら、この迷路の中をゆっくり歩いてゆくことにしよう。よろしければ御一緒にどうぞ。

ヒロシマから四十七年と九か月と十二日目、東京にて

池澤夏樹

世界の終わりが透けて見える——新版のためのあとがき

この本に収めた文章を書いていたのはもう二十年も前のことだ。それからの歳月で多くのことが変わったが変わらなかったことも多々ある。フロンは生産が停止されたけれど、核物質は拡散した。

イラク戦争が起こり、あの魅力的な国はアメリカによって壊されてしまった。ぼくはずいぶん力を入れて戦争をしないよう訴えていたから落胆も大きかった。

国際金融資本の横暴はいよいよひどくなった。このところユーロの危機でギリシャがずいぶん責められているが、ぼくが移住した一九七五年にはギリシャは幸福な国だった。証人としてそれは明言できる。あの国がここまで不幸になったのは金融資本という先進国のシステムに巻き込まれたからだ。あれはいわば国家間のサブプライム・ローンなのではないか？

そういう歳月だったのだが、では二十年前のあの時期、なぜぼくは終末論に惹かれたのだろう？

楽天的な進歩史観への疑念は最初から持っていた。文明は人間を幸福にするというのが社会運営の前提だったけれど、それにしては世の中は問題が多すぎる。

ぼくの最初の長篇『夏の朝の成層圏』を書いた背後には高度経済成長への批判という動機があった。そういうことも含めて小説を書こうと思っていた。

その延長上で、人類を幸福にしない現代文明というシステムのことを考えてみようと思った。敢えてそちらへ身を乗り出したわけではなく、そういう話題はぼくが生まれ育った半世紀の間にいくらでもあったのだ。第二次世界大戦が終わる一か月と一週間と一日前に生まれたのだから、まるまる戦後の子。六歳で米軍の砲撃演習の音を聞き、国道一号線を巨大な戦車がトレーラーで運ばれる光景を目の当たりにしている。本文に書いたとおり第五福竜丸の事件もリアルタイムで覚えている。

人間は先天的に幸福を約束されているわけではない。この世の中には不幸というものがある。それはわかる。不幸の理由は個人の運不運だったり、性格だったり、誰かの悪意だったり、社会の整備の不足だったりするだろう。まずもって飢えや病や老いや死などという、生きることそのものにまつわる不幸の理由がある。だがそれら個人的なものを超えて、現代社会の運営のしかたには何か原理的に大きく間違ったところがあるのではないか？

そういう疑いが生じるが、何しろ自分が生きている社会のことだからまるで金魚が鉢の水を疑うようなもので、なかなか確たるものにならない。どこがどう間違っているのか、その具体的なからくりがわからない。ことはトランプ手品に似ている。たしかにすり替えが行われているのだが、どこでどうやってカードがすり替わったか、その瞬間が見えない。引き込まれ、ムキになって目を凝らすことになる。

文学者は自分と周囲の問題に専念して人生を送ることもできる。それもまた充分に文学的な態度であるし、社会批判などに迂闊に手を出さない方が賢明なのかもしれない。そのあたりは個人の資質が決めることだ。ぼくには人生や文化だけでなく文明についてもしつこく考える傾向があった。

若い時に物理学を勉強したことがこの傾向を助長したかもしれない。一人前の研究者にはなれなかったが、しかし科学の方法論はある程度まで身についた。対象を観察して、その結果を整理し分析して法則的なるものを見出す。どんな場合にも客観性を保つように努力する。他者の検証に耐える結論を目指す。

『楽しい終末』の一つのテーマはテクノロジーの進歩と倫理の停滞である。「ゴドーを待ちながら」の章で書いたことをもう一度まとめてみよう。

テクノロジーが発達するにつれて人間が扱うエネルギーや物資の量は指数関数で増えてゆく。

しかしそれをコントロールする人間の倫理の力は変わらない。人間が昔より邪悪になったとは言わないがしかし善良になったとも言えない。

従って、どこかでコントロールは失われ、その結果はなにしろ厖大なエネルギーと物資を扱っているのだから、壊滅的なものになる（今やこの物資という言葉の中には通貨も含められるかもしれない）。

善と悪の問題とはすなわち人間性の問題である。

この問題について我々は何千年も考えてきたけれど、それでも全体として人間の倫理の力を向上させる方策は見つからなかった。キリスト教徒はイスラム教徒より善良である、などとはとても言えない。もちろん日本人が中国人より倫理的であるとも言えないし、女は男より優しいとも言えない。

悪人をみんな殺してしまったら世界の倫理のレベルは上がるのか？　そんな明快で揺るぎない善悪の尺度があったら見せてもらいたい。ナチス・ドイツは社会を改善するためにユダヤ人やロマ、精神病者、障碍者などを殺した。果たして悪人はどちらだったのだろう？

機械的な方法で人間の倫理的な性質を変えることはできないだろう。エゴを抑制し利他的なふるまいを促進する薬品の利用も望めない。たぶん悪い奴はみんなにそれを飲ませて自分だけは飲まないだろうから（こういうブラック・ジョークはカート・ヴォネガットが得意だった。彼の小説を一つ訳したことは後のぼくに影響を残している）。

だからこの状況はマルサスの言ったことに似ている。人口は幾何級数的に増えるが食糧は算術級数的にしか増えない。同じようにエネルギーと物資は指数関数的に増えるがそれを制御する倫理的能力は一定のまま。結局のところ、カタストロフの規模が大きくなるだけなのだ。

グローバリゼーションは地球ぜんたいを一つの文明にしてしまった。昔のように地域ごとの消長はない。滅びる時は一蓮托生である。

この百年で人間のテクノロジーは自然の埒を逸脱するようになった。核分裂連鎖反応は自然界には存在しない。宇宙のどこまで行ってもああいう自然現象はない。核融合も恒星の中では起こっているがこの地球の上にはなかった。あるのは微量の放射性物質の緩慢な崩壊だけで、生物への影響はほぼ無視できるレベル。

遺伝子操作によって進化が作らなかった種を生み出すのも逸脱の一例である。どんな結果になっても自然は後始末をしてくれない。

人間の定義として「道具を使う生き物」というのがあったが、それだけなら他にも例はある。チンパンジーは草の茎で蟻を釣り出すし、ある種の水鳥はゴミを水面に落として魚を誘い出す。むしろ人間とは「道具なしには生きられない生き物」であると考えた方がいいようだ。その道具はひたすら肥大して生活にのしかかってくる。その究極の姿が崩壊した東京電力福島第一原子力発電所ではないのか。

我々はみな、自分の死のイメージをひそかに心の中に持っているように、世界の終わりのイメージを持っている。個体としての自分の方が先に死ぬのだとすれば、その後でいつ世界が滅びようが無関係であるはずなのに、そのイメージは執拗に我々について回る。世界が滅びる時、その滅びを見ている自分はどこにいるか？

映画のせいかもしれない。二十世紀に入って我々は現実の世界をスクリーンとして見るようになった。とんでもない破壊の光景を見ながら見ているその自分は絶対に傷つかない。そういう天使のような視点から（という時ぼくは『ベルリン・天使の詩』のあの苦悩する天使を思い出しているのだが）、世界を見る。滅びゆくさまを幻視する。

そういう仕掛けを心の中に用意しなくては今の時代に精神のバランスを保って生きていけない。派手に輝くコンビニの照明を夜景の視野に収めながらこんな繁栄がずっと続くはずはないと思う。その不安の先に大きな災厄を妄想する。

そうしたら震災が来た。原発が崩壊した。

わかっていたのだ、こうなることは……と考えるのが終末論である。あの津波の映像を見て誰もが映画みたいと言った。ではなぜ我々はあの種の映画をあんなにたくさん作って熱心に見てきたのだろう。

現実には、その任に当たる者があまりに安易に安全を言うから、だからいよいよ不安が募る。たった今のことで言えば野田某の政治生命と原発事故による数万人のリアル生命のリスクが均衡するはずがない。そう気づいたところから新たな終末が始まる。みんな淡い不安の中で少しだけ脅えながら暮らしている。

今だから言うと、『楽しい終末』はぼくにとってなかなか辛い本だった。

文学を育てる土壌にはいつだって希望という栄養素が含まれていなければならない。どんな絶望を書いても、その絶望を書くという行為には反転された希望がある。しかしぼくはこの本で希望を論理的に封じてしまった。こういうことを書いた後で軽々しく希望で終わる話は書くわけにはいかない。最初の版の「あとがき」に書いたように、自分で自分を縛ってしまったのだ。

一九九三年の七月にこの本を刊行して、その次に長篇小説を出したのは二〇〇〇年の四月だった。その間、ずいぶん旅をしたし、エッセーや短篇でなんとか出口を探した。言ってみればゴドーを待っていたのだ。七年待ってぼろぼろへとへとになった彼が到着した。今もぼくと彼は青息吐息の二人三脚をしている。ゆっくりでも歩くこと、立ち止まらないことが希望だ。

この二年ほどは一冊の本を救命具のようにして生き延びてきた。

石牟礼道子著『苦海浄土』。

誰もが知るとおり、水俣病患者の受難と栄光を書いた小説である。ルポルタージュの側面もあるけれど、執筆の姿勢において間違いなく小説。ここには絶望と希望が、いかなる斟酌を加えることもなくそのままの姿で入っている。これほどひどいことをするのが人間であり、それに耐えて希望を保つのが人間である。それを救いと受け取ることができる。

二〇一二年七月　札幌

池澤夏樹

解説

重松　清

本作『楽しい終末』の初出は文芸誌「文學界」である。一九九〇年六月号から一九九三年一月号まで隔月で連載された。完結の半年後、一九九三年七月に文藝春秋から単行本として刊行され、一九九七年には文庫版も同社から出ている。

僕たちがいま手にしている新版は、だから、前回の文庫化から十五年、単行本刊行から十九年、雑誌での連載開始時から数えるとじつに二十二年後のお色直しということになる。

東西ドイツが再統一され、ゴルバチョフがノーベル平和賞を受賞し、イラクがクウェートに侵攻して、雲仙普賢岳が百九十八年ぶりに噴火した一九九〇年に、池澤夏樹さんは「終末」をめぐる思索を始めた。長編小説『バビロンに行きて歌え』と短編小説集『マリコ／マリキータ』を刊行した年のことである。

連載は二年半におよんだ。連載中に湾岸戦争が起きて、ソ連が崩壊し、日本では五五年体制が終わった。その間、池澤さんは数多くのエッセーや書評を発表し、長編小説『タマリンドの木』と初のジュブナイル『南の島のティオ』を上梓している。

そして、一九九三年、夏――。

池澤さんは単行本の「あとがき」で連載完結時の心境をきわめて率直に、やや弱音を交じえつつ書いている。〈悲観論はなかなか手強かった。誠実に論旨を追って行けば、確かにこの状況には抜け道がないように見える。悪い材料が多すぎる。筆を進めるうち、次第に自縄自縛という事態に落ち込んだ〉

また、単行本刊行直後に「文學界」に掲載された新井敏記氏によるインタビュー「失われた終末」(インタビュー集『沖にむかって泳ぐ』所収)でも、〈『楽しい終末』という仕事はやはり息苦しかった。現代人として自分の立っている足元を掘り崩すような仕事でしたからね〉と吐露したうえで、言葉をこんなふうに継いだ。

〈一冊本は書いたが、この先この問題を自分の中でどう展開するのか? 状況の検証は一通り終わった。あまり好ましくない結論が出た。これに対して、全然別の哲学を持ってきて、人間という非常に異質の生物の生き方を根本から見直す作業が待っていると思うのです。しかし頭では分かっていても、その力はいまぼくにはとてもない〉

池澤さんは、その言葉どおり、本作と同時期に刊行された書き下ろし長編『マシアス・ギリの失脚』を最後に、長編小説作家としては長い沈黙に入ってしまう。

＊

核、エイズ、フロンガス、南北対立、利己的遺伝子、虐殺、進化論……。

『楽しい終末』で思索が展開されたさまざまなトピックは、単行本刊行から十九年の歳月をへて（その間のニッポンの首相は十四人を数える）どう変わったか。もちろん、本作で扱われた問題は、わずか二十年ほどに射程をおくことじたい無理なものばかりではあるのだが、それでもあえて総括するなら――終章「ゴドーを待ちながら」の一節を、あらためて掲げておかなくてはならないだろう。

〈そして、その後、事態はいよいよ悪くなった〉

二〇一二年の僕たちは、一九九三年の僕たちよりも、「終末」にかんするカードを心ならずもたくさん持ってしまっている。

阪神淡路大震災があった。オウム真理教の一連の事件があった。9・11があり、アフガン空爆があり、イラク戦争があった。リーマン・ショック。新型インフルエンザ。SARSウィルス。東海村JCO臨界事故が起きた。北朝鮮が核実験を強行した。二〇一一年現在、全世界の大豆作付け面積の七十五パーセントが遺伝子組み換え作物だという。また、水不足も深刻化して、二〇一五年には世界で約七億人が安全な飲料水を利用できず、基本的な衛生施設を利用できない人々は約二十五億人にのぼると予測されている。そして、二〇一一年――東日本大震災と、福島第一原子力発電所の事故。確かに、〈事態はいよいよ悪くなった〉としか言いようがない。

もちろん、本作には、単行本刊行後の現実は反映されていない。僕たち二〇一二年の読者と本作との間には、「一九九三～二〇一二」という決して小さくはない空白が横たわっているはずなのだ。

ところが、ページをめくるにつれて、その空白が消える。改稿されたわけでも注で補足されたわけでもないのに、一九九三年と二〇一二年がじかにつながっていることに驚かされる。とりわけ二章にわたって核兵器や原子力発電を論じた「核と暮らす日々」には、きっと数多くの読者が、背中がぞくっとするほどのなまなましさを感じるに違いない。

池澤さんは本作で、一九九三年の時点で顕在化していたさまざまな「終末」の姿を描いただけではなく、「終末」に怯えながらも惹かれてしまう人間の心にも深く迫っていた。

前出のインタビュー集『沖にむかって泳ぐ』での発言を引こう。池澤さんは、地球にある資源の在庫のリミットに予想以上に早く達してしまったときに人間はどうするのか、に興味があると言う。そして――。

〈まるで違う展開を考えなきゃいけない時に来ている。ぼくはその展開をすべき時を迎えた人間の姿勢、そのポイントの越え方に、大きな興味があるのです。そういう時は人の賢さと愚かさが同時に出てくるから〉

〈まるで違う展開を考えなきゃいけない時〉とは、もしかしたら、〈事態はいよいよ悪くなった〉果てに東日本大震災を経験した、二〇一二年の「いま」なのではないか？

一九九三年よりも二〇一二年の「いま」のほうが、〈人の賢さと愚かさ〉が、ずっと切実に問われているのではないか？

それを思うと、本作が二〇一二年に再び世に問われたことの意味と意義が、ずしりとした重みを持って胸に迫る。この新版刊行は、古典的名著のリバイバル復刊にとどまるものではない。新装なった本書は、東日本大震災以降にこそ必要な一冊、いわば現在進行形の思索の手引きとして届けられたのだ。

＊

『楽しい終末』は緻密な論理で組み立てられているがゆえに、書き手を悲観論の袋小路へと追い込んでしまった。

前述したとおり、池澤さんは本作を発表したのちしばらく長編小説を発表しなかった。「新版のためのあとがき」の表現を借りるなら〈こういうことを書いた後で軽々しく希望で終わる話は書くわけにはいかない〉、第二インタビュー集『アジアの感情』では〈書くということに対する自分の姿勢をもう一回考え直さなければいけなかった〉――作家自身もまた、〈まるで違う展開を考えなきゃいけない時〉を迎えていたのだ。

池澤さんはそのポイントをどんな姿勢で、どんなふうに越えていったのか。

〈ぼくたちの生き方を肯定する答えを出すためには、現実を見なければいけない。甘い希望に走ってはいけない。徹底的に追い詰めた上でなおかつ残っている希望でなければ、本当の希望ではない。作家という仕事の本質は、最終的に言葉で著すにせよ、あるいは考えを言葉で辿るにしろ、考えることですから、考えつづけるしかない〉(『沖にむかって泳ぐ』)

現実を見るために。考えつづけるために。

作家は旅を繰り返した。ダライ・ラマ猊下に会いに行き、星野道夫とアラスカで語らい、ジャック・マイヨールを追い、ハワイイに足繁く通って、沖縄から/沖縄についての旅と発言をつづけた。

その旅の記録の一冊『未来圏からの風』の最終章には、こんな言葉がある。

〈ぼくはただ、これから長く長く考えるための素材を集めようと思っただけなのだ。(略)結局のところ、考えつづけるしかないではないか〉

『未来圏からの風』の刊行は一九九六年。作家はそれからも〈長く長く考え〉つづけてきた。二〇〇〇年、七年ぶりに長編小説『花を運ぶ妹』『すばらしい新世界』を発表したのちも、考えつづけた。旅も繰り返した。優れた長編や短編を何作も書いた。数多くの本の魅力を書評を通じて教えてくれた。

二〇一二年夏の時点での最新長編小説『氷山の南』は、水問題を解消するために組まれた南極海の氷山曳航プロジェクトをめぐる冒険小説である。

アイヌ民族の血を引く主人公の少年・ジンは、密航してまでプロジェクトに参加したかった理由をこう語る。

〈ぼくは自分が拗《す》ねた、斜めにかまえた、皮肉な性格であるとは思いません。誠実で積極的な十八歳です。自分のこれからの人生を大事にしたいと思っています。だから不毛な方向には足を踏み出したくない。ぼくの閉塞感を打ち破る方向があるはずで、できるならそれは人間みんなの、この時代この惑星で暮らすみんなの閉塞感を打ち破るものにつながっていてほしい〉

そこには、我々は結局のところ救済／終末のゴドーを待ちつづけるしかないのか、という『楽しい終末』の苦い諦念はない。

ジンは〈あるはずで〉〈できるなら〉〈つながっていてほしい〉という言葉を連ねることでかろうじて成立する希望を、しかし、間違いなく信じている。

物語には、プロジェクトに反対する水の信仰集団・アイシストという仇役が出てくる。水を凍らせるように開発と浪費の悪循環を断って社会を冷却すべきだというアイシストの主張は、なんとも抗いがたく魅力的で、だからこそ厄介な存在である。ジンも物語の最後に教祖に送った手紙の中で〈アイシストの反対があったためにぼくの中では混乱が増えました〉と書いた。けれど、その直後、言葉はこんなふうにつづくのだ。

〈そしてそのことをぼくは嬉しく思っています。未来というのはいつだって混乱の向こう側にあるものでしょうから〉

一九九三年から始まった作家の長い思索と移動の旅は、「終末」の閉塞感に時間をかけて慎重に穴を穿ち、それを「未来」と呼びかえるための旅だったのではないか。だとするなら、いま新たな装いで届けられた『楽しい終末』は、やはり「始まり」の一冊――正確には、「始まり」を探すために「終わり」を凝視する一冊なのだろう。

バトンはもう渡されている。ポケットに文庫本を携えた僕たち自身の旅は、すでに始まっている。先を行く作家の背中が、あせらずに、でもあきらめずに、と十九年後の読者に語りかける。〈立ち止まらないことが希望だ〉と池澤さんは「新版のためのあとがき」に記した。僕の知るかぎり、それは、「希望」の最も美しい定義の一つである。

初　出＝「文學界」一九九〇年六月号～
一九九三年一月号に隔月連載
単行本＝一九九三年七月
文庫版＝一九九七年三月
いずれも文藝春秋刊

中公文庫

楽《たの》しい終末《しゅうまつ》

2012年8月25日　初版発行
2025年8月15日　再版発行

著　者　池《いけ》澤《ざわ》夏《なつ》樹《き》

発行者　安部順一

発行所　中央公論新社
〒100-8152　東京都千代田区大手町1-7-1
電話　販売 03-5299-1730　編集 03-5299-1890
URL https://www.chuko.co.jp/

DTP　嵐下英治
印　刷　DNP出版プロダクツ（本文）
三晃印刷（カバー）
製　本　DNP出版プロダクツ

Published by CHUOKORON-SHINSHA, INC.
Printed in Japan　ISBN978-4-12-205675-6 C1195

中公文庫既刊より

各書目の下段の数字はISBNコードです。978－4－12が省略してあります。

い-3-2
夏の朝の成層圏
池澤夏樹
漂着した南の島での生活。自然と一体化する至福の感情——青年の脱文明、孤絶の生活への無意識の願望を描き上げた長篇デビュー作。〈解説〉鈴村和成
201712-2

い-3-3
スティル・ライフ
池澤夏樹
ある日ぼくの前に佐々井が現われ、ぼくの世界を見る視線は変った。しなやかな感性と端正な成熟が生みだす青春小説。芥川賞受賞作。〈解説〉須賀敦子
201859-4

い-3-4
真昼のプリニウス
池澤夏樹
世界の存在を見極めるために、火口に佇む女性火山学者。誠実に世界と向きあう人間の意識の変容を追って、小説の可能性を探る名作。〈解説〉日野啓三
202036-8

い-3-6
すばらしい新世界
池澤夏樹
ヒマラヤの奥地へ技術協力に赴いた主人公は、人々の暮らしに触れ、現地に深く惹かれてゆく。人と環境の関わりを描き、新しい世界への光を予感させる長篇。
204270-4

い-3-8
光の指で触れよ
池澤夏樹
土の匂いに導かれて、離ればなれの家族が行きつく場所は——。あの幸福な一家に何が起きたのか。『すばらしい新世界』から数年後の物語。〈解説〉角田光代
205426-4

い-3-10
春を恨んだりはしない　震災をめぐって考えたこと
池澤夏樹
鷲尾和彦 写真
薄れさせてはいけない。あの時に感じたことが本物である——被災地を歩き、多面的に震災を捉えた唯一無二のリポート。文庫新収録のエッセイを付す。
206216-0

い-3-11
のりものづくし
池澤夏樹
これまでずいぶんいろいろな乗り物に乗ってきた。地下鉄、バス、カヤックに気球から馬まで。バラエティ豊かな乗り物であっちこっち、愉快痛快うろうろ人生。
206518-5

い-3-5
ジョン・レノン ラスト・インタビュー
池澤夏樹訳

死の二日前、ジョンがヨーコと語り尽くした魂のメッセージ。二人の出会い、ビートルズのこと、至福に満ちた私的生活、再開した音楽活動のことなど。

203809-7

し-39-1
リビング
重松清

ぼくたち夫婦は引っ越し運が悪い……四季折々に紡がれる連作短篇を縦糸に、いとおしい日常を横糸に、カラフルに織り上げた12の物語。〈解説〉吉田伸子

204271-1

し-39-2
ステップ
重松清

結婚三年目、突然の妻の死。娘と二人、僕は一歩ずつ、前に進む——娘・美紀の初登園から小学校卒業まで。「のこされた人たち」の日々のくらしと成長の物語。

205614-5

あ-1-1
アーロン収容所
会田雄次

ビルマ英軍収容所に強制労働の日々を送った歴史家の鋭利な観察と筆。西欧観を一変させ、今日の日本人論ブームを誘発させた名著。〈解説〉村上兵衛

200046-9

い-13-5
生きている兵隊（伏字復元版）
石川達三

戦時の兵士のすがたと心理を生々しく描き、そのリアリティ故に伏字とされ発表された、戦争文学の傑作。伏字部分に傍線をつけた、完全復刻版。

203457-0

い-103-1
ぼくもいくさに征くのだけれど
竹内浩三の詩と死

稲泉連

映画監督を夢見つつ23歳で戦死した若者が残した詩は、戦後に蘇り、人々の胸を打った。25歳の著者が、戦場で死ぬことの意味を見つめた大宅壮一ノンフィクション賞受賞作。

204886-7

う-9-7
東京焼盡《しょうじん》
内田百閒

空襲に明け暮れる太平洋戦争末期の日々を、文学の目と現実の目をないまぜつつ綴る日録。詩精神あふれる稀有の東京空襲体験記。

204340-4

か-18-7
どくろ杯
金子光晴

『こがね蟲』で詩壇に登場した詩人は、その輝きを残し、夫人と中国に渡る。長い放浪の旅が始まった——青春と詩を描く自伝。〈解説〉中野孝次

204406-7

各書目の下段の数字はISBNコードです。978－4－12が省略してあります。

か-18-8
マレー蘭印紀行
金子光晴
昭和初年、夫人三千代とともに流浪する詩人の旅はいつ果てるともなくつづく。東南アジアの自然の色彩と生きるものの営為を描く。〈解説〉松本亮
204448-7

ふ-18-5
流れる星は生きている
藤原てい
昭和二十年八月、ソ連参戦の夜、夫と引き裂かれた妻と愛児三人の壮絶なる脱出行が始まった。敗戦下の苦難に耐えて生き抜いた一人の女性の厳粛な記録。
204063-2

い-83-1
考える人　口伝《オラクル》西洋哲学史
池田晶子
学術用語によらない日本語で、永遠に発生状態にある哲学の姿をそこなうことなく語ろうとする、〈哲学の巫女〉による大胆な試み。〈解説〉斎藤慶典
203164-7

さ-48-1
プチ哲学
佐藤雅彦
ちょっとだけ深く考えてみる――それがプチ哲学。書き下ろし「プチ哲学的日々」を加えた決定版。考えることは楽しいと思える、題名も形も小さな小さな一冊。
204344-2

さ-48-2
毎月新聞
佐藤雅彦
毎日新聞紙上で月に一度掲載された日本一小さな全国紙、その名も「毎月新聞」。その月々に感じたことを独特のまなざしと分析で記した、佐藤雅彦的世の中考察。
205196-6

す-24-1
本に読まれて
須賀敦子
バロウズ、タブッキ、ブローデル、ヴェイユ、池澤夏樹……。こよなく本を愛した著者の、読む歓びが波のようにおしよせる情感豊かな読書日記。
203926-1

た-34-4
漂蕩の自由
檀一雄
韓国から台湾へ。リスボンからパリへ。マラケシュで迷路をさまよい、ニューヨークの木賃宿で安酒を流し込む。「老ヒッピー」こと檀一雄による檀流放浪記。
204249-0

た-77-1
シュレディンガーの哲学する猫
竹内薫
竹内さなみ
サルトル、ウィトゲンシュタイン、ハイデガー、小林秀雄――古今東西の哲人たちの核心を紹介。時空を旅する猫とでかける、「究極の知」への冒険ファンタジー。
205076-1

ま-17-11

二十世紀を読む

丸谷才一
山崎正和

昭和史と日蓮主義から『ライフ』の女性写真家まで、皇女から匪賊まで、人類史上全く例外的な百年を、大知識人二人が語り合う。〈解説〉鹿島茂

203552-2

よ-46-1

高度成長　日本を変えた六〇〇〇日

吉川洋

経済の成長とは何なのだろうか。著者自身の実体験を紹介しながら、一九五〇年代中頃から日本が経験した高度成長の歴史をふり返り、その本質に迫る。

205633-6

コ-7-3

若い読者のための世界史　改訂版

E・H・ゴンブリッチ
中山典夫訳

『美術の物語』の著者がやさしく語りかけるように、時代を、出来事を、そこに生きた人々を活写する。各国で読みつがれてきた〝物語としての世界史〟の古典。

207277-0

マ-10-1

疫病と世界史（上）

W・H・マクニール
佐々木昭夫訳

疫病は世界の文明の興亡にどのような影響を与えてきたのか。紀元前五〇〇年から紀元一二〇〇年まで、人類の歴史を大きく動かした感染症の流行を見る。

204954-3

マ-10-2

疫病と世界史（下）

W・H・マクニール
佐々木昭夫訳

これまで歴史家が着目してこなかった「疫病」に焦点をあて、独自の史観で古代から現代までの歴史を見直す好著。紀元一二〇〇年以降の疫病と世界史。

204955-0

マ-10-3

世界史（上）

W・H・マクニール
増田義郎
佐々木昭夫訳

世界の各地域を平等な目で眺め、相関関係を分析しながら歴史の歩みを独自の史観で描き出した、定評ある世界史。ユーラシアの文明誕生から紀元一五〇〇年までを彩る四大文明と周縁部。

204966-6

マ-10-4

世界史（下）

W・H・マクニール
増田義郎
佐々木昭夫訳

俯瞰的な視座から世界の文明の流れをコンパクトにまとめ、歴史のダイナミズムを描き出した名著。西欧文明の興隆と変貌から、地球規模でのコスモポリタニズムまで。

204967-3

も-33-1

馬の世界史

本村凌二

人が馬を乗りこなさなかったら、歴史はもっと緩やかに流れていただろう。馬と人間、馬と文明の関わりから、「世界史」を捉え直す。JRA賞馬事文化賞受賞作。

205872-9